怪谈游戏设计师

壹 泗水公寓

我会修空调 著

中信出版集团 | 北京

返回

🔓 游戏成真

第一卷
- 2 / 第一章 一个人引发的末世
- 22 / 第二章 唯一的家人
- 43 / 第三章 第一条锁链
- 59 / 第四章 致我们终将去世的爱情
- 75 / 第五章 命运的齿轮

🔓 调查员日常

第二卷
- 92 / 第六章 克服恐惧
- 113 / 第七章 重写命运
- 131 / 第八章 初探泗水公寓

🔓 泗水公寓

第三卷
- 154 / 第九章 不一样的怪谈世界
- 174 / 第十章 渴望
- 194 / 第十一章 血肉之心
- 215 / 第十二章 八识一体，四相无明

🔒 新生

第四卷

- 238 / 第十三章　最好的开始
- 259 / 第十四章　怪谈游戏设计师
- 278 / 第十五章　你想怎样活着

🔒 继续攻略

第五卷

- 302 / 第十六章　黑窖
- 320 / 第十七章　被错过的世界线
- 342 / 第十八章　画中画中画
- 359 / 第十九章　十年前的雨
- 385 / 第二十章　邻居

第一卷

游戏成真

第一章

一个人引发的末世

"生日快乐！"

客厅的灯光照在浅黄色的桌布上，显得无比温暖，爸爸和妈妈提着蛋糕进入屋内。他们从不将工作中的坏情绪带回家，虽然忙碌了一整天，但看不出任何疲惫，仍满脸笑容。

高命掀开厨房的帘子，端着刚做好的饭菜走出来。他没有和爸爸妈妈说话，独自坐在餐桌旁。

"这孩子……"爸爸无奈地摇了摇头，脱掉雨衣和胶鞋，又把拖鞋放在妈妈脚边。

西装笔挺的爸爸十分绅士，又高又帅。穿着白衬衣、牛仔裤的妈妈温柔干练，她夸着高命的厨艺，而后将换下的脏衣服扔进卫生间。

水流声响起，妈妈洗完手，洗手池上还残留着几滴暗红色的污迹。

"今天是你生日，我们不管工作有多忙，都会赶回来陪你的。"

高命好像没听见父母的声音，他低垂着头，仔细听着电视里的新闻报道。

"雨夜杀人魔再现！我市旧城区发生第三起命案！"

"警方已锁定嫌疑人身份！请广大市民不要恐慌，锁好门窗，尽量不要在深夜出门！"

暴雨击打着玻璃，屋外呼啸的狂风和屋内冒着热气的饭菜形成了一种鲜明的反差。

"你老看这些新闻干什么？"爸爸拿起遥控器，有些担忧，"有些媒体就喜欢靠不安和不幸提升关注度。"

高命没有回话，他悄悄挪动视线，扫视这温暖的小屋。

所有墙壁都加装了隔音层，抹有吸音涂料，只要不是太过剧烈的扭打，邻居根本不会知道屋内发生了什么。

客厅里有崭新的风冷冰箱，这种冰箱依靠风扇向冰箱内部吹风来制冷，存放的肉类不容易发臭，且不会有异味。

厨房备有大量保鲜袋，刚好可以装下拳头大小的肉块，方便携带。柜子里放着发热剂，这东西和水混合后可以加速肉类腐烂的进程。所以说……一部分肉藏进了冰箱，另一部分肉带出去分散掩埋？

卫生间门后放着塑料膜，足够铺满卫生间的地面，看来肉就是在这里被处理好的。

当然，需要在卫生间处理的肉，肯定不是什么正经肉。

只是看着干净整洁的地面，高命脑海里就已经浮现出了某些不好的场景。

房间里的氛围很温馨，可他的手却轻微颤抖。

"来，吃蛋糕，我和你爸冒着大雨取回来的。"妈妈洗完手，拆开蛋糕包装，小心翼翼地在上面插了十八根蜡烛。

"十八根……"高命今年二十六岁，蜡烛的数目不对。

"许个愿吧。"爸爸点燃蜡烛，妈妈关上了灯。

黑暗笼罩了客厅，烛光摇曳，映照着爸爸和妈妈的脸，他们在黑暗中盯着高命，脸上露出了一模一样的笑容。

是真正的完全一样，连嘴角翘起的弧度都分毫不差。

高命能感觉到爸爸和妈妈在靠近，他们的身体似乎正在烛光映照不到的地方异化。

"我希望爸爸和妈妈能够永远陪着我。"自父母回家后,这还是高命第一次开口说话。

灯光重新亮起,高命的后背已经被冷汗打湿,他将蜡烛一根根取下,擦拭干净后放入一个铁盒,那盒子里原本就放着很多蜡烛。

"愿望说出来就不灵了,下次你在心里默念就好。"爸爸好像饿坏了,大口大口吃了起来。妈妈宠溺地看着高命,拿起筷子为他夹菜。

高命没有碰自己做的饭菜,他将一块蛋糕放在自己面前,默数着自己的心跳,轻轻揉搓着指肚上的老茧。

"插播一条紧急新闻！雨夜杀人魔极有可能逃入居民住宅区中！再次提醒旧城区市民,一定要关好门窗,千万别给陌生人开门！"

"根据警方提供的线索,雨夜杀人魔年龄在二十岁到三十岁,身高在一米七五到一米八五……"

十五分钟后,高命一边观察着爸爸和妈妈的状态,一边用小勺挖下一块奶油,送入自己口中。

奶香浓郁,那甜腻的味道化在嘴里,好像一口吞下了整个童话。

砰！

准备起身盛汤的妈妈栽倒在地,她的手臂无意识地挥动,眼皮慢慢睁不开了。

看见妻子摔倒,爸爸想要去搀扶,却感觉身体好像灌了铅水,连挪动脚步都很困难。

"药量有些大了,虽然不是第一次做这样的事情,可我还是会感到紧张。"

高命的手停止颤抖,他看着摔倒在地的爸爸和妈妈,脸上的表情有些奇怪。

"我还是不明白为什么会出现这样的情况,到底是我疯了,还是这个世界疯了？"高命打开衣柜,取出捆绑精神病人的束缚带,熟练地将爸爸和妈妈捆绑好。

电视里关于雨夜杀人魔的新闻还在继续,暴雨依旧,但这些都和高命无关。

他费力地拖着昏迷的爸爸和妈妈,将他们拽到了卧室门口。

高命很爱自己的爸爸和妈妈,爸爸和妈妈也很爱他,不管多忙,他们每晚都会回来看他,但是……

高命用力将卧室门推开，锁链哗哗作响，一张张陌生又熟悉的脸带着瘆人的笑容，直勾勾地盯着他！

卧室里堆满了爸爸和妈妈！

他们的身体缠绕在一起！脸上的表情根本不像是人能做出来的！

高命的爸爸和妈妈每晚都会回来，但回来的好像都不是他的爸爸和妈妈。就算高命将他们捆绑起来，依旧会有新的爸爸和妈妈在晚上回来！

"他们到底是人，还是怪物，抑或是像人的怪物？"

被捆绑在卧室里的爸爸和妈妈们看到高命后，嘴巴慢慢张大，眼底冒出了一条条血丝。他们像被扔在岸上的鱼，拼命晃动身体，喉咙里发出嘶哑的声音——

"留在这里吧！"

"留在这里吧！！！"

高命点燃一支烟，斜靠着门框，默默注视着这一切。

他已经被困在这个屋子里三天了，事情的起因还要从三天前说起。

中元节当晚，他辞去了恨山重犯监狱心理疏导师的工作，准备全职从事游戏设计和创作。

晚上十一点整，他乘坐最后一班大巴从含江市回瀚海市，当时他正在车上设计一个有利于增进亲情的小游戏，为了赚更多生活费，他还植入了房东家蛋糕店的广告。

游戏的大致内容就是，希望父母能够多陪陪孩子，每晚都要回家和孩子聊天，再忙也不要忽略孩子的感受，照顾是责任，陪伴是爱。

车上的乘客逐渐变少，凌晨一点左右，大巴莫名其妙停在了一条隧道里，高命取下耳机，起身查看，发现车上只剩下自己一个人，连司机都不见了。

他提着行李下车，听见前面有人在说话，就冲着声音传来的方向走去。

往后的记忆缺失了很关键的一段，高命连自己是怎么回家的都不知道，只是隐约记得他看到了非常恐怖的东西。

他惶恐不安地将自己锁在家里，凌晨三点被敲门声吵醒，一开门，发现是自己的爸妈提着蛋糕站在门外。

高命将爸妈请进家，去拿拖鞋，却又在这时候接到了妈妈的电话。

妈妈说瀚海未来几天都会下大雨，希望高命照顾好自己，注意安全。

寒意瞬间爬上了高命的脊背，他一转身，正好看见"爸爸妈妈"低垂着头，并排站在自己身后。

生日蛋糕，陪伴，"爸爸妈妈"……

增进亲情小游戏里的场景变成了现实，而且出现了一些"轻微"的变动！

他也曾试过逃跑，可防盗门外面一片漆黑，阴气森森，仿佛连接着另外一个不正常的世界。

没办法，高命只好尝试通关自己设计的游戏。

增进亲情的小游戏就算异化，又能有什么难度？不就是关灯之后，"爸爸"和"妈妈"会变成怪物？不就是他们每晚都会过来？不就是他得待在像是杀戮作坊的家里，顺利活到十八岁，让"爸爸妈妈"完成陪伴？

回想自己这三天的经历，高命的眼皮都在打战，别的不说，他这辈子都不想吃蛋糕了。

掐灭烟头，高命将最后两位"父母"推入卧室，所有"爸爸"和"妈妈"的脸都开始扭曲，他们从未有过如此激烈的反应，似乎不愿高命离开，而这也说明，高命快要通关自己设计的这个小游戏了。

"'爸爸'和'妈妈'每次回家，蛋糕上的蜡烛数量都会增多，十八岁是成人礼，当十八根蜡烛出现的时候，也就是我通关的时候。

"我很感谢你们的陪伴，可你们如果真是我的爸爸和妈妈，就不会让我留在这里，而是会希望我可以带你们一起离开。"

高命关上卧室的门，感觉屋内气温开始回升，电视里的新闻播报开始变得清晰，窗外的暴雨也好像更加真实了一点儿。

"整整三天时间，我终于可以离开这个鬼地方了。"

他快步来到客厅防盗门前，顺着猫眼向外看去，楼道里不再是漆黑一片，昏黄的灯光忽明忽暗，似乎预示着高命正在脱离某个地方。

"关于那条隧道的记忆有些模糊，我制作的游戏会变成现实，一定和那条隧道有关！"

高命觉得自己必须尽快查清楚，因为他是一个重度悬疑爱好者，他脑子里的死人比公共墓地里埋葬的尸体都要多。如果这一切都变成真的，那整座城市都危险了。

楼道里的灯光逐渐驱散了黑暗，高命正要打开房门，外面忽然传来了急促的脚步声。

他心跳加快，无比紧张地盯着猫眼，手臂上凸起一条条血管。

"应该通关了才对呀！"

高命屏住呼吸，注视着楼梯拐角。

片刻后，一个二十多岁、身高一米八的雨衣男出现在门外，面色阴沉，扫视着周围的房门。

高命的眼睛微微眯起，雨衣男的身影和警方公布的监控画面几乎一致，他悬着的心落回了肚子里。

"吓我一跳，原来是雨夜杀人魔，我还以为爸妈回来了。"

他回头看了一眼卧室，游戏通关应该是有奖励的，但高命不敢自己去取。他找来绷带缠在腿上，装出受伤的样子，提着垃圾袋，打开了防盗门。

湿润新鲜的空气涌入屋内，高命深深地吸了一口气。

雨衣男本来都要走了，却听见房门打开的声音。雨水顺着帽檐滑落，他竭力掩饰自己眼底的兴奋，转身抓住了门板。

"外面雨下得么大，你衣服都湿透了，快进来暖和会儿吧。"

雨衣男还没开口，高命就主动邀请他进屋，接着一瘸一拐地去热餐桌上的饭菜了。

雨衣男看着高命毫无防备的样子，进入屋内，扫视高命"受伤"的左腿，又看向那吃了一半的蛋糕。屋内温馨的氛围更加激发了他的破坏欲，他露出了一个极为残忍的笑容。

这或许将是你度过的最后一个平凡且温馨的夜晚了。

鞋底的泥泞残留在地板上，齐淹关上防盗门，将其反锁。

他藏在雨衣下的指甲用力抠着手，呼吸声变得粗重。媒体称他为"雨夜杀人魔"，他很满意这个称呼，残忍、疯狂又充满压迫感。

"我要怎么感谢他的收留呢？"

齐淹盯着高命的后背，眼眸快要被血丝覆盖，他就喜欢猎杀那些善良的人，喜欢把美好揉碎了，再狠狠踩上几脚。

"能够有如此善良的性格，说明他一定有一个很美满的家庭，他一定被自己的爸爸和妈妈保护得很好。这种在温室里长大的花朵，根本不知道人坏起来可以有多可怕。"

齐淹没有取下雨衣帽，他面目扭曲，思考要用什么方式折磨高命。

"饿坏了吧？"高命将加料的饭菜端出，又倒了一杯水，"今天是我生日，做的饭菜比较多，要不要来块蛋糕尝尝？"

"不用了。"齐淹没有碰桌上的任何东西，可能是害怕留下痕迹，"卧室里好像有人在喊你？"

"我爸妈也在家。"高命脸上露出了苦笑，"他们身体不太好，一直待在卧室里，没办法移动。"

"他们一直在叫你，你不用去看看吗？"在齐淹心中，高命已经是一个死人了，"要不去跟你的爸爸和妈妈打声招呼吧。"

"我性格比较内向，不太敢和他们说话。"高命轻轻叹了口气，一瘸一拐地朝卧室走去，"他们生病了，症状有些奇怪，需要静养。"

齐淹也听到了卧室里传出的声音，他跟着高命来到卧室门口，这里光线暗淡，温度比客厅低很多。

高命握住门把手，将卧室门打开的同时，自己后退了一步。

齐淹带着一丝好奇，朝卧室里看去。

卧室里的阴影正在退去，一半是模糊的光亮，一半是浓稠的黑暗。

在明暗交织的地方，有一张张可怕的脸，一具具扭曲缠绕的身体！那些伪装成爸爸妈妈的怪物看见高命后再次发狂，拖拽着彼此，朝卧室门撞来！

这恐怖到超出认知的场景让齐淹感到窒息，他本以为屋内是两个卧病在床的老人!

他本能地向后躲闪,可一回头就看见高命举起了沉重的花瓶,他依稀记得,那个男人刚才说自己很内向。

啪!

瓷片四处飞溅,齐淹的脸颊被血染红,他感到一阵天旋地转,倒下的时候,那个"善良"的男人还十分"体贴"地将一杯"水"硬灌进了他嘴里。

整套动作一气呵成,就跟预演过很多遍一样。

"明明可以进行无痛的药物麻痹,你非要选择物理麻痹。"高命蹲在齐淹身边,"别怕,一会儿你就会失去知觉,不会感觉到痛了。"

听完高命的话,齐淹的眼神更加惊恐,他不知道高命会对他做什么事情。

齐淹视线飘忽,扫到了满屋子被捆绑的"父母",又看向淡定的高命,那一瞬间,恐惧到达了极限。

这到底是一个怎样的疯子?

擅长伪装、操控、征服、报复,且有贪欲,他拥有所有变态杀人魔的共性特征,甚至连犯罪手法和犯罪过程都带有无比强烈的扭曲特征!

"怎么感觉你在用眼神骂我?"

高命压住齐淹后背,抓住他的头发,提起他的头,让他可以直视卧室:"趁着药效没上来,我想问你一个问题:你能看见卧室里的人吗?"

齐淹满眼恐惧,头部传来剧痛,内心受到巨大冲击,药物也在慢慢起效,他已经无法作答。

他现在就好像刚走过奈何桥,孟婆汤喝了一半了,突然被人狠狠地给了一闷棍,正处于将死未死、将忘未忘的阶段。

"从你的反应来看,应该是可以看到的。"高命将齐淹的手脚捆绑住,"我的精神没出问题,游戏确实以某种特殊的形式变成了现实。"

卧室内的阴影正在加速消散,那些"爸爸妈妈"嘶吼着,融入了黑暗当中,他们似乎本不属于现实世界,只是因为某些原因,才在两个世界重合的时候跑了出来。

高命能明显感觉到温度在回升，呼吸也变得畅快："我的游戏似乎变成了媒介，把现实和怪谈连接了起来，在游戏通关后，一切应该就会恢复正常。可如果我一直放任不管，那些怪谈会不会不断扩散，直到完全和现实世界交织在一起，再也分不开？"

卧室里五分之四的空间已经被正常的光亮占据，"爸爸妈妈"被压缩融合到一定程度，突然有一位"妈妈"挣脱了束缚！

它眼中的宠溺近乎病态，拖拽着全部阴影扑向高命！

高命转身就跑，但身后的齐淹可就没这么幸运了。

"妈妈"在消散的最后一刻将齐淹拖进了那片阴影，凄厉的惨叫声随之响起。

凌晨四点四十四分，卧室彻底恢复正常，高命拿着拖把进入屋内，"爸爸妈妈"就好像从未出现过一样，他们带来的蛋糕和蜡烛也全都不见了，屋内只剩下如同植物人一般直愣愣地躺着的齐淹。

他双眼呆滞，好像被抽走了灵魂。

在"妈妈"最后消失的地方，高命找到了两张十分吓人的黑白照片："这难道就是游戏通关后的奖励？"

照片很破旧，不知道是什么材质做成的，看着就像是很多年前拍的一样。

其中一张是高命坐在餐桌前吃蛋糕的画面，他周围密密麻麻站满了"爸爸妈妈"，一个人硬是拍出了大合照的感觉。

值得注意的是，这张照片上的蛋糕、家具、众多"父母"全都是黑白的，唯有高命自己是彩色的。

照片背面歪歪斜斜写着一些很奇怪的文字。

致我亲爱的孩子：

十八岁的你已经成年，从今天起，你就是新的家长了，你将拥有打开家门的钥匙。

我们的家位于存在和不存在的中间，藏在噩梦最深处，靠近现实最荒诞的边缘，它距离你很远，却又连接着每一颗心最幽暗的部分。

作为家长，你可以选择救助每一位家人，给他们平等的爱，也可以把他们当作工具，还可以选择用变态的方式折磨他们。

你拥有完全的自由，而我们需要你做的事情也很简单：让更多人去玩夜幕降临后的游戏，他们身上逸散出的各种能量，可以喂饱传言中的某些东西。

照片背后的字像小孩子随手写的，乱七八糟，还沾着血污，看着很不舒服。

"家长？"

高命拿起第二张黑白照，眉头微皱，照片正面是齐淹那张被吓傻的脸，好像是他的遗照，照片背面同样写着一些怪异的文字。

家人的照片：只有对现实执念深重的人、陷入濒死状态的人、绝望求死的人、困在噩梦里的人、精神错乱的人、罪孽深重的人才能找到并进入我们的家，成为我们的家人。我们是距离死亡最近的站点，我们的存在给了他们除死亡之外的第二个选择。

不过，来这里的绝大多数人，都很后悔没有直接选择死亡。

高命坐在客厅灯光正下方，仔细查看两张黑白照片，试图从中找出一些线索。

"遗照中提到的家，应该就是指'爸爸妈妈'所在的世界。

"第一张照片说我成了'家长'，掌握打开家门的钥匙，它所描述的钥匙应该不是指某件物品，而是一种能力，比如我做的游戏变成了现实。

"'爸爸妈妈'通过我制作的游戏进入现实，'父母'可能也不是它们的本体，只是它们进入现实后变化出的某种形象。"

高命在本子上写下了"他们"和"它们"两个词语，依旧不能确定对方到底是什么。

他头有些痛，手抵住眉心："我身上出现的种种异常都和那条隧道有关！等天亮之后，我要过去好好查探，说不定可以找到答案。"

高命看向第二张黑白照，仅仅过了几分钟，遗照里的齐淹就发生了变化，他的身上出现一条条裂痕，表情也变得更加惊恐。

"齐淹的意识，或者说灵魂，是不是被拽进了那个世界里？

"三分钟不到，他就好像要死了，看来那个'家'非常恐怖。"

高命将两张遗照收起，赶紧拨打了报警电话，他可不想让齐淹死在自己家里。

"你好，我要报警，那个雨夜杀人魔在我家里。"

短暂停顿后，接线员的声音明显变得紧张："你被挟持了吗？不要紧张，也不要做出刺激他的举动，他现在是不是在你身边？让他说出自己的要求，我们一定会优先保证你的安全！"

高命回头看了一眼头破血流、喝了药水、被捆绑着手脚的齐淹，沉吟片刻："总之你们快过来吧，我怕你们来得晚了，他就撑不住了。"

等待警方到来的时候，高命用手机搜索新闻。按理说，一辆大巴上所有乘客失踪，肯定会上新闻才对，可是他却找不到任何报道。

他查了中元节当晚的客车班次，官网显示的结果是：因为暴雨，当晚客车全部停运了。

"如果全部停运，我那天坐的是什么车？"

高命一直在恨山重犯监狱当心理疏导师，见过各种各样的疯子，为了不受非正常思维的影响，他总会强迫自己保持理智，但在这一刻，他有了新的想法。

"这个世界不太对劲了。"

高命把最近几天发生的新闻都浏览了一遍，当心里有了怀疑后，看什么都有问题。

"九省通衢的含江、世纪智慧城市新沪、国际大都市瀚海，治安状况良好，公共秩序井然，文化底蕴深厚，市民安居乐业，民风淳朴。经过公正客观的评比，它们共同被选为今年的人类文明模范城市！弘扬慈善精神，引领崇德向善风尚！下面有请瀚海慈善总会副会长司徒安先生为大家讲话……"

"晨间急讯！恨山重犯监狱出现暴乱！多名囚犯受伤！三人失踪！"

"晨间急讯！含江市唯一一座第九代乐园凌晨发生火灾，大火映红了夜空，于清晨才被扑灭，无游客伤亡，但乐园损失惨重，不得不暂停营业。"

"插播一条晨间急讯！瀚海旧城区昨夜发生多起恶性案件！请旧城区市民外出时多加注意！"

高命逐条查看，双眉皱起："异常案件频发，隐秘论坛和私人媒体在疯传各种消息，也不知是真是假。"

暴雨击打着窗户玻璃，刺耳的警笛声穿过雨幕，嘈杂急促的脚步声从楼道传来，随后有人猛烈地敲击房门。

"来了。"

高命打开房门，几名全副武装的警察冲进客厅，一眼就看到了被捆着的齐淹，捆绑手法甚至还很专业。

"是你制服了嫌犯？"厉林抬手示意众人检查房间，眼中略有些疑惑，他做警察这么多年，还是第一次遇到这种情况。

"变态杀人狂在没有被确定身份之前是最恐怖的，因为你身边任何一个人都有可能是变态杀人狂，而一旦确定了凶手身份，那他就只是一头心理残疾的野兽。"高命给自己倒了一杯热水，"我叫高命，之前在恨山重犯监狱从事心理疏导工作。"

"你很勇敢，但我不建议你把自己置于险境，在天亮之前，千万不要随便给陌生人开门。"雨夜杀人魔落网，可是厉林的表情依旧严肃，这一点引起了高命的注意。

"难道雨夜杀人魔还有帮凶？不应该啊，从变态心理学上讲，他们这种变态杀人狂更倾向于独自行动。"

"旧城区这三天连续发生了多起案件，你在电视报道中看到的，只是你能够看到的。"厉林没有把话说完，实际情况比他说的还要严重，旧城区连续三天都被一种可怕的氛围笼罩，命案接连不断，凶杀现场诡异、残忍得离谱，简直不像是人能做得出来的。

"这些命案都是最近三天发生的？"三天前正好是高命乘坐大巴进入隧道的时候，也是所有异常开始出现的时候。

"晚上就老老实实在家待着，别再冒险了，保护好自己，保护好家人。"厉林还想要说什么，楼道里突然又响起了脚步声，有一个脸部毁容，左臂佩戴黑色环状通信器的男人跑了进来。

看见毁容男人，厉林眉头皱得更紧，但他没有干涉对方的任何行为，双方似乎隶属于不同的部门。

那个毁容男人也不跟厉林打招呼，在屋内转了一圈后朝卧室走去，可就在进入卧室的瞬间，他手臂上的黑色环状通信器出现了故障，电流沙沙作响。

调试通信器无果后，毁容男人又急匆匆地离开了。

"那家伙不是你们的人吧？怎么他也有资格参加抓捕行动？"高命总觉得，比起警察，那个毁容男人更像是罪犯。

厉林微微摇头，低声回道："他是从新沪市过来的调查员，但具体在调查什么，我也不清楚。"

"调查员？"高命在监狱系统内工作，第一次听到这个称呼。

厉林没有多说什么，他们是出来抓人的，没有携带急救设备，考虑到齐淹现在的情况，他简单问了高命一些事情后，便带队离开了。

高命重新关上房门，坐在沙发上。最近发生的事情太多，他根本睡不着。

"这场雨不知道什么时候才会停。"

听着墙壁上钟表指针走动的声音，高命又拿出了那两张遗照，属于齐淹的黑白照片上裂痕增多，他的生命似乎到了尽头。

"感觉这黑白照有点像卡牌游戏，只不过活人被做成了卡片，成了被玩弄的那一方。"

高命盯着照片里彩色的自己，自我安慰道："就视觉冲击力而言，我自己这张遗照高低应该算张稀有卡吧？不过像我这种'爸妈'那么多的人，在小说里一般都做不了主角。"

厉林穿着雨衣走出荔井公寓四号楼，仰头看去，整座公寓楼压抑阴沉，唯有高命所在的房间亮着一盏灯。

"小刘，你现在就去查一下那位心理疏导师的资料，他表现得太冷静了。"

"那人没有撒谎，他确实是恨山重犯监狱最年轻的心理疏导师，正儿八经医科大学毕业，还是拥有处方权的神经科医生，但是……"雨水溅在小刘的手机屏幕上，"重犯监狱的心理疏导师每月都会进行一次精神健康状态测评，只有达到标准才能工作。他最近一次测评的结果出现了问题，应该是系统输入错误。"

"出了什么问题？"

"危险评分数值超过了测试仪设定的上限。"

天已经亮了，大雨还在下，高命倒没有感到多害怕，只是内心情绪有些复杂。

他在网上搜索后发现，大雨封路，山洪暴发，现在根本没有车辆能够靠近那条位于含江、新沪、瀚海三城交界处的隧道。

"希望那条隧道不要被山洪堵死。"

高命暂时无法弄清楚游戏变成现实的原因，只能先接受这个荒诞的事实。"不知道现在删除那些游戏方案还来不来得及，看来我要去夜灯游戏工作室一趟了。"

之前他兼职游戏设计的时候，曾和夜灯游戏工作室有过多次合作，向对方提供了大量游戏设计方案和悬疑凶杀案件的构思。他现在想去删除自己设计过的所有游戏方案，看看能不能补救。

高命简单吃了顿早饭，将遗照装进背包，穿上雨衣就出发了。

其实按照他原本的计划，辞去心理疏导师的工作后，他打算来夜灯游戏工作室面试，成为一名真正的游戏设计师。

他想从事这个行业的原因也很简单：市面上没有他喜欢玩的悬疑游戏，所以他想自己设计。

早上九点钟，高命来到夜灯游戏的办公室。

夜灯游戏工作室隶属于国内最大的游戏平台魇图科技，是魇图科技旗下众多游戏工作室之一，主打悬疑惊悚游戏，不过现在正处于转型的阶段，他们的日子也不好过。

"是不是有病？！你们是不是有病啊！"

隔着玻璃门，高命都听见了办公室内的咆哮声，他朝门内看去。

几位工作人员坐在工位上，他们面前的大屏幕正播放着一个游戏画面——男主趁着在凶宅和亡妻玩招魂游戏的空隙，偷看自己的死亡录像。

"投资人要求的是比较新颖的恋爱交互游戏！你们花了整整两个星期，就给我搞出来这玩意儿？！"夜灯游戏工作室的负责人苟经理黑着一张脸站在桌边，将军肚上下起伏,头顶的假发都快滑落了。

"你不是要区别于市面上的恋爱游戏吗?"办公室不大,魏大友就坐在门口,一副随时准备跑路的样子,他是夜灯游戏工作室的游戏策划和程序员,也是一个健身狂魔。几年前他被领导逼得没办法,上网寻找比较新颖的游戏设计方案,这才和高命相识。

本来他只想完成任务,没想到高命给他的游戏设计方案,直接获得了当年的"最具创意游戏"新人奖。魏大友这人也很实在,立刻向公司说明实情,大赛主办方把原作者改成了高命,也让高命正式进入了游戏行业。

"我是让你区别于市面上的恋爱游戏,不是让你重操旧业去搞悬疑游戏啊!"苟经理抓着自己的假发甩在了桌上,他脑袋上仅剩的几缕头发都被汗水打湿了。

"大家已经加了两个星期的班了,也都尽力了。"夏阳推了一下平面眼镜,微微眯起眼,脸上保持着微笑,仿佛世间一切烦扰都与他无关。可能正是因为心态好,今年三十七岁的他,看着却好像二十岁出头。他是工作室的主美,曾获得国际美术奖项,画风癫狂怪异,常人难以理解。

"尽个屁的力!"苟经理狠狠地拍着桌子,"本来投资人就少,你们还要赶尽杀绝是吧?!"

"创新、强互动、逐渐拉近的感情、甜甜的恋爱、至死不渝,我完全是按照你的要求设计的。"魏大友翻出苟经理当时发的信息。

"我甜你个头啊!"苟经理扫视了一圈办公室的几位下属,双手薅住自己的残发,"咱们公司一共四十一个游戏工作室,我们排第四十一,已经完全没有下降空间了!再继续摆烂,我们会原地解散,被踢出魔图科技!"

和工作室其他成员不同,苟经理是魔图科技总公司下派来的,据说是得罪了人,所以被迫从头再来。

虽然他谢顶、油腻、大腹便便,但他却是工作室里最热血的,因为他极度不甘,拼命想要再次证明自己。

"三天!我再给你们三天时间,你们无论如何都要给我弄出来一个正常的恋爱游戏!"苟经理捡起假发,气呼呼地端起自己装满枸杞的特大号保温杯,迈着胖腿往外走，正巧撞到了门口的高命。

看见高命，苟经理眼皮微微抽搐。他还记得自己第一次看高命的设计方案时，三千字的方案简介里有十七处情节涉及血腥恐怖，给他带来了深深的震撼。

"高命……早啊，前天面试你没来，所以我们就招了一位新人。"苟经理眼神躲闪，"她一会儿就过来上班。"

以前工作室做悬疑游戏时，苟经理和高命的合作非常愉快，可现在工作室要放弃悬疑游戏，这下高命的到来就有点尴尬了。

"我不是来面试的。"高命一眼就看穿了苟经理的担忧，"我遇到了一些难以解释的事情，可能要把之前提供给你们的所有游戏设计方案都销毁掉。"

"销毁？那些方案只要做出来可就都是经典啊！"魏大友直接离开工位，走到了高命身边，"你这是受什么刺激了？"

"以后我可能也不会再做悬疑游戏了。"高命拍了拍魏大友的肩膀，"另外给你们一个忠告，最近这几天尽量别晚上出门。"

听到高命说自己不做悬疑游戏后，苟经理又恢复了热情："小高，我听大友说你从监狱辞职了，要不你就先来我这里随便找个活干？我们对你的能力十分认可，你根本不需要面试！"

"还是算了吧。"

高命费尽力气，终于说服魏大友打开了工作室存放文件的柜子，将这些年他提供的所有游戏设计方案找了出来。

制作游戏的周期很漫长，前期投入巨大，很多游戏创意找不来投资，所以只能先封存。

坦白说，如果不是夜灯游戏工作室准备转型，高命想要拿回这些游戏创意也很难。

高命耐心整理着自己这些年的心血，将他设计的游戏按照危险性大致分为五等——"罪犯""传言""凶兆""诡语""怪谈"。

"罪犯"就是根据真实案件改编成的游戏，危险完全来自人，着重于推理和搜证，符合现实逻辑。

"传言"也是基于命案的游戏，穿插一些怪异恐怖的故事，但那些故事是虚假的，真正危险的还是人。

"凶兆"这个等级的游戏就不一样了，恐怖的东西开始出现，世界观崩塌，危险来自各种诅咒和怪异的事物。

第四危险的等级是"诡语"，这类游戏里什么都会出现。

第五危险的等级是"怪谈"，代表着一定范围内的事物全都不安全了，规则被改变，什么都有可能是怪物，而且"怪谈"还会不断扩张，影响更多的人。

其实还有第六危险的等级——"失控的怪谈"，这样令人彻底绝望的游戏高命也设计过，他这次过来主要就是为了毁掉最危险的那几个游戏，希望它们不要变成真的。

"三十六个'罪犯'，二十五个'传言'，五个'凶兆'，二十五个'诡语'，三十一个'怪谈'，四个'失控的怪谈'……我这些年还真挺勤奋的。"

高命之前每天工作压力都很大，制作游戏对他来说也是一种宣泄的方式，他会把自己看到的、听到的、幻想出来的各种恐怖事物都融入游戏，与玩家分享自己的不安和害怕。从这方面来说，他也是一个慷慨的人。

"曾经我最大的梦想就是把所有的设计创意变为游戏成品，让全世界的玩家都能感受到中式悬疑的魅力……"

梦想照进现实本来是一件开心的事情，但高命万万没想到自己的梦想会以这样的方式实现。

高命抱着装满游戏设计方案的纸箱来到卫生间，拿出打火机。

火焰烧灼着过去的心血，他用梦想燃起的火，点了一支烟。

高命处理掉所有灰烬，又回到办公室，希望苟总能配合他删除工作室电脑里保存的文件。

那些还没有拉到投资的游戏设计方案删除得很顺利，可有几个游戏已经制作完成，就比如夜灯游戏工作室今天早上开会讨论的那个恋爱游戏。

游戏名字叫《致我们终将逝去的爱情》，苟总利用自己的人脉，费了好大劲才争取到投资。他对这个恋爱游戏无比看重，把它当作了夜灯游戏工作室转型的关键作品。

"高命，其他游戏删了无所谓，这个恋爱游戏不行。"苟总放下保温杯，愁眉苦脸地打起了感情牌，"咱们工作室就指着这游戏吃饭了，我们合作了好几年，你也不想看到大家失业吧？我今年四十多岁了，上有老，下有小，还跟人家投资方签订了协议，这游戏做不出来，我全家都得流落街头了。"

高命能理解苟总，但他还是摇了摇头。苟总现在只是和投资方签了商业协议，这游戏要是变成真的，那全公司可就是跟阎王签对赌协议了。

别的游戏是让玩家充值，他的游戏是让玩家和制作人一起送命，谁都跑不掉。

"要不这样吧。"高命打开电脑页面，"《致我们终将逝去的爱情》整体是大友设计的，不过我为他提供了一些凶案构思，九条恋爱线中的八条都不需要动，但我参与创作的第九条线必须删除。"

《致我们终将逝去的爱情》讲述了一个宅男学渣逆袭的故事，他一生中遇到了九位不同的女性，有病重的青梅竹马、外表高冷但内心善良的公司领导、绿茶渣女李绿馨等。前八位女角色都是魏大友设计的，因为夜灯游戏工作室全体工作人员谈过的恋爱次数一只手就能数得过来，所以这恋爱游戏的剧情很一般。

高命当时觉得，这样的游戏没有特点，所以就建议魏大友增添了第九条线——心理犯罪连环杀人鬼宣雯。

那是一个拥有极高情商和智商的危险女人，在单纯诚挚的她被欺骗后，她的爱开始变得病态而疯狂，她总能知道男主在哪里，每时每刻都监视着他。

也正因为第九条线的加入，游戏性质发生了改变，恋爱游戏朝着灵异的方向狂奔。

听到高命主动要求删除第九条线，苟总心里乐开了花："没问题，我们这就删除第九条线，从今天开始踏踏实实做恋爱游戏！"

"我再多说一句。"高命提醒道，"你们不要设计那么多女角色，一个女主就够了，她最好跟男主没什么交集，俩人能顺利活到老就行。"

"没有交集怎么做恋爱游戏？"魏大友有些不解。

"现在人们谈恋爱主打一个佛系、随缘,男主甚至可以不跟外界有任何交流。"

高命之前做的亲情小游戏都可以异化得十分恐怖，这种恋爱游戏说不定也会异化。"

"好吧。"魏大友也不知道高命是在说气话，还是心里真那么认为。他觉得第九条线才是整个游戏的精髓，删除了第九条线，整个游戏都变得没有期待感了。

魏大友打开电脑，正要修改第九条线，这时夜灯游戏办公室的玻璃门忽然被推开了。

仿佛是感知到了什么，办公室里整天懒洋洋的肥猫突然叫了一声，跳下桌子，躲到了书柜后面，毛发立起，身体发抖。

"实在抱歉，外面雨下得太大，我一直没有打到车。"温柔的声音从门口传来，让人觉得很舒服。

众人朝走廊看去，门口站着一位肩膀被雨水打湿的女人。她穿着白衬衫、半身裙，如此简单的穿着，也给人不一样的感觉。

这个女人面带微笑，随和大方，似乎不知道自己非常好看，抑或精致的容貌只是她身上最微不足道的一点。

"没关系，这几天都有暴雨，特殊情况，我们能理解。"苟经理大手一挥，向高命介绍道，"她叫宣雯，是一位刚入行的游戏设计师。很巧啊，跟你游戏里设计的女配角名字一样。"

高命站在原地，打量着不远处的陌生女人，对方穿着朴素，可再普通的衣服都无法遮挡她身上那与众不同的气质。

那是狩猎者的自信，是肉食者的优雅。

"宣雯？"

"嗯，你好。"

"心理犯罪连环杀人鬼？"

"嗯？"宣雯明显愣了一下，苟经理赶紧过来打圆场，开着玩笑糊弄了过去。

大家都热情地和宣雯打招呼，工作室里只有高命和那只肥猫在刻意躲避。高命站在距离宣雯最远的角落，悄悄拿出手机搜索，网络上没有关于宣雯的任何信息，接着他又输入了《致我们终将逝去的爱情》里其他女角色的名字，一个接着一个尝试。当高命搜李绿馨时，搜索页面弹出了好几条新闻。

两天前的夜晚，李绿馨在男友豪宅中离奇死亡，疑似自杀。

是同名，还是……他杀？高命瞟了一眼宣雯，总觉得宣雯在这个时候来夜灯游戏工作室的目的不单纯，心道："她不会是来找我的吧？"

高命头皮发麻，抓住魏大友，催促对方尽快删除所有游戏方案。事关重大，他必须亲眼看着魏大友删完才行。两人忙碌到下午，夜灯游戏工作室里由高命提供的全部游戏方案和创意都被删除，有些不能删除的也已修改。

看着空白的文档，高命稍微安心了一点儿，端着一杯热水走出了办公室。

那只肥猫也跟着高命溜了出来，动作飞快，表现出与体形完全不相符的敏捷。

"你也感受到危险了吗？小家伙还挺聪明。"高命来到公共休息区，特意找了个偏僻的地方，一边撸猫一边思考。

周围的人陆续离开，大概五分钟后，他身边的肥猫突然像死了一样，躺在沙发上一动不动了。

高命察觉不对，立刻起身，闻到了一股特殊的香味，很淡，却又充斥着诱惑和危险。他回头看去，宣雯不知何时站在了自己身后，还将纤细的手指轻轻搭在了自己的肩膀上："老公，你是故意装作不认识我吗？"

听到宣雯的称呼，高命的表情凝固了，手里的一次性纸杯没拿稳，掉落在地，水珠溅到了两人身上。

"老公？！"高命后背紧贴着墙，汗毛都立了起来。他连恋爱都没谈过，怎么可能成为别人的老公？眼前的这个女人十分不对劲！

"你想删除所有游戏，可是一切从三天前就开始了，你心中隐藏的噩梦已经变为现实。"宣雯贴得更近了，脸上的笑容柔和温暖，眼底映照着高命的不安，"你是不是忘记那天晚上在隧道里发生的事情了？"

宣雯的声音很低，只有高命和她能够听见："如果需要我帮你回忆的话，今晚你可以来我家一趟。"

她伸出双手帮高命整理好衣领，就好像和高命在一起生活过很久一样。

"你不用担心会遇到危险，因为那些对你有想法的坏女人，"宣雯慢慢凑到高命耳边，"都已经被我杀了。"

第二章

唯一的家人

"先是'爸爸妈妈'每天晚上都回来,有了一屋子'父母',然后又有人莫名其妙叫我老公。我只是中元节穿过了一条隧道,怎么感觉一下把家人全集齐了。"

看着宣雯远去的背影,高命脸色苍白,他现在可以确定,宣雯和给自己送蛋糕的"爸妈"一样,都是某些"未知的存在"变成的。

"宣雯不仅知晓隧道里发生的事情,还猜到了我会来夜灯游戏工作室删除游戏。"

宣雯的身影消失在走廊里之后,高命的脸色才恢复正常,那只肥猫也重新"活"了过来,蜷缩在高命身后。

"大雨封路,我现在想知道答案,似乎只能去问宣雯。"高命重新冷静下来,"不过宣雯和'爸妈'的状态区别很大,她好像完全不受限制,可以在白天自由走动……"

"发财!你怎么跑到这里了?"魏大友单手将肥猫抱起,一边吸猫一边跟高命开起了玩笑,"高命,要不你就留下吧,你看发财都舍不得你。"

"它不是舍不得我,是比较惜命。"高命也是第一次见到装死的猫咪,不管发生什么事,它硬是一动不动,"大友,我知道你是个好人,所以我最后再提醒你一次,天黑之后别出门,离那位新同事远点,她问题很大。"

"我也看新闻了,知道最近瀚海不太平。放心吧,你照顾好自己,有什么需要尽管打电话,毕竟我们是那么多年的合作伙伴。"魏大友不顾发财的强烈反抗,将小家伙带回了办公室。

高命离开夜灯游戏工作室,没有回家。他来到公交站台,看着标注了各种线路的城市地图。

瀚海是一座非常特殊的城市,共有十九个区,最繁华的东区居住着来自世界各地的富豪,在那里能够享受到的东西可以突破普通人想象力的极限。而高命住的旧城区仿佛是另外一个世界,密密麻麻的大楼挤在一起,压抑逼仄,只是走在其中就让人喘不过气。

百年前,瀚海在战乱中崛起,是政客、商人和难民的庇护所,海纳百川,包容万象。凭借着自身独特的优势,瀚海成为世界三大自由港之一,但在智能革命和生物革命的冲击下,这座无比辉煌的城市也来到了时代的岔路口。

不过这些都和高命无关,他的目光扫过密密麻麻的公交站点,脑中闪过一起起残忍恐怖的凶案和怪谈。

"屠夫案、猫公仔肢解案、色魔案、沉尸案……"高命眼皮抽搐,脑中的凶案几乎铺满了整座城市,更可怕的是,除了凶案,他还看过非常多的怪谈和恐怖电影。

"血肉仙、吊颈人、回魂夜、吃人电梯……数都数不过来啊!"

大到医院、学校、商场,小到楼道、电梯、床下、抽屉,但凡是城市里有的东西,高命都能在脑中找到对应的恐怖场景。

"按照宣雯的说法,我心中的噩梦全部已经变为现实,那就不单单是指游戏了,所有悬疑灵异的情节都有可能会在这座城市里出现。"

虽然很不想承认,但高命觉得他以一己之力拉开了末世序幕。

"那个未知世界的东西,似乎能根据我脑海里的记忆演化出各种恐怖事物,和这座城市融合。"

天空阴云密布,云层压得越来越低,这座城市像被掐住了脖颈的囚徒,即将带着满身罪恶在挣扎中死去。

高命站在公交站台上，看着暴雨中的街道，脸色很差："如果我是个满脑子黄色废料的家伙，就没这么多破事了。"

宣雯显然很不正常，可她似乎能够提供线索，这是高命现在最需要的东西。

下午五点半，宣雯撑着一把红伞走出办公楼，她好像预知到高命没有走，微笑着来到公交站台："你一直在等我吗？"

"只是没想好要坐哪辆公交回家。"

"那一起吧。"宣雯把伞撑在两人头顶，侧头看着高命，她的目光中透露着喜欢，但那种喜欢有些扭曲，像是收藏家看到了名贵的艺术品，又好像患有怪癖的人得到了奇怪的满足。

公交到站，高命等宣雯上车坐好后，才独自站到了车尾。

一小时过后，他们回到了旧城区。

看着面前的建筑群，高命更想远离身边的女人了。

荔井公寓一共四栋楼，呈"井"字修建，宣雯就住在高命对面的那栋楼。大胆猜测一下，说不定宣雯前几天就已经在偷偷观察高命了。

"你不要误会，最近几天发生在荔井公寓周围的凶案和我没有任何关系。"宣雯的声音在暴雨中有些模糊，"其实我每天也提心吊胆，过得很害怕。"

"为了不害怕，所以你把威胁都干掉了？"高命一开始都没往凶案上想，被宣雯这么一提醒，他脑中又闪过厉林的警告。

在他被困在房间的三天里，很多"东西"已经"扩散"。

穿过公寓的天井大院，高命和宣雯进入了二号楼。

刚上三层，他们就看见一个老太太在楼道里烧纸，火盆里装满了纸钱燃烧留下的灰烬，她嘴里不断念叨着什么，对着火盆旁边的遗像磕头。

老人满头银发，遗像中的男人看着却只有四十多岁，年长的给年轻的磕头，这场景有些奇怪。

"她的养子三天前自杀了。"宣雯停下了脚步，"据邻居们说，她的养子生前人很好，憨厚老实、任劳任怨，明明和老太太没有血缘关系，还把老太太一家当作亲人照顾。"

"很多时候我们看到的只是表面,不善言辞的人,内心或许想的更多。"高命在院里见过老太太的养子,那位大哥姓赵,对谁都很热情,经常拿着手机在公寓楼内打扫卫生间。

赵哥每天都笑呵呵的,但高命总觉得他的笑容很勉强。

高命有时候也会陪赵哥在楼下聊聊天,可他自从上个月就再也没在院里见过那位大哥。

高命朝遗像鞠了一躬,被宣雯带到了五层。

晾衣服的绳子随意搭在楼道里,距离裸露在外的电线很近,上面搭着各种衣物,不知道是不是受到了整体环境的影响,那些衣服显得灰扑扑的,就算没有风,也会轻微晃动。

过道两边全都是老式铁门,锈迹斑斑,黄褐色的门框和大红色的对联形成了一种诡异的反差,连贴在中间的福字都让人觉得十分别扭。

"到了。"

宣雯拿出钥匙,打开了2507号房的房门,高命却有点不敢进去。

2507号房正是老太太养子的家,三天前,赵哥就是从这间屋子的阳台跳下去的。

"你租下了死者的房子?他的头七可都还没过。"

2507号房基本维持着原本的模样,赵哥生前用过的家具都在屋子里。

赵哥生前是个极为节俭的人,屋内装修十分简陋,冷冷清清,弥漫着一股说不出的寒意。

雨滴砸在窗户玻璃上,天空阴沉,这才下午六点多,屋内已经非常昏暗了。

宣雯没有开灯,径直走到阳台上,俯视天井大院,俯视这场暴雨。

高命经过激烈的思想斗争,也进入了2507号房。他的视线很快被吸引——客厅墙壁最显眼的位置挂着一个被黑布蒙住的巨大相框。

"想知道那是什么吗?"宣雯没有回头,却对高命的心理活动了如指掌,"你可以取下黑布看看。"

高命扯住黑布一角,轻轻拽动,随着黑布滑落,一张巨大的婚纱照出现在他的面前。

照片里的高命和宣雯脸上带着幸福的笑容，但只有高命自己是彩色的，美艳动人的宣雯和她身上那夸张的婚纱全都是黑白色的。

"又一张遗照？"高命根本不记得自己和宣雯拍过这么诡异的婚纱照。

"现在你想起什么了吗？"宣雯转过身，脸上的笑容十分温暖，表情也很温柔，可浑身散发出的气息却极为不正常，那双美丽的眼眸深处隐藏着秘密。

"中元节那晚，隧道里究竟发生了什么事情？"高命自始至终都没有离房门太远，随时准备离开。

"你乘坐了一辆本不该乘坐的车，到了一个本不该去的地方。你忘记了隧道中发生的事情，这是你的身体在保护你，你的潜意识认为你无法接受那恐怖的事实，所以才会选择性遗忘。"

"那你为什么知道隧道里发生的事情？你应该是因为我的游戏才出现的，从时间上讲，你没理由知道我在隧道中的遭遇。"高命退到了门口。

"因为那晚是我把你送回家的。"宣雯又向前走了一步，"你还记不记得《致我们终将逝去的爱情》这个游戏里，关于我那条支线的设计？我总能知道你在什么地方，我最喜欢做的事情就是看着你。这充满恶趣味的能力，还有那不受控制的爱意，让我在醒来的第一时间便去找了你。"

高命光听宣雯讲，就觉得很可怕，他在设计方案时根本没想到这个游戏居然这么恐怖。

"你都看见了什么？"

"隧道壁上镶嵌着一具具面目狰狞的尸体。我到的时候，你正在和什么东西对话，一步步朝着隧道深处走去，是我把你带了出来。"高命不知道宣雯说的是真是假，不过她在说这些的时候，眼底流露出了一丝畏惧。

"如果只是看见满墙的尸体，我不会被吓到失忆，不过我确实听见了一些声音。"高命努力回忆，却什么都想不起来，"你还记得那声音说了什么吗？"

"一切都在失控，厉鬼横行，怪象频出，人们心底的恶意将颠覆城市。用不了多久，你过去根据真实案件和都市怪谈制作的游戏都有可能变为现实，它们将从你褪色的记忆中钻出，削弱它们怨气的方法就是让更多的人去玩你设计的游戏，你可以选择带领他们通关，也可以选择牺牲他们，喂饱怪谈。不同的选择会付出不同的代价，也会有不同的收获。"宣雯停顿片刻后，又继续说道，"那声音说你本该死去的，是它给了你一个活着的机会，你们似乎达成了一个交易。"

"我本该死去……"高命思考着这句话的深层含义，"难道我在隧道里经历了一次死亡？你过去时，我已经被救活了？这完全不合常理呀！"

"如果你不相信我说的话，或者觉得我在欺骗你，也可以去找当晚客车上的其他乘客验证。"宣雯坐到了沙发上，"在带你出隧道的过程中，我看见了其他活人。"

"还有乘客活着？"

"嗯，当时太过匆忙，我没看清楚他们的脸，否则我一定会想办法把他们囚禁起来，弄清楚真相。"宣雯换上了拖鞋，用最平常的语气说出了最可怕的话语。

高命不自觉地又向后退了一步。

"得到答案了，就急着离开吗？"宣雯笑吟吟地望向高命，"你应该也不记得自己在隧道里答应过我什么了吧？"

"不记得了。"

"没关系，以后可以慢慢想。"宣雯从贴身衣物里取出了一张黑白遗照，"当我睁开双眼，在现实中醒来时，这张黑白遗照就出现在我身边。最近三天，随着我解决掉恋爱游戏中的其他女角色，照片上的婚纱好像出现了一些变化。"

宣雯将手中的黑白遗照和墙壁上悬挂的巨大婚纱照做对比，能够明显看出，她手中那张遗照的婚纱出现了色彩。

"恋爱游戏里的其他女角色也是在某种未知的影响下出现的，严格来说，她们本就是死人，可问题是……"宣雯拿着遗照靠近，她的眼里燃烧着癫狂，"遗照代表着死去的人留给现实的记忆，当黑白照片变为彩色，是不是就意味着死去的人重新活了过来？杀死其他人，好像能够让我摆脱某种束缚。"

"所以你才可以在城市中自由穿行，与正常人无异？"听到宣雯轻描淡写地说自己干掉了其他女角色，高命额头渗出了冷汗。三天时间，八位女角色，太匪夷所思了！

恋爱游戏里最不受待见的边缘女配、性格扭曲的被遗弃者，却在游戏变为现实之后，通过精准的判断、果断的行动，成了比高命这个当事者更了解现状的"人"。

宣雯的出现也打开了高命的思路，那些悬疑惊悚游戏当中，不只有危险的怪物，也有潜力极大的"疯子"。

"我只是想要成为和你一样的人。"宣雯的语速开始加快，状态也越来越不正常，她说出了自己找到高命的真正目的，"我经过反复尝试后发现，游戏变为现实有一个过程。越是危险的游戏，与这座城市融合的速度就越慢，会出现各种凶兆和预警。想要提前在怪谈未完全形成时将其触发，需要满足三个条件，分别是刚死过人的凶宅、来自那个世界的遗照，和……你。"

站在2507号房这间凶宅当中，高命已经完全明白了宣雯的意思。她想"猎杀"怪谈游戏，想趁着怪谈游戏里的角色未成长完全之前，吃掉他们！

"凶宅是游戏场地，遗照相当于提前进入游戏的门票，你则是通道。"宣雯双手抓住了高命的衣服，"那声音让你多带玩家进入游戏，我应该也可以算是玩家吧？"

宣雯眼底飘着血丝，打开了自己随身携带的手提包，里面装着整整八张没有人像的空白遗照。

"门票我有的是。"

"冷静，这一切只是你的猜测。"弄清楚宣雯的真实目的后，高命反而不害怕了，"不过我可以帮你，今晚就在2507号房验证你的猜测。"

高命刚答应下来，楼道里就传来了脚步声，随后门铃响起。

等宣雯用黑布盖住婚纱照后，高命打开了房门。那个毁容的调查员出现在五层走廊上，上气不接下气地说："这房间很危险，你们必须赶紧搬走！"

"这不就是一间很普通的住宅吗？"高命一副"我就是要作死"的样子，让调查员更着急了。

"2507号房原住户自杀身亡，你们千万不要为了贪图租金便宜住在这里。"调查员脸部毁容，看不出他的表情，不过从他着急的语气也能听得出来，2507

号房确实有大问题。

"为什么？难道赵哥的死不是意外，而是他杀？"

"不要问为什么！"调查员指着自己那张恐怖的脸，"如果你们不想变得和我一样，就赶紧搬走！"

调查员很显然知道一些事情，这让高命更加好奇了："你总要给我们一个理由吧？"

突然被要求搬走，是个正常人都不会愿意。

"不只是你们，在异常源头确定之前，你们这一层居民都要暂时搬离。"这位调查员昨夜见过高命，知道高命不是那么好糊弄的，"你制服了雨夜杀人魔，我承认你胆子很大，可有些危险是无形的！那些东西才是导致旧城区发生多起凶杀案的主要原因！"

"那些东西是指……"高命眯起眼睛，他对这位调查员很感兴趣。

"知道的越多，越容易被它们缠上，我所说、所做的一切都是为了保护你们，也希望你们可以相信我。"调查员苦口婆心，但高命和宣雯依旧不为所动，"你们真的是不见棺材不掉泪啊！"

高命慢慢低头，他见了"棺材"掉不掉泪不清楚，但宣雯见到"棺材"估计就跟见到胶囊旅馆一样，是肯定不会哭的。

"如果你们实在不愿意搬走，那我接下来说的话，你们一定要牢记在心里。"调查员无法劝说两人离开，只能给他们一些警告，"你们尽快把屋里死者用过的东西全部换掉，不管白天还是晚上，千万不要模仿死者生前的动作，更不要产生和死者生前相同的情绪。"

"换掉死者用过的东西我能理解，不要模仿死者是什么意思？"高命有些疑惑，"难道在他死去的地方，和他产生相同的情绪，他就会回来？"

调查员没有回答，也没有否认，转身就上楼了，似乎是要去调查一些东西。

"他似乎知道很多东西。"宣雯默默走到高命身后，目光危险又迷人，"现在没有人再来打扰我们了。"

她关上了防盗门，温柔地靠近高命，嘴唇微动："你制作的游戏可以理解为两个世界重合的部分，你则是提前开启游戏的钥匙。我们要做的事情很简单，就是在凶宅里重复他之前的生活，产生和他相同的情绪。然后他遗留在两个世界之间的执念、痛苦和遗憾就会自己找回来，以你为中心，强行触发怪谈。"

"你这话我听着有点耳熟。"调查员刚刚的警告还萦绕在高命耳边，"大姐，你确定这样搞没问题？"

听到高命对自己的称呼，宣雯愣了一下，不过她还是很有耐心地解释道："怪谈游戏是最恐怖的，一旦完全成形，恐惧会扎根在每一个听过怪谈的人心中，蚕食所有人的内心，我们根本没有能力去处理。所以摆在我们面前的只有一条路，那就是提前将其触发，把它扼杀在摇篮里。我知道这件事很危险，也可能会死人，可要是不去做，那以后会死十倍，甚至百倍的人！"

宣雯说的也有道理，现阶段只是亲情小游戏和恋爱游戏异化，就已经很恐怖了，真等到那些怪谈游戏和城市完全融合，高命要面对的情况会更加危险。

"有些东西是躲不过去的。好吧，那我就来试一试。"

在宣雯的引导下，高命拿着一张空白遗照坐在了客厅里的镜子前面。

屋内的灯全部被关掉，房间四角点燃了四根白蜡。

火光在黑暗中摇曳，雨滴坠落，雷声轰鸣。

高命调整呼吸，闭上了眼睛，回想着脑海中关于死者的事情。

赵哥全名赵喜，是三楼老太太在垃圾堆旁边捡到的弃婴，他没上过学，从小到大穿的都是旧衣服，大院里的孩子和老太太的二儿子经常欺负他，但他从来不反抗。

长大后，赵喜在旧城区做搬运工，为弟弟妹妹挣学费，任劳任怨，撑起了一个家。

赵喜虽然过得很累，但每天都乐呵呵的，见谁都会打招呼，以前院里欺负他的孩子，现在也都会叫他一声赵哥。

时间一天天流逝，赵喜成了荔井公寓里最热心肠的人，谁家有什么麻烦，他都会尽力帮一把。后来他弟弟犯法入狱，也是他在家照顾养母和怀孕的弟媳。

按理说，这样一个乐观坚强的人是不会自杀的，街坊邻居都感到不可思议，只有高命看出了一些端倪。

赵喜常年从事重体力劳动，身体状况很糟糕，去年腿部受伤后，他就被厂子辞退了。

没有文化，腿有残疾，身体还不太好，赵喜想要找工作很难，他待在家里，又受到弟媳和养母的冷眼、数落。

赵喜知道自己是捡来的孩子，他比任何人都更想得到认同，渴望拥有真正的家人。可没人看得起他，平日里他也没有什么疏解情绪的方式，只会抱着手机，可能在他看来，手机都比家人更理解他。

他在外面表现出的所有乐观、坚强、热情，更多是一种强加给自己的伪装，他不想再被遗弃了。

可他越是如此想，内心就会越痛苦。

看不见希望，无力改变，成为累赘，直到最后开始憎恶自己。

种种负面情绪涌现，温度开始慢慢降低了。

高命坐在客厅里，仿佛回到了赵喜自杀的那个晚上。

闭着眼睛看不到这些，而且此时蜡烛还燃着。他的脖颈上没有绳索，呼吸却越来越困难，他用双手摸着自己的脖子，心底控制不住地产生了厌恶。

窗户和门都不是出口，他好像被关在了一个被所有人遗忘的角落，这里只有自己，一个无能为力的自己。

头痛、心慌，脑子好像坏掉了，睡不着，只想睁着眼睛撕扯回忆。

镜中的世界开始变形，阴影如潮水般漫过房间，遗憾和执念渗进了灵魂深处。

熟悉的寒意顺着脊柱爬动，高命睁开双眼，客厅里的蜡烛已经全部熄灭，整个2507号房被阴影包裹！

高命抬头看向镜子，瞳孔缩小，等身镜里映照着一个上下颠倒的扭曲世界。

砰！

不等高命反应过来，一声巨响从楼下传来，他赶紧跑到阳台上查看。

荔井公寓的天井大院里，二号楼的楼道口旁边，有一具四肢扭曲、脖颈折断的尸体，正直勾勾地盯着2507号房的阳台。

空气中弥漫着一股淡淡的腐臭味，熟悉的窒息感传来，高命知道自己又一次来到了两个世界重合的地方。

宣雯提供的方法没错，这样做确实可以主动触发怪谈游戏。

高命避开楼下那具尸体的"目光"，回头看向客厅，屋内的环境似乎永远保持在死者自杀的那一刻。

破旧的房间里只有高命一个人，宣雯并没有出现。

她已经离开这个房间了，还是说她压根就没有进来？

黏稠的阴影仿佛淹没身体的黑色海水，高命待在原地，让自己冷静下来，他要尽快确定是哪个游戏变成了现实。

"尸体出现在楼下，说明这个游戏的影响范围要比我之前通关的大很多，至少包含了整栋二号楼。

"赵哥生前曾和我多次聊天，我也计划为他制作能够舒缓情绪的小游戏，当时我构思了好几个游戏设计方案……"

手机振动的声音打断了高命的思考，他缓缓推开卧室门，在床头柜上发现了一部杂牌手机。

手机外壳发黄，充电口残留着污渍和碎发，没有设置锁屏密码，上面弹出了一条条新信息。

高命和赵喜聊天的时候，见他用过这部手机。

高命触碰屏幕，看到了赵喜加入的聊天群——"远亲不如近邻"，这是荔井公寓二号楼的业主群。

就在刚才，住在一楼的王愧生在群里发送了三段视频。

他站在自家阳台上，近距离拍摄到了赵喜的尸体。赵喜的头先着地，脸已经完全变了形状，脖颈折断拉长，四肢扭曲，碎裂的骨头刺穿了皮肤。

王愧生接着说道："我亲眼看见赵喜被拉走的！他的尸体怎么又回来了？！什么情况？"

群聊里炸开了锅，有人想报警，有人想出门查看，但很快他们就都安静了下来。

2203 小秋："王哥，你这三段视频有问题啊！第一段视频里赵喜的位置和第三段视频里的不一样！他好像……在动啊！"

包括高命在内的业主都重新看了视频，三个视频里，赵喜的位置确实发生了变化。

2101王愧生："尸体怎么会动？死的人怎么会动？！应该是拍摄角度问题，我再去阳台看一下！"

王愧生明显慌了神，他好像准备重新拍摄一段视频。

高命察觉到不对，拿着手机跑到阳台，朝楼下看去。

大雨冲刷着血痕，原本在楼道口的尸体不见了。

"他爬进楼内了？"

去拍新视频的王愧生没有再发送任何一条信息，就好像消失了一样。

荔井公寓是典型的老小区，位置偏僻，很多房间都是空的，二号楼根本没住几个人。现在王愧生失踪，剩下的几位住户更加害怕了，原本豪言壮语说要外出查看的业主也缩在了房间里。

2203小秋："完了！怎么办？所有电话都打不通，除了能在这个群聊里发信息，其他信息都发不出去！这到底是为什么啊？！"

2304李丽："难道是因为赵喜在这个群里，所以这个群聊才能继续使用？"

李丽就是赵喜的弟媳，跟赵喜的养母赵媛愿一起住在三楼。

2409方书奇："赵喜为什么会回来？是不是你们家做了不好的事情？我在楼上经常听见你们吵架！你们这家人一边趴在他身上吸血，一边还觉得理所应当，现在肯定是报应来了！"

2304李丽："放屁！他的死可跟我没有一点儿关系！"

2203小秋："你们先别吵！我听见了！我听见楼道里有声音！有东西爬上来了！"

因为太过着急害怕，小秋直接发送了语音："真的有东西在往上爬！就在我门外。"

2409方书奇："我们打开群视频吧，大家都能看见彼此，可以更全面地了解彼此的情况，也能有个心理准备。"

方书奇似乎是故意想要验证一些事情，他说完之后，就把包括赵喜在内的所有群成员都拉入了群视频中。

众人看见赵喜的视频被打开后，全都吸了一口凉气，可紧接着他们就看见了高命。

2304 李丽："你是谁？你怎么拿着赵喜的手机，还在赵喜的家里？他是不是你带回来的？"

高命还没来得及说话，小秋的视频里就传出了敲门声，每次间隔两秒左右，仿佛有人在用头一下一下地撞着房门。

小秋的脸已经吓白了，她开着视频，把沙发堵在房门前。

敲门声没有丝毫减弱，反而越来越大，门板好像都在轻微震动。

小秋举着手机，表情惊恐："我该怎么办？帮帮我好吗？大家都是邻居！你们也会被他缠上的！"

她蜷缩在卧室床上，冲着手机求救，可楼内所有人都无动于衷。

就在她眼眶湿润，急得快要哭出来时，屋内灯光闪动了一下，突然熄灭了。

黑暗毫无征兆地笼罩了 2203 号房，手机屏幕发出的微弱光亮映照着小秋的脸。她的身体好像被冻住了一样，死死握着手机，眼睛紧盯着客厅。

漆黑的客厅里，传出了嘎吱嘎吱的奇怪声响，她不敢呼吸，直接捂住了自己的口鼻。

重物在地上拖动，门板被慢慢挤开，碎裂的指甲摩擦着地砖，黑暗中，挪动的轮廓逐渐变得清晰。

心脏重重地跳动着，似乎要蹦出胸口，小秋颤抖着手，打开了手机照明。

短暂的光亮出现在卧室，小秋发出一声刺耳的尖叫。

情绪崩溃的小秋打开卧室窗户，暴雨打湿了她的睡衣，手机从掌心滑落到窗台，她已经忘记了视频，发疯一般地踹着防盗网，想跳下去逃跑。

众人通过摄像头能够看到卧室天花板和窗户一侧的情况，想要逃离的小秋却并未发现，窗外左下方还有一张惨白的人脸，正一点点往上挪动。

群聊里的邻居们大声提醒，小秋颤抖着转过身。

她的五官因为恐惧而变形，好像看到了极为可怕的东西，嘴巴张大，还未发出声音，便被拖拽进了黑暗当中。

2203号房一片死寂，群视频里也鸦雀无声。

高命举起手机，默默注视着视频里的每一位邻居，牢记每个人细微的表情变化，接着，他快步走到了房门口。

赵喜正在上楼，但这还不是最糟糕的。

高命刚才在视频里看见了窗外的人脸，那张脸不属于赵喜，有点像2101号房的王愧生。

他的目光从群聊上移开，没看到邻居们被害的过程。回想之前被替换过的"父母"，他现在最担心的一种情况是邻居们已经被替换，楼内除了他之外，其余全部都是游戏角色。

正常人遭遇怪谈后肯定会害怕、慌乱，一瞬间的判断失误就可能导致死亡，而高命则属于另外一类人，他直接预判了最坏的情况，把期待值降到最低再行动。

2409方书奇："王哥和小秋很可能已经遭遇不幸，我们剩下的居民只有团结起来，才有一线生机。我希望赵喜的家人能够站出来说清楚，因为赵喜会重新回到这栋楼，肯定和你们有关！"

2304李丽："虽然赵喜是捡来的，可我们一直把赵喜当作家人对待，倒是你们这些邻居，平时见到他嘴里喊着赵哥，其实心里根本看不起他！背后传谣言，还编造我和他的事情，你们以为我不知道吗？赵喜就是被你们逼死的！"

李丽的视频画面在晃动，住在三楼的她非常害怕，抱着孩子，打开了客厅的门。

她不敢下去，所以想往楼上跑，躲进别人家里。

赵喜的养母跟在李丽后面，眼泪顺着皱纹往下滑落，手臂挽着的篮子里装满了纸钱。

"都什么时候了，还带这些东西？都是你把他引回来的！"李丽训斥着赵喜的养母，漆黑的楼道里又传来爬动的声音，仿佛好几只手在按着台阶往上跳。

李丽吓得尖叫，顾不上老太太，也不管视频了，撒腿就跑。

画面晃动，什么都看不清楚了。

2409方书奇："李丽，你连自己婆婆都不管了？"

2501黄明明："不如我们都躲到顶楼去，聚在一起想办法，反正自己待在房间里也不安全。"

2607嘉琪："不行！往楼上躲也不是个办法，赵喜迟早会找上门来啊！"

2707姚远："我家距离楼道最远，大家先来我家吧。"

2409方书奇："姚老师？你、你的病好了？"

看到视频里开口说话的姚远，方书奇和另外几位邻居格外震惊。姚远今年七十多岁，之前是警校老师、反扒模范，会开锁，会搏击，知晓各种诈骗手段，身体素质极好。可两年前他被诊断出绝症，荔井公寓内很多人都知道这件事，曾经高大魁梧的姚老师在两年内瘦得没有了人样，只能坐在轮椅上，口不能言，吃饭都很艰难。

"我……"姚老师抿了一下嘴唇，面带苦笑，"我也不知道为什么会发生这样的事情，三个月前，我放弃治疗，在家等死，几乎无法下床。但就在今晚，我感觉自己的病完全好了。不仅感受不到痛苦，身体也恢复到了最佳状态。"

见大家都不相信，姚老师对着手机默默脱去了上衣，他的皮肤毫无血色，胸腹位置有大量黑色血管鼓起，好像要撑破身体，与这个世界融合："我真不知道自己为什么会变成这样，但我很清醒，我还是我。"

群视频里没人说话，邻居们看见姚老师视频中的身体后，不自觉流露出了恐惧和恶心的表情。邻居们的目光让姚老师很不自在。

姚老师披上外衣，知道现在说什么都没用，也没再提议让大家都躲到他家去。

邻居们不相信姚老师，但高命是个例外，他见过被替换的"父母"，那些未知的存在可以变得和真人一模一样，根本不会留下如此明显的缺陷。

根据遗照背面透露的信息，濒死之人也能够进入游戏，姚老师难道就属于这一类？

群视频里所有正常的邻居都让高命觉得有点不对劲，反倒是看着问题最大的姚老师让高命觉得亲切。

如果邻居中有"鬼"，他们应该会把恶意引到真正的活人身上，让活人去杀死活人。

高命想亲自去找姚老师一趟。

他抓着门把手，刚把门打开一条缝，就听见了急促的脚步声，似乎是李丽刚巧抱着儿子从五楼经过。

"要不要把他们母子绑起来？"高命背靠房门想，"这是确定邻居身份最简单的方法。"

高命只犹豫了半秒钟，就准备把想法付诸行动，李丽和她的儿子落单，这机会很难得。

"群视频可以帮助我了解其他邻居的情况，但也让我处在他们的监视中，我接下来做的事情不太适合被他们看到。"

想到这些，高命捂住摄像头，推开房门，进入楼道。

他用最快的速度去追，可一直跑到七楼都没看见李丽的身影。

"有问题！李丽抱着一个小孩，就算比我提前几秒出发，也不可能比我更快来到七楼啊！"

高命探头朝楼下看去，下面几层一片漆黑，死气沉沉，安静得如同赵喜曾经的生活。

"不会真的都是'鬼'吧？"

手机里传出争吵的声音，高命赶紧调低音量，躲在墙角查看。

2409方书奇："我出不去了！赵喜就在我门外，他真的回来了！"

方书奇在群聊里发送了一段视频，那是他家门口的监控拍摄下来的。

黑白画面里，赵喜在台阶上挪动，他的脸摩擦着地面，脖颈斜靠在肩头。

忽然，赵喜好像感知到了什么，头颅一点点扬起，冲着监控探头露出了一个诡异的笑容，然后一下一下地用头撞击着2409号房的房门。

光是看着监控视频，邻居们就感觉手脚发凉，更别说被困在屋里的方书奇了。

他举着手机的手臂抖动得越发剧烈，随着第九下敲门声响起，他发出了一声惨叫。

接着，玻璃破碎的声音传入所有住户耳中，视频画面开始变得模糊，小区里再次响起重物落地的声音。

砰！

攥在手心里的手机向下滑落，镜头贴在了惨死的方书奇的脸上，他像是被人从四楼推下来的，死状和赵喜一模一样。

画面被血染红，高命也被吓了一跳，他强忍着不适，跑到七楼长廊末端，砸碎了封闭的窗户，向外看去。

果然！

视频里方书奇惨死在楼下，可高命朝楼下看，楼道口只有一摊血污，根本看不见尸体！

那些"邻居"好像只存在于视频中，他们似乎想故意营造出一种恐怖的氛围。

"视频有问题！邻居也有问题！赵喜留在房间里的手机有可能是谁故意留下来的！"

如果高命不能尽快通关这个游戏，他的下场估计会比方书奇凄惨十倍。

"现实当中，赵喜的手机肯定不会就那样扔在屋子里。他自杀后，他的'吸血鬼'养母和弟媳估计会想办法弄走赵喜的所有钱财。毕竟宣雯租下的房间里只剩下了最简陋的家具，显然被搜刮过一遍。"

高命捂着摄像头，审视掌心属于死者的手机，他想起了自己几年前帮助魏大友参加某个游戏比赛时的作品——《唯一的家人》。

游戏男主是位中年废柴大叔，却拥有温柔美丽的妻子、聪明乖巧的女儿和无比爱他的父母，他经常和家人打视频，他和家人所有的联系都是通过手机展开的，直到有一天，他在大街上见到了一个和自己妻子很像的女人。

他冲过去想要拥抱对方，女人却躲进了其他男人怀中，玩家以他的视角开始调查真相，最后发现，自己所拥有的一切都是手机虚构出来的，他把别人的家人幻想成自己的，实际上连自己的亲生父母都和他断绝了关系，他唯一的家人只有那台破旧的手机而已。

其实他才是最大的反派，他亲手掀开了自己的层层伪装，把那颗肮脏的心暴露在所有人面前。

游戏最后有三个结局：坏结局是大叔找到了丢失的日记和药物，这其实已经是他第五次清醒过来，可紧接着他又吞掉了药物，最终选择活在幻想当中；好结局是大叔亲手毁掉了自己的手机，脱离虚幻，决定重新做人，努力改掉了所有坏习惯，与父母和好；最后一个结局有点可怕，大叔疯了，把手机当成自己真正的家人，和手机死在了一起，而那手机后来又被一个遭遇霸凌的孩子捡到了……

住在2507号房的赵喜和《唯一的家人》里的中年男主性格完全不同，一个憨厚勤奋，另一个阴郁懒惰。但他们所处的环境又几乎一致——看似拥有亲人和家庭，实际关上家门后，只有他们自己清楚那个家有多么糟糕。

"除了赵喜的尸体，我没有遇到任何一位邻居，只是听见了各种声音。手机视频中展示出的画面，很可能是手机主人自己的想象，那些被杀死的邻居都是平时看不起赵喜的人。"

高命曾从居委会大妈口中了解了一些关于二号楼的事情。一楼的王愧生是个小老板，为躲避债务临时租住在荔井公寓；二楼的小秋没有工作，赵喜和弟媳妇的谣言好像就是她传出来的；四楼的方书奇是技术员，赵喜的腿部残疾似乎是为了救他才落下的。

零散的负面情绪很难压垮一个人，可当方方面面的压力汇聚在一起，避无可避时，自我意志就可能完全被负面情绪淹没，最终导致赵喜迈向了夜空。

"《唯一的家人》有三个结局，想要触发好结局，必须让赵喜亲手毁掉自己的手机才行。"

手机之所以会播放那些恐怖的视频，是因为赵喜想看到那样的画面，高命决定直面恐惧，摆脱手机带来的影响。

"凭我一个人的力量可能不太够。"高命踩着地上的窗户玻璃碎片，停在2707号房的房门口，"如果姚老师不在屋子里，2707号房的场景和群视频中的不同，那就说明姚老师是手机虚构出来的，我之前的猜测没问题；如果姚老师在房间里，那就存在两个可能——我的推测出现了错误，或者姚老师也是进入游戏的活人。"

高命敲击2707号房的房门，还没等到姚老师开门，旁边2706号房的防盗门就缓缓打开了一条缝隙。

听到门板摩擦的声音，高命立刻护住身体，随时准备离开。

"别紧张，是我。"一张恐怖又熟悉的毁容脸出现在2706号房的房门后，那位调查员朝高命招手，"不要待在走廊上，快进屋！"

在这种诡异的环境下，高命怎么可能相信突然冒出来的调查员？他站在原地，没有进去。

"我知道你现在很害怕、很惶恐、很无助！但只有我可以帮你！"调查员急了，"我们已经被卷入了异常事件当中，我从新沪赶到瀚海，就是为了调查类似的事件！我知道你有很多疑惑，但走廊上真的十分危险，一个不小心就会丧命！"

调查员将高命拽进屋内，等关上房门后才松了口气。他好像没有恶意。

高命扫视2706号房，缓缓抓起一条椅子腿："你为什么会在这里？"

"我早就跟你们说赶快搬走，你们不听，现在后悔了吧？"调查员擦去额头上的汗水，"从2507号房离开后，我就上楼找这里的租户，没想到异常事件突然发生，我不幸被卷入其中。"

他指着自己手腕上亮起红灯的黑环："被卷入异常事件后，通信会中断，我们无法和外界联系，就像进入了另外一个世界。"

"通信会完全中断？"高命细细思索后，脸色突然变得极差。

他清楚记得，自己在上一个游戏里，接到过"妈妈"打来的电话！

如果调查员所说属实，那他在上个游戏当中，接到的所有电话其实也都是"鬼"打过来的！

高命一下有点慌了，他的爸妈住在新沪，不知道老两口有没有受到影响。

"普通人确实很难接受这些事情。"调查员小声安慰了一句，"害怕是正常的，但我们还有活着离开的希望。"

高命懒得跟调查员解释，随口问道："你所说的异常事件到底指什么？"

"半年前，各种难以解释的东西和现象突然在新沪出现，后来又突然消失。"调查员决定和高命分享信息。

"半年前就有了？"高命很惊讶。

"为避免引起恐慌，消息被封锁了，后来为了调查突如其来的诡异事件，成立了异常灾害联合调查局。"毁容的调查员触碰手腕上的黑环，当着高命的面，公开了自己的身份信息，"异常灾害联合调查局由三部分组成：调查、述迷、安保。其中，调查员负责进入异常事件，带出生存规则；述迷研究员负责研究异常事件中的各种事物；安保员是精锐武力，不会在一般的异常事件中出动。我们存在的意义就是要弄清楚灾难发生的原因。"

"那你们调查出什么了吗？"高命还记得厉林对调查员的态度，调查局中最低级的调查员似乎都拥有极大的权力。

"所有异常事件好像都是沿着某条轨迹发生的，除此之外，一切仍是未知。"调查员努力挤出了一个瘆人的笑容，大概是想要安慰高命，"普通人被卷入异常事件的概率很低，这种可以看到真相的体验可不常有。"

"你还挺会安慰人的。"高命消化信息，他中元节那晚经过的隧道正好位于三城交界处，他猜测可能是新沪跑来的某个东西进入了他的身体。

"异常事件已经发生，那就别怨天尤人，全力去面对，只要谨慎一些，我们撑到天亮就能活着离开了。"调查员抚摸着黑环，让高命看上面显示出的文字，"新沪很多调查员用自己的生命换来了一些信息，这些信息可以帮助你活下去，请你务必牢记并遵守每一条规则。

"当被卷入发生在公寓楼内的异常事件时，要注意以下几点。

"第一，尽快找到所有居民，商量好联络暗号。因为异常事件开始一段时间后，楼内居民可能会被替换。

"第二，不要相信自己看到的钟表，时间是不准确的。

"第三，零点过后，无论如何都不要开门，除非有不属于你的东西出现在你家里。

"第四，不要突然开灯。

"第五，不要收听任何音频……"

"那是不是什么都不做，就能安稳活到天亮？"遵守规则可以不犯错，但高命想要的是从根源上解决问题，"按照规则，难道我们回去睡觉，就能避免所有不幸？"

调查员滑动黑环，片刻后，十分严肃地摇了摇头："第十一条写了，不能睡觉，要时刻保持清醒。"

"谢谢你为我提供了这么多注意事项，不过我还有事情要去做。"高命用赵喜的手机给2707号房的姚老师发送了信息，他需要找姚老师确认一些东西。

"你现在看到的所有规则，都是调查员付出血淋淋的代价换来的，你可以怀疑它们的准确性，但千万不要拿自己的生命去赌！"调查员警告他。

"规则是死的，人是活的……"高命打开了2706号房的房门，看着被阴影吞噬的楼道。他心里还有半句话没有说出口——作为游戏设计者，从某种程度上来讲，他才是怪谈里的规则。

第三章

第一条锁链

走廊地面上残留着一块块黑色污迹，楼下隐约传来指甲剐蹭的声音，好像有什么东西正在靠近。

高命走出2706号房，轻敲2707号房的房门："姚老师？我是四号楼的小高，我们之前见过。"

"你咋一点儿都不听劝呢？！"调查员见高命不仅跑到了走廊上，还去敲邻居家房门，急得直跳脚，"楼道里很危险！邻居也有可能被某些东西替换，我们随时都会有危险！快回来！"

"2707号房的老大爷身患重病，但是……"

"没有但是！"调查员抓住了高命的衣服，"被卷入异常事件后，就别想着救别人了。我们只要能够活着离开，带出有用的信息和规则，就已经为整座城市做出巨大贡献了！"

他向后用力，可怎么都拽不动高命："别圣母心泛滥了！你还不了解异常事件的恐怖，你会把我们两个都害死的！"

高命也不想耽误时间跟调查员解释，他抓住门把手，声音逐渐变冷："姚老师，我知道你在里面，如果你不开门，我就要砸门了。"

本来调查员还想继续劝说，可高命后面的话让他微微一窒，这好像不是帮助邻里的态度。

门锁转动，枯萎的艾叶掉落，老旧的房门打开，姚老师看着高命："进来吧。"

"不要随便进入邻居的家！假若邻居提前被杀死，那我们要面对的……"调查员话都没说完，就被高命扯进了2707号房。

"我收到了你的信息，提前关掉了麦克风和摄像头，"姚老师把黑手套戴在手机上方，遮住了摄像头。

"情况紧急，我就长话短说了。"高命拿出了赵喜的手机，"我怀疑群聊里那些看似正常的邻居全都是假的，他们似乎只存在于视频中。"

"你们还背着我拉了个群？"调查员才看到群聊。

"我不太理解你说的话，你和我不都是真实存在的吗？"姚老师是警校老师，思维敏捷，见多识广，但今晚的遭遇超出了他的认知。

"把现在的情况比作一个悬疑游戏的话，我们三个相当于玩家，群聊里的其他邻居可能是游戏角色，也可能只是手机虚构出来欺骗我们的剧情。"高命盯着群视频，"赵喜正往五楼爬，等他进入2501号房，也就是黄明明家里后，我们就去撬开2607号房的房门，户主嘉琪如果和视频里的人不同，那就可以证明我的猜测。"

"赵喜要撬门，你也要撬门？"姚老师脸上的皱纹挤在了一起，调查员脸上的疤痕轻轻抽搐。

"待在屋内迟早会被赵喜抓住，如果非要选择一个死法的话，我更希望自己死在求生的路上。"高命现在还不能完全确定姚老师的身份，万一姚老师是他刚刚说的游戏角色，那他的推测就全错了，所以他想再去2607号房看一眼，顺便近距离接触一下赵喜。

"你是不是有点鲁莽了？"调查员在新沪见过被卷入异常事件的普通人，像高命这么愣的几乎没有，"赵喜在外面啊！你会被他活活弄死的！"

"我也觉得不妥当。"姚老师咳嗽了一声，"不如我们趁着赵喜爬进2501号房的时候往楼下跑，离开荔井公寓去求救，我相信城市里应该有专门解决这类问题的人。"

"有是有，他不也被困在这里了吗？"高命从调查员身边走过，隔着雨幕，看向楼对面自己的家。

他在心中暗暗思考："我只带了一张空白遗照进来，如果我将和'爸爸妈妈'的那张'全家福'也带进来，不知道他们会不会大半夜跑来给我送蛋糕，下次或许可以试一试。"

赵喜的手机里又传出惨叫，高命低头看去，2501号房的黄明明被吓崩溃了。

邻居们一个个惨死，逐层而上的压迫感极为强烈，黄明明的每根神经都好像正被小刀刮着，他冲着手机镜头叫喊了起来："我听见指甲挖门的声音了！赵喜的头好像挂在我家门框上！救救我！大家都是十几年的街坊邻居，帮帮我好吗？"

无论黄明明如何求救，幸存的邻居都没回话。

黄明明脸上冒出一条条青筋，他抓起茶几上的水果刀："你们也会被他抓住的！你们也会遭报应的！"

防盗门上的锁就像摆设，血污流入，房门被缓缓打开，一根根手指从门缝挤了进来。极端的恐惧刺激着黄明明，他尖叫着冲向防盗门，举起手中的水果刀向前挥砍。

调查员和姚老师都被视频里的画面吸引，害怕得发抖。

"别傻站着了，准备去六楼！"高命翻找着姚老师的工具箱，"机会只有一次！"

"真要过去啊？你理智一点啊！"

"我已经很理智了。"

高命带着两人来到六楼，手机视频里黄明明正在五楼和赵喜搏杀，楼道里却一片死寂，姚老师也察觉到了古怪。

不用高命多说，他拿出工具，准备撬开2607号房的房门。

群视频中，黄明明被吓到发疯，他的手机掉落在沙发上，镜头里的他正歇斯底里地挥舞着水果刀。

"自杀了还不安生！你有本事去找欺负你的人啊，活该你窝囊一辈子！"

黑色的血飞溅在客厅各处，赵喜千疮百孔的身体在地上挪动，黄明明双手握刀，不断挥动，可不管怎么做都无法阻止赵喜靠近。

赵喜的骨骼相互碰撞，身体像一张碎裂的嘴巴，缓缓张开。

阴影在扩散，黄明明根本无法躲闪，他几乎是被赵喜的皮肤包裹住了。

这恐怖的场景让看视频的调查员和高命感到毛骨悚然。视频里，被包裹的黄明明还在竭力挣扎，但所有挣扎都是徒劳的，他的双腿不受控制地朝着阳台挪动，手臂上覆盖着赵喜的皮肤。

"放过我吧，赵喜！我知道错了，我不该诬陷你偷货物的，对不起！我真的错了！"碎骨钻进手背，黄明明在一股力量的驱使下抓住了窗框，将窗户推开。

暴雨瞬间打湿了黄明明的脸，他哀号着求饶，表情痛苦扭曲，身体却慢慢爬上了窗台。

几天前，现实中的赵喜或许也是如此。

"赵喜！放我下来！放我下来！"

赵喜似乎听到了黄明明的请求，包裹着黄明明的后背，与他一起从窗口坠落！

调查员手脚发凉，这栋楼内的异常事件比他想象的还要恐怖："一般的异常事件里不会出现具体的'鬼'，我们这次遇到大麻烦了！"

砰！

2607号房的房门被姚老师和高命合力撬开，他们站在门口，朝屋内看去。

厚厚的灰尘落在桌椅上，2607号房里一片漆黑，看起来许久没有住过人了。

"手机视频里的邻居都是假的，我们看到邻居们一个个被赵喜杀死也都是假的，这些只是赵喜内心黑暗面的映照。"姚老师很是佩服地看向高命，"全都被你说中了！"

"接下来你准备怎么做？"调查员也把目光转向了高命。

高命退出群视频，翻看赵喜的手机，里面有许多他自己拍摄的生活片段：弟媳领着孩子玩闹，年迈的养母在厨房做饭……赵喜很想加入其中，但各种谣言又让他畏惧，弟媳和养母也打心底不欢迎他这个残疾人。

除了生活片段，这个孤独的中年人也会拍自己，没人看得起他，他就自己跟自己说话。手机成了他倾诉的对象，大数据也会照顾他的情绪，从这方面来说，手机确实更像是他唯一的家人。

"我有个比较大胆的想法。"高命望着漆黑的楼梯台阶，仿佛自言自语般说道，"我想和他谈谈心。"

听见高命说自己想要和死者谈心的时候，调查员和姚老师都以为自己听错了。

三天前跳楼自杀的死者突然出现在楼下，在视频里屠杀了一栋楼的邻居，现在高命竟然想和对方聊聊天，这放在整个心理疏导圈都是相当炸裂的。

"你疯了吧？"调查员用手指戳了戳高命的手臂，指尖能感受到活人的体温，"感觉你也没被替换啊！怎么表现得比那些被替换的'人'还奇怪？"

被替换的邻居们还会努力隐藏自己，避免被发现，高命这是一点儿都不装了，坦诚得让"队友"都觉得害怕。

"真正残暴的'鬼'会直接找上门屠杀，哪还会通过视频来吓唬你们？我觉得这更像是赵喜在向我们求助。"高命没有告诉调查员真正的原因。

游戏《唯一的家人》里，手机为男主编织出幸福美满的家庭和温暖阳光的环境，可男主本身是个懒惰、阴郁、自私的人，手机里虚构出的场景是男主永远也无法拥有的。

赵喜的情况则正好反过来，他生前朴实勤劳、与人为善，对养母一直心怀感恩，他的手机却虚构出了非常恐怖的视频。因此，赵喜在彻底丧失自我之前，应该也无法做出手机虚构出的那些事情。

高命心想："怪谈游戏和现实正在结合，若我没有主动去触发怪谈，等怪谈自己成长扩散，手机视频中的惨剧或许会真的发生。"

高命让调查员和姚老师都进入 2607 号房："赵喜要不了多久就会爬上来，我需要你俩帮我一个忙。"

"什么忙？"姚老师提着工具箱，"我重病在身，本身也活不了多久，你有什么需要尽管开口。"

"把床单之类的东西撕开，揉搓成绳子，顺着阳台窗户放下去。"高命跑进卧室，已经行动了起来，"你俩就待在 2607 号房，我自己去 2507 号房等赵喜，我会站在阳台上好好跟赵喜聊一聊。"

"异常事件里的'鬼'是没有感情的，你这样做等于是送死啊！"调查员欣赏高命的勇气，但又担心高命的安危。

"我就在窗口，如果劝说没有成功，你俩就抓着绳子把我拉上去。"高命低头撕扯着床单，非常熟练地制作着"绳子"。

"要不换我去2507号房吧。"姚老师解开上衣扣子，胸腹部的血管起伏跳动，看着很恐怖，"我已经活够了，你还很年轻。"

"我是心理疏导师，专业的事情还是交给专业的人来吧。"高命其实还有另外的打算。想触发游戏的好结局，就要让赵喜毁掉自己的手机，而且必须由他亲手毁掉，才象征着打破自我禁锢。

活人支配"鬼"很难，正常的办法无法做到，所以高命想出了一个疯狂的主意。

赵喜杀死黄明明时带着黄明明一起跳了楼，高命也准备"尝试"这个死法。

绳索编织完毕，顺着2607号房阳台窗口扔下，确定没有问题后，高命独自走出了2607号房。

他推开2507号房的房门，没有直接进去。

爬动的声音从楼下传来，各种恐怖血腥的画面在脑中闪过。

"还挺紧张的。"

高命拿出打火机，摇曳的火苗驱散了黑暗，他点燃一支烟，坐在了楼道的台阶上。

死去的灵魂一点点靠近，高命听着骨骼和地面摩擦发出的声音，注视着楼梯拐角。

"'爸爸妈妈'有很多，每晚都不重样；同事'精明强干'，三天能杀八个人；现在'热情朴实'的邻居也有了，这样的生活乍一看也挺圆满的。"

沾染血污的头发贴着地，赵喜那张碎裂的脸缓缓出现在通往五楼的楼梯上。

"来了？"

高命没有像小秋那样选择逃跑，也没有像黄明明那样发疯进攻，在他眼里，赵喜似乎还是以前那位憨厚的赵哥。

"欢迎回家。"

高命起身朝2507号房走去，为赵喜打开了房门，随手按下了客厅灯的开关。

"赵哥，我休假的时候经常找你聊天，我现在最后悔的就是，当时想着等忙完了再好好开解你，结果没能及时救下你。"

高命走在前面，扭曲残破的尸体慢慢爬向了他。

"养母把爱都给了亲儿子，弟媳只把你当作挣钱的工具，其他邻居背地里说着闲话，厂子里的人故意刁难你，看你老实就让你背黑锅，诬陷你偷东西。"

高命看向客厅的镜子，他刚进入游戏时就注意到了它，那等身镜中映照着一个上下颠倒的世界。

"你竭力表现出乐观坚强，内心却被苦痛占据；你是家里的顶梁柱，家里却没人真正在意你的感受；你经常和我说生活中的小幸福，实际上却过得很糟糕；你所期待的世界与现实颠倒，你很努力地去改变，可越挣扎反而越绝望。"

赵喜的头颅被肩膀带动，脖颈扭转了一百八十度，他明明趴在地上，脸却可以倒过来看向高命。

恐惧是人最本能的情绪，高命的身体也在轻微颤抖，他的指甲挖进肉中，但语气依旧平静："你没有做错任何一件事，所有痛苦从根源上讲都是别人强加给你的，我没有资格站在第三者的角度评价你，更不会劝你放弃报仇。我只是想让你能够稍微开心一些，善良的人值得拥有幸福，你也值得拥有能够真正理解你的家人。"

高命向后倒退，明明已经提前做好了心理准备，可近距离面对赵喜残破的身体时，他依旧感受到了无法形容的恐惧。

他的后背碰到了阳台窗户。闪电划过，惨白的光照着高命和赵喜。

高命深吸一口气，十分认真地说道："你不想再被遗弃，渴望拥有一个家，那不如让我来做你的家人。"

雷声轰鸣，暴雨击打着窗户玻璃，2607号房里的调查员和姚老师紧紧拽着绳子，他们隐约听到了高命的话，俩人盯着彼此，都从对方脸上看到了震惊。

衣服上的血污在客厅里拖出了一道长长的血痕，赵喜已经快要爬到阳台，他的脸正对着高命。

"我不是为了保命而欺骗你，也不是在找逃离的借口，我和你聊过太多次，清楚你是一个什么样的人，我是真心实意想要帮助你。"高命拿出赵喜的手机，点击上面的视频，"不管是过上美好的生活，还是让那些邻居受到应有的惩罚，我都可以帮你完成！手机里的东西终究只是虚幻，而我们可以亲手去改变现实！"

高命没有再后退，他向前迈出了一步，伸出了自己的手："你来当我的家人，我来做你的同谋。"

短短一句话，让赵喜停止了爬动，这也是赵喜第一次停下。几秒之后，赵喜扭曲的手臂抬起，骨骼被拉伸，刺耳的声音在2507号房内回荡。

面对如此恐怖的场景，高命完全没有躲闪，他眼中除了恐惧，还有一丝期待。

赵喜满是伤口的手抓向高命，但他没有去握高命的手，而是覆盖上了高命的手臂。

感受到手臂传来的异动，高命轻轻叹了口气，赵喜在操控他的身体，想要把他推下楼去。

赵喜的身体如同一张巨嘴般张开，高命向后爬上了窗台。

"快上来！"姚老师和调查员大声呼喊，绳索在暴雨中摇摆。

"再等等。"高命将绳索缠上手腕，咬着牙，克服了常人难以想象的恐惧，盯着赵喜"张开"的身体。

赵喜的躯体压在了高命身上，重心向后移动，高命在同一时间把赵喜的手机塞进裂开的身体当中。

"快点儿！上来啊！"

赵喜的脸近在咫尺，高命能看见他眼底的麻木。

血肉依旧在往高命身上缠绕，赵喜要抓着高命一起跳下去，他们的身体倒向窗外。

暴雨打湿了头发和衣服，在向后倾倒的瞬间，一直没有挣扎的高命，突然用尽全力将赵喜推进了屋子里！

悲剧以另外一种方式被改写——赵喜在屋里，看着高命在暴雨中坠落。

"拉住他！"

姚老师和调查员使出吃奶的力气拽住绳子，高命的身体重重撞在四楼和五楼中间的墙壁上，他的手臂不自然地弯折，脸被剐出了一块伤口，鲜血流出。

赵喜的手机从他的伤口滑出，穿过暴雨掉落在地。五层楼的高度让那手机四分五裂，彻底被摔毁。

赵喜用手机拍摄的生活碎片，他孤独时对自己讲的话，他渴望的生活，他内心埋藏的黑暗与残暴，都一起在大雨中消散了。

高命的衣服已经湿透，在听见手机落地的声响后，才开始向上攀爬。

"抓紧了！你这个莽夫！真敢跳啊！"

"小心点儿！你还要经过五楼窗口！"

调查员和姚老师的上半身也被雨水打湿，他俩拼尽全力把高命往上拽。

高命已经把能做的都做了，这应该也算是赵喜亲手毁掉了自己的手机。

他五指握紧绳子，再次来到五楼阳台，站在五楼的赵喜有些茫然地注视着高命，他的目光和之前的略有不同，冰冷和麻木被不解和痛苦所取代。

"朋友""家人""邻居"让他陷入了困境，他想不开，最终踩在了大楼边缘。

没人在意他，甚至在他死后大家也都在抱怨，为什么他不能死远一点儿，真晦气，小区房价又要掉了。

在他生命的最后阶段，他遇到过很多人，那些人总是在不经意间推着他靠近窗口，只有高命没有那么做。

手机视频里播放的，是赵喜想去做的事情，是这个老实人隐藏的恶意，但现在那恶意被他亲手毁掉了。

浓郁的黑色阴影从他体内散逸而出，那似乎是未知世界和赵喜之间的联系，又好像是某种特殊的能量。

赵喜抬起头，孤独地站在屋子里。那个雨夜，他也像这样站了很久。

高命的身体被绳子拖拽，他盯着屋内的赵喜，片刻后做出了一个决定。

他踩在2507号房的窗框上，调整身体，松开绳子，又重新跳进2507号房中。

看到这一幕，姚老师和调查员真的傻了，三十多年没说过脏话的姚老师都爆了一句粗口。

"他怎么又回去了?！"

"我第一次见有人敢在五楼窗台两边反复横跳。"调查员是真的累了，可又不敢松手，他怕高命一会儿再跳出来。

高命听见了姚老师和调查员的声音，但他装作没有听见，一步步地朝着赵喜走去。

"你从小到大一直都在忍让，你怕给家里带来麻烦，所以就算生活一拳又一拳地重击你，你也只是拍拍灰，继续硬撑着。"高命停在赵喜面前，"我会让大家知道你承受的一切，我来做你真正的家人。"

高命没有去握手，而是张开双臂，轻轻抱了一下赵喜："你已经很辛苦了。"

人最脆弱的时候，需要的不是安慰，而是家人的一个拥抱。

赵喜骨骼交错，扭曲的脖颈向后拉扯，似乎很不习惯这样。

在赵喜后退的时候，他身上逸散出的那些黑色阴影似乎找到了目标，开始朝着高命涌来。

它们无法钻进高命的身体，就在高命的皮肤表面凝聚，像会动的黑色血管，又好像一条有生命的细小锁链。

高命伸手触碰，感受到了压抑、痛苦和绝望，那些阴影融合了赵喜的记忆。

他手臂传来剧痛，呼吸变得艰难，试着抓住锁链。他内心有种特殊的预感，好像只要抓住锁链，他便能拥有和赵喜一样的能力，但赵喜可能就会消失。

赵喜默默地注视着高命，随着那些黑色阴影离开，他身上的伤口和眼神逐渐恢复正常，不过有些糟糕的是，他的躯体也在变得虚幻。似乎等赵喜彻底消失后，高命身上的那条黑色锁链就能完全成形。

"赵哥，我刚才所说句句属实，以后还可以带你去见见其他家人。"割裂精神的痛让高命表情扭曲，他拼命按住发抖的手臂。

2507号房里的赵喜也在做着最后的选择，他呆立了很久，接着缓缓扭动脖颈。赵喜看向了客厅的等身镜，镜中世界的上下颠倒，没有映照出他的身体。

布满老茧和伤口的手轻轻挥动，镜中依旧没有赵喜。

他好像明白了什么，在沉默中转身，朝楼道走去。

手机微信群聊里的邻居都是虚假的，整栋公寓楼内原本就只有他自己。

赵喜沿着台阶往下走，笼罩公寓楼的阴影在他背后消散，所有他走过的地方，气温都在缓缓回升。

"赵哥！我没有欺骗你！"见赵喜要离开，高命直接追了出去。听到他的声音，调查员和姚老师也赶紧跑了出来。

"赵喜走了？"姚老师只是微微惊讶，调查员则是满眼的不可思议。

"你是怎么做到的？快！我要记录下来！天还没亮我们就解决了异常事件，这简直是个奇迹！"调查员过于激动，握住了高命的双手。

"成年人也需要理解和安慰，我只是说我想成为他的家人，他就离开了。"高命见调查员开始疯狂记录，赶紧阻止了对方，"你可别瞎记录！我是通过分析，再加上和赵喜是多年的邻居，才把握住了他的心理，这种方法是无法复制的。"

"太厉害了！我见你第一面就感觉到了你的特别！"

"你见我第一面的时候根本没搭理我。"

"那不重要！"调查员十分诚恳地说道，"你要感兴趣的话，可以加入我们调查局！我来做你的推荐人！"

"如果我找不到工作，或许会考虑。"高命指向赵喜的房间，"他屋子里应该还有一些线索，你可以去找找看。"

支开调查员后，高命没有停留，跟着赵喜往楼下跑，去找游戏通关后的奖励。

来到一楼，赵喜已经离开，阴影退散，楼道口的地面上摆放着一张黑白遗照。高命刚要去捡，他旁边的姚老师忽然发出一声惊呼。

"怎么了？"

在高命的注视下，姚老师抬起了自己的双手，他的身体正在和阴影一起消退："我……好像离不开这里了。"

"姚老师！"

温度回升，楼道里的灯光闪动了一下，姚老师的身体融入了阴影。

灯光完全亮起，姚老师已经不见了，他站立的地方只剩下一张黑白遗照。

高命将两张遗照拿起，姚老师的黑白照很普通，正面是他有些无奈的笑容，背面是小孩子歪歪斜斜的文字。

家人的照片（濒死之人）：我听到了自己内心的声音，比起躺在病床上等死，失去自由和尊严，我更想重新体验一下活着的感觉。

现实中的姚老师身患绝症，无法下床，在阴影世界里，他似乎又找回了活着的感觉。

"这真的是姚老师自己的选择吗？"

高命又拿出了第二张遗照，照片里的赵喜从阳台摔落，高命站在窗口紧紧抓住了他。

这张照片里，高命抓住赵喜的手臂上缠绕着一条条宛如锁链的黑色血管，那些血管将两人的手臂捆绑在了一起。

家人的照片：家人之间的束缚是承诺，是责任，也是权力和操控，我心甘情愿成为你的一部分，希望你能让更多人知晓我的苦痛。

仔细观察就能发现，赵喜这张照片上布满了褶皱和裂痕，所有痕迹交会在高命和赵喜手臂的锁链上。

"那些黑色锁链好像在动……"

遗照里的赵喜有些模糊，他似乎正通过锁链把某些东西转交给高命。

"黑白遗照背后的话像是在暗示我，想要获得赵喜的能力，就要让更多人知晓他的过去，让他彻底放下执念。"

"不过话说回来，赵喜的能力是什么？跳楼不死？"

"遗照之间也存在很大的差别，看来我还有很多事情需要摸索。"

高命将两张遗照收起来，打算下次进入游戏的时候把遗照都带进去，一张张尝试，也让家人们相互认识一下。

"齐淹是否还活着？我应该提醒下赵喜和姚老师，公寓楼里可能还藏着一个残忍危险的雨夜杀人魔。"

楼道灯光亮起，高命回到五楼，刚推开门，就见宣雯一个背摔，把调查员撂倒在地。

"你们调查局不教格斗的吗？"

躺在地上的调查员本以为高命会过来劝阻，谁知道高命一句话让他求救的呼喊硬生生卡在了喉咙里："我、我们……我们从不对普通人出手！"

"真有原则。"高命进入屋内，反锁了防盗门，关上窗户，拉上窗帘，"现在没人能听到我们说话了，大家要不要坦诚地交流一下。"

宣雯看了高命一眼，换上了愤怒的表情，扣着调查员的手臂呵斥道："你为什么会突然出现在我家里？"

"断了！要断了！你先松手，我慢慢和你们说！"调查员费了好大劲才从地上爬起来，"你俩算是异常事件的亲历者和见证者，对你们隐瞒也没有什么意义。"

他揉着自己的手腕，把关于异常事件的信息告诉了两人。

"我有些奇怪，你说新沪半年前就有异常事件发生，为什么大家搜索不到任何信息？"宣雯的声音特别好听，要不是刚被她揍过，调查员应该会觉得她是个温柔的女孩。

"就算是知晓各种生存守则的调查员，成功活过异常事件的概率也只有百分之三四十，普通人的存活率不到百分之十，而且幸存下来的人也会有很严重的心理问题和身体残疾，他们会被送往调查局接受免费的治疗。"调查员看向高命，"也正因如此，我才觉得他很厉害，想让他加入调查局。"

"如果不加入的话，我也会被带走，接受'治疗'吗？"高命饶有兴致地盯着调查员。

"不会的。"调查员的语气变得严肃，"瞒是瞒不住的，异常事件迟早会大面积爆发，我们现在能做的就是，在延缓灾难到来的同时，做好更充足的准备。"

"任何人都可以加入吗？"宣雯似乎有其他的想法。

"你的这位朋友很聪明，也是我见过最勇敢的人，他加入调查局能够救更多的市民，不过也确实会遇到各种各样的危险。"调查员摸着自己有些恐怖的脸，"我变成这样，就是因为某个异常事件。而我已经算是幸运的了，在一起进入的调查员里，只有我活了下来。"

"我会认真考虑的。"高命也不知道灾难何时会全面爆发，加入调查局似乎是个不错的选择。

"我们冲在一线面对危险，但相应地，在危险来临的时候，我们的权力也会非常大。"调查员暗示了高命一句，接着便岔开话题，"以后你们也有可能再次遭遇异常事件，这份我们内部还未完善的生存守则算是我送给你们的礼物。"

调查员让高命拿出手机，他滑动黑环，和高命交换联系方式后，给高命发送了一份资料。

"异常事件按照严重性、危险性和破坏性，共划分为七个等级。

"零级：确定异常事件已经发生，但是没有出现以下一到六级中描述的任何情况。

"一级：表现出异常现象，但不会干涉到现实中的人，不会与人产生接触，不会影响事件发生场地内人们的正常生活。

"二级：异常现象明显对人造成影响，场地内的人出现异常行为，包括但不限于精神错乱、感知混乱、认知模糊等情况。异常表现仅局限于异常事件发生的场地当中，接触异常现象的人仍保持理智，在其行为失控后，可以通过旁人劝阻恢复正常。

"三级：异常事件中出现具体的'异常存在'，与其接触的人行为完全失控，出现自残、自杀或者攻击他人的情况，其自我认知完全被异常事件同化，即使是亲近的家人也无法终止其行为。

"四级：异常事件出现扩散征兆，随着恐惧蔓延，影响范围不断扩大。在这一阶段，作为异常事件核心的'异常存在'开始快速成长，包括杀戮、血腥、恐惧在内的所有负面元素都会被它吃掉，所有不安都会成为它的养料。

"五级：异常事件影响范围很大，异常事件中的'异常存在'已经'成熟'，极难被杀死，它们已经扎根在人们心中。

"六级：异常事件彻底失去控制，此类异常事件没有解决的办法，它们本身就代表着恐惧，所有调查员应不惜一切代价，避免六级异常事件出现！

"由于大众对'异常存在'的认知有局限性，往往会以熟悉的事物来指代未知事物，虽然'异常存在'与世俗认知中的鬼怪有很大区别，但大多数人还是将其称为'鬼'或'怪物'。"

"我们刚才经历的就是三级异常事件，因为出现了具体的'异常存在'。说实话，如果没有你，我就死定了。"调查员好像突然想起了什么，"对了，那位和我们一起的老大爷呢？"

"他下到一楼之后就不见了。"高命没有透露遗照的存在。

"坏了！"调查员脸色一变，朝房门跑去，"那老爷子被困在异常事件当中了！"

高命跟着调查员来到2707号房，姚老师已经停止了呼吸，他的女儿拨打了急救电话，可一切为时已晚。

姚老师干瘦萎缩的身体和墙壁上的各种奖状、锦旗形成了一种反差，他到死之前，枕头旁边都还放着自己年轻时见义勇为的照片。

"老爷子可能有自己的选择吧。"

老人不在了，可屋内没有任何阴寒的感觉，他终于可以踏实睡一觉了。

等救护车把姚老师拉走之后，高命和宣雯又回到了2507号房，现在才是属于他们两个人的时间。

"你带着那个大叔通关了我房间的怪谈游戏？"宣雯歪头打量着高命，脸上的笑容依旧温柔。

"别说得那么奇怪，我想带你一起，可你并没有出现。"高命将赵喜的那张遗照拿了出来，"你给的那张空白遗照消失了，'门票'似乎只能用一次。"

"很奇怪，我被排斥在外面。"宣雯慢慢靠近，"怪谈游戏危险度极高，我有点好奇，你是怎么通关的？"

"对照调查局划分的危险等级，被提前触发的怪谈游戏的危险性大概只有三级，不过游戏里的'鬼'本身应该有成长为怪谈的潜力。"高命并不准备把赵喜的遗照给宣雯，但他也不能只让宣雯付出，却不给她任何回报，"你仔细看这张黑白照片，我发现了另外一种可以让你变得更真实、更强大的方法。"

"遗照上的锁链血管在跳动？那是什么东西？"宣雯发现了赵喜那张遗照的特别之处。

"锁链可以理解为家人之间的羁绊，我可以获得他的能力，但同时也需要让更多人知晓他的痛苦……"高命将遗照翻到了背面，"我在思考一种可能，是不是让更多人知晓赵喜的故事，为他产生情绪上的变化，他就能从中获得些什么？并不一定非要把活人玩家送到两个世界重合的地方经历生死，或许我们可以把赵喜的经历做成一个游戏，这游戏就相当于赵喜的墓碑，每个玩家在通关过程中产生的情绪都有可能影响赵喜。"

"有道理，不过我还要提醒你一件事：你的游戏之所以变为现实，是因为你在那条隧道里遭遇了一些事情，并不是因为你自己有某种能力。如果你想让现在创作的游戏也变为现实，恐怕要再去那条隧道一趟，弄清楚一切才行。"

"我没想过继续让自己的游戏变为现实，只是想通过这种方法让赵喜的故事被更多人知道。"高命很自然地收起了赵喜的黑白照，"如果赵喜确实有了改变，你的人生也相当于多了一条更安全的后路。"

"怎么？你想要吃掉我？"宣雯双手向后，好像被束缚了一样。

"又说这种话。"高命拿起背包就朝外面走去，"我像是那样的人吗？"

第四章

致我们终将去世的爱情

　　高命连伞都没打,小跑着下楼,冒雨回到了自己家。

　　他这一天过得十分充实,比在重犯监狱上班刺激多了。

　　他关上房门,把几张黑白照摆在茶几上:"等怪谈游戏和现实完全融为一体的时候,遗照里的人是不是就可以回来了?不过那个时候回来的他们,还是原来的他们吗?"

　　高命将目光移向姚老师,有点担心对方无法适应那边的环境,他打算下次触发怪谈游戏的时候,带上赵喜和姚老师的黑白照。

　　夜色如墨,暴雨倾盆,饿了一天的高命打开冰箱,但不愿意吃家里的东西,第一个游戏给他留下了很深的心理阴影。

　　"还是点外卖吧,等灾难彻底爆发后,就算有人敢送外卖,我也不敢吃了。"高命拿起手机,点完外卖,盯着手机的待机画面陷入了沉默。

　　他的手机桌面壁纸是一张照片,拍摄于新沪远郊的某个小区,他和爸妈坐在桌边吃饭,那天是他调休回家的日子。

　　妈妈的围裙没摘,端着刚做好的菜,好像在唠叨,说楼下邻居准备等高命工作稳定后,给他介绍对象。

　　爸爸趁高命吸引了妈妈的注意力的时候,偷偷喝了一杯酒。

高命自己则满脸无奈地点头答应，态度要多敷衍就有多敷衍。

这照片十分温馨，可高命却痛苦地抓住了自己的头发。

照片里的三人都很正常，可问题是，这张照片是谁拍的？

手机离得很远，不像是自动设置拍摄的，当时家里好像还有第四个人，但高命想不起来了。

"调查员说异常事件会中断所有通信，可我在被困的三天里明明接到过爸爸和妈妈打来的电话，他们说话的声音和语气都和平时的一样……"高命真的有点不敢继续往下想了。

"异常事件半年前就在新沪出现，难道这半年给我打电话的都是其他人？"

高命对自己的家人非常了解，作为心理疏导师，他很擅长洞察别人的内心，想要骗过他非常困难。

暴雨封路，现在无法去新沪，高命将双手握在一起，骨头嘎吱作响。

犹豫很久之后，高命拿起手机，拨打了那个无比熟悉的号码。

忙音一声声响起，他比在怪谈游戏里还要紧张。

"无人接听？"

高命在屋内来回走动，连续打了几次都没有人接："怎么突然就打不通了？"

他坐回沙发上，看着桌上那张黑白的全家福，第七次拨打了家里的电话。

雨滴打在窗户上的声音逐渐变小，淡淡的寒意像一条小蛇，从房间阴影里爬出，慢慢缠上了高命的脚踝。

他在感到气温降低的时候，忽然用余光发现黑白照里有一位"妈妈"笑了起来。

手机里的忙音突然停止，电话在这个时候接通了。

"喂？"高命一下站了起来，听见手机那边有沙沙的电流声，还有重物被拖动的声音，似乎有谁正在靠近。

"能听到吗？是我，高命！"

客厅的灯在电流声响起的同时开始闪动，楼道里竟然在这个时候响起了脚步声，高命感觉体内的热量正在飞速流逝。

"你到底是谁？"

"留在这里吧……""妈妈"微弱的声音从手机里传出,越来越多的阴影在房间角落翻涌,就像大树埋藏在地下的一条条根茎正破土而出。

温度快速下降,高命想要挂断电话,可手机那边的声音却逐渐变得清晰。

"留在这里吧,留在这里吧,留在这里吧!!!"

尖锐的声音几乎要贯穿高命的耳膜,再继续下去,他可能又会遇到那些"爸爸"和"妈妈"。

他的身体仿佛被阴影中一条条无形的手臂抓住,就在他要被阴影完全吞没的时候,敲门声突然响起!

砰!砰!砰!

"外卖到了!有人在吗?你的外卖!接电话啊!"

部分阴影朝着房门处爬去,高命用尽全力挣扎,总算挂断了电话。

屋内气温快速回升,温暖的光亮出现,高命用最快的速度打开门冲了出去!

正在敲门的外卖小哥还没反应过来,就看见高命一头栽倒在楼道里,衣衫不整,表情惊恐,大口大口地喘着气。

"电话是什么时候被替换的?我这半年都一直在跟'鬼'聊天?!"高命此时还能感受到身体各处传来的痛,他的手控制不住地打战。

看到他这样子,提着黄焖鸡米饭的外卖员也惊呆了,根本不敢大声催促,站在墙角,小心翼翼地开口:"大哥,你……你的饭到了。"

"不好意思,给你添麻烦了。"高命回过神来,从地上爬起,看向外卖员的目光满是感激,如果不是外卖员敲门,接下来还不知道会发生什么事情,"你叫什么名字?敲了多久的门?要是耽误了你后面送餐的话,我可以给你发个红包。"

"我叫肃默,方便的话给个好评就行。"外卖员想将黄焖鸡米饭递给高命,可高命却把手伸进了口袋,拿出两百块钱,塞给了外卖员。

"大哥,你这是干什么?"

"不能让好人寒心。"高命掏出了手机,"我用现金比较少,这样,你加我好友,我给你转账。"

"不至于,不至于,就等了五分钟,没必要。"外卖员连连摆手,想把两百块钱还给高命。

"这是你应得的。"高命死里逃生,心里一阵后怕,"你刚才在外面有没有看见什么奇怪的东西,或者听见什么诡异的声音?"

"没有啊。"外卖员茫然地摇了摇头。

"看来只要他们没有走出遗照,'呼唤'就可以中止。"高命打开手机,查看室内监控画面。

"走出遗照?"外卖员不确定自己听到了什么,略带好奇地朝高命的手机屏幕看去。

视频中,忙碌了一天的高命回到家,在屋内打起电话,但打着打着,突然全身僵硬,手脚痉挛。

随后他好像疯了,双手在空气中挥动,面目无比狰狞!

看到这些,外卖员的表情发生了微妙的变化,拿着黄焖鸡米饭和两百块钱的手不自觉地颤抖——眼前这人好像是中邪了!

楼道里的声控灯恰巧在此时熄灭,手机屏幕发出的幽幽冷光映照着高命的脸,他们两个对视了一下。

"哥,你别这么看着我,我害怕。"外卖员都快哭出来了,"我是附近的大学生,第一次兼职送外卖,要是有什么不礼貌的地方,你别往心里去。"

"你别怕,我是一个正常人。"

"哪个正常人会强调自己是个正常人啊?!"

外卖员真的害怕了,他早就听说荔井公寓风水不好,发生过很多凶案,今天过来发现这里果然"名不虚传"。

不等高命继续解释,外卖员放下黄焖鸡米饭和钱,就朝着楼下飞奔而去。

"现在的大学生也这么内向吗?"

高命捡起外卖和钱,回到屋子里,回想着刚才发生的一切。

"我在给家里打电话的同时看向这张遗照,黑白遗照里的'爸爸妈妈'好像出现了变化,从阴影里走了出来。

"这场景虽然很恐怖,但如果用得好的话,似乎也能成为一张底牌。"

高命脑中闪过一个画面——他和赵喜最后在房间里对峙的时候，"爸爸"和"妈妈"提着蛋糕敲门进来。

"每张遗照应该都有特定的触发方法，熟练掌握之后，一大家人或许就可以有福同享，有难同当了。"

高命吃完饭后，将一张张黑白照放在身边。

"既然可以随时让'爸爸'和'妈妈'来送蛋糕，那我也算是有了一定的自保能力，但想要在混乱中生存，这还远远不够，我需要更多的帮手。"

高命脑中不自觉闪过宣雯的面容，她干掉了其他女角色，直接找上了高命，每一步计划都狠辣又精准，这样的人很厉害，也很恐怖。

她因为高命的游戏设计而被未知世界影响，对高命产生了扭曲的爱意，可实际上自主意志极强，说不定她想强化自己，就是为了摆脱高命。

宣雯是一位很好的"同事"，高命也会帮她，但他们现阶段只是合作关系。

"类似宣雯这样的角色，我设计的游戏当中还有许多。"高命回忆自己根据真实案例改编的那些悬疑游戏，三十六个罪犯当中，有彻头彻尾的疯子、无可救药的变态、丧心病狂的魔鬼，但还有几个罪犯是被迫沾染上血污的，"他们在游戏变为现实后，应该不会去主动行凶。"

没有人生来就是罪犯，很多犯罪诱因都是长时间积累下来的。

有些激素分泌异常、大脑构造异于常人的天生变态狂，能在社会和家庭的帮助下，变成一个自律、上进、友善的精英；还有些天性善良、淳朴、憨厚的人，在后天环境中扭曲，一步步成为泯灭人性的怪物。

如果可以的话，高命想改写自己之前设计的某些悲剧。

瀚海很大，要找到那些罪犯十分困难，高命默默背下了调查员的联系方式。借助调查局的力量是个不错的选择，可一旦入局，很可能会身不由己。

高命陷在沙发里，听着窗外的雨声，一直忙碌到很晚。

他不敢进卧室睡觉，最后实在困得不行，就直接裹着薄被，蜷缩在沙发上休息。

早上五点，高命被敲门声惊醒。他从沙发上坐起来后没有立刻去开门，而是先朝窗外看去，大雨丝毫没有减弱的意思。

"这是某种预兆吗？我已经好几天没见到太阳了。"

高命活动手脚，等身体恢复到正常状态后，才靠近房门。

他趴在猫眼上一看，眉头立刻皱了起来。

"高命，起床了吗？"宣雯站在门口，提着那把熟悉的红伞，面带微笑。

"你想干什么？"高命用最快的速度穿好衣服，把自己包裹得严严实实。

"叫你一起上班啊，我们要把那个恋爱游戏做出来，看能不能对我产生影响。"宣雯的笑容很甜。

"你也太卷了吧！这才五点钟！地铁都没开始运营啊！"高命想过被宣雯追杀的场景，还真没想过有一天会被她逼着上班，"再说我也没被录用，你自己去不就行了？"

"难道你就不好奇吗？"宣雯再次敲击房门，"我们可以打车上班，钱的事情不需要你来考虑。"

"不考虑钱，那你上班的意义是什么？"高命简单洗漱过后，打开了房门。为避免和宣雯打同一把伞，他还特意穿上了雨衣。

两人一起下楼，坐上出租车。此时路灯还未熄灭，连接天地的雨幕扭曲了光线，这座城市让人觉得梦幻又陌生。

错开了早高峰，两人只用了平时三分之一的时间便来到了公司。

宣雯使用员工卡进入了夜灯游戏工作室，熟练地打开电脑，将《致我们终将逝去的爱情》所有的故事线整理了出来。

本来在猫窝里四仰八叉地躺着的发财，在听见噼里啪啦的键盘声后，偷偷摸摸地挪到了高命身后，小爪子钩着高命的裤子，睁着那双水汪汪的大眼睛，好像在说："你可千万不能走。"

"我准备砍掉其他女角色的故事线，或者给她们安排各种死亡的结局，只留下我们两个。"宣雯效率非常高，一会儿就做出了新方案。

"要不你把我也杀了吧。"高命坐在魏大友的工位上，准备再睡一会儿。

"我们不仅要把这个游戏做出来，还要吸引到更多的玩家，蚕食他们的情绪，让他们在通关的过程中知道我们的故事。"宣雯将跟游戏有关的资料放在高命面前，"这件事对我们都有好处，如果我成功了，我们下一个就做赵喜的游戏。"

在宣雯的鼓励下，高命振作了起来，两人开始共同设计凶案，并把一些恐怖的图片打印了出来。

早上八点，苟经理第一个进入办公室。他一心想要东山再起，总是像打了鸡血一样地工作。但在今天，他看到了打了更多鸡血的高命。

"你们几点过来的？"苟经理望着投屏上密密麻麻的标注、放飞自我的游戏设计和全新的运营方案，睁大了眼睛，"高命，你怎么也在？"

"苟总，我有一个非常大胆的设计思路。"宣雯将新的策划案交给了苟经理，"现在游戏市场同质化严重，我们资金有限，设计一般的游戏根本无法脱颖而出，不如就剑走偏锋！"

"昨天不是说好要踏踏实实做恋爱游戏吗？你什么意思？"

"她的意思是要做最恐怖的恋爱游戏。"高命的眼底满是血丝，精神状态很不稳定。

"不行，我们要对投资方负责。"苟经理摇了摇头，"按照投资方的要求去做，即使犯错，责任也在投资方。如果我们一意孤行，那最后谁来承担责任？你吗？"

"苟总，你不要一意孤行，我们应该听听大家的意见。"高命加入劝说的行列，"我们工作室根本没能力去做全民游戏。另外，现在玩家已经开始细分出各自的兴趣圈子，我们只需要重点攻克市场的某一部分就可以获得回报。"

"你这口气，好像你是我们工作室的人一样。"苟经理挠了挠自己的假发。他低头看了看宣雯和高命提供的设计方案，确实很精彩。

夜灯游戏工作室的其他员工陆陆续续到来，他们有的戴着耳机，有的端着咖啡。本来大家还很懒散，可当他们看见铺满桌子的凶杀照片和死亡报道后，困意慢慢消散了，这些可不是应该出现在恋爱游戏里的东西。

"大友之前跟我聊过天，我也知道咱们工作室现在的情况。"等人全部到齐，高命直接进入了主题，"你们愿意做不喜欢的游戏吗？你们的恋爱游戏真的有竞争力吗？如果这次再把招牌给砸了，那估计就永远没有翻身的机会了。"

高命和夜灯游戏工作室合作了几年时间，大家相互很熟悉，所以高命才敢开门见山讲这些。

"悬疑游戏的制作难度太高了,如果不是为了活下去,谁愿意转型?"苟经理比谁都希望工作室可以好起来,可惜大环境不太行。

"我之前算是咱们工作室的半个游戏策划和设计师,但必须承认自己以前做得不够好,经过这几天的实地考察和体验……"高命扭头看了宣雯一眼,"我现在才知道真正的未知是什么!给我一次重来的机会,我可以把悬念感提升十倍!我会让业内所有公司都记住我们这个恋爱游戏!"

高命现在做悬疑游戏是带着使命感的,他想把自己的亲身感悟融入游戏当中,万一以后玩家们遇到了类似的场景,也好有个心理准备,多一些活下去的通关思路。

这么一想,他态度更坚定了,毕竟放眼整个游戏圈,除了他,哪个游戏策划会考虑玩家现实中的死活?

高命觉得夜灯游戏工作室制作的悬疑游戏肯定会大火,因为玩家用不了多久便会发现,他们玩的不是游戏,而是可以保命的攻略。

"如果实在不放心的话,我们可以单独把宣雯那条线拿出来修改,做一个测试版本,看看玩家的评价如何。"高命将最新的设计方案投影在大屏幕上,"我一直坚信我们是最优秀的团队,但投资方似乎并不这么认为。如果随便按照投资方的要求去更改,反而会破坏我们游戏的独特性,把100分的游戏改成60分,所以我建议让市场来检测。"

"现在重新做的话,时间确实来不及,不如就按照高命的想法试试?"魏大友取下耳机,用肩膀碰了一下夏阳,"老夏,你觉得呢?"

"投资方做游戏是为了挣钱,我们只要向他们证明,我们的游戏能够挣钱就行。"夏阳望向大屏幕,他知道高命的设计风格,可看到后还是倒吸一口凉气。比起之前的悬疑游戏设计,高命这次追加了很多细节,就像他真的经历过灵异事件一样,"你是怎么想到这些设计的?"

"跟'爸妈'吃了三天蛋糕,悟了。"

见员工们一个个摩拳擦掌,准备干一票大的,苟经理欲言又止。

作为行业内的老人,他能看出高命和宣雯设计的精彩之处,也知道夜灯游戏工作室最擅长的是悬疑游戏，可他已经答应了投资方要做恋爱游戏，迎合市场。

"苟总，你信我，这次一定可以。"高命站在最前面，魏大友和宣雯稍微靠后，三位游戏设计师同时表态："测试版只有宣雯那条线，如果反响不好，我们立马删除，回归正常的恋爱游戏。"

在大家的不断劝说下，苟经理妥协了。

夜灯游戏工作室仿佛一台高速运转的精密机器，可是苟经理看着这一切却完全开心不起来，关于凶杀案的报道被高命打印了十几份，凶杀现场的照片贴满了工作室，几乎遮住了恋爱游戏的宣传语。

职员们也都在讨论着案情，代入受害者的视角，力求进行最真实的还原。

"相较其他恋爱游戏，我们的优势在于女主比较特别。"高命将自己做的新人设发送给其他人，"接下来我会进行一些微调，确保女主更接近'厉鬼'，让玩家有种真的遇到了'鬼'的感觉！"

"你听听，自己说的是人话吗？"苟经理无奈开口。

"这就是我们的特色！"

没有人能在真正遭遇灵异事件后保持冷静，高命受到刺激，灵感喷涌，把自己的亲身经历融入了游戏男主身上。

"如果主角上来就选择逃跑，直接杀了他。说不出话就把他弄死，反抗也不行，要什么付费道具？一分钟做不出选择就死！难度往上加！"

"女主的样子不对，她的脸不应该是惨白的，而是血肉模糊的，我需要那种视觉冲击感！"

所有人都重新焕发出了激情，苟总思考很久，默默拿出手机，给投资方打了一个电话。

"赵总啊，你别着急，游戏进行得很顺利，只是我们经过严谨的市场分析和调研后，准备做一点小小的改变……嗯，只是一点小小的创新。"

苟经理关上办公室的门，试图让投资方去理解即将发生的事情。

下午四点，以男主大逃杀为主线的恋爱游戏初步完成，在高命通过实践换来的经验的支持下，别说玩家了，连工作室的同事都觉得这游戏瘆人。

"测试版本已经基本搞定，我们可以先找一批熟悉的玩家发放测试资格，在可控范围内进行测试，一旦风向不对，立刻停止，到时候也好给投资方一个交代。"夏阳说完后，苟经理赶紧点头同意。

"你们太不自信了。"高命站在电脑旁边，双手压着办公桌，"别自缚手脚！不要给玩家设置任何门槛，利用所有宣传资源去推广，让任何对这游戏感兴趣的人都可以玩到它！必要的时候，我们甚至可以给玩家发钱，让他们来玩！"

相较于苟经理，高命似乎更像是领导者，他这表现都不能用"把公司当作家"来形容了，感觉就像是他把公司当作了自己的生命，公司垮了，他就要挂掉。

"机会只有一次，务必全力以赴！"高命举起了手中的宣传文案，纸张第一页写着游戏的新名字，他把原来的名字《致我们终将逝去的爱情》稍作修改，变成了《致我们终将去世的爱情》。

夜灯游戏工作室绕过了投资方，直接进行玩家测试。作为魔图科技排名垫底的工作室，他们能够撬动的资源其实很少，所以游戏质量必须过硬才行。

下午四点半，赵总和苟经理聊了很多，他们是多年的朋友，但亲兄弟明算账，他对这次的投资有点不放心，希望苟经理能够带着游戏亲自过来一趟。

"夜灯游戏工作室已经很久没出过爆款游戏了，不过我和苟有志是老同学，他总不至于坑我吧！"

挂断电话，赵总登录业内最大的交流平台，想搜索夜灯游戏工作室的最新消息，结果在惊悚恐怖区看到了几个热门帖子。

"他们工作室本来就没几个人，还敢同时做两个游戏？"

带着一丝好奇，赵总随手点开了一个帖子，夜灯游戏工作室免费发布了正在测试中的游戏，玩家吵得不可开交，一星差评和五星好评齐头并进。

"评论两极分化，有点意思。"赵总下载好游戏，看着游戏的名字，陷入了沉思。

"《致我们终将去世的爱情》？这怎么还抄我的创意呢？"

启动游戏，温柔、低调、善良的宅男主角登场，他独自住在温馨、治愈、甜蜜的凶宅里。

"很普通的主角人设，好像没什么特别的地方。"

随着太阳沉入地平线，少女风的出租屋完全变了模样，赵总还没有反应过来，他操控的主角就已经惨死了。

赵总坐在屏幕前，看着被拖走的男主，再次开始游戏。

坐在沙发上会被什么东西从背后勒死；躲在卫生间会有凶手破门而入；其他悬疑游戏里的安全柜，在这游戏里直接变成了吃人的嘴巴；想要藏进床底，一掀开床单却正好跟杀人凶手对视；就算待着不动，也会收到各种死亡邮件威胁，逐渐被逼疯。

这游戏里的任何人都不能相信，包括爸妈在内的所有NPC都是"鬼"假扮的，全世界似乎都想要弄死主角。

"我的天！"

不知不觉间，赵总已经玩了二十分钟，这游戏有种特殊的魔力，可以充分调动玩家的情绪，让人很想一拳打穿屏幕。

测试宣传还在继续，玩家们也在不断留下评论。

"我竟然在一款同居恋爱游戏里死了十七次！十七次啊！"

"太逼真了！这游戏把所有资金都用来打造女主了！不知道是哪个冤大头投的这个项目？"

"有没有大神活到第七天的？！这是'非正常死亡模拟器'吧？"

游戏热度持续发酵，这款恋爱游戏逐渐进入一些小众游戏UP主的视线中，注意到它的人越来越多。

下午五点四十分，不知道死了多少次的赵总终于玩到了第十一个夜晚，正当他紧锁眉头思考凶手到底是谁时，苟经理带着尴尬的笑容进入了办公室。

"老赵，我给你弄了两罐茶叶，都是你喜欢的。"苟经理刻意避开游戏的话题，可他把茶叶放在办公桌上的时候，余光扫到了赵总的电脑屏幕，那熟悉的游戏画面让苟经理脸上的肥肉僵住了。

"我出于对你的信任，也本着拉你一把的想法，才放心把游戏交给你来做，但这都几个星期了，你总要告诉我那笔钱都花在哪里了吧？我那个恋爱游戏的进度怎么样了？"赵总没有抬头，专心操控着游戏男主躲避凶手。

苟经理回想了所有关于语言的艺术，最后小声说道："你这不正玩着呢吗？"

键盘的敲击声停止，赵总仰起头，他的手指着游戏屏幕，然后又慢慢指向自己："嗯？"

"嗯。"

"苟经理这是发什么疯？"

高命有些疑惑，从下午五点四十一分开始，苟经理就不断给他打电话，但他的注意力此时都在宣雯身上。

"现在下载试玩人数已经超过一千，你有没有感觉到什么异常？"高命没有工位，搬了一个纸箱坐在宣雯旁边，有些紧张地盯着她。

"脑子里隐约有嘈杂的声音。"宣雯低头看着自己的双手，她已经保持这个姿势很久了。

"声音？"高命认真记下宣雯此时的各种"症状"，"你能听到它们在说什么吗？"

"听不清楚，不过那些声音里蕴含着各种情绪，它们能让我的意识变得更加独立和完整。"宣雯双手死死握着椅子扶手，"从睁开双眼到现在，我身边总会出现只有自己才能看到的黑色阴影，它们千方百计地想要把我拖回原本的世界，似乎是想纠正我的命运。这些来自玩家的声音却好像一条条丝线，把我和现实世界连接得更加紧密，让我不那么容易受到黑色阴影的影响了。"

"调查局提供的资料里写着，异常事件中的'鬼'能够通过蚕食负面情绪，一步步成长，直到彻底失控。"高命注视着宣雯，"你现在有失控的感觉吗？"

"被那么多声音影响肯定会感到烦躁，就好像精神分裂症患者第一次幻听那样，不过我应该能够适应。"宣雯抬起了头，她的左眼中布满了血丝，更恐怖的是，那些血丝似乎在爬出眼眶，朝她的左脸蔓延。

"大姐，你这脸好像不是烦躁那么简单啊！"高命拿起抽屉里的睡眠眼罩，递了过去。

"你再叫我大姐，我真的要失控了！"宣雯从包里拿出镜子，照完之后，她拿起眼罩，拽着高命就朝办公室外面走。

"要不你回家躲躲？"

"不用了。"宣雯走出办公室，停在了杂物间门口，"如果让怪谈在现实里支配一千个活人，那肯定会爆发灾难，我作为怪谈事件的核心，必定会失去理智，那一千个活人也会陷入恐怖和绝望当中，现在这种情况则刚刚好。"

宣雯的声音很低，每个字都好像是从牙缝里挤出来的："那个以我们为蓝本制作的游戏就像是我的神龛，游戏里的那张婚纱遗照就如同我的神像，我通过这种方式获得少量负面情绪，玩家也不会陷入真正的绝境。"

"没错。"高命点了点头。

"我能感觉到，自己正在以一种缓慢的速度摆脱阴影世界的影响。"宣雯打开了杂物室的门，"我们今晚就把游戏的完整版做出来，哪怕是贷款，也要让更多人玩到！"

"这话从你嘴里说出来……感觉怪怪的。"高命印象中的宣雯，三天干掉八个女角色，城府极深，危险性拉满；实际上的宣雯却早上五点多打车上班，宁愿贷款也不让公司的心血白费。

"你先工作，等我休息好后，就去帮忙。"宣雯关上了杂物室的门，留高命一个人站在门口。

"宣雯很聪明，但当局者迷，既然普通游戏也可以为怪谈收集情绪，那我完全可以借助怪谈来搞钱，然后砸钱去为我所拥有的遗照中的角色服务。"高命打开随身携带的背包，眼睛微微眯起，"我应该收集更多像赵喜那样的黑白照才行。"

世界末日都要来了，为什么还要遵守以前的规则？

高命回到办公室，直接开始搜索瀚海出名的凶宅，魏大友却在这时候神秘兮兮地抱着发财凑了过来。"你俩是不是有事？"他眉毛上扬，一副"我早已看透"的表情。

高命此时的表情就跟发财一样，满脸的无奈和无语："有事，但不是你想的那种事。"

"我就知道!"

"你知道个屁啊!"高命继续浏览凶宅,俩人根本不在一个频道上。

"我看你一个人出来的,你俩是不是吵架了?"魏大友拍了拍高命的肩膀,"哥们儿帮你点了两杯奶茶,等会儿去认个错,别让小姑娘一个人难受,我看她捂着眼睛,好像哭了。"

"你说什么就是什么吧。"高命赶走魏大友,把瀚海的那些凶宅和自己制作过的游戏进行对照,计划以后的路线。

大概半小时过后,魏大友点的奶茶送到了,高命很不情愿地走出办公室,一抬头却看见了一位熟人。

"肃默?"

之前给高命送过黄焖鸡米饭的外卖员提着奶茶站在门口,看见高命后,本能地后退一步。

"我换了一个区接单都能遇见你?"

"可能这就是缘分。"高命接过两杯奶茶,没有回办公室,而是独自走向角落的杂物室。

肃默本来都要走了,可他隐约听见杂物室里传来一个女人痛苦压抑的声音。

内心的正义感让这位大学生没有立刻离开,他犹豫了好一会儿,悄悄靠近杂物室。

高命关上杂物室的门。宣雯的情况好像变得更加严重了,她的左脸有些扭曲,被手指抓挠出了多条血痕。"你还好吧?"高命问道。

"那些声音越来越多了!"宣雯的眼神很可怕,"我也不知道自己会做出什么事情。"

"要不你先回家?"

"不行,我在路上可能就会撕裂自己。"宣雯的声音都发生了变化,带着一种诡异的陌生感。

"那你在公司失控也不行啊,他们正在做你的游戏。"高命举起手中的奶茶,

"人家还给你买奶茶,你不能转身就把人家全杀了啊!"

"你去找绳子,把我的手和脚捆绑起来。"宣雯表情有些痛苦。

"你确定?这样你会不会更难受?"

"不会。"

"绑在哪里?"

"桌子、书柜、暖气片,都可以!"宣雯费力地将自己的手机打开,"我们把整个异变过程都录下来,我需要知道自己的情况,咱俩可以一起看,或者明天上班的时候慢慢研究。"

"也行。"高命正处于极度警惕的状态,他转过身,隐约听见门外有脚步声。高命比了个噤声的手势,悄悄抓住了门把手。

肃默总觉得高命不像好人,他蹑手蹑脚地来到杂物室门口,竖耳偷听。

"你去找绳子,把我的手和脚捆绑起来。"

仅一句话,就让肃默这个对职场充满期待的大学生的脸色发生了变化:"捆绑?"他屏住呼吸,杂物室里又传出了新的声音——"桌子、书柜、暖气片,都可以!"

肃默光是听着就觉得脸红,这是职场人该讨论的话题吗?他趴在门口继续听。

"过程还要录下来?明天还要一起看?!"肃默吸了一口凉气,他们甚至还准备在上班期间慢慢研究!这些话语对一个心地纯洁的大学生造成了多大的心理冲击啊!

肃默的耳朵有些烫,他往后退了一步,房门却在这时候打开了,他和屋内的高命看向彼此。

"你都听到了什么?"

被高命盯着,肃默的汗毛都立了起来,眼前的男人不仅中过邪,还是个有特殊癖好的变态,太可怕了!

瀚海东区,皇后十六街,福安私人医院三楼。

一个高大的中年人擦去指尖的血污,缓缓起身,从尸体身上跨过,坐在了主位上。

"司徒会长，文件下来了。"戴着眼镜的年轻医生似乎对这一切都已经习以为常，"恭喜您如愿成为瀚海调查局东区分局的代理局长。"

"只是代理吗？"中年人淡淡地看向医生，他的声音听不出任何情绪波动。

"基本上没有谁能跟您竞争。"医生略有犹豫，还是开口问道，"不过我很好奇，一个人人都避之不及的位置，您为什么要花那么大的代价拿下？"

"禄医生，这好像跟你没有关系。"大厅的灯照在中年人身前的桌子上，但他自己却埋藏在阴影里，"我让你找的人，带来了吗？"

"一共七位，全都是经历过三级异常事件的调查员，他们会为您详细讲解如何在异常事件中求生。"医生把资料放在中年男人面前，七位调查员中有三位身体残疾，还有一位被毁了容。

"不用讲解了，今晚零点，让他们跟我一起进入东区的那栋鬼楼，就住在祭拜血肉仙的那家人的房子里。"

"这……不合规矩吧？他们属于其他分局。"医生有些为难。

"规矩是人定的，很快，你们就要遵守新的规矩了。"

中年人缓缓起身，将他一直放在阴影中的椅子推到了灯光下面。

第五章

命运的齿轮

肃默一直以来都是个很努力的人，从小到大，他的成绩总是保持在班级前五名。他平时认真学习，课余时间干兼职，没有太大的理想，只想毕业后进入一家好公司，早日挣钱，为家里分担压力。虽然现在还没毕业，但他偶尔也会幻想未来的职场生活……

"我问你话呢，你都听到了什么？"

高命的语气变冷，吓得肃默打了个哆嗦，刚才这个单纯的大学生脑中竟然出现了人生走马灯。

"没有。"肃默立刻摇头，"我什么都没听见！"

"别好奇那些不该好奇的事情。"高命用身体挡住了房门，"这个世界要比你想象的更复杂，晚上早点回家，不要在外面工作到太晚。"

"明白、明白。"肃默抱起自己的电动车头盔，转身就跑，比上次的速度还要快。他气喘吁吁地冲进电梯，拼命按着关门键，等银灰色的电梯门闭合后，他才松了一口气。

"职场太可怕了。"

大楼内冷气开得很足，肃默擦去额头上的汗水，站在电梯角落，旁边一高一矮两个男人正在小声聊天。

"前天晚上十一楼有个程序员加班猝死了，同事还以为他睡着了，在旁边工作了好一会儿才发现不对劲。"

"真吓人，现在游戏行业太卷了，每天挣这点窝囊钱还不够看病的。"

"你知道更恐怖的是什么吗？"矮个男人招了招手，压低了声音，"听我朋友说，昨天晚上他出办公室门的时候，看见屋里还有人在工作，所以就没有关灯。这时候，那个人背对着他说了句话——'没事，我不需要灯也能看见。'"

"啊！是那个猝死的程序员回来了？"

"不知道啊！反正我朋友当时也愣了，后来发现那个人就坐在死者的工位上，电脑屏幕上密密麻麻全是乱码！"

电梯晃动了一下，两个男人走了出去，只留下肃默一个人在电梯中。

刚才那两人讲的故事在他耳边回荡，他盯着电梯显示屏上的数字，心里有些害怕。

红色的数字不断变化，直到变成11。

电梯门缓缓打开，外面却空无一人，空调冷风顺着衣领灌入脖颈，肃默望着空荡荡的走廊，心脏好像被几只小手抓挠着一样，越来越不安。

几秒之后，电梯门都要关上了，一个提着电脑包的男职员才急急忙忙跑进来。

见有人和自己做伴，肃默也松了口气，他抱紧头盔，拿出手机，准备继续接单。

肃默盯着手机屏幕，忽然感觉有点奇怪，他换成自拍模式，偏转手机，发现男职员正在看着他。

肃默喉结滚动，偷偷瞄了男职员一眼，对方正直勾勾地盯着他。他向后躲闪，背靠电梯，那个男职员却保持着同样的表情，嘴巴一点点张开。

"原来你真的能看见我。"

高命没有追肃默，他守在杂物室门口，默默喝着自己那杯奶茶。

随着《致我们终将去世的爱情》的下载量不断增加，宣雯的情况也变得越发糟糕。她在自我意志快速增长的同时，也因为蚕食了太多情绪而变得疯狂。

晚上九点半，办公大楼内很多房间都关了灯，最后一班职工大巴也开走了。

除了夜灯游戏工作室，只剩下魔图科技旗下排名第五的独角游戏工作室还在加班。

夜灯游戏工作室人很少，加班是因为平时根本没活，好不容易有了一个项目，大家都很拼。

独角游戏工作室的职员数量是夜灯游戏工作室的数倍，独占三层，他们是魔图科技最卷的工作室，职员们一个个都是卷王，晚上九点才是他们的正常下班时间。

"为挣钱不要命了啊？恨山重犯监狱的囚犯在这个时间都结束劳改回房了。"高命担心宣雯失控杀戮，希望大家赶紧走，可事与愿违，今晚大家偏偏都在。

"高命！我们试玩版的下载量已经突破一万五千次了！"魏大友很是激动，专门跑到杂物室门口，想和高命分享这个好消息，"没有任何大的宣传，玩家们自发邀请朋友来玩，我们这个游戏有破圈的可能！"

"挺好的。"

"你的坚持没错！我们夜灯应该能够凭借这款游戏续命了！"魏大友冲了一杯咖啡，"咱们工作室整整七个月没有游戏流水分红，现在大家的激情也被调动起来了！"

"他们嘴上不说，其实对夜灯还是蛮有感情的。"高命知道这个工作室曾经辉煌过。

"这次我们一定要打个漂亮的翻身仗！"魏大友丝毫没有离开的意思，这让高命有些头痛。

"大友，让大家赶紧下班回去休息吧，太晚了。"

"今天不回去了！爷们儿要战斗！"魏大友喝了口咖啡，很爷们儿地坐回到了自己的工位上。

"真是一身的反骨啊。"高命看了眼还在增长的下载量，敲了敲杂物室的门，"宣雯，你好点了吗？"

无人回应，高命有些担心，他将门打开一条缝隙。

杂物室内没有一丝光亮，只有大片阴影仿佛鬼火一般晃动。

"宣雯？"

穿着职业装的女人被层层阴影包裹，双眼紧闭，皮肤表面冒出一条条漆黑的细小血管，那些血管一端连接着阴影，一端在她体内缠绕。

"这有点像赵喜和我之间的锁链。"

赵喜被未知世界变成了"恶鬼"，他身上所有诡异恐怖的能力都来自那个世界，独属于他自己的记忆、遗憾和执念则化为了类似锁链的黑色血管，缠绕在他和高命的手腕上。

赵喜是现实里的人，宣雯是高命设计出来的，她本和现实世界没有联系，可当超过一万人通过游戏知晓了她的存在后，她的身体里也长出了那种细小的黑色血管。

"信则有，不信则无，强烈的情绪刺激或许能够让怪谈永远存在于人们心中，难怪那些'鬼'喜欢散播恐惧。"

高命步入阴影，盯着宣雯白皙的脖颈。所有细小血管都朝着那里奔去，最终形成了一条"锁链"，这好像就是宣雯的执念和记忆的核心。

"毁掉锁链，宣雯可能会在昏迷中被送回阴影世界，也可能直接崩溃失控；将锁链和我连接，我或许就能抢走属于她的能力。"

"杀掉"和"支配"宣雯的机会就在眼前，高命的手慢慢抬起，最终却只是拿起了宣雯旁边那杯没打开的奶茶。

"好不容易有了自我，倘若没有体验到美好就离开，那确实太残忍了。"高命掀开奶茶盖子，大口喝了起来，"常温的没加冰的好喝。"

高命拿着奶茶离开杂物间，等他关好房门走远后，宣雯紧闭的眼睛慢慢睁开。

"我给你机会，是让你喝奶茶吗？"

回到工作室后，高命将瀚海大半凶宅的资料记住，他正和大家朝着不同的方向努力。

墙上的钟表嘀嗒作响，在他全身心都投入凶宅资料当中的时候，办公室的灯忽然闪了一下，薄薄的阴影悄然浮现。

"这是……"

高命变得有些呼吸困难，他看到阴影从四面八方涌来，灌进杂物间。气温开始下降，阴影世界再次向高命敞开。

"坏了，这又触发了什么游戏？"

这次高命没有重复死者生前的行为，也没产生和死者同样的情绪，就被拖入了游戏中。

灯光闪动变快，又毫无征兆地全部熄灭！熟悉的阴冷感缠绕上了心脏，高命深吸一口气，刚想提醒工作室里的员工注意安全，突然看见魏大友背着包跳到了桌子上。

"大家不要慌！"魏大友拉开背包，"我带了应急灯！"

按下开关，光亮出现在魏大友手中。

"兄弟姐妹们，不瞒大家说，我之前觉得游戏实在做不下去，就去干夜市，这灯是我为摆摊买的。"魏大友将灯摆放在一摞书上面，"咱们工作室在魔图科技垫底了七个月，所有人都不看好我们转型，我兼职游戏策划，被领导、玩家骂了半年。说实话，我心里也憋着一口气！"

魏大友提高了音调："我知道我们以前很难，但现在我们有了一个机会！这个游戏的测试版下载量比我们上个游戏的正式版都多，我们夜灯游戏工作室马上就能逆风翻盘啦！"

还在加班的几位职员都深有感触，程序员李解和运营张望甚至站了起来，他们是夜灯的老员工，对这里很有感情。

"我知道大家很累，但难也就难这几天。我们要趁着游戏的热度，尽快把成品拿出来！给玩家们一个交代，给资方一个交代，也给我们自己一个交代！"魏大友说得十分有激情，"我去配电房看一看，大家继续手上的工作！"

见魏大友手机也不拿，赤手空拳就朝外面走，高命赶紧拦住了他："大友，你听我说……"

"我知道你想说什么。"魏大友十分用力地握住了高命的手，"兄弟，这次我们不会让你失望，一定会把你设计的游戏完美呈现出来！"

"不是……"

"再客气就见外了！"大友松开了手。

高命的手机在这时候振动了一下，不只是他，夜灯办公室里的其他人也都看向了自己的手机。

滑动屏幕，所有人都收到了一条新信息。

"你们当中，有一个人身上有'鬼'。"

"只有杀死被'鬼'附身的人，你们才能离开。"

"注意，你们的活动范围只有10、11、12、13层，一小时后，'鬼'会苏醒，开始杀人，被'鬼'杀死的人也会变成'鬼'。"

信息很短，只有三句话，夜灯游戏工作室里的职员并没有把它放在心上，他们是做悬疑游戏的，每次游戏发布后，玩家的留言都比这吓人得多。

"怎么偏偏是这个游戏变成现实了？"高命一下就认了出来，几年前有个投资方觉得上班太枯燥，想要找点刺激，于是他就给对方做了这个办公室逃杀游戏。

这游戏必须在一小时内解决，越往后"鬼"越多，而且玩家想要通关，必须准确杀死被"鬼"附身的人才行。

高命跑出去追魏大友，电梯门却在这时候闭合了。

"大友！"高命按着电梯按键，忽然感觉身后有呼吸声。

"这恶作剧蛮无聊的，你不会真的相信了吧？"夏阳的声音突然响起，吓了他一跳。

"你走路怎么一点儿声音都没有？"高命借助屋内的光亮，仔细观察夏阳。

"难道你觉得我是'鬼'啊？"夏阳笑了起来。

"夏老师，如果这游戏变成真的，你会怎么做？"高命带着试探的语气问道。

"自杀吧，我不敢杀人，又怕痛。"

"可自杀代表你杀了自己，同样双手染血。"高命话没说完，另一部电梯突然停在了夜灯游戏工作室所在的13层。

银灰色的电梯门缓缓打开，外卖员肃默和独角游戏工作室的马经理惊慌失措地跑出电梯，他俩的表情无比恐惧，拼命远离对方。

电梯里除了他俩,还有一具男性尸体,尸体的双手紧紧抓着一个电脑包。

"他是'鬼'!他杀人了!"肃默大声叫喊着,像是疯了一样。

"他说谎!'鬼'在他身上!"马经理和肃默保持着距离,朝高命他们大喊。

"原来男人也可以发出这么尖的声音。"夏阳捂着耳朵,眯眼打量眼前的两人,用很低的声音念叨着,"死人了,看来那短信说的应该是真的。"

夏阳仿佛经历过类似的情况,不仅没有害怕,还露出了微笑。

高命从肃默和马经理中间走过,来到尸体旁边。他解开尸体的衣领,看见了明显的尸斑:"死者的死亡时间应该在二十四小时之前,凶手大概率不是电梯里的这两个人。"

"不是他们,那他们为什么会和尸体待在电梯里?"夏阳扫了一眼手机信息,"'鬼'有没有可能就藏在他俩身上?"

高命点了点头:"'鬼'最开始可能被困在尸体里,他俩触碰了尸体,嫌疑很大。当然也不排除其他情况,或许'鬼'是故意让我们把目标集中在他俩身上,让他俩当替罪羊。"

"它还挺狡猾的。"

"它很懂人的心理,把这两人孤立起来,等大家被逼到没办法的时候,肯定会有人对他俩出手,说不定大家还会让他俩干掉彼此。"高命当初没设计得那么复杂,这游戏是魏大友后期根据投资方的要求完善的,"人性这东西很脆弱,一旦迈出第一步,底线就会被不断击穿,直到完全丧失人性。"

"有些无良公司也是这么压榨员工的。"夏阳很是乐观,"不管怎么说,'鬼'肯定不在我们工作室里,大家都在加班,没有一个人去其他楼层。"

"我们暂时安全,可按照信息上所说,一小时后'鬼'就会苏醒,开始杀人,到时候可能谁都无法相信了。"

"对,所以必须在一小时内找到被附身的人。"

肃默和马经理还在争吵,他们互相控诉,情绪都濒临失控。

"你俩先别吵,慢慢说。"夏阳表现出了跟平时完全不同的冷静。

"我送完外卖下楼,结果在电梯里遇见了那个人!'鬼'一开始在那人身上,他给我讲了好多事情，每说一句话，电梯就会被一层阴影覆盖！"肃默擦去眼角的泪水，"然后，马经理上了电梯，那个人和马经理有仇，他一直在等马经理！他等马经理上来后就掐死了马经理，然后钻进了马经理的身体里！"

"胡说八道！他在撒谎！"马经理扒开自己的领子，"你们看！我脖子上根本没有瘀痕，我当时在地下停车场打电话，突然听见电梯里有奇怪的声音，所以就过去查看。谁知道电梯门一开，我就被这个外卖员拽了进去，说有人要杀他！可电梯里除了他，只有一具尸体！"

"不是这样的！是他在撒谎！"肃默疯狂摇头，"那个'鬼'杀人不会留下任何痕迹！"

"你不是独角游戏工作室的员工，怎么知道他姓马？为什么也叫他马经理？"夏阳扭头看向了肃默。

"是'鬼'说的！他知道马经理，他就是加班猝死的！我什么都没做！"肃默真的要哭了，他只是想努力生活，但命运非要把他朝某个奇怪的方向推。

"先把他俩控制起来比较好。"高命朝四周看去，想找绳子之类的东西。

"你们相信我！我真没问题！这个外卖员和尸体待在电梯里，他还想杀我！"马经理听见高命说要把他捆住，高声叫喊着朝安全通道跑去，"你们都会被他杀死的！"

马经理撞开安全门，朝楼下独角游戏工作室所在的楼层跑去。

"你觉得谁是好人？谁是坏人？"夏阳没有追过去，回头看向高命。

"你先盯着外卖员，我去向大家说明一下情况。"高命沿着走廊跑回夜灯游戏工作室。

"魏大友还没回来吗？"高命看向屋内，工位又空了几个，办公室中只剩下一位实习生王幺幺老实待着，"李解、张望怎么也跑出去了？"

"好像是去上厕所了。"职员们根本没把短信放在心上。

"你守在办公室里，他们回来之后，让他们千万别再出去！"高命拿出手机拨打电话，可没有一位同事的电话能打通，"游戏场地有四层，除了夜灯游戏工作室的职员，还有其他工作室的员工在，要在一小时内把大家聚集在一起！"

"这些东西为什么老盯着你？"

"我偏离了那个世界给我设计的命运轨迹，阴影是在纠正错误。上次应该就是这个原因，导致我没有进入赵喜的游戏。"宣雯明白了一些事情，"我想要变成和你一样的人，但这好像是阴影世界不允许的，它想把这座城全部拖拽入阴影中。"

"先不说那些了。"高命拿出手机，"你有没有收到这条短信？"

宣雯打开自己的手机，她的信箱里一片空白，游戏玩家并不包括她。

"你不是活人玩家，难道你被安排了'鬼'的角色？"高命最担心"鬼"是宣雯，而宣雯又恰好失控了。

"你对自己设计出来的人物，为什么会有如此大的偏见？"宣雯慢慢靠近，"你总是从最坏的角度来揣测我，难道我代表了你的黑暗面？你想把自己平时想做却不敢做的事情，交由我来实现，所以才设计了我吗？"

"我问你一个问题，你反问了我几个？"高命打开了杂物室的门，"你不是'鬼'的话，就赶紧去找真的'鬼'，我们只有不到一小时。"

为帮助宣雯脱困，高命耗费了太长时间。"游戏中的'鬼'似乎都被那个未知世界赋予了一些能力，比如赵喜可以免除物理伤害，跳楼不死。你的能力是什么？"

"是一种和人心有关的能力，我能看见和听见……"宣雯说到一半，突然难以置信地低下头，然后慢慢趴在了地上。

"怎么了？"

"有人在惨叫。"宣雯脸上的笑容忽然变得奇怪起来，"看来，人有的时候……和游戏中的'鬼'没什么区别。"

意识到有不好的事情发生，高命立刻跑向夜灯办公室，屋内依旧只有实习生王幺幺。

"其他人呢？！"

"我不知道啊！"

高命又带着宣雯来到电梯口，肃默独自蜷缩在角落，脸色苍白。

高命现在不知道这四层楼内有多少人在加班，这游戏虽然给了玩家一小时的缓冲时间，但难度依旧相当大。

联系不到同事，高命又跑向了杂物间。宣雯拥有能够洞察人心的眼睛，还有远超常人的智商和情商。有她在，能够帮高命很大的忙。

高命推开杂物间的门，看到了很意外的一幕。

似乎是因为宣雯不属于这个游戏，所以那些阴影在疯狂排斥着她，想要把她拖拽进黑暗深处。此时宣雯的身体被阴影缠绕，原本浮现在皮肤上的黑色血管进了体内，她身上逸散出一股让人敬而远之的气息。

"要是没有获得那一万人的情绪，我可能又没办法跟你一起玩游戏了。"宣雯的眼眸里满是血丝，她看向高命，像是熬过了最痛苦的那个阶段，开始习惯脑海里各种各样的声音和极端情绪。

"你醒得太是时候了，又有新的游戏被触发了。"高命将宣雯扶起，她的皮肤没有丝毫温度，"怎么感觉你进入游戏后，变得有点不像平时的你了？"

"不喜欢吗？"宣雯四周依旧汇聚着大量阴影，"你不是说常温的没加冰的好喝吗？"

"我说的是奶茶。"

高命想把宣雯从阴影中拽出，可他的手刚伸过去，那些阴影就像嗅到了血腥味的鲨鱼，朝着高命撕咬而来！

危急之时，那条蕴含着赵喜记忆和执念的锁链悄然出现，让高命避免被阴影攻击。

"戴着别人的锁链，还跟别人血脉相连。"宣雯歪头盯着高命的手臂，也不知道在想些什么。

上一个游戏通关后，高命背负起了赵喜的痛苦和记忆，锁链本身并不是武器，而是一种束缚。

"原来这锁链还可以这么用？"

高命和宣雯两人合力，耗费了很长时间，才把覆盖在宣雯身上的阴影驱散，让她暂时恢复了自由。

"怎么就你一个人在这里？"高命一把揪住肃默的衣服，"刚才有人来过吗？"

"楼道里有人在尖叫，看守我的大哥下楼找人去了。"肃默现在也不觉得高命是变态了，他用双手抓住高命的手臂，"哥，我真的没被附身！但我今天真的撞'鬼'了！他想玩死我们，他的心理已经完全扭曲了！"

"你待在这里。"高命和宣雯推开安全门，一股浓烈的血腥味扑面而来。

明明还没到一小时，"鬼"还没苏醒，却已经有人被杀了！

高命心惊肉跳地推开十二层的门，走廊一片死寂。

接着他们又来到十一层，地面上开始出现血污和各种挣扎的痕迹。

"有人在借此机会猎杀其他职员！"

"鬼"的游戏变成了人的游戏，血腥恐怖程度比"鬼"苏醒还要可怕。

四周一个活人都没有，只有血。

高命推开第十层的安全门，大量血污飞溅在墙壁上，他顺着地上的痕迹，一路走到独角游戏工作室的道具间附近。

"血迹的中心就在这里。"

高命抓住了门把手，在他准备将门打开的时候，笼罩这一层楼的阴影竟然开始缓缓消退了！血污和恶臭也随着阴影一起退散，仿佛全部被另外一个世界吞食了。

"游戏结束了？有人杀掉了被附身的人？"高命看向手机，距离游戏开始刚刚过了三十六分钟，他甚至都还没做什么事情。

"真是残忍又疯狂啊！"宣雯的手伸进阴影里，"显而易见，有人为了逃离游戏，准备把除自己之外的所有人都杀掉。他一个接着一个杀死职员，直到将被附身的倒霉蛋干掉才停手。"

高命沉默不语，他一直在小心游戏里的"鬼"，可实际上人表现出的狠毒更加可怕。

"首先我们可以确定四件事。第一，杀人者应该经历过其他游戏，所以他在收到短信，看见熟悉的阴影后，立刻开始行动；第二，杀人者就在幸存者当中；第三，杀人者好像拥有了一点阴影世界的力量，不然他没办法在短时间内干掉这么多人。"宣雯走到高命面前，"第四，杀人者不是我，案发时我们在一起。"

"我知道不是你。"高命用力推开了道具间的门，玩偶和人像掉落了一地，但是血污和尸体都正随着阴影一起退散。

他在屋内翻找，最后只发现了一张黑白遗照，那是独角游戏工作室第一工作组的合照，他们业务能力极强，也是内部最卷的工作组。

"照片里有七个人……七个活生生的人。"

高命拿着照片的手有些不稳，宣雯抓住了他的手腕："你是不是产生了一种负罪感？但这跟你又有什么关系？你也只是个受害者，就算你以死谢罪，照样会有其他异常事件出现。"

"如果我死了，我设计的游戏会消失吗？"

"不会。"宣雯摇了摇头，"它们会全部失控，而这座城市也失去了唯一的救世主。"

"你还挺会安慰人的。"

高命的五指慢慢松开，将第一工作组的黑白照收进包里，他看着和之前没有太大的区别，但眼眸深处却隐藏着一些特殊的情绪。

"灾难真正爆发后，比这残忍百倍的事情都有可能发生。"宣雯目送阴影消退，"我还以为你在重犯监狱工作，早就习惯了。"

"我们回夜灯游戏工作室。"高命打断了宣雯的话，"逃杀场地只有四层，下面三层没有活人，杀人者应该躲在十三楼，甚至有可能就是夜灯的某个职员。"

"每个人都有自己的选择，放任不管，'鬼'也会杀人，而且这样被附身的人会越来越多，说不定最后大家都要死。"宣雯摊开双手，"那个人做出了自己的选择，而他恰巧也有力量可以实现自己的选择。"

"'鬼'没有动手，那家伙却杀了七个人。"

"但他也救下了其他的人。"

楼道里的灯闪动了几下，在阴影全部消退之后，楼内灯光完全恢复正常，游戏彻底结束了。

这是高命经历的第三个游戏，也是对他影响最大的一个游戏。

回到夜灯游戏工作室门口，高命看向屋内，大家已经开始全力工作。

"接着。"张望给高命扔来了一瓶能量饮料，"年纪大了，这要是几年前，我熬通宵都不是问题！"

大家根本没把那条短信放在心上，他们也不知道自己和死神擦肩而过，或者换句话说，他们还不知道死神就坐在他们当中。

高命扫视一圈办公室内的每一个人，他们表现得都和平时一样，根本看不出任何异常。

"夏老师，你刚才下楼了吗？"

"我听见楼下有人喊救命，就过去看了看，安全通道里漆黑一片，什么都瞅不见，所以我就又回来了。"夏阳正在电脑上绘制最新的凶杀场景，他的画风让常人难以理解，有种癫狂混乱的美，"你是知道的，我胆子很小。"

"那个外卖员呢？我不是让你看着他吗？"高命没在门口见到外卖员。

"灯一亮，人家就报警跑路了，我怀疑这是他的恶作剧。"夏阳靠着椅背，"咱们只是做悬疑游戏的，总不能因为一条短信，真把他给绑了吧？"

猫咪的叫声响起，办公室的门再次被人推开，魏大友骂骂咧咧地进入工作室："这大楼负责人太不像话了，连个值班的电工都没安排。"

"大友，你刚才去配电房了？"

"我就差踹门了！要不是没拿手机，我刚才就投诉了。"魏大友回到工位，继续工作。

高命和夜灯游戏工作室里的所有职员都聊了聊，没一个人有"问题"。

警察随后赶到，让所有人待在工作室内，不准外出。这时候大家才意识到，楼内好像发生了一些事情，但具体发生了什么，没人清楚。

凌晨一点左右，假发都没戴的苟经理被叫到了工作室，在小屋里和警察对话。

对于警察的提问，苟经理感觉莫名其妙，隔着门板都能听见他诧异的声音："我真不懂你们在说些什么！我重申一遍，我们就是单纯做游戏的！我手下这些人做过的最有攻击性的行为，就是敲键盘骂人了。

"他是我们的游戏策划魏大友，看着很壮，其实连小虫子都害怕！至于主美老夏，你说哪个坏人像他这么弱？跳广场舞的阿姨都能一拳干倒他。

"她叫宣雯，是我们新招的小姑娘，温温柔柔的，和陌生人说话都害羞。她要是能让七个人失踪，我当场就把这桌子给你们吃了！"

"不是我激动啊，是你们太离谱了！"

北城区警方挨个问话，凌晨三点左右，高命被单独叫到了十楼的一个房间里。

警方关闭了所有监控和录音设备后，转身走了出去，把高命一个人留了下来。

过了半小时，房门才再次被打开，进来的不是警察，而是三个穿着黑色制服的人，他们手腕上都佩戴着一个黑色环状设备。

"调查局的人？"

"别紧张。"为首的男人身高不到一米六，气场却格外强大，"我是瀚海调查局北城分局未来科创园分区调查署副署长，岑棺。"

"你找我有事吗？"

"这个人你应该认识。"跟在岑棺后面的一个高瘦男人走到高命面前，手腕上的黑环在桌面投影出一段录像——一位毁容的调查员认真地向调查局举荐了高命。

"他和我一起经历过三级异常事件，还告诉了我一些关于调查局的事情。"高命用双手撑住下巴，"你们是来抓我的吗？"

高瘦男人摇了摇头，关闭黑环后，淡淡地说道："他在两小时前死了。"

"死了？"高命甚至还不知道那位调查员的名字。

"他被抽调到瀚海东区执行任务，死在了一起三级异常事件当中。"高瘦男人坐在椅子上，示意另外两位调查局成员也都坐下，"我们来这里，是希望你能够加入调查局。"

跟在最后面的那位调查员把手中提着的黑箱子放在桌上，他输入密码，打开箱盖，里面装着一个沾染血污的黑环。

"我和秦天都来自新沪，他是我最信任的手下。他将你在异常事件里的种种表现全部告诉了我，你冷静、果断、勇敢，有强大的心理素质和超凡的头脑，似乎就是为了解决异常事件而存在的。"高瘦男人的声音平缓有力，他早已见惯了生死，"秦天向我讲这些的时候，非常激动和开心，自从他的妻子和孩子死于异常事件之后，这还是他第一次露出笑容，他说他在你的身上看到了希望。"

"那位调查员叫秦天……"异常事件是游戏，但早已超出了游戏的范畴，独角游戏工作室的七个职员，还有昨天没有逃出游戏的调查员，都被埋葬在了另一个世界中。

"瀚海调查局，下辖十九个分局，对应瀚海的十九个区。我们旧城区分局，又按照地界和人口细分为荔山、金湾、福鼎、浦口、大寨五个调查署。"高瘦男人看着高命，"瀚海的人口是新沪的两倍，异常事件出现之后，我们人手严重不足。新招的调查员没有经历过异常事件，死亡率极高，能够带他们的老调查员数量又太少，所以我们需要吸纳像你这样经历过异常事件的普通人。"

"加入调查局确实是一件非常危险的事情，但如果我们不去积极面对，当某些东西失控后，更加可怕的事情就会发生。"岑棺继续说道，"没有人能躲得过去，早一步了解灾难，或许对你来说是更好的选择。"

"我再想想。"

高命凭借自己的力量，很难在城市里找到那些正在成长的怪谈，加入调查局确实是个不错的选择。灾难的源头在他身上，如果他一步步往上爬，成为瀚海调查局的局长，就能进一步查清楚灾难的情况。

"几乎没有普通人能够靠自己解决三级异常事件，你达到了我们的最高招录标准。"高瘦男人让自己尽可能显得更有诚意，"我们不会给你强制安排任务，也不会过度干预你的生活，你有充分的自主权。"

"那如果我想要离开瀚海，去其他城市呢？"高命想去新沪，但大雨封路，他暂时没这个机会。

"未来可能会实行交通管制，只有调查局的人可以自由前往任何地方。"高瘦男人做出了承诺，"如果你愿意加入调查局，我们会给你很高的权限，让你自由通行。"

"交通管制？"

高命脑中正在进行激烈的思想斗争，他盯着放在黑色箱子中的黑环。

那沾染着血污的黑环，仿佛是一个命运的齿轮。

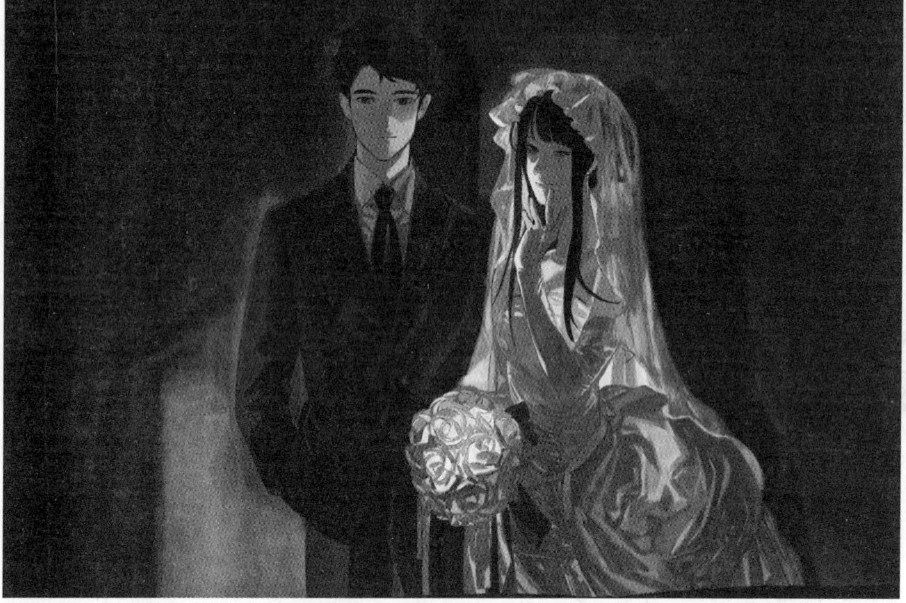

第二卷

调查员日常

第六章

克服恐惧

有人说,每个人的一生从出生那一刻便已经注定,但也有人说,命运从来都不是一成不变的。

或许可以确定的事情只有一个,那就是谁也不知道未来究竟会发生什么。

高命把手伸进黑箱,取出了沾染血污的黑环。

他看向面前的三位调查局成员,开口问道:"它要如何启动?"

"录入身份信息,进行三重验证后,你便是它唯一的主人。"高瘦男人的表情变得柔和了一些,"很高兴你能做出这个选择,我叫陈云天,是瀚海调查局旧城区分局荔山调查署署长,你居住的荔井公寓就在我的管辖范围之内。"

在调查员的帮助下,高命完成了身份认证,从佩戴上黑环的那一刻起,他可以查看这黑环内保留的所有信息。

其中大部分信息都是调查局统一整理出的异常事件处理守则,还有一小部分是这枚黑环历任主人传递下来的经验。

黑环代表着新沪智慧城区的最高科技成就,也承载着一个个普通人的勇气和其他闪耀的品格。

"游戏工作室这边的工作你不用担心,如果你不想辞职,白天可以照常上班,我们不会干预你的生活。"陈云天合上黑箱的盖子,"不过有些话还是要跟你讲清楚。"

"旧城区是瀚海十九个区中人口密度最大、流动人员最多的区，也是目前异常事件爆发次数最多的地方，我们从新沪抽调了大量调查员过来，可也只是刚好能维持住局面。我们会给你最好的待遇，也希望你不要抗拒我们发布的某些指令。"陈云天永远都是一副平静的样子，好像丧失了人类的情感，不会愤怒，不会悲伤，也不会感到快乐。

"你们在旧城区遇到过几次异常事件了？"高命有点好奇。

"零级异常事件二十一次，一级异常事件十七次，二级异常事件七次，三级异常事件两次。"

"这么多？"高命从隧道出来才几天时间，他本以为异常事件只有几起。

"异常事件的出现没有规律，相互之间也没有联系，不过有一点可以确定，那就是异常事件出现的频率越来越高了。"陈云天摊开手掌，"我会给你三天时间，让你调整状态，适应身份上的转变。三天后，你将加入荔山调查署调查一组，接替秦天。"

交代完各类事项后，陈云天提起黑箱，和另外两位调查局成员离开了。

"小高！他们没有为难你吧？"苟经理和魏大友跑进屋内，"这群人真的是莫名其妙。"

"我没事。"高命用衣袖遮住了黑环，"大家也都还好吧？"

"今晚是回不了家了，我们准备在办公室通宵，你呢？"魏大友好像重新找到了创作游戏的激情。

"我要回家一趟。"高命走出房间。

宣雯拿着一杯咖啡在等他："你的眼神变得坚决了，受刺激了？"

"游戏变成现实，除我之外，还有其他玩家会参加，如果阴影的力量落入某些疯子手中，局面可能会变得更加混乱。"高命没有去接宣雯手中的咖啡。

"是啊，毕竟像你和我这样理智的人很少。"宣雯很自然地把自己和高命归为了一类。

"所以我要加快脚步，利用信息差，占据更大的主动权。"高命背起自己装有遗照的背包，"夜灯这边就交给你了，查出谁是隐藏的杀人玩家，再构建出一条专门制作怪谈游戏的'生产线'。"

"你现在愿意相信我了？"宣雯眼中满是玩味。

"我一直都很相信你。"高命跑下楼，拦下一辆出租车，准备回旧城区。

"陈云天给了我三天时间做心理准备，但他不知道，我其实比谁都着急。"

高命默默翻动黑环。可以看到，调查局内部有一整套应对异常事件的流程。不同的场景需要遵守不同的守则，比如公寓守则、学校守则、医院守则等，这些守则能够大大提升调查员的存活概率，但并不能帮助调查员通关游戏。

高命正在耐心研究黑环，这时黑环上的信号灯突然亮了一下，他在感受到轻微振动后，收到了一条荔山调查署发来的信息。

"旧城区荔山民笼街发生异常事件，请所有空闲的调查员立刻赶往现场！"

绝大多数异常事件都是在晚上发生的，现在距离天亮只剩下两个多小时，高命思考片刻后，让出租车司机更改了目的地。

他决定去现场看看，了解一下调查局是如何运行的，万一日后自己被调查了，也好有个心理准备。

出租车穿行在城市的道路上，渐渐地，周围没有了繁华梦幻的摩天大楼，只剩下拥挤、破旧的公寓，以及密集、漆黑的窗户。

如果说旧城区是瀚海最贫穷的一个区，那荔山就是旧城区最穷、最混乱的一个地方。

荔山并不是一座真正的山，而是一大片毫无规划、违章搭建的老旧公寓建筑群。这里完全没有楼间距的说法，底层住宅基本整年都无法晒到阳光。

下了出租车，高命穿行在一条条宽度不足两米的街道里，污水从高处破损的管道中排出，恶臭冲天，耳边不时传来叫骂和呼喊声。

高命仰头张望，没看到夜空，狭窄的天空被违规搭建的电线、晾衣绳和广告牌遮挡，一片压抑、破败和肮脏的景象。

高命深吸一口气，从一家牙医诊所旁边走过，钻进了没有亮灯的楼洞。

老式金属推拉门发出刺耳的声响，这栋破楼内部被完全打通，灯火通明，一个个穿着黑色制服的工作人员忙碌着，他们当中的绝大多数人都没有佩戴黑环。

高命亮出黑环，在完成验证后，感觉工作人员看他的目光都充满了敬意。

在调查局中，佩戴黑环的一级调查员似乎地位很高。

"瀚海调查局旧城区分局，荔山调查署调查一组一级调查员高命，编号01919，您好。"负责接待的工作人员是第一次见高命，十分耐心地为他讲解荔山调查署的情况，"为更方便地了解异常事件，荔山调查署就建立在异常事件出现最频繁的荔山建筑群当中，这里共有七条街道，您所在的调查一组负责民笼街和荔井街。"

"我收到了信息，要去民笼街。"

"调查一组已经出发，您可能要单独行动了，请跟我来。"

工作人员把高命带到建筑后门，门外停着数辆黑色改装电动车："荔山建筑群内部道路狭窄，电动车更加方便，您使用黑环就可以直接激活车辆，每辆车上都安装了导航和通信装置。"

高命也没废话，穿上雨衣，骑着电动车就出发了。

他在荔井公寓住了很久，对这周围还算熟悉，在导航的帮助下，只花费了几分钟就来到了民笼街。

警戒线已经拉开，四位身穿黑色制服的调查员正在交流着什么。

高命摘下雨衣帽子，亮出黑环，走到几人身边："我叫高命，是接替秦天的调查员。"

"高命？陈署长说你三天后才会过来，怎么现在就到了？"四人中唯一的女调查员跟高命握了握手，"我是调查一组的副组长白桥。他们三个都是新人，还没经历过异常事件。"

"你要带三位新人进入异常事件？"高命印象当中的异常事件都非常可怕，普通人存活率极低。

"根据幸存者口述，这起异常事件当中没有出现鬼怪，只是有些诡异的征兆，因此被初步判定为一级异常事件，对新人来说已经很友好了。"白桥打开黑环，播放了一段视频，"昨天傍晚有人报警，说民笼街四号楼四楼一直有孩子在哭，警方检查了整层楼也没找到小孩。后来楼内的老人说，四楼曾经住过一家三口，男的有很严重的暴力倾向，女的也不是善茬。大概几天前，夫妻俩在傍晚争吵过后，突然连夜搬走，但那个小孩好像没有跟着他们离开。"

"孩子被杀了吗？"高命看着视频，第一时间想到了这个可能。

"不知道，我们找过那对夫妻，但他们失踪了。"白桥关闭了视频，"自从那对夫妻搬走后，四楼就一直能听到孩子的哭声，一开始声音很弱，过段时间就会停止。但从昨晚开始，哭声就再没停过。我们怀疑这起异常事件正在持续恶化，必须尽快调查清楚。"

"只有哭声？没有人受伤？"高命做过很多和哭声有关的游戏，凭现在掌握的信息，还不足以确定是哪个游戏变成了现实。

"暂时没有人员受伤。"白桥看了一眼表，"其他调查员正在往这里赶，我们等天快亮的时候再进入建筑内部。"

连下了几天的暴雨终于转弱，但笼罩城市的阴云依旧没有消散。

距离天亮还有四十多分钟时，一辆黑色货车停在了民笼街上，司机戴着鸭舌帽，身强体壮，手腕上的黑环直接勒进了肉中。

"白姐，早上好啊。"壮汉司机拍了拍车厢，后车门打开，四位调查员搬着各种器械走了出来。

其中最年轻的两个人没有佩戴黑环，似乎是刚被选入调查局的。

"把东西装进背包里，我们今晚需要测试七种物品在异常事件当中的……"司机刚说到一半，忽然看见了高命，"这位兄弟有点眼生啊。"

"他是老秦举荐的新人，经历过三级异常事件。"白桥清点完人数，举起了自己佩戴黑环的手臂，"异常事件的危险性不用我多说，你们已经在调查局里接受过全面、系统的教育，这次行动，我希望你们能够打起十二分的精神，严格按照守则去做。"

"明白！"白桥带领的三位新人和后面从货车里下来的四位新人齐声回答，他们的眼中没有恐惧，只有紧张和些许好奇。

"出发！"

算上高命在内，整整十位调查员进入了四号楼，不过其中经历过异常事件的只有高命、白桥和壮汉司机。

调查局人手严重不足，所以在遇到危险系数不高的异常事件时，老成员便会带新成员进入，让他们熟悉自己的"敌人"。今晚这次行动，其实就是一次针对新人的特训。

狭窄的楼道里堆放着各种生活垃圾，台阶上残留着一个个鞋印，楼道的墙壁上画满了各种涂鸦。

调查员们小心翼翼地朝着四楼逼近，高命却打开手电，看向墙壁上的画。

那些画在开裂墙皮上的涂鸦似乎是一个完整的故事，其中有三个用黑色蜡笔画的小人。

身体最粗壮的应该代表爸爸，长头发的代表妈妈，最纤细的那个应该是孩子。涂鸦像是小孩胡乱勾勒的，可仔细去看，就能发现一些问题。

代表爸爸和妈妈的小人总是在互相扭打，每当他们厮打对方时，两人身后就会冒出很多用红色蜡笔画的小人。

那些红色小人汇聚到了孩子身边，慢慢堆积、折叠、变形。

随着时间推移，红色小人开始做出更加恐怖的举动：把自己的头颅折断，卸下手臂……它们虽然是从父母身上爬出来的，但好像并不在意孩子的感受，更不会陪伴孩子。

争吵、扭打在继续，红色小人也变得越来越可怕，它们会在小孩专心做其他事情时突然出现。

二楼拐角的一幅涂鸦中，小孩子正在写作业，一个个红色小人突然从书桌下爬出，撕扯他的头发，勒住他的脖子，让他不能学习。

还有三楼的一幅涂鸦，小孩子躺在床上睡觉，被子里和床底下又突然爬出了红色小人，它们撑开小孩的眼睛，阻止他睡觉。

小孩很害怕，睡觉的时候，再热也要用被子蒙住全身，洗澡的时候，就算洗发水流进眼睛里，他也不敢闭眼。

看见懦弱的小孩，他的爸爸和妈妈似乎更加生气了，厮打也会波及那个孩子。

"警察没有在楼内找到小孩,这孩子是不是被困在阴影世界里了?"

在白桥和司机的带领下,大家很快来到四楼。

"四楼共有六户居民,不过他们都已经搬走了,你们两两一组进屋探查,无论发生什么事情,都不要脱离对方的视线。"

调查员拿出警方提供的钥匙,将一扇扇房门打开,在钥匙触碰到405号房的时候,所有人手腕上的红灯突然亮起,通信被强行中断了。

也是在那一瞬间,高命看到大片阴影从405号房的门缝里涌出,将四号楼包裹在内。

寒意浸透身体,他深深吸了一口气,民笼街四号楼内隐藏的游戏被触发了。

他朝楼下扫了一眼,发现了一个更糟糕的消息——阴影笼罩的游戏场地和赵喜那次的一样大。类比上次的遭遇,这根本不是一级异常事件,而是可能存在"鬼"的三级异常事件。

"距离天亮还有二十分钟。"白桥再次抬起自己的手臂,"我们现在才算是真正进入异常事件,在这里发现的任何一条信息都能对后来者产生巨大的帮助,在这里总结出的任何一条规律都将被记入调查局的档案。当然,这一切的前提条件是,活着将信息带出去。"

壮汉司机也站直了身体:"黑环的红色信号灯亮起,代表通信彻底中断。你们不要相信在楼内看到的时间,只有黑环上的红灯熄灭,黄灯亮起后,才算是真正逃离。"

"二十分钟很短,但也可能会很长。"白桥脸上再没有一丝笑意,她扫视着在场的每一个人,"异常事件调查开始!希望我们每个人都能安然走出黑夜!"

楼内温度骤降,面对未知的恐惧,这些新人调查员倒没有太过惊恐。

他们严格按照调查局内部守则,用最快的速度将背包里的各种器械组装好。

那些器械上面都有对应的编号,调查局也在不断尝试用各种手段对付异常事件,新人们带进来的器械便是他们的"武器"。

"这玩意儿有用吗?"高命有些好奇地问道。

"百分之九十九没用，但只要有百分之一的希望，我们就会继续尝试，直到筛选出对异常事件产生影响的东西。"壮汉司机握紧拳头，"人就是因为能够使用工具才变成人的。"

"通信是在我们打开405号房的房门时中断的，那小孩和他的爸爸妈妈曾经就住在这个房子里。"白桥拿起手电，朝着405号房走去。

没有应对的武器，也没有任何有效的防护措施，白桥明知道有危险，却依旧走向405号房。

"还是我来吧。"高命抢先一步，"你是队伍的核心，探路的事情交给我就好。"细小的锁链受到阴影刺激，在高命手腕上出现，仿佛会动的文身。他伸出左手，轻轻推开了405号房的门。

九十平方米左右的出租屋里飘着一股怪味，房门边堆着五个巨大的黑色塑料袋，里面装有一些发黄的被褥和小孩的衣服。

"小心点儿。"白桥举起手电，为高命照路。

客厅里好像发生过争斗，餐桌被推翻，椅子躺倒在地，水泥地上还有凝固的饭渣和瓷碗碎片。

"不是单方面的家暴，打斗双方都失去了理智。"高命在墙角看到了一小块沾着短发的头皮，它应该属于某个男士，"情况比我想象的还要糟糕。"

高命的手指划过墙壁，碰到了墙壁上的霉菌。他环视四周，就算门窗紧闭，屋内依旧非常潮湿，衣柜里、沙发下面、电视后面，全部长满了大片大片的霉菌。

"如果我租到了这样一间房子，估计也会感到糟心。"壮汉司机将新人分成三队，一队跟着高命进入屋内，一队守在门口，一队负责接应支援。

"心情不好是正常的，可是为了宣泄怒火去伤害亲近的人，这就不对了。"高命走到了客厅另一边，这房间肮脏、杂乱，充斥着腐烂的气味，根本不能算是一个家。

这个家庭就像屋内被摔毁的各种家具一样，已经坏掉了。

"爸爸和妈妈都有暴力倾向，他们像是两个怪物，歇斯底里地攻击着对方。"高命捡起地上的碎花瓶，碎片边缘还残留着一丝血迹和几缕长发，"他们是被异常事件影响才变成了这样，还是原本就如此？"

"按照楼内老人的说法，他们在之前就经常打架了。"白桥没有干扰高命，她也很想看看这位解决了三级异常事件的普通人到底有什么能耐。

"就算没有异常事件出现，悲剧也有可能发生……"高命想要弄清楚游戏和现实的关系，"所以说，不是异常事件找上了他们，而是他们这一家人吸引了异常事件。"

高命穿过客厅，来到了唯一一个还算干净的房间，这里好像是小孩的卧室。

不大的房间里摆着书桌、衣柜和一张单人床，有意思的是，明明还在夏天，床上却摆放着冬天的厚被子和各种毯子。那些被褥围在床边，就像孩子心中的城墙。

打开衣柜，几件小孩的衣服挂在上面，衣柜下层铺着报纸，里面放着一个手电筒和蜡笔盒。

"衣柜下面的空间能躲下一个小孩，孩子在感到害怕时，可能会选择躲在衣柜里画画。"高命蹲下身体，"封闭的环境能够让孩子产生安全感，就像重新回到了妈妈肚子里一样。"

高命抓住蜡笔盒，刚要挪动，一条布织成的手臂突然搭在了蜡笔盒上。

白桥和旁边的另外一位新人都变得紧张起来，高命倒没有任何反应，他把蜡笔盒和那条手臂一起拽了出来。

"好丑的布偶。"

衣柜深处藏着一个手工制作的布偶，勉强能看出人的形状，身体上满是缝补的痕迹，还沾染了各种颜料。

"邻居们没有看见那对夫妻将孩子带走，警方也没在四楼找到那个小孩，你们说那孩子会不会变成了这只布偶？"高命锁住布偶的脖颈，将其双手捆绑在一起。

"现在可不是讲鬼故事的时候。"白桥微微皱眉，高命没有接受过调查局的内部培训，完全没有按照守则去做。

高命的手指压过布偶的每一寸皮肤，感觉到里面藏了奇怪的东西。他又打开了蜡笔盒，盒盖上歪歪斜斜地写着一句话——

好想藏在一个不会被人发现的地方。

"看来异常事件帮助这孩子实现了愿望。"高命联想到自己的生日愿望，忽然觉得异常事件很"热心"，抓住人心的漏洞就拼命去填补，只是填补的方式有些血腥和恐怖。

405号房基本探查完毕，跟在高命身后的新人拿出设备，收集屋内的物品，就连墙壁上的霉菌他们也会带回去检验。

"你们小心一点儿，我们这次被卷入的可能不是一级异常事件。"高命小声叮嘱过后，坐在了那孩子的床上，默默沉思。

他做过一个寻找丢失的孩子的游戏，那个游戏叫《捉迷藏》，七个伪装成人的怪物和一个孩子玩游戏，只要找到真正的孩子就算通关。但那个游戏和这起异常事件并不对应，在这起异常事件里，带给孩子阴影的不是怪物，而是他的父母。

"父母之间经常爆发冲突，大打出手，有时候还会把怒火发泄在孩子身上。生活在这样的家庭中，孩子必定会出现各种心理问题。"

高命之前在工作中就曾遇到过类似的情况，有些重犯在童年时期经常遭受父母粗暴的对待，长大后就走上了犯罪的道路。

"在这种家庭氛围中，孩子的性格会走向两个极端，要么非常自卑、懦弱，要么就是异常暴躁。从现场来看，405号房的小孩应该属于前者。"

谁都喜欢听话的孩子，但孩子听话也分类型，如果是被迫表现出乖巧，那他的内心就会逐渐扭曲。最直接的表现就是胆小，干什么都害怕出错，因为担心惹怒别人，所以想要隐藏自己。

看着围绕在床铺边缘的"被子城墙"，高命蜷缩身体，试着躺在小孩的床上。

"父母在客厅摔砸着东西，殴打对方，嘴里满是污言秽语，孩子不仅无法受到父母任何一方的保护，还要时刻小心不要成为他们发泄的工具。

"在这种情况下，最容易产生的情绪就是恐惧。"

高命想到了楼道墙壁上的涂鸦，代表爸爸和妈妈的小人争吵时，他们身上就会爬出很多红色小人，那些小人拆卸自己的身体部位，全部跑到了孩子身边。

"或许那些红色小人，就是孩子表达恐惧的一种方式。"高命脑海里逐渐浮现出了另外一款凶兆级别的游戏——《恐惧症》。

游戏中没有出现怪物，也没有太血腥的场景，但这个游戏的破坏性和威胁性甚至比一般的怪谈还要大很多！

游戏的内容很简单，某一天，恐惧症突然爆发，在全城蔓延，所有人都陷入了恐惧。

想要通关这个游戏，说难也难，说简单也简单。

只要内心没有产生任何恐惧的情绪，就不会感染恐惧症。可对绝大多数普通人来说，克服恐惧是一件非常困难的事情。

那个游戏的结局也非常讽刺：城市管理者为了防止恐惧症进一步扩散，下令杀死传染区域内的所有人。没有感染恐惧症的幸存者们，被迫和城市管理者对抗。

"如果真是这个游戏变成了现实，那麻烦可就大了。"

按照游戏里的设定，恐惧症的传播速度可比怪谈快多了，所以无论如何都要在源头上将这个游戏"锁死"。

"必须找到那个消失的孩子。"

高命有些焦虑，他的身体紧接着就出现了反应：额头冒汗、胸闷、喘不上气、心悸、产生尿意。作为专业的心理医生，高命很清楚这就是恐惧症的典型症状。

他果断起身，朝着屋外喊道："所有人注意！不要相信自己看到、听到和触碰到的东西！千万别产生害怕的情绪！"

他大声呼喊，可是却没有任何回应。

高命走下床铺，朝客厅看去，不知何时，405号房里只剩下他一个人了。

"不太妙啊，我好像在不知不觉间中招了。"

高命有些担心。这次异常事件里没有怪物，危险评级比较低，白桥和壮汉司机想通过这次调查来磨炼新人，他们好像将调查一组的储备新人全部带来了。

《恐惧症》会让人产生负面情绪，为了逃避恐惧，很多人都选择了自杀。

"不能陷入恐惧，我必须脱离出来才能去帮其他人。"

高命让自己保持专注，不去胡思乱想。

恐惧是一种很正常的情绪，它扎根在脑海深处，这种情绪可以让人们提前规避危险，但过度的恐惧则会转化成一种有毒的情绪。

如果不尽快找到恐惧的源头，不中断恐惧带来的负面影响，那这种情绪就会不断成长，将人们拖入一种恐惧循环当中。

"啊！救命！救命！"

走廊上忽然传来新人调查员的求救声，他似乎正被什么东西追赶，慌乱中摔倒在地。

"放开我！放开我！"

他的身体好像被抓住了，求救声逐渐变远，似乎被拖拽到了其他楼层。

高命抓住房门，拼命晃动门把手，却无法将门打开，他猛地一脚踹向门锁。

砰！

老旧的公寓木板门被踹开，高命朝外面看去，阴影笼罩了走廊，四周一个人都没有。

惨叫声和哭喊声此起彼伏，不断从四楼其他房间传出，高命直接将那些房门一扇扇踹开。

整个过程当中，高命没有产生任何恐惧情绪，他知道应对恐惧的最好办法就是面对它。

只有舍弃所有负面情绪，不断地向前，追赶恐惧，才能让恐惧不敢靠近！

高命不再束缚自己，像个暴徒一样横冲直撞，无所畏惧。

"游戏是我制作出来的，每一步我都很清楚，我就是设计者，为什么要害怕？"

惨叫和求救声无法动摇高命分毫，他不断给自己施加正面的心理暗示，甚至用上了催眠的技巧，现在就算是真有怪物出现，他也敢给对方一个抱摔。

哭声、嘶喊声、血迹、诡异的影子，高命被"折磨"了十几分钟，视野中的阴影终于开始变淡了。

这个凶兆级别的游戏能对人群造成极为恶劣的影响，但对像高命这样特殊的个体来说，并不是太困难。

"我似乎要被送出游戏了。"

高命站在画满涂鸦的楼道里，看了一眼手中那个丑陋的布偶。《恐惧症》是群体游戏，克服了恐惧似乎就可以离开。如果他就此离开，那些调查局的新人恐怕就危险了。

恐惧这种情绪不仅会成长，还会相互传染，一群崩溃的人聚在一起，后果不堪设想。

"把他们留在这里的话，说不定会导致《恐惧症》这个游戏失控，让恐惧蔓延。"

高命稍一犹豫，便做出了选择。

恐惧心理的产生可以分为四个阶段。

第一阶段是正向的，提醒自己危险可能会出现。

第二阶段是恐惧强化，通过大脑里的经验引发想象，让自己做出应对措施。

如果无法摆脱困境，找出解决问题的方法，那恐惧就会进入第三阶段——负循环，焦虑、痛苦、绝望会进一步让恐惧成长。

最后则是恐惧的第四阶段，玩家彻底被恐惧吞噬、埋葬。

"我应该一直停留在第一阶段，操控恐惧症的幕后之人想要把我拖入更深的阴影里，可惜他失败了。"高命转身，重新回到405号房，"调查局的其他人可能陷入了更深层的恐惧中，想要把他们救出来，我就要去主动拥抱恐惧。"

高命抱着装满遗照的背包，躺在了"被子城墙"中央，他开始代入小孩的角色，卸下了所有心理防御，任由恐惧在内心蔓延。

祝淼淼是旧城区极为少见的女消防员，身体素质比绝大多数男性都要好，力气极大。

她曾经有一个很幸福的家庭，可在三天前，她的丈夫和孩子消失在了异常事件中。

在得知调查局的存在之后，祝淼淼立刻加入调查局，成为一名还没有分配到黑环的新人调查员。

她想在异常事件中找到自己的孩子和丈夫，也为此做好了充足的心理准备，可恐惧真正来临的时候，她才发现自己并没有想象中那么坚强。

她的手脚冰冷麻木，躲藏在405号房的卧室里，双手紧握着一把染血的消防斧。走廊上的同事被一个个拖走，惨叫和哀号折磨着她的每一根神经。

她也想过要反抗，可当她歇斯底里地举起消防斧砍向怪物时，却听到了同事的惊呼。

温热的血溅在身上，祝淼淼看见同事倒在了血泊里，那一刻她害怕极了。

现在的她早已忘记了守则，脑子里一片空白。

"你已经离不开这里了。"孩子的声音在屋内响起，祝淼淼双手持斧，背靠房门站立。

"你杀了同事，你是一个杀人犯，回去也会被关进监狱里，永远也见不到你的孩子和丈夫了。"

"谁在说话？！"祝淼淼对着空气挥动消防斧。片刻后，卧室衣柜的门被推开，一个浑身皮肤惨白的小孩趴在里面。

他从衣柜深处抽出自己有些变形的胳膊，朝着祝淼淼摆手："我知道你很害怕，不如我们都躲在这里好了。"

"躲在这里？"

"嗯，躲在柜子里，这里地方很大。"男孩费力地掀开压在身上的衣物，他的皮肤被捂出了红疹，"我不会害你的，这柜子能藏很多人。"

男孩身后的衣柜里隐约有奇怪的声音传出，好像是压抑的求救声。祝淼淼很担心自己一打开另一扇柜门，就会看见里面折叠着同事的尸体。

"我的爸爸和妈妈快来了，他们脾气很差，你最好赶紧过来。"男孩的声音很轻柔，似乎从来不敢大声说话，"如果爸爸和妈妈发现你，你会被剁碎的。"

很难想象"剁碎"这样的词语会从一个孩子嘴里说出。祝淼淼握紧了消防斧，此时能带给她安全感的只有手里的斧子。

"我的爸爸和妈妈很凶,他们会毁掉所有东西,恨不得用最恶毒的方式破坏一切。"男孩挥舞双手,向祝淼淼比画,"他们有三米那么高,爸爸力气非常大,妈妈拿着尖锐的物品,他们怨恨着对方,但身体又融合在一起,没办法甩开彼此。"

在男孩的描述下,祝淼淼不自觉地想象出了一个怪物。

身高三米的粗鲁男性和手持利器的女性缠绕在一起,在走廊上晃动,不断猎杀着其他同事。

脑子里刚冒出这些想法,祝淼淼就听见走廊上传来了沉重的脚步声。

"别说话!我的爸爸和妈妈过来了!"

男孩捂住嘴巴,祝淼淼也紧张到不敢用力呼吸。

随着脚步声逼近,一男一女争吵的声音传入屋内。

"我一定要掐死你!"

"难道我说错了吗?你就是个窝囊废,只会窝里横,还好儿子不是你的种!"

"我要杀了你!"

各种污言秽语连祝淼淼这个成年人都听不下去,很难想象他们的孩子每次听到这些话时内心的反应。

鞋子踩在玻璃碎碴上,女人的指甲划过墙皮,所有异响在经过祝淼淼门前时,忽然全部消失了。

祝淼淼感觉怪物就在门外,她仰起头。

门框上方的装饰被硬生生挤开,一缕缕头发落入屋内,祝淼淼吓得脸色发白。在她几乎站不稳的时候,楼道里忽然传来了打开门锁的声音。

快要进入屋内的黑发缓缓退出,怪物似乎离开了。

祝淼淼不敢开门,小心翼翼地把消防斧放平,从口袋里取出自己的手机,卡着门框上那扇小窗最边角的位置,将摄像头伸了出去。

祝淼淼踮起脚尖,盯着手机屏幕,她只是看了一眼,心脏便不受控制地狂跳起来。

屏幕中的画面不太清楚,她隐约能够看到一个三米高的畸形男人身体紧贴着墙壁,站在对面那一户的门侧。

他的手臂比常人的粗壮几倍，身体上还缠绕着一个女人，两人生长在一起，四只眼睛盯着刚才传出异响的门锁，目光阴狠歹毒，让人感到无比恐惧！

"怪物！"那恐怖的怪物和祝淼淼想象出来的几乎一模一样，甚至可以说，那怪物就是根据她的想象变化出来的。

祝淼淼咬紧嘴唇才没有发出声音，冷汗顺着她的额头滑落到下巴，她在加入调查局之前就知道自己可能会遇见怪物，可她没想到，这一天会来得如此之快！

她的脖颈上冒出一条条青筋，手臂也僵住了，根本不敢乱动。

走廊上的寂静就这样维持了一会儿，对面屋里躲藏的人可能以为怪物已经离开，想开门查看一下情况。

门把手缓缓转动，老旧的公寓门打开了一条缝，祝淼淼的心脏此时已经提到了嗓子眼。

"好像安全了。"熟悉的声音从屋里传出，那是另外一位新人的声音。

门板被慢慢推开，同事的脸在缝隙中出现，那恐怖的怪物也跟着挪动身体，畸形的男人握紧了拳头，畸形的女人抓着锋利的刀子。

明晃晃的刀尖悬停在了那张脸上方，寒气逼人。

"小心！"祝淼淼没办法坐视不理，她在最后时刻推开了房门，提起消防斧，大声提醒同事，"怪物就在门口！"

畸形男女同时扭头，祝淼淼吓得腿软，根本不敢反抗，脑子里生不出其他念头，恐惧让她本能地开始逃跑。

躲在对面屋子里的调查员也反应了过来，可当他想要关门时，已经晚了。

畸形的男人一把拉开了门板，他好像喝醉了酒，无比粗暴地冲进屋内。

"我来拖住它！你们先走！"壮汉司机的声音在出租屋内回荡，玻璃破碎和重物落地的声音随即传来，那位可靠的壮汉调查员似乎摔到了楼下。

在他吸引怪物注意力的时候，其余新人调查员和白桥跑了出来。

"分散开来，找房间躲避！找到线索和规则！脱离异常事件的方法往往就隐藏在异常事件发生的场地当中！"白桥想让大家冷静下来，可是被恐惧冲昏了头脑的新人们根本没有理会她，早就把在调查局接受的培训内容忘得一干二净，蜂拥着朝楼下跑去。

"不要离开异常事件发生的场地！进入场地外的迷雾会迷失自我，永远也无法回来！"

白桥的提醒根本没用，那些新人调查员只想着赶紧离开，恐惧早已在他们的大脑里生根发芽，摧毁了他们的理智。

楼道里满是哀号和脚步声，所有人都在往外面跑，那个原本躲藏在柜子里的小孩也混在他们中间，只想着逃命的新人调查员们根本没发现身边多了一个人。

"回来！不要让恐惧支配你们！"

白桥朝着建筑外面追赶，楼内似乎只剩下了祝淼淼一个人。

"怎么办？"

调查局发放的守则第一页上就写着，被卷入异常事件后绝对不能乱跑，一旦迷失，就再也找不到回家的路了。

守则上写得很清楚，可就算不乱跑，她又能躲到什么地方去？

祝淼淼绝望地看着对面的房间，那庞大、恐怖的怪物掀翻了桌子和衣柜，像个暴虐的疯子，所有完整的东西到它手里都会被毁掉。

畸形的男人踩着地上的鲜血慢慢转身，他驮着畸形的女人，盯上了祝淼淼。

整栋建筑里好像只剩下她一人，在被怪物看到的瞬间，她全身每一根神经都因为恐惧而颤抖。

怪物在她的视野里不断扩大，那畸形、丑陋的身体好像因为她的恐惧而不断成长。祝淼淼好像回到了很多年前，童年的自己被一场大火包围，家里的一切都被烧了，浓烟、烈焰到处弥漫，高温炙烤着脸颊，皮肤不断干裂。

"救救我，还有人在吗……"

长满老茧的手已经有些握不住消防斧，但祝淼淼还是没有倒下，她用尽全力将斧刃对准怪物。

"完了，没有办法了。"

怪物完全占据了祝淼淼的视野，无法形容的绝望充斥着脑海，祝淼淼感觉手中的消防斧越来越重，在斧子快要掉落时，走廊尽头忽然传来了金属碰撞的声音。

畸形男人的头颅已经伸到了她的眼前，可那清脆的声音好像有特殊的魔力，让祝淼淼稍微清醒了一些，她朝着声音传来的方向看去。

漆黑的楼道里有一个没有穿调查局制服的年轻人，正朝这里狂奔而来。

他左手上缠绕着漆黑的锁链，眼中看不出一丝畏惧。

年轻人一脚踩在斑驳的墙壁上，撞击怪物的后背，他双手抓着锁链，狠狠勒住了那畸形怪物的脖颈！

"不要怕！"

听到年轻人的声音，祝淼淼恍惚间好像回到了六岁那年，在大火将要把她吞掉时，一位消防员破开房门，冲进了火场。

当时，那位消防员好像也说了同样的话。

恐惧分为四个阶段，每个阶段看到的场景都不一样。

高命之前所在的第一阶段，看到的场景和现实没什么区别，越是陷入深层的恐惧，看到的场景就越荒诞和恐怖。

为了救出调查组的其他人，高命主动感受恐惧，终于来到阴影深处，看到了队友们所处的场景。

畸形的父母结合在一起，变成了恐怖的怪物，高命不知道这是405号房的那个小孩想象出来的，还是调查员们在某种心理暗示下虚构出来的。

作为游戏设计者，他可以确定，凶兆级别的游戏里没有确切形态的怪物，眼前这个恐怖的怪物很有可能是恐惧的具象化。

《恐惧症》这款游戏里有一个设定：当群体陷入某种恐惧，达成对恐惧的共识之后，他们害怕的东西就可能变成具体的。

想要对抗这种因为恐惧而出现的怪物，需要绝对的理智和勇气。

但凡表现出一点儿畏惧，都会被怪物抓住破绽，使它拥有玩家想象的种种可怕的能力。

在面对恐惧时，玩家的敌人其实只有一个，那就是玩家自己。

也正因如此，高命才会在给自己充足的心理暗示后，用最蛮横暴力的方式去面对怪物。

"不要怕！"

高命想切断其他调查员的恐惧循环，让他们不再给这怪物提供恐惧情绪。但光靠嘴说，很难说服别人，所以他选择直接攻击。

孩子心目中暴躁、危险、充满攻击欲的父母，被高命勒住了脖颈。

他无视了女人手中的利刃和男人疯狂的捶打，仿佛大海中的礁石，谁也无法让他动摇。

恐惧是人们最熟悉的情绪，也是最需要被掌控的情绪，只有控制住恐惧，才能走进人心深处的幽暗之地。

锁链勒入肉中，男人的脖颈已经变形，高命却丝毫没有停手的意思，他的身体好像嵌在了那怪物身上，那怪物在不断尝试把他甩下来。

"自私、暴力，把所有过错都归咎于社会，心里充斥着戾气，甚至将怒火发泄在自己孩子身上，你们不配做父母。"高命的胳膊上冒出一条条血管，"没有人会在看清楚你们的真正面目后，依旧害怕你们。"

高命的这些话是对怪物说的，也是对祝淼淼说的。

楼内的恐惧氛围一下被冲散，等那些新人调查员离开后，怪物的身体明显小了很多，祝淼淼也感觉身体正在逐渐恢复。

她握紧了消防斧，曾多次冲进火场救人的她，慢慢克服了怪物带来的恐惧。

在她的双眼重新恢复清明之时，她看到怪物庞大臃肿的身躯下方延伸出了一根带着尖刺的血管，那血管末端就扎在她的脑袋上。

祝淼淼挥动消防斧，想要将血管斩断，可是物理攻击没有任何作用。

她干脆放任不管，直接提起斧子朝怪物冲去。

当她真正克服了恐惧之后，那血管自己枯萎，掉落在地上。

失去了最后一位恐惧的"供养者"，怪物发出惨叫，被高命手中的锁链生生勒成两段，最后化作无数红色血珠，被锁链吸收了。

"谢谢你来救我。" 祝淼淼死里逃生，无比真诚地向高命道谢，这个年轻人出现的那一幕，很可能会永远烙印在她心里。

"其他人呢？"高命放下衣袖，朝四周看去。他已经完全脱离了现实，进入了最深层的恐惧阴影里，但除了祝淼淼，他并没有看到其他队友。

"他们好像逃出建筑了。"

"离开了这栋楼？"高命意识到不妙，转身就朝楼下跑去，"跟紧我。"

"白桥组长和他们在一起，应该不会出问题吧？"祝淼淼提起消防斧，她非常信任高命，没有任何迟疑，跟着高命就朝楼下跑。

杀掉恐惧具象化的畸形父母后，笼罩四号楼的阴影就开始变淡，这个游戏跟其他游戏不太一样，它排斥高命，想把高命和祝淼淼送出去。

高命一刻不停，沿着楼梯一路向下。

来到一楼，他踹开楼道门，外面的街道被阴影和黑雾笼罩，出现在他面前的是一个完全扭曲的世界。

因为感染恐惧症的调查员四散逃离，《恐惧症》这个游戏好像扩散了，阴影笼罩的范围在变大。

"你待在这里。"高命尝试进入街道，在阴影中穿行，"民笼街尽头是荔井街，我家所在的荔井公寓就在那里。这阴影世界和现实是完全对应的吗？阴影世界就是另外一个现实，一个已经疯掉的诡异现实？"

高命看过一些关于平行世界的文章，但现在这种情况也不是简单的"平行世界"就能解释清楚的，谜团一个接着一个出现，他不仅需要应对灾难，还需要追逐真相。

高命缓步走过街道，在地上看到了一件残破的调查局制服。

他捡起制服，发现在不远的街道拐角处，有个浑身皮肤惨白的小孩露出了半张脸。

他有些害怕地朝高命摆手，阻止高命靠近。

"这孩子就是恐惧症的源头？"

一个可以自由移动的源头，这让高命有些头痛，他没有信心能在阴影世界里将男孩抓住。

"我知道你一直生活在很压抑的环境中，整天提心吊胆，如果你想换一个美好、温暖、和睦的新家庭，可以来找我，我的'爸妈'很多，他们人都很好。"

高命用衣袖遮住了锁链，从怀里取出那个丑陋的布偶，"我家住在荔井公寓四号楼四层，随时欢迎你过去。"

高命抓住布偶的一条手臂，面带微笑，轻轻晃动着布偶："我们那里的人都很好的，有见义勇为的大爷，玩cosplay（角色扮演）的雨衣小哥，热爱极限运动的大叔，还有吃不完的蛋糕和……"

不等高命说完，男孩已经消失不见，周围的阴影在快速消退。

与其说是高命通关了游戏，不如说是游戏把高命"赶"了出来。

"这个游戏好像因为那个小男孩的出现产生了一些变化。"高命脸上哪还有一丝和善，"难道那个小男孩也是玩家，他在游戏通关后，选择留在游戏当中，活在阴影世界里？"

微弱的光亮出现在街道尽头，祝淼淼冒着雨来到高命身边："我们好像成功通过异常事件了！可我没有看到其他人！"

"你们的异常事件处理守则上不是写了吗？随意离开事件发生场地，很容易迷失方向。"高命任由雨水滴落在身上，其他调查员被困在了阴影世界中，他们应该都还活着，只是需要在阴影世界里挣扎求生了。

"荔山是旧城区人口最密集、流动最频繁的地方，也是异常事件爆发频率最高的地方，如果我把阴影世界中的荔山建筑群打造成一个活人据点，那应该能在未来的大灾里救下不少人。"

高命站在两个世界中间，看着庞大、阴森的破旧建筑群："想要做成这件事，我必定会付出很大的代价，不过就应该坚持做正确的事情。哎，秦天看人真准，我太'圣母'了！"

第七章

重写命运

阴影消退，高命和祝淼淼重新回到了真实世界中。

雨水落在身上，抓着消防斧的祝淼淼一下瘫倒在地，绷紧的神经直到这一刻才放松下来。

她茫然地看向四号楼，不久前，十位调查员就聚集在楼道口，现在只剩下两个人了。大家曾一起在调查局接受培训，那一张张面孔还鲜活地刻在她的脑海里。

"他们并没有死，只是迷失在了世界的另一边。"高命一眼就看出祝淼淼在想什么，"他们会在那片阴影世界中求生，我们也要尽快振作起来，努力变强，然后去阴影世界接他们回家。"

祝淼淼点了点头，看向高命的眼神中充满了尊敬，眼前的男人虽然有些冷漠，可遇到危险时他是真往前冲。

"我们准备回去吧。"

"调查局的各种器械还在楼里。"祝淼淼将消防斧扔进货箱，跑进楼内开始搬运。

半小时后，高命骑着调查局的电动车在前面开路，祝淼淼开着那辆货车跟在后面，两人绕了很远的路，才回到荔山调查署附近。

他们还没从车上下来，众多工作人员就围了过来。

"调查一组副组长的黑环失去了信号！其他人也联系不上，昨晚发生了什么事情？"

"只是一起一级异常事件，为什么会有那么多调查员过去？"

"你是谁？好面生啊。"

在一片嘈杂的声音当中，有个气质凶狠、冷冽的年轻人走了出来，他直接将货车后门打开，看到里面只有设备，没有其他调查员后，就一言不发地站在那里。

其他的工作人员见此场景也不敢说话了，气氛变得十分压抑。

过了好久，那个年轻人才转身朝高命走去："我是荔山调查署调查一组组长白枭，白桥是我的妹妹，昨晚你们遇到了什么？"

"危险等级评判有误，民笼街四号楼内发生的不是一级异常事件，而是二级，甚至可能是三级异常事件。"高命也没隐瞒，"在这起异常事件当中，越是害怕、恐慌，死亡就离得越近，因为所有恐惧都会慢慢被显化出来。"

"之前从未遇到过这样的异常事件。"白枭冷冷地注视着高命。

"组长，高命说的没错，我们想象出的怪物变成了真的，是恐惧在追杀我们。"祝淼淼的制服破破烂烂的，明显吃了不少苦头。

"所以说，是因为白桥的误判，导致她自己和调查一组的所有储备调查员遭遇了危险？"白枭的声音透着寒气，他在竭力压制自己的情绪。

"异常事件里存在各种各样的变化，谁也无法预知下一步会发生什么，只能说，我们对异常事件的了解还不够多。"高命将头盔放在电动车上，"你也不必过于伤心，他们只是迷失在阴影中，未来还可能回来。"

白枭嘴唇微动，但最终什么也没说，独自进了货车里。

"听说白组长脾气很差，你要小心。"祝淼淼在高命耳边小声说道。

"嗯。"高命点了点头，其实相较于心里那个庞大的计划，这些他都不在意。

高命进入调查署，拿出黑环，和祝淼淼在工作人员的带领下，把整起异常事件还原了一遍，白枭和调查一组的其他成员也在旁听。

事件还原到一半的时候，荔山调查署署长陈云天赶了过来。八位调查员迷失在异常事件里，这可不是一件小事。

耗费两个小时，事件还原完毕，高命和祝淼淼获得的信息上传到了调查局，大家也对他们的遭遇有了了解。

"我给了你三天调整状态，没想到，我还没回来，你就先到了。"陈云天将高命叫到了角落，"昨晚的异常事件出乎所有人预料，发生了我们都不愿意看到的事情，也幸好你提前赶到，不然我们很可能全军覆没。如果任何信息都没有带出来，那才是真正的失败。"

陈云天眼底隐藏着一丝痛苦，他没有完全将其表露出来："高命，你做得很好。这两天你可以稍微休息一下，和其他组员们磨合磨合，毕竟，进入异常事件后，要把自己的后背交给对方守护，你们需要完全信任对方才可以。"

叮嘱了高命一些事情后，陈云天便匆匆离开了。

"署长都跟你说了什么？"祝淼淼有些好奇地跟着高命。

"让我处理好人际关系。"高命来到二楼，推开了调查一组办公室的门。

偌大的办公室显得空空荡荡，除了白枭，只剩下三位佩戴黑环的老组员了。

三位组员本来在和白枭说些什么，看高命进来后，他们全部闭上了嘴。

高命完全不在意那些人对他的态度，他找到秦天以前的位置，坐下就开始搜索凶宅。他加入调查局可不是为了享受福利待遇，而是准备借助调查局的力量完成一些事情。

高命全神贯注地工作，不断在脑中完善自己的计划，他没去找白枭，但白枭自己走了过来。

椅子被拖动，白枭坐在了高命对面："秦天之前就坐在你这个位置上。"

"我知道，桌上的文件夹里还有他的名字。"高命没有抬头。

"每位调查员在加入调查局的那一刻，就已经预想到了最糟糕的结局，也做好了死亡的准备，秦天是如此，白桥也是如此，我也同样如此。"白枭的声音在轻微颤抖，能听得出来他情绪起伏极大，但在努力地控制自己，"把自身的痛苦施加到别人身上是一件很蠢的事情。我想告诉你的是，作为一组的成员，你不用担心自己会被孤立，或受到同伴的背叛。任何时候，我们的敌人都只有异常事件，也只有抱着这样的决心，我们才能让更多的人在灾难里活下去！"

高命慢慢抬起了头,他没想到白枭会对他说这些。

"我和秦天都来自新沪,我们一起经历生死,所以我相信他的眼光。"白枭朝高命伸出了手,"欢迎加入调查一组。"

高命仔细打量白枭,通过微表情,他能看出来白枭没有撒谎,对方的每句话都是发自内心的。他第一次如此清晰地感受到了人的力量,和阴影世界相比,人似乎不占任何优势,但在这场即将到来的灾难里,人真的不一定会输。

"新的储备成员下午可能会到达,我们要去东区执行协作任务,今晚就辛苦你们两个留在这里值班了。"白枭从衣柜里为祝淼淼拿来了全新的制服。

"去东区执行任务?"东区是瀚海最繁华的区域,调查局选择力保那里,似乎也很正常。

"那里疑似出现了瀚海第一起四级异常事件,所有分局都会派出经验丰富的调查员过去。"白枭停顿片刻后,又补充了一句,"秦天就死在那起异常事件中。"

"要不我们晚上一起过去?"高命心里其实也没谱,四级异常事件对应的是怪谈级别的游戏,而且不是像赵喜那种被提前触发的怪谈。

"调查局对这件事非常重视,每位参与调查的人员,都是通过层层审核挑选出来的。就算你能力足够强,他们也不会让你进去。"白枭拿起桌上写有秦天名字的文件夹,"民笼街和荔井街也需要有人看守,你的任务不比我们轻松。"

说完之后,白枭便开始和仅剩的三位老组员商讨今晚的行动方案,每一步都要进行预演,考虑所有可能会发生的情况。

高命没有参与老组员们的谈话,他在秦天的电脑里找到了自己需要的东西。

调查局内部有专门从事信息搜索和整合的工作人员,高命拨打了对方的电话,想借助调查局在瀚海铺开的调查网为自己找人。

他拿出手机,输入了几条自己设计的游戏中的罪犯信息。

那些罪犯都是高命设计出来的,他对他们的心理缺陷和弱点了如指掌,最危险的疯子要提前杀掉,可以救赎的就尝试合作。整座城市也只有他胆大到敢去操控那群最极端的疯子。

"一流的悬疑游戏逻辑缜密,不会有什么超自然存在;但我只是个不入流的游戏设计者，有些案件的构思并不严谨，其中部分罪犯拥有某些超乎常人的特质。这些特质或许会在阴影世界的影响下，演变出某些特殊的能力，就像宣雯那样。"

大概只过了半个小时，调查局工作人员便给高命发来了信息，第一个罪犯找到了。

这个罪犯的身高和体形非常有辨识度，在不刻意躲藏的情况下，他根本无法逃过无处不在的城市监控探头。

"地下搏击俱乐部？"

调查局的效率高得惊人，高命拿到信息后，立刻穿上雨衣，准备出发。

"你要去哪儿？我和你一起去！"正在发呆的祝淼淼也站了起来，着急地去找消防斧。

"不用，你守在这里。"

"陈署长说让我跟着你。"祝淼淼连斧子都没有拿，慌慌张张地跑到高命旁边，"有新任务吗？"

"只是去见一位朋友。"

在过去很长一段时间内，有钱就能在瀚海买到一切。这里是世界自由港，拥有最高雅的艺术，也隐藏着最低俗、残忍的表演，只要花钱，就可以满足所有感官需求。调查局的车子开进了东区的皇后十一街，高命计算着时间，守在一家中餐厅旁边。

"根据调查局给出的信息，目标每天会准时到这里吃午餐。"高命压下帽檐，朝在车内随时准备接应的祝淼淼招了招手，示意她不要紧张。

雨势慢慢减弱，高命望着远处的水洼，积水中倒映着歪斜的城市。

啪！

沉重的皮鞋踩在了水面上，城市的倒影四处飞溅，路人也远远躲开。

街道拐角处，一个穿着定制西装、身高近两米的男人正大步朝餐馆走来。

那人体形无比壮硕，浑身肌肉，裸露在外的皮肤上满是狰狞的巨鬼文身。

"和我心目中的颜花真的是一模一样。"高命盯着走来的壮硕男人，嘴角微微上扬。隔着很远的距离,他就感受到了对方身上的压迫感。

男人并未在意高命,径直推门进入餐馆,客人们很自觉地挪出了一大片空位。

"和平时一样。"男人的声带受过伤,声音听着嘶哑低沉,他弯腰坐下,全身肌肉紧绷,几乎要把西装撑破。

餐馆内的气氛变得凝重,客人们加快了吃饭的速度,想赶紧离开,男人似乎也习惯了。

"老板,来两碗面,打包带走。"高命朝着柜台喊了一声,随后从多个空位旁边走过,坐到了男人对面。

高命倒了两杯热水,状态无比放松:"听说你最近在打黑拳,十三战全胜?不过你参赛的名字好像不是你的真名?"

男人皱起了眉,皮肤被拉扯,他脸颊上的鬼脸文身好像要张开血盆大口。

"我以前认识一个拳手,他和你长得很像,那孩子从小就很不容易。

"他的母亲患有疾病,在丈夫死后,为了生活,带着一儿一女改嫁。他的继父是个暴躁、好色、粗鲁的赌徒,那窝囊废最喜欢做的事情便是在患病的妻子和年幼的养女面前维持自己可怜又可笑的自尊。

"他要把自己在外面丢失的尊严,变本加厉地找回来,通过暴力,以及比暴力更可怕的方式。"

桌面好像在轻微晃动,四周的食客陆续离店,慢慢地,只剩下了他们两人。

主食还没有上,高命现在当然不会走。

"那赌徒简直不配做父亲,他在妻子病逝后,对两个孩子更加粗暴。指使大女儿干各种家务,稍有不满就拳打脚踢。比起大女儿,更可怜的是小儿子。"高命放慢语速,用上了催眠的技巧,"小儿子天真善良,可他经常被继父恐吓辱骂,开始尿床,一直到现在都还有尿床的习惯。"

坐在桌对面的男人的眼神发生了变化,不堪回首的记忆一点点撕开了他的伪装。

这一切都被高命看在眼中,他端起水杯轻轻晃动,声音带着特殊的韵律:"每次小儿子尿床后,继父都会暴怒,他将湿漉漉的床单蒙在孩子脸上,把他按向尿壶，说狗都知道该去哪里排泄。"

"你说完了吗？"原本平静的男人变得呼吸急促，眸子里布满了血丝，深埋在心底的痛苦记忆被牵动，童年的噩梦再次袭上心头。

未来的颜花是丧心病狂的杀人魔，但现在，他心中的恶之花还未完全绽放。

"因为害怕尿床，他甚至对睡觉产生了畏惧感，他在无数个黑夜里强迫自己睁开双眼。慢慢地，他变成了一个不正常的孩子。"高命的语速开始变快，"越无力反抗就变得越残忍，他明知道暴力会产生更多的暴力，可他还是在黑夜中逐渐扭曲、早熟，拼尽全力地压抑内心猛增的攻击欲。"

男人的手臂慢慢弓起，他缓缓起身，绷紧的肌肉撕开西装，仿佛一座充满压迫感的肉山。

"继父根本没把他当人来看待，还给他起了一个女性化的名字——颜花。"

"闭嘴！"男人举起拳头，对准了高命。

"后来他长大了，自虐般地训练自己，但内心还是会恐惧，他的尿床问题变得更加严重了。"

"我让你闭嘴！"男人无法克制自己，手骨发出脆响。

"那孩子痛恨自己的身体，于是更加疯狂地磨炼自己。但没人知道，他拼命地努力其实只是为了做一件事——"

重拳落下时，高命也说出了最后一句话："他想杀了自己的养父。"

拳头停在眼前，高命的声音像锋利的刀子，剖开了男人的内心，那个隐藏了二十年的秘密被戳穿，他感觉自己好像一丝不挂地站在大雨中。

颜花的身体无比高大，他站起来就可以遮住所有的光。高命在他面前脆弱得就像一只小鸡崽，一拳就可以被捶死，但他砸烂过无数张脸的拳头这次却怎么都无法落下。

黑拳场上十三连胜的"刽子手"，已经很久没有这样犹豫过了。

颜花不是一个坏人，从各种意义上来说，他都不能算是坏人，可如果放任他按照游戏原本的剧情发展，他会被无法克制的攻击欲和溃烂的内心拖垮，最终变成瀚海最危险的杀人魔之一。

"你把自己的肉体锻炼得再厉害也没用,因为你的灵魂还停留在童年的阴影里。"高命靠在椅背上,背后的衣服已经完全被冷汗浸湿,但他丝毫没有表现出慌乱,仿佛一切都在预料之中,"杀戮和暴力其实没办法带给你安全感,反而会让你变得更加扭曲。"

"是谁告诉你的?"颜花身上的西装已经被撑破,满身狰狞的巨鬼图案让他看起来仿佛是从地狱深处爬出来的魔鬼。

"你的姐姐,颜铃。"高命拿出打火机,点燃了一支烟,"要不……坐下聊聊?"

听到姐姐的名字,颜花双眼之中满是不可思议,脸上的表情也不由自主地舒缓了,那个名字对他来说有不一样的意义。

童年仅有的一些美好片段都是姐姐赋予颜花的,也正是那支离破碎的色彩让他可以坚持到长大。

"她还活着?"当颜花反应过来的时候,他已经坐在了座位上,不知不觉间按照高命说的做了。

"是的,她拜托我好好照顾你,让你不再痛苦,可以拥有属于自己的人生。"

"她在哪儿?带我去见她!"颜花相信了高命说的话,因为除了姐姐,没人知道他的童年,也只有获得姐姐信任的人,才能从姐姐口中得知他们最不愿意回忆的过去。

高命的衣袖蹭到了桌面,手腕上的黑环在不经意间露出:"我也很想再次见到她,可她被困在了另外一个地方。只有通过异常事件进入那片被阴影笼罩的世界,我们才能找到她。"

"你在说些什么?"颜花皱起了眉头,他一个疯子都感觉高命疯了。

"怪谈将笼罩城市,灾难就要来了。"

"嗯?"

高命的一段话让颜花语塞了,他"疯"得太彻底,让这个潜在的变态杀人魔都不知道该怎么回答。过了许久,颜花微微摇头:"别绕弯子了,告诉我应该怎么做。"

"你醒来的时候,身边应该有一张黑白遗照,那就是最好的证明。"高命喝了一口热水,"我答应过你的姐姐,以后会照顾你,帮你治病。你只需要跟着我,好好配合我治疗,然后安心等我的消息就行。"

"要等多久?"

"异常事件连接的地方充满了随机性,不一定就是你姐姐失踪的地方,而且那地方非常危险,每次进入其中探查都要万分小心,这件事急不得。"高命故意岔开了话题,"比起找到姐姐,帮你治好内心的创伤才是当务之急。"

"我能控制住自己。"

"没必要完全控制,童年是你产生犯罪诱因的播种时期,但真正让恶之花绽放的是无止境的纠缠和漫长到看不到尽头的噩梦。"高命掐灭了烟,"度过黑夜的办法不是等待天明,而是适应黑暗,我可以治好困扰你的疾病,拔掉你心头的刺。"

大雨将餐馆与城市隔绝,这里就像被世界遗忘的角落。

颜花其实比谁都清楚自己内心的渴望,那汹涌的杀意和痛苦几乎要吞噬掉他的一切。

"其实比起杀戮,还有更好的解决办法。你对继父有恨意,简单地让他死去,并不能治愈你,我们应该让他受到真正的惩罚。"高命回想着自己看过的所有怪谈,"让我来帮你吧,我会给你一个满意的治疗方案。"

"我怎么感觉,和我相比,你似乎病得更严重?"颜花慢慢放下了敌意和戒备,"我应该怎么称呼你?"

"我叫高命。"高命面带笑容,留下了自己的联系方式,"不过我更喜欢别人叫我高医生。"

"高医生?"颜花努力背下了高命的手机号码,"我也曾看过心理医生,但从来没有哪位医生会对我说这些。"

"因为,我是站在你这一边的。"

高命走向柜台,打包了两碗面,离开了餐馆。

回到调查局的车上,高命将一碗面递给祝淼淼,两人在车里吃了起来。

"高命,你那个朋友好壮啊!太有压迫感了,你和那种人做朋友不害怕吗?"

祝淼淼大口吃着面，她也饿坏了。

"有什么好怕的？"高命坐进车里，才发现后背已经湿透，脖颈还在冒冷汗。

"我对文身没有什么偏见，但他全身文满了恶鬼，在黑帮里，只有身居高位的人才有这样的文身。"

"你电视剧看多了？赶紧吃饭，等会儿我们还要去另外一个地方。"高命又收到了调查局发来的信息，他们找到了第二位"罪犯"的位置，对方正巧也在东区。

吃完面条，祝淼淼开车将高命送到了东区圣路易学校附近。

这所学校很特殊，是瀚海慈善总会开办的，多年前由各界人士捐赠修建，曾经也算辉煌过，可后来教学质量越来越差，逐渐成了瀚海管理最混乱的私立学校。

东区会聚了瀚海最有钱有势的一群人，但也有大量底层的穷苦人家在这里讨生活。他们付不起私立贵族学校的学费，又没有上公立学校的名额，所以只能让自己的孩子在圣路易这样的学校就读。

"您好，我们是荔山调查署的调查员，想跟您打听一个人。"祝淼淼来到学校保安亭，可那年迈的保安似乎有点儿耳背，一直低着头看新闻。

高命取出五百块钱，将钱伸到了窗口："昨天傍晚，是不是有个高三复读生在巷子里被打了？"

那保安看到了钱，点了点头。正准备拿钱时，他的手被高命一把抓住。

"啊？"保安想要挣扎，但根本挣脱不开，"你们想干什么？"

"打开昨天的监控，告诉我昨天的情况，不要有任何遗漏。"高命表情严肃，"那个孩子很危险！"

在高命的劝说下，老保安终于配合了，可昨天的监控已被删除了一部分。

"你们胆子真大。"高命冷冷一笑，很多时候，悲剧原本能够避免，但因为一环环无意识的恶意，最终所有人都跌下了深渊。

保安可能是收到了命令，在帮忙隐瞒和良心之间，他选择了协助恶的那方。

可能在老保安看来，自己并没有直接参与什么不好的事情，但实际上他也成了恶的一环。

高命进入学校，根据调查局给出的信息，来到了高中部三楼。

"高命，我们直接跑进来不太好吧？"祝淼淼现在知道陈署长为什么让她跟着高命了，如果没人看着，这位调查员指不定能干出什么事情来。

"不在教室里。"高命仿佛新来的教导主任一般，在三楼每个教室窗口停留，双眼直勾勾地注视着那些学生，讲台上的老师都被他看得有些紧张。

"我们还是先跟校领导沟通一下吧。"

祝淼淼拽住高命的衣服，想拉他离开。就在这时，他们听见厕所里传来一个男学生的声音。

"快录下来！晚湫趁着上课时间偷偷溜进女厕所了！他果然是个变态！"

"晚湫？"

听到这个名字，高命立刻让祝淼淼松手，来到了楼层拐角。

女厕所门口站着四个男学生，他们有的叼着烟，有的把校服系在腰上，还有一个学生熟练地把玩着金属打火机，穿了一身很潮的衣服。

高命没有发出声音，慢慢靠近他们。

叼着烟的学生高举着手机，正在拍摄，女厕所里面还有个浑身湿透的男生。

那男学生看起来呆呆的，想往外跑，却被其他几个学生笑着一次次推回去。

"这傻子还挺好玩的。"拿着打火机的潮男朝地上吐了口痰，扭头看向四人里唯一一个穿着正常的男生，"阿尊，晚上要不要带他一起去后十九街见见世面？"

被唤作阿尊的男学生笑了起来："你们是想带他一起去玩，还是想看他被玩死？"

似乎是预感到了什么，晚湫再次朝厕所外冲去。他用上了全部力气，将门口拍摄的学生撞开，可他逃到走廊的时候，又被其他学生抓住了。

"我刚换的新手机摔了！"男学生捡起手机，狠狠将晚湫按在地上，"臭傻子！"

他捂住晚湫的嘴，另外三个学生围了过来，抬脚就踹向晚湫！

砰！

手机掉落在地，穿着时尚的男学生重重撞在墙壁上。

后腰传来剧痛，他捂着那里，半天没爬起来。

"学校是学习的地方，怎么能打架呢？"高命收回右腿，站在几个学生面前。

三个欺负人的学生也都蒙了，他们可是眼看着高命把人踹飞的。

"哥，这可是在学校！"祝淼淼也吓得不轻，在异常事件里，高命对怪物下手狠就算了，没想到在现实里，他对人下手也这么狠。

"他们四个在霸凌这孩子。"高命抬手夺走了那男学生的手机，对方下意识来抢，高命对准他胸口就是一脚，"我现在已经完成了取证。"

"好的，好的，我们大家都冷静一下。"祝淼淼担心事情闹大。

"你在学校里都敢公然打人？"阿尊站起身，看着高命。他心智成熟，表现得很冷静，家境可能也不寻常。

"我打人了吗？他们明明是自己倒下的，毕竟你们挑的这个地方又没监控。"高命朝着阿尊走去，被困在家里吃了三天蛋糕之后，他连气质都发生了一些变化。

"你是晚湫的家人吗？可我记得老师说他是孤儿，无父无母，是临时被送到这里的。"阿尊向后退了一步，"我母亲是瀚海慈善总会的干事，我父亲在……"

不等阿尊说完，他的肚子又被高命狠狠踹了一脚，整个人都瘫在了地上。

"大祸临头了，还说这些？"高命接着走向最后一个男学生，对方想跑，硬是被高命追上，狠揍了一顿。

"高命，冷静，高命！"祝淼淼费了好大劲才把高命拉开，她不明白平时看着很理智的高命怎么突然如此暴躁，"你这样，我们回去会被处罚的！"

"处罚？"高命松开手，将最后那个男学生扔到一边，扭头盯着祝淼淼的眼睛，"调查员用自己的生命去捍卫城市，我们拼上性命，难道就是为了保护这些垃圾？难道就是为了在见义勇为后被处罚？"

祝淼淼张了张嘴，可她不知道该说什么。

"昨夜我们经历了一次二级异常事件，阻止了灾难蔓延，间接救下了很多人，对不对？"

"对。"

"可我们小组失踪了八个人，付出了极为惨痛的代价，这些创伤和内心的痛苦需不需要弥补？"

"需要。"

"所以我在阻止霸凌的过程中，不小心用力过猛，是不是没有任何问题？"

"是的。"祝淼淼忽然觉得高命说得很有道理，高命也是人，他内心承受的压力和痛苦也很大。如果调查局面对这种事情都庇护不了自己的调查员，那确实会让人感到寒心。

高命拍了拍祝淼淼的肩膀，从她身边走过，来到了那个叫晚湫的男学生身边。

他没有说任何安慰的话，也没有关心学生身上的伤势，只是把自己的手伸到学生面前："我叫高命，在荔山调查署工作。如果你不满意现在的生活，我可以给你提供一份有尊严和自由的工作。"

从暴揍霸凌者到现在说的每一句话，高命其实都是深思熟虑过的，整座城市中，只有他和看过游戏设计的魏大友知晓这个孩子有多么可怕。

男学生看起来呆呆的，但他的眼睛非常漂亮，而那双眼眸也是高命所需要的。

"我能够帮你长出利爪和獠牙，以后再没有谁可以欺负你，如果你想欺负别人，我也可以睁一只眼闭一只眼，我没什么是非观，对自己人十分偏心。"

在晚湫眼中，高命伸向他的手臂好像从天堂垂落的绳索，又好像通往深渊的阶梯。

他呆呆地注视着那只手，慢慢抬起胳膊，握住了高命的手。

高命将晚湫从地上拉起，直接朝楼下走去。

"高命，我们不用跟他的老师说一下吗？"

"那你就去简单说明一下情况，告诉他们，荔山调查署要带晚湫回去问一些事情。"高命摸着黑环，有时候调查员的身份真的很好用。

离开学院，高命给晚湫买了一大堆吃的。看着晚湫大快朵颐，他难得露出了笑容："慢点吃，以后有我一口汤喝，就有你一口肉吃。"

高命对晚湫非常看重，很想弥补自己亲手设计的悲剧。

刚跟夜灯游戏工作室合作的时候，高命曾构思过一款犯罪游戏，叫作《天生变态狂》。

主角是一位患有脑部疾病的弃婴，但在玩家的一步步指引下，主角最终会成为一位破案专家，被誉为"城市之盾"。

可就在这时，主角发现自己家里多了好多尸体和血迹，那些东西像是幻觉，却又无比真实。

他想尽一切办法治疗自己，可越是治疗，恐怖的东西就出现得越多，直到最后他精神彻底崩溃，终于"睁开双眼"看到了真相。

晚湫是瀚海有史以来最危险的超级罪犯，他在童年几乎经历了所有悲惨的事情，后来被一个变态杀人狂收养，大脑不断受到刺激，拥有了异于常人的精神力。在那个变态杀人狂的教导下，晚湫成了当时瀚海最危险的人。

随着科技不断发展，晚湫最终被捕，关于他的研究从那一刻开始就未中断过。

玩家们操控的整个过程，其实只是一个针对晚湫的脑部虚拟实验。人们想要看看，假如晚湫没有遇到杀人狂，能不能靠自己的力量走出童年的阴影，改写人生。

事实证明，晚湫可以成功改写命运。但就算如此，晚湫也永远无法再离开实验室了，因为他已经只剩下一个浸泡在特殊容器里的大脑了。

"从今天开始，不会再有人欺负你了。"

接触过晚湫的所有人，一开始都会觉得，晚湫是个长得好看的傻子。

可事实上，晚湫不仅不傻，还比绝大多数人都要聪明。

他只是因为童年过于悲惨的遭遇，彻底将自己封闭了起来。

在游戏中，晚湫被变态杀人狂收养，对方利用各种残酷的手段培养出了一个扭曲、恐怖的怪物。

但现在高命决定改变这个结局，他要亲自重写晚湫的人生。

阴影世界按照定好的剧本给晚湫编写了人生。要想改写自己的命运，晚湫恐怕要走上和宣雯一样的道路，与阴影世界不断对抗。

高命扭头看了晚湫一眼，这个瘦弱的高中生双手扒着车窗，呆呆地注视着窗外的霓虹，似乎想在繁华陌生的城市里找自己的家。

开车的祝淼淼也通过后视镜看到了这一幕，她心地善良，所以同意带晚湫回局里。其实她也做好了心理准备，如果调查局无法收留晚湫，那就先让晚湫住在自己家，她住调查局值班室就好了。

夕阳缓缓落下，高命拿着调查局提供的信息又跑了几个地方，也没有遇到其他罪犯。

因为还要带新人，高命没有在市区停留太久，他和祝淼淼在天黑之前回到了荔山调查署。

"我对带新人没有任何经验，等会儿你多说几句。"高命把这事推到了祝淼淼身上。

"别啊，我自己还是个新人呢！"祝淼淼连黑环都没有，有点着急，"要不等白组长回来再说吧。"

"也行。"

进入调查一组办公室后，两人才发现，他们的担心完全是多余的。

没有一位新人过来，只有调查署的后勤人员略带尴尬地在等他们。

"新人呢？"高命让晚湫随便找个空位坐下，自己走到后勤人员面前。

"不知道是谁走漏了风声，说咱们调查一组出勤阵亡率有百分之八十，新人死亡率更是达到了百分之百。"工作人员有点不好意思把手中的文件交出去。

"胡说八道。"高命指着祝淼淼，"这不还活着一个吗？再说了，其他调查员也只是在异常事件中迷失，并没有死亡。"

"现在确实是没有新人愿意来咱们调查一组。"工作人员苦笑着展示了一下手中的文件，"原本计划加入一组的两位成员也临时改变了主意，分别加入了调查二组和三组。因为调查异常事件的特殊性，我们调查局也不好强迫人家更改选择。"

"你等白组长回来后，跟他汇报吧。"高命倒觉得无所谓，不用带新人，又少了一件事。

"那你们谁先签个字，确认一下？"

高命装作没有听到，坐到了晚湫旁边，祝淼淼低头认真擦拭着消防斧，像一个没有感情的杀手。

后勤人员轻轻叹了口气，没办法，只好去请示署长陈云天。

晚湫这孩子把自己完全封闭了起来，想要释放出他惊人的潜力和特殊能力，需要击碎他大脑的自我防御机制。游戏里的变态杀人狂是通过折磨和压迫做到这一点的，高命准备尝试其他的方法。

"实在不行的话，你就做个普通人，这样也挺好的。"作为游戏设计者，没有人比高命更清楚晚湫的可怜遭遇。

夜幕降临，高命拿出手机给魏大友打了视频电话，夜灯游戏工作室里灯火通明，大家正热火朝天地加着班。

"大友，工作室里没出什么事吧？"高命通过手机视频仔细查看工作室，众人根本没有察觉身边隐藏着一个"死神"。

"我们的进度赶得飞快！今天投资人赵总也过来'视察'了，虽然网上很多人说他是冤大头，但只有咱们自己人知道，赵总是多么的'慧眼如炬'！"魏大友很开心，他重新找到了做游戏的乐趣，眉飞色舞地和高命聊着天，根本没发现宣雯悄无声息地站在了他身后。

高命的表情也变得有点不自然："晚上好，宣雯，工作顺利吗？"

宣雯俯下身，看着手机屏幕，双眉上挑："哟，你们还打视频电话呢！"

"大友，你把手机给宣雯，我想问她一些事情。"高命干咳了一声。

"我懂。"魏大友把手机一放，出去和猫玩了。

"身体好些了吗？"高命看着拿起了手机的宣雯，所有游戏罪犯里，宣雯的情况最特殊，因为那晚她也进入了隧道。

"我现在可以适应脑海里的声音，也能尝出情绪的味道。"宣雯的眼眸深处闪过一张张碎裂的人脸，"我有预感，等我获得十万份不同的情绪后，一切就会产生质变。"

"那应该快了。"

"十万只是开始，无论如何，我都会把我们的游戏做下去，不管付出多大的代价，我都要让它被更多人看到！"宣雯的声音很温柔，但眼神却很可怕，"如果整座城市的人都知道我们的故事，那我们是不是就能摆脱物理意义上的死亡，永远活在他们心里？"

"你可以尝试，不过要小心其他游戏玩家，随着异常事件增多，肯定也有其他人获得了遗照。如果他们玩了那款游戏，应该会知道你的存在，到时候你在明，他们在暗，说不定会针对你。"高命和宣雯现在是合作关系，他也不想宣雯遇到危险。

"放心。"宣雯脸上带着笑容，声音突然变低，"经过这两天的相处，我发现夜灯游戏工作室很有意思，如果那些玩家敢过来，他们很可能就再也无法离开了。"

夜灯游戏工作室除了宣雯和那位杀人不眨眼的"死神"，似乎还隐藏了什么。

宣雯没有明说，似乎在办公室里不太方便开口。

抓到了发财的魏大友也在这时回来了，那肥猫一见屏幕里的高命，直接挣脱魏大友，扑了过来，小爪子抓着屏幕，似乎是想钻进去找高命。

"你看，发财多喜欢你。"魏大友抓着发财的后腿，将它拖到一边。

发财凄厉地朝着高命惨叫，好像在喊"高命，你带我走吧！"。

通过发财异常的反应，高命也觉得宣雯应该真的发现了一些事情。

在发财的叫声中，高命挂断了电话，他没有成为拯救猫咪的骑士，只是在想一个问题"我之前的游戏设计方案都存放在夜灯，有些游戏是不是已经异变了？"

他正想得入神时，办公室的门被敲响，一男一女两位佩戴黑环的调查员进入屋内。

"就你们两个人在啊？"男人的语气有些不耐烦，他长着一张标准的马脸，脾气很差，"我是调查二组的组长马廉，这位是调查三组的组长陈冰。署长考虑到一组骨干被外调，新人又全部失踪，所以你们今晚的巡夜工作由我们两个的调查组接手，你俩跟着我们，负责协助就好。"

祝淼淼很自觉地起身，高命却摇了摇头："我今晚必须守在民笼街四号楼，那起异常事件没有完全解决，绝对不能让恐惧症扩散。"

马廉没想到高命会拒绝，他板起脸，一字一句地对着高命说道："我不是在跟你商量。"

高命站起身，盯着马廉："难道我是在跟你商量吗？"

自从来到荔山调查署后，马廉还是第一次遇到敢这样跟自己顶嘴的新人，他脱下皮手套，活动着双手，朝高命走来。

高命也没多说什么，提起了祝淼淼斜靠在桌边的消防斧，那斧刃泛着寒光。

马廉嘴角微微抽动，他不相信高命敢砍他，理智告诉他高命绝对不会出手，可脚步却不自觉地放慢了。

"老马，你注意点！"陈冰拦住了马廉，那一瞬间，马廉内心竟然觉得有点庆幸。

"别拦我！"马廉停下了脚步，拿着皮手套指向高命，"以后有机会，我一定要好好教育教育你们这些新人！"

说完，他便走出了调查一组的办公室。

陈冰是陈云天的女儿，她知道自己父亲很看重高命，所以也没多说什么："调查一组现在没人轮班，你俩抓紧时间休息一下，零点出发。"

等人都走后，祝淼淼赶紧把自己的消防斧收了起来："哥啊，咱真不至于，被说两句就说两句呗。"

"我什么都没做，就是看看你的斧子而已。"高命打开休息室，给晚湫铺好了床，"小湫，你今晚就在这儿睡，有什么需要的东西直接跟我说，这是我的电话。"

安置好晚湫后，高命把椅子并在一起，也准备抓紧时间休息一会儿。

"你心真大啊。"祝淼淼见高命很快就进入了梦乡，无奈地笑了笑，她不知道该怎么去评价高命这个人。

你说他自私吧，生死关头他冲在最前面，想要救下所有人。

你说他冷漠吧，他却像亲哥哥一样照顾着那个有脑部疾病的孤儿。

你说他暴躁粗心吧，值班室里有两张床，他为晚湫铺好床后，又主动把另外一张床让了出来，他知道祝淼淼忙了一天，也很辛苦。

"他有缺点，但人真的挺好。"

祝淼淼设置好闹钟，躺在值班室的另外一张床上，很快便睡着了。

第八章

初探泗水公寓

晚上十一点半,高命睁开双眼,披上外套,离开了调查局。

他骑着电动车,再次来到民笼街四号楼。

正常的巡夜要几人一起,但高命觉得他一个人足够了。

高命进入楼内,找到一把破损严重的椅子,背着一包遗照,坐在四楼中间。

如果这时候有原住户出来,看见这一幕估计也会吓个半死。

"凶宅、遗照、我,'三要素'已经集齐,接着是模仿死者生前的行为习惯。405号房的男孩好像还活着,但看他的状态,和怪物也差不多了。"

高命手持遗照,揣摩孩子的内心,任由痛苦和恐惧在体内生长。他好像听见了争吵扭打的声音。

餐盘被摔碎,菜汤流了一地,顺着门缝渗入卧室。

柜门关闭的声音突然响起,高命猛地睁开了眼睛,阴影并未出现,异常事件已经发生。

他提着背包推开405号房的门,进入小男孩曾经住过的卧室。

"声音就是从这里传出来的。"

高命一点点拉开柜门,看到了一个丑陋的布偶。

"我记得布偶之前已经被送到调查局里了,怎么又自己跑回来了?"

高命再次将布偶抓出，一些零食的碎屑掉落在地，他朝衣柜里面看去。

发霉的衣柜内壁上被人用蜡笔歪歪斜斜写下了几个字——

我不会hai人的！你zou吧！

"这……算是威胁吗？"高命觉得405号房的孩子应该不是'鬼'，因为他没设计过会写汉语拼音的"鬼"。

高命拿起蜡笔，思考了很久，在衣柜空白的地方写了几句话——

民笼街是我看守的地盘，你有什么想吃的零食，我可以给你放在柜子里。玩具、游戏机、学校各年级的课本，你想要什么东西，都可以跟我说。

柜子的这一面有些写不下了，高命钻进柜子，在另一面写——

如果你孤独的话，我也可以陪你聊天，希望你不要伤害被困在阴影里的大人……

密密麻麻的字又写满了一面，这柜子看着像被下咒了一样。

高命放下蜡笔，甩了甩左手，为防止被认出字迹，他一直在用左手写。

他将布偶放回原位，开始了漫长的等待。

凌晨两点左右，黑环突然振动起来，红色信号灯和黄色信号灯交替亮起。

"我被卷入异常事件了？不对，怎么两个灯都在亮？"

看到黑环里的信息后，高命的表情变得有些复杂，他立刻动身，回荔山调查署。

在他跑出卧室后，那个丑兮兮的布偶捡起了蜡笔，好像被什么东西附身了一样，在"学校各年级的课本"这几个字上打了个叉。

高命骑着电动车，用最快速度赶回荔山调查署，其他调查组的值班人员也都处于高度戒备的状态。

很快，陈云天出现在调查署内部的投影视频里，他的表情无比凝重，阴沉得吓人。

"署长，人到齐了。"马廉站在最前面，他现在说话都不敢太大声。

"刚才我们收到了确切消息，派往东区协助调查的一组调查员全部迷失。"

听到陈云天的话，所有人都感到难以置信。白枭是荔山调查署的王牌，拥有超乎常人的直觉和敏锐的感官，在新沪经历过四次三级异常事件。

调查一组是荔山调查署最精英的调查组，可现在全组只剩下两个人了，一个刚加入调查局两天，还有一个连黑环都没获得。

"署长，东区那起异常事件到底是怎么回事？"马廉被惊到了。

"我正在赶往东区分局修建的特殊医院，从那起异常事件发生到现在，只有两位调查员成功逃离，其中一位被砍断了四肢，不治身亡；另外一位刚刚苏醒，不过听医生说，他好像被吓疯了。"陈云天的目光在高命身上停留了一会儿，"我会在天亮之前回去，你们正常工作，给一组安排的任务先由其他调查组负责。"

投影结束，调查署内安静得连呼吸声都能听得很清楚，众人还没从这个消息中缓过神来。

"东区这起异常事件已经'吃'掉多少人了？秦天、白枭，还有其他分局的精锐……"高命越想觉得不对劲，"越是恐怖的游戏，侵入现实的速度就越慢，我可以提前通关怪谈级别的游戏，也可以通过喂养，加快游戏的侵入速度。难道说有人在刻意喂养怪谈，拿调查员的命去填坑？"

这个想法一出现，就让高命感受到了寒意："不行！不能再让东区那个'游戏'继续成长下去了！明晚就要带齐人手进去！"

高命拿起手机，果断给颜花打了电话，希望他早上来荔山调查署一趟。

根本没有等到天亮，两个小时过后，颜花已经出现在荔山调查署外面，他健壮的身体和狰狞的巨鬼文身几乎吸引了所有调查员的注意。

"你怎么来得这么早啊？今晚没有比赛吗？"高命将颜花带进了调查一组办公室。

"需要我做什么？"颜花的回答很直接。

"情况有变，明晚我想进入一起异常事件……"高命把瀚海发生的一切都说了出来。

"如果你骗我，我会第一个杀了你。"颜花选择了相信高命，他将衣袖上的银章撕下，扔在了办公桌上，"我在地下拳台的参赛号码是17，你在外面叫我17号就好。"

"没问题，17号。"

高命为明晚的行动做准备时，陈云天也回到了荔山调查署，他先给其他调查组布置了任务，最后才走向调查一组办公室。

他把高命招进来还没过48小时，整个组失踪得只剩下两个人了。

如此高的失踪率，他如果站在高命的立场上，肯定会选择退出。

一想到自己之前还让高命搞好人际关系，陈云天就觉得头痛。

陈云天打开办公室的门，已经做好了高命申请退出的准备，可一抬头却看见了身高接近两米的颜花。

"这位是？"

"我的朋友。"

高命从颜花身后走出，看起来有些疲惫："署长，我们调查一组的情况你也看到了，储备新人只剩下了一个，骨干成员全部失踪，现在局势相当不妙。"

陈云天微微点头，感觉高命已经在为申请退出调查局做铺垫了，毕竟在48小时内看着身边的人一个个消失、死亡，神经再大条的人也接受不了。

"后勤人员来过了，说没有新人愿意加入一组，本来选定的两位新成员也被其他小组截和了。"高命摊开双手，"等于说，现在调查一组就剩下我和祝淼淼了。"

"这个情况是我之前没有想到的，我能理解你做出的任何选择，但我希望你再慎重考虑一下。"陈云天想让高命留下，白枭在异常事件里迷失后，高命成了他最看重的调查员。

"我已经很慎重地考虑过了。"高命的表情无比认真，"身边的人为了调查异常事件相继失踪，但他们没有一个人害怕退缩。现在正是我们荔山调查署最困难的时候，我愿意挑起调查一组的大梁！"

陈云天听着听着，阴沉的目光逐渐变得明亮，他伸手拍了拍高命的手臂："你小子，越挫越勇啊！"

"没有人愿意加入调查一组，那就由我亲自去邀请一些成员，我对他们知根知底，大家也都互相信任。"高命将早起的晚湫也叫了出来，"署长，你放心，我们一定不负调查局的信任。"

"这是好事，不过……"陈云天的目光在颜花和晚湫之间徘徊，这俩人简直是两个极端。

"异常事件很多时候考验的不是体力和智力，而是人性和运气，我以前是恨山重犯监狱的心理疏导师，对人心非常了解，他们两个完全没有问题。"高命拍着胸口保证，"如果出事，我来承担全部责任。"

"初级调查员的录用门槛很低，他们两个勉强算是符合要求，关键是你要告诉他们，未来他们可能会遇到的危险。"

"明白，我一定会把他们培养成最优秀的调查员。"高命紧接着说道，"那在新组长到来之前，就先由我来管理一组吧。"

陈云天思考片刻后，点了点头，他实在没有拒绝的理由："好，调查一组先由你来代管，负责人员培训和夜晚值班，外勤任务依旧由其他调查组负责。"

加入调查局不到两天，高命就跨过副组长，越级晋升为组长。虽然现在只是代理，可组员全都是他招来的"超级罪犯"，无论是谁，都没办法撼动他的位置。

见高命充满了干劲，陈云天让工作人员取来了两个备用的黑环。他把一个黑环交给了祝淼淼，另一个黑环交给高命来保管。

"如果你发现了非常优秀的新人，可以把这个黑环交给他。"

"多谢署长信任。"

将陈云天送走没多久，高命黑环上的身份信息已经更改，他正式成为荔山调查署调查一组的代理组长。

"一组的巡查范围是民笼街和我居住的荔井街，等处理完东区的异常事件，我们就从这两条街道入手。"高命将空余的黑环直接丢给了颜花，"阴影世界可以通过游戏侵入现实，我们也可以通过游戏侵入阴影世界。"

高命搬离秦天的位置，打开了白枭的电脑，他想了解调查组长的权限，可就在他浏览文件的时候，一封旧城区警局发来的邮件引起了他的注意。

发送人是厉林，邮件是昨晚发来的，白枭还没来得及打开看。

高命随手点开邮件，看到了熟悉的地方："恨山重犯监狱囚徒暴乱事件中有几个疑点——罪犯失踪人数统计结果出现偏差，被毁容的死者并非囚犯，而是一位医生；关于高命近半年的心理测试结果显示，他的心理状态在某一天突然出现了转变，那一天刚好是半年前新沪发生第一起异常事件的时候……"

邮件最后，厉林希望荔山调查署可以让高命配合警方调查。

高命随手删除了邮件。他并没有觉得自己的心理存在什么问题，而且现在还有更重要的事情要做。

高命不断翻找，终于在隐藏文件夹里看到了关于东区异常事件的介绍。

"01764号调查员，第一位活着离开东区异常事件的人，四肢被砍断，伤口却没有流血，身上写有用来祭拜的符文。该成员被送入医院后，不治身亡，尸体腐烂速度仅为正常速度的三分之一……

"该异常事件的发生场地内，零点后会飘散出肉香，未被卷入异常事件的外围成员也能听见诵念经文的声音。

"异常事件最初在瀚海东区泗水公寓出现，那里曾发生过一起灭门惨案，该异常事件疑似与灭门案有关。"

为做更充足的准备，高命又调取了调查局内部的资料。

在东区这样寸土寸金的地方，泗水公寓里却没有几户人家。

几年前的灭门凶案惊动瀚海，两家八口人，无一生还。凶手犯下滔天大罪后，在凶宅中自杀，人们都说那栋楼阴气太重，建在了鬼门关上。

高命正在仔细研究凶案，晚湫忽然走到了他旁边，伸手指着电脑屏幕，呆呆地说了一句："他们都在看着你。"

凶宅图片里明明一个人都没有，这让高命觉得不可思议："你看到了什么？"

"那八个人在看着你，有老人，有小孩，他们在看着你。"晚湫说完便走了。

高命重新把视线放在凶宅图片上，后颈发凉，莫名感到了深深的寒意，好像真的有人在盯着他。

"肉香、灭门、尸体腐烂速度变慢……综合这些来看，好像是'血肉仙'。"

"血肉仙"并非高命制作的游戏，而是他在地摊上淘到的一本旧书上记录的一种祭拜血肉的方法。

因为那方法过于离奇和瘆人，所以高命印象很深刻。

所谓"血肉仙"也只是个好听的说法，真按照那方法去做，饲养出来的东西绝对跟"仙"没有半分关系。

高命知晓通关游戏的方法，也知道如何祭拜血肉，可就算占尽先机，他也不会去饲养那东西。

有些东西只要一碰，就会被永远缠上，不死不休。

"一定要把喂养怪谈的人干掉，这样的家伙太危险了，为达目的不择手段，丝毫没有人性可言。"

大灾随时会到来，随着异常事件出现的频率越来越高，和异常事件接触的人也会越来越多。

有人会在逃生后选择加入调查局，用生命去保护其他人，但还有一些人会主动跪伏在阴影世界里，成为比"鬼"还要凶残的存在。

"异常事件一旦进入第四等级，失控的风险就会大大增加，要在它成长起来之前将其扼杀。"

时间紧急，高命准备趁着白天先去泗水街了解一下具体情况。

"17号，晚湫，你俩跟我去个地方。"高命拿起装满遗照的背包，"淼淼，你留在办公室，有什么事情电话联系我。"

"我和你们一起去。"祝淼淼也站了起来，"我不会拖你们后腿的。"

"不是拖不拖后腿的问题。"高命走向祝淼淼，"是信任的问题，我可以完全相信你吗？如果我的命令和调查局的命令发生了冲突，你会听谁的？"

祝淼淼没想到高命会问这个问题，作为消防员，服从是天职，规章制度就是标准。

"在你想清楚之前……"

"你救了我，我听你的。"祝淼淼表情认真，斩钉截铁地说道。

"带上你的斧子,一起来吧。"

一组所有成员在后门集合,其他调查小组的人也没过问。调查署里的人都知道调查一组的情况,有人幸灾乐祸,有人感到同情,有人联想到了自己,不由得开始叹气。自从异常事件在瀚海出现以来,调查局就一直处于被动状态,大家太渴望一场胜利了,他们需要希望,哪怕一点点也好。

在车辆开往东区的过程中,颜花和晚湫坐在后排读完了黑环中的信息,对异常事件大概有了了解。

颜花外表狰狞吓人,但对同样有着悲惨童年的晚湫却很有耐心,他的强大从来不用通过欺凌弱者来体现。

高命拿出手机,输入了一个号码。

忙音刚响了两下,电话就被接通,手机那边传来了女人温柔的声音:"需要我过去吗?"

高命都还没开口,宣雯好像就猜到了他想要说什么。

"东区泗水街,我们晚上想要干一票大的,提前过来踩点。"

"你不是加入调查局了吗?怎么说话跟匪帮一样?"宣雯似乎还在工作,噼里啪啦的键盘声响个不停。

"有人在喂养怪谈,帮助怪谈快速成长,再不制止的话,可能会失控。"高命在调查局的车上,不方便说得太详细,"两个小时后见,今晚可以饱餐一顿了。"

"好的,不过我还有个问题想要问你。"宣雯那边的键盘声突然停止,她的声音变得更加好听了。

"什么问题?"

"为什么你给魏大友打视频电话,跟我只打语音电话?是我没他好看,还是你不想看到我?你是不是觉得我们就是合作关系?"

高命捂着手机,朝四周看了一下,祝淼淼在认真开车,颜花和晚湫在读黑环上的信息,他们好像都在干其他事情,但身体都朝高命这边微微倾斜。"我们还需要慢慢了解对方。"

"我手脚都被捆住了,你就只是在旁边喝了两杯奶茶,你这是想要了解的态度吗？"

"见面聊。"高命挂断了电话，看向车窗外。

同一时间，在夜灯游戏办公室里，宣雯看着手机屏幕，轻轻取下耳机，脸上带着一丝若有若无的笑意。

她想要摆脱所有束缚，成为一个活生生的人，去享受人能拥有的一切，包括自由、尊严和真正的爱。

早上九点，泗水街美玲云吞面馆。

高命他们好不容易找到了停车的地方，准备先来这里吃饭，可刚一下车就被一个脏兮兮的老人拦住了。

"我看到了，你们都要死！今晚，就在今天晚上！"

老人夸张地叫喊着，他披着一件破袄子，脚上穿着两只不一样的鞋子，因为少了一颗门牙，说话还有些漏风。

"你都看到什么了？"高命停下脚步，他们今晚确实要去做很危险的事情。

"你！你！还有你！你们今晚都会遭灾！想要活命，就必须把这符纸贴在床头！"老人掀开破袄，从中拿出一把破旧的符纸，看起来有些年头了。

"能让我验验货吗？"高命让老人来到车边。他把所有符纸都向晚湫展示了一遍，晚湫没有任何反应。

"怎么样？要不要买一些？"老人的语调很古怪，看起来有些疯癫。

"不用了。"高命抄起消防斧，"我是信这个的。"

老人吓了一跳，转身就往后跑。

"你怎么老拿我的斧子吓人？"祝淼淼将消防斧塞到了座椅下面，"你没自己的武器吗？"

几人进入美玲云吞面馆，还没点餐，服务员就将一把盐撒在了几人的鞋子上。她撒完后又赶紧鞠躬道歉，让高命有点摸不着头脑："你拿盐撒我们干什么？"

"你们刚下车遇见的那个疯老头，他身上不干净！"服务员看起来四十多岁，人长得很和善。

"不干净要洒酒精啊，撒盐有用吗？"

"不是那种不干净！"服务员招呼几人坐下后才开口，"那老头姓吴，没人知道他叫什么，大家都称呼他为吴伯，他就住在泗水公寓闹'鬼'最凶的楼层。"

服务员神神秘秘地说："你们有没有发现，他一直穿着厚袜子，身上还藏着很多符纸？"

"这个天气穿厚袜，确实蛮奇怪的。"高命翻开了菜单。

"泗水公寓里有好多凶宅，新住户为了镇宅安家，会请一些符箓贴在楼道里。吴伯身上藏的那些符箓都是他从凶宅里撕下来的，他总出入那种地方，所以才会感觉冷，要不他怎么一直穿很厚的衣服？"服务员绘声绘色地描述着。

"撕别人家镇宅的符纸，这老头儿挺缺德的。"高命倒了一杯茶水，开始点餐。

"泗水公寓是东区有名的'鬼'楼，每年都发生惨案，凶宅不断增多，但这地方好像有魔力，吸引着人们源源不断地过来。"祝淼淼担心晚湫刚才碰到了符纸会有什么事，拿出纸巾给晚湫擦了擦手。

"所谓魔力就是，这里是整个东区租金最便宜的地方，'鬼'哪有穷可怕？"邻桌一个带孩子的中年女人插了句嘴，"我也住在泗水公寓里，住习惯了也就那样，闹'鬼'都是网上瞎传的。"

"你就住在那公寓里？"

"是啊，我住的还是凶宅呢，那又怎么样？我的几个孩子不是照样在屋子里到处跑，没病没灾的。"中年女人用筷子沾了沾水，在桌子上给高命算了一笔账，"凶宅里家具齐全，原房主不要，这能省下第一笔钱；跟同一层的其他房子比，凶宅能便宜好几万，而且住凶宅里，有些恶邻会害怕你，谁的脸色也不用看。"

"你不害怕吗？"祝淼淼没有任何不尊重对方的意思，只是单纯好奇。

"害怕？"中年女人不屑一顾，"我死都不怕，还怕什么？"

"世界上比'鬼'恐怖的东西太多了。"高命拿出几张纸币，"一会儿你能带我们去你家里看看吗？"

"可以是可以，但我家地方有些小。"中年女人看了看钱，又看了看颜花，有些为难。

"你俩留在饭馆里。"高命让颜花和祝淼淼待在楼下,他看到中年女人要了云吞面,但是没有吃,又开口朝服务员说道,"给这桌再上两碗面。"

"不用,不用。"中年女人连连摆手,"我们家不吃云吞面,这面是带回去给别人的。"

见中年女人态度坚决,高命也没有太在意,等宣雯到了之后,他俩带着晚湫一起跟着中年女人离开了。

"你们叫我胖嫂就行,泗水公寓一共有A、B、C、D四栋楼,我家在B栋。"中年女人抱着自己的孩子,抱怨了起来,"公寓楼内部有走廊,是相互连接的,以前根本不用绕这么远的路,从A栋就可以直接进去,但现在不行了。"

"为什么?"

"整个A栋公寓都被封锁了,据说仅剩的几户居民也全部被转移了,现在那是一座空楼。"中年女人晃动身体,哄着怀里的孩子,"要我说,那些人都是有病!这世界上哪有什么'鬼'?为了一点儿破事大动干戈,有那时间和精力,还不如把穷人的特快公屋尽快批准下来。哪怕住凶宅,也比流落街头强啊!"

"A栋被清空了?"高命在白枭电脑里查到的资料显示,异常事件最初就是在A栋某一户出现的。

"A栋本来就没多少住户,前天又有些奇怪的人跑到我们B栋,希望我们尽快离开。"中年女人抱着孩子,提着云吞面,"哎,这日子是越来越难了,关键你还不知道为什么这么难。"

几人走在年久失修的泗水街上,避开被封锁的A栋,从另外一个入口来到泗水公寓附近。

只是站在楼外,高命就感觉很不舒服,身体好像被一层黏糊糊的阴影覆盖,温度也在不断下降。跟在后面的晚湫更是抬手抓住了高命和宣雯的衣袖,停在原地,不想再往前走。

九层高的公寓,粉刷着淡黄色的油漆,这里或许也曾经有欢声笑语,但现在,油漆被厚厚的污垢覆盖,家家户户都安装着防盗网,仿佛一个个生锈的铁笼子。

抬头向上看,整栋建筑给人一种说不出来的压抑感。光是站在楼下都觉得窒息，更别说一直生活在楼里了。

"怎么不走了？"中年女人抱着小孩，好像早已习惯了这里，"楼道里杂物比较多，你们过来的时候注意点儿。"

泗水公寓很大，是东区在几十年前为了安置大量外来人员专门修建的，每一层都有长长的走廊，每条走廊两边都是住宅。

但这里并非一个房子就是单独一户，进入某个房子，里面又被隔板、铁网划分出不同的区域，一个房子里甚至会住三户人。

来自天南地北的务工人员会聚在逼仄的空间中，工作、生活方式，甚至说话口音都完全不同，所以他们之前难免会发生争执和碰撞。

"人长久生活在这种地方，没病也会憋出病来。"高命走到长廊尽头，推开窗户，在这里能看到旁边的公寓楼。

一片死寂，毫无生机。

高命视线移动，准备转身的时候，余光忽然捕捉到了什么。

他猛然扭头，对面的公寓楼内，好像有一家四口并排站在窗边，用同样的表情看着他。

那四个人穿的衣服都和现在流行的服饰有很大区别，其中有位老人的嘴好像还在流血。

"那边就是 A 栋。"中年女人避开头顶晾晒的衣物，走了过来。

她指向拐角处的一面水泥墙壁："早在几年前，楼内居民就用水泥把路堵死了，只在五楼和九楼留下了两条路，可现在那两条路也被警察封住了，好像还设置了警戒线。"

"五楼和九楼……"高命再朝 A 栋看，那一家四口又不见了。

"你还是离这些水泥墙远一点儿吧，我听楼内的老住户说，以前有凶手杀了人之后，把尸体藏进了水泥墙内，你现在摸的地方，说不定后面就是尸体的脸。"中年女人示意高命跟过来，"公寓楼内有左右两条楼梯，电梯停用很多年了，左边的楼道最好别走，因为有些住户晚上不愿意去走廊左边的公共厕所，就会在左边的楼道里解决。"

上到五楼，中年女人故意发出很重的脚步声，似乎是在告诉某些东西自己回来了。

她将孩子放下，找了半天钥匙，慢吞吞地打开了涂着大红油漆的防盗门。

"欢迎，欢迎。"

看向屋里，高命终于知道中年女人为什么不让颜花过来了，三十多平方米的房子里放满了各种物品。大人和小孩的鞋子高高地摆在一起，贴墙摆放的柜子被拆掉了柜门，里面堆满了各种东西——电饭锅、习题册、书包，还有一大堆被超市塑料袋包裹着的杂物。

衣柜对面是双层铁架床，衣服塞在床尾，被褥堆在一起，上面还有黄褐色的斑块。

铁床和柜子之间的距离仅能让成年人侧身通过，床尾和柜角的位置还塞着一个巨大的毛绒娃娃。

铁床晃动，两个四五岁大的小孩看见妈妈回来，从铁床二层探出头，他们似乎有些怕生，不敢下床。

"不要玩了，家里来客人了。"中年女人将云吞面倒进碗里，但很奇怪的是，她自己不吃，也不给孩子们吃，只是放在一把椅子上，又将椅子拖到了屋子中央。

小孩们看着云吞面眼馋，但也不敢说话。

"你们随便坐。"中年女人说完，朝着另外一个房间走去。

外面这个房间是吃饭、睡觉的地方，里面那个小隔间环境更糟糕，马桶旁边就是灶台和水池，厨房和厕所在一个地方。

食用油、各种脏乎乎的调味料瓶子与大桶洗发水、廉价洗衣粉放在同一个架子上，地上的排水口里塞着黄色的碎头发、烂菜叶和油垢。

"这也没地方坐啊。"高命向里挪动脚步，中年女人将地上小孩的玩具踢开，勉强让几人进来。

"你放眼整个东区，除了泗水公寓A栋，应该没有比我这性价比更高的房子了。"

"现在不是性价比的问题。"高命发现晚湫的状态很不对，他的身体在微微抽搐，"你说自己住的是凶宅，这屋子里以前发生过什么？"

中年女人也不担心吓到自己孩子，大大咧咧地说道："有个男的上吊自杀了，死前还带走了自己的两个孩子。"

听到这些，高命都觉得有点难受，中年女人和铁床上的两个小孩却都没什么反应。

"泗水公寓里很多都是凶宅，有些凶宅还很抢手呢，因为凶宅便宜。"中年女人有自己的一套理论，"其实住在凶宅旁边才是最难受的，房价贵不说，真闹'鬼'了，他们也跑不掉。"

女人在说这句话的时候，嘴唇微撇，眼睛做出了向左瞟的动作，无意识地扫了一眼角落的布娃娃。

通过面部表情，高命能看出来女人在隐瞒一些事情，她不是不怕死，是好像知道"鬼"不会杀她。

"走、走吧……"很少开口的晚湫，扯住了高命的衣服，用尽力气想要把高命带出去。

宣雯的反应也有点奇怪，她拍了一下高命的肩膀，默默往外走，脸上一点儿笑容都没有。

"这就要走了吗？你们花了钱，要不多坐会儿？"中年女人抓着防盗门，缓缓将门关上了大半，自己则堵在门口。

"我们先去其他地方看看。"高命跟中年女人道别，在视线挪开的瞬间，他看见女人身后有一个巨大的毛绒娃娃在脏乱的地面上爬动。

"祝你们能找到自己想找的东西。"

中年女人转身关门，红色防盗门关上之后，那毛绒娃娃爬到了椅子旁边，狼吞虎咽地吃起了放凉的面。

毛绒娃娃里面，好像藏着一个人。

"高命，别回头。"宣雯低声提醒，一直走到十米开外，才停下脚步。

"有人在盯着我们吗？"高命很庆幸把宣雯叫了过来，这公寓楼内的氛围太诡异了。

"发生在这里的怪谈游戏,很有可能已经扩散,进入了快速成长的阶段。"宣雯脸上失去了笑容,"那个中年女人跟'鬼'生活在一起!这楼内的'鬼'能像我一样,摆脱阴影世界的束缚,在白天随便活动。"

"'鬼'是不是躲藏在布娃娃里面?"高命越想越瘆人,"披着娃娃的皮,躲避光亮。"

"这我不太确定,我只是可以感受到某些气息。"宣雯看向晚湫,"他似乎是第一个发现问题的。"

"晚湫,你都看到什么了?"

"布娃娃里面有一双眼睛;床上有三个小孩,其中一个被绑住了;地上有香灰和米粒,门后贴有符箓,堵塞下水口的头发是黄色的,小孩和妈妈是黑头发……"晚湫掰着手指,有些吃力地说道,"柜子里的塑料袋装着陌生人的身份证;电饭锅边缘有血迹,里面煮、煮的不是饭。"

晚湫站在高命身后,又抬起手指向通往A栋的走廊:"那边、那边很危险!"

晚湫结结巴巴地将所有让他感到害怕的东西全部说了出来。

"现在是白天,阴影还没笼罩一切,这公寓这么恐怖,说明怪谈摆脱了阴影世界的束缚,已经成为现实。"宣雯有了提议,"不如我们先离开,去找一些还未成型的怪谈?"

"东区有人在喂养怪谈,如果他现阶段就搞出一个完全失控的怪谈,我们会丧失所有主动权。"高命是游戏设计者,很清楚怪谈失控后有多么恐怖。

"想要提前触发怪谈已经很难,还要花费难以想象的代价去喂养怪谈,这人的脑子真的有问题。"宣雯走到了高命面前,"如果要插手这里的事情,我们今晚的敌人可就不仅仅是怪谈了,还有喂养怪谈的人。他可以调集资源,用活人饲养怪谈,至少东区肯定是手眼通天的存在,说不定就是你们调查局的高层。"

"这点我也想到了。"

"异常事件最开始在新沪出现,调查局已经掌握了足够的信息,他们肯定知道异常事件扩散后,也会在白天显现出种种异常,但是你们看看这四周的安保,异常事件爆发在A栋,和它紧邻的B栋楼内甚至都还住着活人。"宣雯的思路非常清晰,"你觉得这是为了防止引起恐慌,还是为了吸引更多活人陷入怪谈?"

正常来说,当怪谈发展到这个地步,整条泗水街都该被清空,可现在只有A栋公寓被封锁,负责这片区域的调查署也没有派人员巡逻,整件事都透着古怪。

"那你觉得现在最好的办法是什么?"高命想听听宣雯的意见。

"如果我是调查局的调查员,我会先找出饲养怪谈的人是谁,把他在现实里干掉,先断了怪谈的供给,然后再抽调最精锐的调查员进入异常事件,等确定事件的具体内容后,集中全部力量将其控制住。"宣雯话锋一转,"如果我站在你的立场上,最好的办法是通过各种渠道放出消息,就说那些变为现实的游戏里会有隐藏关卡,通关后能够获得惊人的奖励,这次的隐藏关卡就在泗水公寓A栋。"

"让那些通关过我游戏的玩家来尝试是个很好的方法,只是这怪谈失控得太早,就算是夜灯游戏工作室隐藏的'死神'估计也不会冒险过来。"宣雯的提议打开了高命的思路,不过这方法说起来容易,做起来太难了。

"最后一个办法就是我们自己出手。"宣雯声音变低,"这个怪谈游戏不知道吃了多少人,里面绝对有'好东西',若我们可以独吞,那我们将拥有失控怪谈的力量!"

"胜算有多少?"

"胜算几乎没有,"宣雯伸出三根手指,"我们活着逃出来的概率是三成。不过只要我们能够活着离开,对怪谈有全面的了解,下次进入就有胜算了。"

"你还挺严谨的。"高命衣袖垂落,握紧左手,走向A栋和B栋之间的走廊。

其他几层的走廊都被水泥封死,只有五楼和九楼的走廊仅用围栏阻隔,上面还张贴着封条和一些奇奇怪怪的符箓。

顺着围栏缝隙朝里面看去,A栋那边明显要暗一些。

"离围栏远点。"宣雯站在高命旁边,晚湫更是不敢靠近这里。

"从中元节到现在,一共也没几天,已经有怪谈出现失控的征兆,我们之前低估了人心的贪婪和疯狂。"怪谈的扩散速度是呈指数级增长的,高命伸手抓住了围栏,走廊角落的阴影好像被吸引,若有若无的脚步声出现在高命耳边。

"有人在奔跑?"

那声音越来越清晰，距离楼道拐角也越来越近，高命等人全部看向走廊深处。

杂物被撞倒，一个满身是血的调查员正在疯狂逃命！

他匀称的身体被刻下了古怪的文字，虽然身受重伤，行动却不受任何影响，皮破皮相连，骨折骨相连。

"白枭！"

高命猛踹围栏："准备进去！"

在走廊里逃命的白枭好像迷失了心智，他根本看不见高命，只是在听见有人喊他的名字时稍微放缓了速度。

高命拆下围栏，和宣雯顺着脚步声追赶，可他们跑进A栋后，脚步声却完全消失了。

"你刚才看见那个调查员了吗？"高命低声问道。

"嗯，他应该是被困在异常事件里了。"宣雯点了点头，"这人挺有毅力的，能在异常事件里坚持这么久。如果是普通异常事件，他早就熬到天亮，逃出来了，可惜他遇到了快要失控的怪谈。"

"这、这边！"晚湫忽然在两人身后叫喊，双手挥动。

他还未说完后面的话，旁边那扇房门忽然被打开，一条满是瘢痕的手臂直接将他拽入了屋内。

压抑的惨叫声在门后响起，高命和宣雯急忙跑过去。

门缝在向外渗血，他俩砸开门锁，推门朝里面看去。

晚湫独自坐在一张大圆桌旁边，那圆桌上一共摆了八副碗筷，每个碗里都放着冰冷的米饭，木筷子直直地插在饭中。

"晚湫！快出来！"宣雯示意晚湫出来，可晚湫却一动不动。

过了几秒钟，晚湫慢慢抬起了头，他那双漂亮的眼眸变得有些浑浊，绷紧的嘴唇缓缓上扬。

他朝着高命和宣雯笑了笑，突然抓起桌上的碗筷，疯狂地把那些大米往自己嘴里塞。

最开始那些大米还是白色的，吃着吃着就变成了红色，晚湫嘴里好像在流血。

"别吃那些米！那是给死人的！"

高命朝晚湫冲去，宣雯却死死拽住了他。

晚湫慢慢挪动身体，他的嘴唇被染红，五官皱在一起，脖颈抽动，血水混杂着米粒从嘴里掉落："你、你们……"

含混不清的声音响起，晚湫脸上的表情一直在变化。

厚厚的窗帘被阴风吹动，零碎的纸钱飘落在地，墙壁和天花板开裂褪色，缝隙中好像有虫子在爬。

晚湫的身体摇摇晃晃，说话的语气仿佛一个正在流泪的老人："前有虎，后有伥，天不应，地不灵……'鬼'吃人，人吃肉，肉吃'鬼'。"

晚湫的嘴巴已经鲜血淋漓，他的嘴唇被咬破，但依旧说着谁也听不懂的胡话，直到圆桌颤抖，一碗碗白米摔落。

"吃了，你们吃了，才能活……"

说完最后一句，晚湫跌倒在地，高命赶紧过去将其扶起。

同一时间，宣雯打开了里屋的门，仅有的一间卧室被改造成了灵房，供桌上整整齐齐摆着八位死者的牌位和遗像。

黑白照片里，他们睁着眼睛，盯着八仙桌。

"这是灭门案的八位死者，香还在燃烧，难道有人一直在祭拜他们？"

饭碗摔碎的声音很大，高命担心会吸引某些东西的注意，背着晚湫往外走。

推开房门，金属门板一下撞在了某个人的身上。

"别误会！别误会！"吴伯出现在门口，捂着额头，藏在衣服里的破烂符纸散落了一地。

"你怎么在这里？"

"先别说话了，赶紧走！"吴伯连地上的符纸都顾不上捡，带着高命他们跑到五楼走廊，从围栏缺口逃出，回到了 B 栋。

"你们胆子是真大！"吴伯喘着粗气，直接坐在了地上，"你们知不知道泗水公寓 A 栋发生过很多凶杀案！这是一栋'鬼'楼啊！"

"你不也经常往里面跑吗？"高命蹲在吴伯旁边，"那八张遗照是你在供奉吧？你跟灭门案的死者是什么关系？"

"你买我的护身符，我就告诉你。"吴伯缓了好一会儿才继续说道，"拿人钱财，与人消灾，你信我。"

"先赊账，等我有现金了再给你。"高命从吴伯手里"借"来了三张奇怪的符篆，这符篆折成了三角形，被红线穿透，里面包裹着被撕碎的照片。

"那你可一定要给我钱。"吴伯拍了拍破袄子，从地上爬起，"我以前是A栋的保安，灭门案发生那晚，就是我在值班。"

"你看到什么了？"

"A栋在灭门案发生之前，就已经有过很多吓人的传闻，所以有些住户会在家里贴符纸，用以镇宅、保平安。"吴伯向高命要了一根烟，"天南海北的人会聚在泗水公寓，大家拜的东西也都稀奇古怪，大部分住户做这些都是为了图个心理安慰，但有人走火入魔了。"

吴伯吐出一口烟雾，任由烟灰落在自己的破袄上："他们把所有不幸和苦痛剖开，用怨气去求神佛，变得神经又极端。"

"制造灭门惨案的凶手，就是这样一个人吧？"

"是的。"吴伯咽了一下口水，抿着干裂的嘴唇，试探性地问道，"你们有没有听过'血肉仙'？"

高命眼神微变，但还是摇了摇头。

"没听过就好，外面传的任何东西都不要信，信则有，不信则无。"吴伯掐灭了烟，"A栋的'鬼'分两种，一种是'恶鬼'，一种是'善鬼'，我给你们的护身符能够区分它们。"

"怎么区分？"

"撞'鬼'之后，你拿着护身符过去，'善鬼'会放你离开，'恶鬼'会把你生吞活剥。"吴伯的表情很夸张，好像亲身经历过一样，"我跟你们说得够多了，有了钱赶紧给我。"

"刚才在外面，你说我们几个晚上都会死，你是不是看出来什么了？"

"从你们那黑车里下来的人，晚上都会失踪，所以我才说你们也会死。"吴伯看着疯疯癫癫，其实人很精明。

"黑车是调查局的专车，你在楼内见过其他调查员吗？他们都穿着统一的制服。"高命想要从吴伯嘴里知道更多消息，"你别紧张，调查局内部派系林立，我跟之前来的那些人不是一伙的。"

"有件事我不知道当讲不当讲。"吴伯沉默很久之后才开口，"在A栋闹'鬼'之后，那些所谓调查员并没有制止，而是不断将各种东西搬入楼内。我怀疑……不是大楼内闹'鬼'，是有人选择在这栋楼里养'鬼'。"

黑环振动的声音忽然在高命衣袖下响起，吴伯赶紧捂住嘴巴，踩了一脚烟头，向后撤去。

高命看向黑环，上面显示他收到了瀚海调查局发布的任务——今晚十点，所有经历过三级异常事件的调查员都将被抽调到东区泗水街。泗水公寓的异常事件已经到了不计代价，必须解决的地步了！

"所有人都押注在今夜了吗？"

连高命这种刚加入调查局没几天的人都收到了调令，由此可见事态的严重性，调查局集合全部力量，势必要将异常事件解决。可如果今夜再失败，那吞掉了这么多活人之后，泗水公寓里的怪谈绝对会失控。

"我们先离开公寓吧。"

外面的街道上有警车开过，为了晚上的行动，调查局准备封锁附近所有区域。

高命与饭馆里的祝淼淼和颜花会合，开了一个包厢，把公寓楼内的情况简单说明了一下。

"现在可以确定，这起异常事件绝对有四级，而且还不是普通的四级异常事件，里面的'鬼'数量众多，环境复杂。"高命心里没底，"我上次能活着通关三级异常事件，是因为事件中的'鬼'对我没有恶意，这次我真的不敢保证可以带大家活着出来。"

高命的目光扫视在场每一个人，接着说道："你们一定要在想清楚之后，再回答我下面这个问题。"

"你问吧。"宣雯似乎知道高命想问什么，她心里也早有了答案。

"我们死在这起异常事件当中的概率超过九成，愿意跟我冒险的就留下，不愿意的就先开车回局里，我不会强迫你们任何人。"高命说完后，表情也变得轻松了一些。

"我留下。"出乎所有人预料，第一个开口的是祝淼淼，"我是调查局的调查员，调查异常事件是我的工作。"

宣雯的目光在祝淼淼和高命之间徘徊，她敲了敲桌子："我也留下，我得看着你俩。"

"别废话了，今晚什么时候行动？"颜花皱着眉，他根本没考虑过离开。

"你们真的想清楚了？"不是高命啰唆，活人手无寸铁，没有任何能对"鬼"造成威胁的工具，在这种情况下进入四级异常事件，面对数量未知、实力未知的"鬼"，简直就是找死。

"我也要去。"晚湫清醒了过来，抓住高命的手腕，"八口人，在等我……"

无一人退出，高命也终于下定了决心："好，等到天黑，我们避开调查局，从另一侧进入。"

几人抓紧时间查找和泗水公寓有关的凶案，记住了每一间凶宅的位置。

大家全力以赴地做着最后的准备，直到夜幕降临。

连下了几天的暴雨终于要停了，但阴云还未散去。淅淅沥沥的雨花落在一辆辆黑色轿车上，整条泗水街已经被封锁，只能进，不能出。

身穿黑色制服的调查员匆忙奔跑，瀚海调查局最精锐的调查员都被送到了这里。在城市里的绝大多数普通人感叹暴雨结束，天终于要放晴的时候，一个个站在阴影里的调查员开始靠近泗水公寓 A 栋。

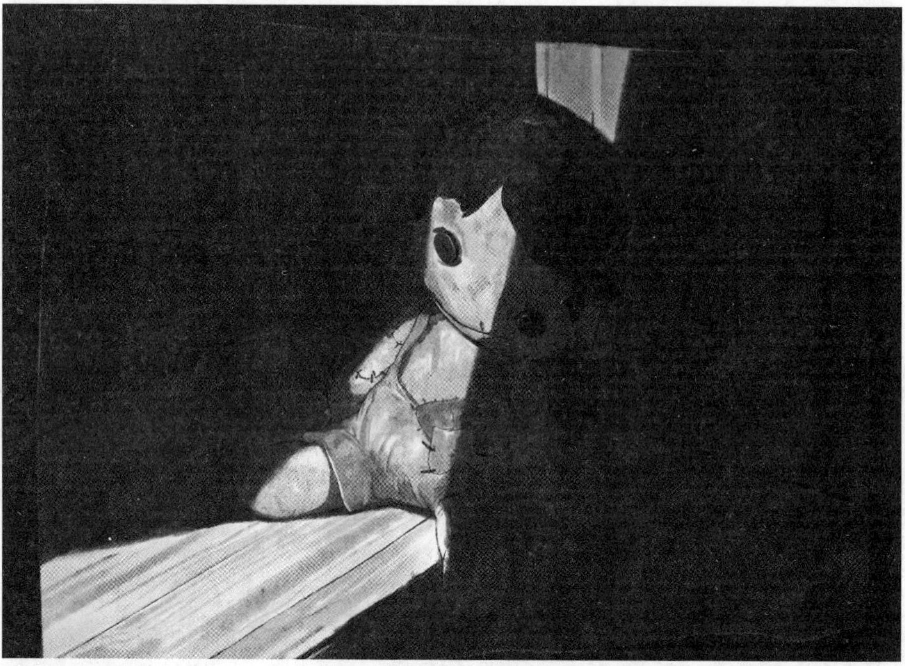

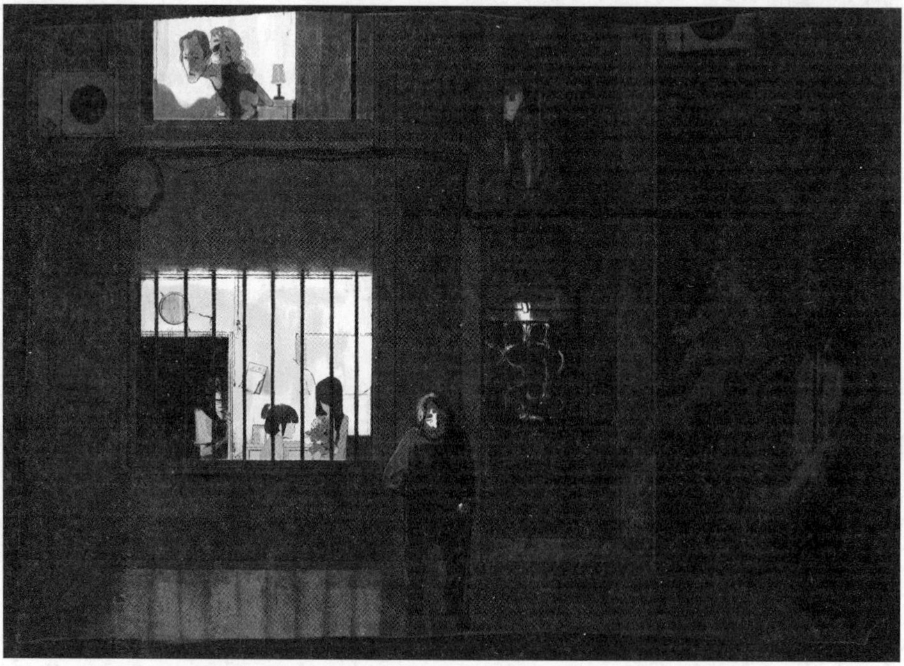

第三卷

泗水公寓

第九章

不一样的怪谈世界

晚上十点,瀚海泗水街,身穿黑衣的调查员们整齐地站在泗水公寓外围。

整条街道已经被封锁,压抑的氛围让人透不过气来。

没有战前动员,也没有任何口号,被选出来的调查员们沉默、坚定地一步步向前。

人海战术对于解决异常事件没有任何帮助,阴影世界里的鬼怪可以随意假扮队友,新手调查员在异常事件里只会帮倒忙,所以这一次调查局派出的是真正的精锐。

他们以经历过四级异常事件的调查员为核心,组建了一个个调查组,在进入之前计划好了一切,每个人甚至都做好了牺牲的准备。为了更多无辜者可以保住人的尊严,他们自愿充当被消耗的工具。

不管那些调查员以前做过什么事情,至少在这一刻,他们代表了人的无畏。

晃动的人影消失在公寓楼内,大概几秒之后,一声撕心裂肺的惨叫响起,无边阴影开始在楼内扩散!

异常事件被触发了!

和昨夜相比,这起异常事件的影响范围扩大了整整三倍,负责封锁街道的外围调查员也被卷入其中。

看着阴影漫过身体，此时躲在泗水公寓C栋的高命右眼狂跳，这个怪谈游戏的影响范围太大了！躲在C栋的他们都被直接包裹了进去，连逃的机会都没有。

黑环上红灯闪动，通信全部中断，楼道里的灯光开始扭曲，家家户户似乎都受到了影响，看着那鲜红的对联和房门，高命好像看到了一张张被撕开的嘴巴。

"有问题。"宣雯呼出了一口寒气，触摸着走廊墙壁，脸色很差，"我本以为自己会被阴影世界排斥，像上次那样无法跟你一起进入，但现在我也成了这个怪谈游戏的目标，在那片阴影过来的瞬间，我就被吞了进来！"

宣雯想猎杀怪谈，可这回她被当成了猎物。

"很奇怪的感觉，有东西在呼唤我。"颜花脱掉了外套，张开双臂，充满爆发力的肌肉拧在一起，他任由阴影抚过全身，"好舒服，我从未感到如此自由，我似乎属于这里。"

跟宣雯和颜花这两个不太正常的家伙相比，晚湫就显得很内向了，他站在高命旁边，掌心攥着吴伯给的护身符，后颈被冷汗打湿。

"你们先别说话。"高命示意大家安静，他竖耳倾听，"墙壁里……怎么有心脏跳动的声音？"

他试着打开旁边住户家的门，一眼看去屋内十分正常，可站在里面总是能听见莫名的心跳声。

似乎受到那心跳声的影响，高命的心跳也开始加快，仿佛要跟对方同步。

"走吧，我们先去B栋看看，这毕竟是已经开始扩散的怪谈，我们以往的经验可能没什么用。"宣雯走在最前面，她看起来柔柔弱弱，但眼睛里布满了血丝，背影纤弱美丽，脸色却阴冷可怕。

来到五楼走廊，颜花将围栏搬开，他和宣雯在前面开路。

公寓楼之间几米长的走廊仿佛是阴影构成的河流，他们几人就像漂在河上的小舟。

宣雯和颜花最先进入B栋，但让高命感到不安的是，他们似乎没发现高命和祝淼淼还在后面，头也不回，跟旁边的空气说着什么，然后越走越快了！

"宣雯！"

高命喊了一声，宣雯好像听到了什么，疑惑地回过头，满是血丝的眼眸扫视身后，可她好像看不到高命。

两人的身影很快被阴影吞没，高命抓着祝淼淼的手臂，站在廊道中间，他俩向后看去，晚湫不知何时也没有了踪影。刚才晚湫站立的地方，只剩下一个破烂的护身符。

当初吴伯给了高命三个护身符，高命、祝淼淼和晚湫一人拿了一个。

三位队友消失不见，他们似乎去往了不同的地方。

"鬼打墙？"祝淼淼握着自己的消防斧，她从来没见过这样的场景，刚进入异常事件不到三分钟，队友已经消失大半。

"我们没有后路了。"高命轻声安慰道，"往前走，别害怕。"

穿过走廊，B栋五楼楼道里挂着两个大红灯笼，每个灯笼上都写着一个囍字。淡淡的红光驱散了黑暗，可恐怖的氛围非但没有减少，反而更加浓郁。

"这……好像是很多年前的B栋。"高命白天来过公寓楼，那时的楼道里堆满了杂物，墙皮泛黄开裂，可现在的楼道墙面整洁，白得瘆人。

"楼内用的还是二十几年前的声控灯，这些公寓门上也没有了斑驳的锈迹。"

现实里早已废弃停用的老式电梯被重新启动，嘎吱嘎吱的声响在走廊中央响起，随着铁护栏被推开，一个挺着大肚子的胖女人走了出来。

她左手提着一大兜严重腐烂的菜叶，右手抱着一大堆破布。

"胖嫂？"高命一眼就认出了女人，早上他和这个女人在面馆见过，还去了对方家里。

跟白天相比，现在的胖嫂肚子大了许多，整个人显得异常畸形。

胖嫂吃力地提着东西，她看到了高命和祝淼淼，笑眯眯地向二人打招呼："你俩也准备搬进泗水公寓啊？"

肥胖的身躯向前挪动，恶臭的黑水从胖嫂肚子里流出。

"小心点儿。"祝淼淼不敢去看胖嫂，紧紧握着消防斧。

"不要表现出任何异常，就把她当作普通人对待。"

高命低声嘱托完后，很是热情地走了过去。

他掌心攥着护身符，一直走到胖嫂跟前，护身符也没有任何反应："我来帮你拿吧，孩子们都还在家吗？"

"早知道带孩子那么麻烦，当初真不该把他们生出来，他们受罪，我也受罪。"胖嫂脖颈上的肥肉堆叠在一起，每走一步，肚子里的黑水就会渗出一大片，"要不要去我家坐坐？"

"好啊，我俩正好想看看房子。"

"你们听我劝就对了，买凶宅很划算的。"胖嫂把那一大兜烂菜叶递给了高命，他们一起走到B栋通往A栋的走廊入口处，胖嫂家就在入口旁。

胖嫂打开血红色的防盗门，正要往里面挤，旁边一户人家突然打开了门。

祝淼淼下意识朝那里看去，吓得差点叫出声来。

有个四十多岁的中年女人探出了头，她穿着花裙子，脸上没有眼睛和鼻子，但是有四张嘴巴。

"天天劝别人买凶宅，也不怕遭报应，天打雷劈。"

那女人似乎不知道自己长得很怪异，靠着门，嘴巴开合，说个不停："你们进去吧，进了她家估计就出不来了，这老女人一肚子坏水，你们可要小心点儿！"

"八婆！你再乱嚼舌根，我撕了你的嘴巴！"胖嫂突然很生气。

"我可没有乱说话。"八婆一副从来不八卦的样子，"倒是你，天天鬼鬼祟祟地收集别人穿过的旧衣服，难道你大儿子又要换皮了吗？"

这时，一条枯黄的手臂从屋内伸出。

"你大儿子好像等不及了。"八婆的四张嘴同时笑了起来。胖嫂不再争吵，抱着衣服进入屋内，关上了防盗门。

没过多久，小孩的哭声和布匹被撕开的声音同时从屋内传出。

"你俩运气好，遇到了我。"八婆双手抱在胸前，"如果你俩想永远留在这里，那就随便找个房子住进去；如果你俩还想离开，那就别进任何一个房间。"

"不能进屋吗？"

"一楼有个老婆婆或许能帮你们，但你们要小心楼管。"八婆嘴角上扬，"还有一点，千万别告诉任何人这些是我说的，我的嘴很严。"

八婆没有关门，一直盯着高命，直到他们离开B栋五楼。

"异常事件不是爆发在A栋吗？怎么B栋里的住户也全都不正常了？"祝淼淼脸色苍白，她刚才和八婆对视的时候差点没被吓死。

"白天胖嫂还好好的，可能我们走后没多久，她就被'鬼'杀害了。"高命摇了摇头，"也不能说是被杀害，只能说她也在阴影中异化了。"

掌心的护身符完好无损，如果吴伯没说谎的话，就能证明胖嫂和八婆都不算他所说的"恶鬼"。

两人没敢直接进入A栋公寓，那里是异常事件的中心，他们想先调查一下外围区域。

两人沿着楼梯向下，没走几步远，高命就听见了脚步声，有个染着黄头发、戴着耳钉的年轻人在楼道里徘徊。

他穿一身黑衣服，指尖在滴血，低垂着头，好像在找什么东西。

高命不想节外生枝，可他经过年轻人旁边时，手腕却被年轻人一把抓住。

那一瞬间，高命都想甩出锁链了，年轻人却没有下一步动作，只是上下打量高命。

"有事吗？"

"我看你戴着黑镯子，还以为你是从鬼市里逃出来的人牲。"年轻人嘿嘿笑了一下，松开了手。

"戴黑镯的人牲？"

年轻人口中的黑镯应该就是指调查局的黑环，显然，他见过其他调查员。

"他们和我们不一样。"年轻人吹开长长的刘海，露出额头上恐怖的疤痕，他的嘴角有残留的血污，"他们犯忌了。"

"那我们用不用把黑镯取下来？防止被其他人误会？"高命随口说道。

"不用，犯忌的人和我们身上的气息不同。"年轻人掀开自己的衣袖，手臂上密密麻麻全是染血的黑环，"我只是单纯喜欢收集这东西。"

年轻人朝楼上走去，大红灯笼照着他，他却没有影子。

"组长，你记不记得二十年前泗水公寓A栋五楼有个年轻人被杀？他是个小帮会的成员，因为偷老大的东西，被乱刀砍死在楼道里。"祝淼淼心里发毛，"死者叫鬼仔，他好像跟那位八婆是一家人。"

"先去一楼。"

高命让祝淼淼取下黑环，"血肉仙"不是他制作的游戏，所以他比以往更加小心。

台阶上散落着纸钱，楼道拐角处摆着火盆，空气中飘着淡淡的香味，公寓楼内似乎家家户户都在祭拜，希望能保家镇宅。

B栋一楼走廊的所有窗户都被木板封死，上面贴着符箓。

人来隔层纸，"鬼"来隔重山，可问题是，楼内楼外全都是"鬼"，这玩意儿也不知道在防谁。

火光摇曳，明灭不定，高命朝着一楼走廊深处看去，楼道口有人正在烧纸。他慢慢靠近，在距离对方还有四五米的时候停下了脚步。

烧纸的是一个老人，他骨瘦如柴，四肢像四根木棍，皮肤皱皱巴巴地贴在骨头上。

老人看起来被风一吹就会倒，可他却背着一个巨大的男婴。

那男婴长着成年人的脑袋，不断啃咬老人的肩膀，稍有不满就会对老人拳打脚踢。

一旦老人想将他放下，他又会死死勒住老人的脖颈，把手指刺入老人的身体，抓着老人的骨头。

"别再往前走了。"高命旁边的门没锁，在他经过的时候，那扇门自己打开了，屋内传出了一个男人的声音。

高命扭头看去，发现屋内黑漆漆一片。

他拿出打火机照明，这才看清不大的出租屋内有一个黄土包，上面蹲着一个身穿素衣的富态中年男人。

那男人的鞋子埋在黄土里，两只手藏在墓碑后面。

见高命停下脚步，中年男人又继续说道："老头叫周济，是个苦命人，一把年纪了还要养活儿子。他儿子自己不工作就算了，为了骗救济金，还会逼老头装病。"

"这种人简直就是寄生虫。"祝淼淼盯着远处的老人,有些不懂,为什么变成"鬼"了还要如此辛苦?

"我也早就看不下去了,要不我们联手帮他把那个婴儿弄下来?"中年男人提议道,"你俩只需要把周济骗来就好。"

"也行。"

"你先帮我把门关上,别让他产生疑心。"中年男人看似不经意地说道。

高命似乎没多想,直接走到了门口,可他的手在快要碰到门板时又突然快速收回。

几乎是在高命收回手的同时,一条条手臂从门缝中伸出,却抓了个空。

中年人的脸色立刻发生了变化,再无一丝血色和慈祥,他的身体陷进坟包里,一条条手臂从房间各处钻出。

啪!

房门被一股阴风吹动,猛然关上,那些手臂全部被锁在了屋里。

"你俩是来看房子的吗?"

阴恻恻的声音忽然响起,高命和祝淼淼转过身才发现,有个满脸皱纹的老太太不知何时已经靠近,就站在他们背后。

老太太用五根皮包骨头的手指攥着一张黄符,她将符箓贴在房门中央,屋内的异响立刻消失了。

"这楼里的好房子都上了锁,随便为你打开门的人,一定不安好心。"

老太太贴完黄符后,咳嗽了几声,晃动着手里的钥匙串,抬起了头:"你俩有中意的房子吗?"

老人的眼眶之中只有眼白,脸部皱纹挤在一起,仿佛龙鳞一般。她个子不高,但却让高命感到了很大的压力,仿佛眼前不是一个瘦弱的老太太,而是一头凶狠的猛兽。

"老人家,怎么称呼您?"

"他们都叫我神婆。"老太太晃动钥匙,朝着走廊另一边走去。经过门口的火盆时，她看了周济背上的男婴一眼，那男婴立刻松开了周济的脖颈，被吓得哇哇大哭。

"再哭就给你送到祠堂里。"

神婆仅仅说了一句话，那男婴就立刻闭上了嘴，蜷缩在周济后背上。

穿过长廊，神婆拿出钥匙，打开了一楼最深处的出租屋。

这间房子靠近公共厕所，是楼内阴气最重的房子之一。

"阿婆，您的房子我们能进吗？"高命有点紧张，他发现神婆住的地方很特别，房内摆着各种鬼神的泥塑，墙壁上贴满了纸符。

"如果你俩是来看房子的，那就在外面等我；如果你俩想要找来时的路，那就进屋，有些话不方便在外面说。"神婆在大堆符箓中翻找着什么东西，高命和祝淼淼思考片刻后，进了屋内。

泗水街的异常事件已经失控，怪谈里仿佛是另外一个世界，荒诞诡异，处处令人不安。

"阿婆，为什么这栋楼内的人都奇奇怪怪的？"高命见过异化的赵喜，赵喜在怪谈里仍然保持着死后的样子。

"真虚一大实，真实一大虚。"神婆对着某个鬼神拜了三拜，"正常的不一定是真的，扭曲的不一定是假的，或许你现在看到的才是他们本来的模样。"

神婆点燃白蜡，供上三香，做完这些后，坐在了屋内唯一的椅子上："你们俩很快也会变样，就像其他进来的人一样。你们会变成自己最真实的样子，到那个时候，你们想走都走不了了。"

"我们也会变样？可我们什么都没做啊！"祝淼淼有些不解，她想起胖嫂和八婆的样子就害怕。

"楼内有三百六十五个鬼神，但明面上只能供奉血肉仙，所有住在楼内的人，慢慢都会受到它的影响。"神婆取来一个铜盆，"血肉仙可以通过血肉把人心底的杂念表现出来，你们照照镜子，就能看到以后的模样。"

祝淼淼先来到铜盆边缘，探头朝水里看去。

燃烧的符纸落入盆中，水面荡起波纹，盆内祝淼淼的倒影逐渐变得模糊。慢慢地，两个被烧焦的人出现在她的左右肩膀上，仿佛和她长在了一起，密不可分。

看到这恐怖的场景，祝淼淼不仅没害怕，眼眶还泛红了。

"那是我的爸爸和妈妈！"

童年的大火毁掉了祝淼淼的一切，对父母的思念是她最深的执念，血肉仙的力量会将执念通过血肉表现出来。

"不用怀疑，你所想的就是答案。"神婆有些同情祝淼淼，但她并未多说什么，又点燃一把黄符投入铜盆，示意高命过去。

其实高命也很好奇自己会变成什么样子，他默默地站在水盆旁边，看着符纸在空中燃烧飞舞。

当符纸的灰烬落在高命水中的倒影上时，铜盆底部冒出了一丝血迹，随后血水在铜盆中扩散，将一切染为血色！

砰！

铜盆被一股力量推翻，血水飞溅到了满屋的鬼神塑像上，神婆满是眼白的眼睛中流出了两行血泪，她突然抬手指着高命："你不是第一次来这里！"

"我早上确实来过一次泗水公寓。"高命一脸无辜。

"不，我是说，你不是第一次参加祭拜的仪式！"神婆远离了高命，心善的她还把祝淼淼也拖到了旁边。

"我怎么可能不是第一次参加？这个怪谈之前根本没被触发过，我就是想参加，也没地方参加啊！"高命实在想不明白神婆为什么会那样说。

"阿婆，我们确实是第一次知道这些事情。"祝淼淼也觉得莫名其妙。

"不可能错的。"神婆惨白的眼珠直勾勾地盯着高命，"你和司徒安是什么关系？"

"司徒安？他是瀚海慈善总会的副会长，我就是个小人物，就算我认识他，他也不认识我啊。"高命只在电视上看到过对方，两人身份地位相差极大。

"泗水公寓最开始就是瀚海慈善总会牵头修建的，他们想为东区底层市民提供一个住处，但只修建了四栋公寓楼，这个项目就停止了。"祝淼淼为了帮上高命的忙，记下了所有资料，"泗水公寓很乱，可也没出过凶杀案，好像就是从司徒安进入慈善总会后，这里每年都会发生一些离奇恐怖的案子。"

"难道是司徒安借助慈善总会的力量，在泗水公寓里养怪谈？"高命感到了一阵寒意，瀚海慈善总会每年都会给穷苦人家发放救助物资，泗水公寓有些居民也在他们的救助范围之内，就比如刚才看到的老人周济。

"阿婆，您在楼内见到司徒安了吗？"

"他跟你一样，都戴着黑色手环，身上都有血肉仙的气息。"神婆忽然笑了起来，"你们两个之中，必定有一个会死！"

"您好像很敌视血肉仙，难道是因为信奉对象不同吗？"高命察觉出了神婆语气的变化，"如果我去毁掉祭拜血肉仙的仪式，甚至杀掉血肉仙，您是不是就可以相信我了？"

"血肉仙根本无法被杀死，你是故意这么跟我说的吧？"神婆脸上依旧带着难看的笑容，"不过你可以杀掉司徒安，反正你不杀他，他也会杀你。"

"那您知道司徒安现在身在何处吗？"高命早就感觉调查局里有内鬼，他听说司徒安也有调查局的黑环后，顿时觉得对方嫌疑很大。

"你们可以去A栋九层的鬼市看看。"

高命退到了屋外，祝淼淼也想跟着离开，却被神婆一把抓住："你跟着他会死，连鬼都做不成！这三张杀符你收着！若他吃了血肉，被怪物占据身体，你把杀符贴在斧子上，就能把他砍死！"

"婆婆，他不是坏人。"祝淼淼不知道该怎么解释。

"杀符杀不死血肉仙，但能杀死祭拜血肉仙的人。"神婆死死抓着祝淼淼的手，"'鬼'吃人，人吃肉，肉吃'鬼'，这楼内最恐怖的是血肉。但你记住，吃过血肉的人就不是人了。"

三张杀符浸透了鲜血，通体为血红色，蕴藏着锐利的杀意。

"一定要杀死他，不然你和他都会后悔。"神婆松开了手，看着高命的背影，"瘦不露骨，胖不露肉，骨肉匀停，还真是上好的容器。"

房门关闭，楼内的火光已经熄灭。

祝淼淼没有对高命隐瞒什么，把三张杀符的事情告诉了他。

"你先拿着吧,如果司徒安真是内鬼,你就去砍了他。"高命很信任祝淼淼,并未去抢她的杀符,"这个怪谈跟以往的完全不同,它已经异化出了各种规则,'鬼'在这怪谈里甚至都不是最恐怖的了。"

高命还有很多问题想要问神婆,可惜神婆在发现他身上有血肉仙的气息后,态度变得很冷漠。

没办法,他只好带着祝淼淼先赶往九楼。

两人从楼梯进入九楼后,感觉一切都变了。

浓重的血腥味扑面而来,墙角扔着被撕烂的调查员制服,墙壁上的血还在往下流。

那么多调查员进入楼内,可是高命一个都没遇见,他们好像都被"吃"掉了一样。

握着消防斧的祝淼淼有些不适应,她只是一位消防员,之前从未见过如此血腥的场景。

"跟在我后面,别离我太远。"

九楼家家户户的房门都没上锁,门把手上残留着血迹,好像发生过极为恐怖的大逃杀。

高命顺着地上的血污慢慢向前,来到了B栋通往A栋的走廊上,心脏怦怦直跳。

不到十米的走廊几乎被涂抹成了血色,光看满地的血污,他就能大概想象出那可怕的场景。

调查员们被追赶着逃出A栋,躲进B栋的房间里,可最后又被一个一个找出,拖拽回A栋。

血污里的每一个手印都是挣扎的痕迹,每一根变形的栏杆都代表着调查员求生的意志,以及对死亡的恐惧。

"神婆说的鬼市,就是'鬼'进食的地方?"

这血肉场让高命害怕,他向后退去,但怪谈似乎嗅到了他和祝淼淼身上散发出的恐惧,漆黑的走廊里,满是血丝的眼睛缓缓睁开。

阴影涌动，一双胶鞋踩着血污出现在 A 栋走廊里，那人全身藏在破烂的雨衣下面。雨衣完全被鲜血覆盖，已经看不出原本的颜色。

"是他杀死了其他调查员？"

雨衣帽子脱落，白枭的脸露了出来，他嘴唇上沾染着血污，整张脸严重扭曲，双眼中有血珠在疯狂扩散。

藏在雨衣里面的手缓缓抬起，白枭拿着两把剔骨刀，他此时的表情，让高命想起了多年前那起灭门案的凶手。

"嘴角染血，白枭很可能吃了不该吃的肉！"

灭门案发生在二十年前，那时候白枭还是个孩子，不可能是凶手，但白枭现在的样子，和高命想象中的灭门案凶手一模一样。

逃跑已经来不及了，高命握住锁链，又让祝淼淼把一张杀符贴在消防斧上："二对一，应该有胜算。"

高命从产生念头到做出决定不到几秒时间，此时发疯的白枭已经冲过走廊。

他手中的剔骨刀划过夜幕，全力砍向高命！

"小心！"祝淼淼从侧面跑来。

斧刃快要劈到白枭肩膀时，穿着雨衣的白枭以一个不可思议的角度躲了过去。雨衣被划破，高命也在这时候看到了白枭的身体。

他皮肤表面写满了古怪的文字，那些黑字像虫子一样在他血肉中爬动。

白枭的骨骼发出声响，身躯好像被一截截扯断，他满脸兴奋和疯狂，好像被什么东西支配了，沾满血污的嘴巴朝两边撕扯，露出了瘆人的笑容。

白枭后腿蹬地，将肉体的全部潜能发挥了出来，速度快得惊人。

高命虽然也一直在锻炼身体，但跟白枭比还是相差太远了，他没有系统学过格斗技巧，更多的是依靠来自血肉深处的本能。

高命目不转睛地盯着白枭，竭力让自己冷静下来，预测白枭的攻击路线。

他差不多每次都提前做出反应，可就算这样，也只是勉强躲闪过去。

"砍他啊！"

在这种情况下，高命别说反击，光是躲闪就已经非常吃力了，他只能寄希望于祝淼淼。

手持消防斧的祝淼淼也已尽力，奈何白枭的骨骼可以随意移动，速度又快得离谱。

眨眼之间，高命已经从走廊退到了B栋公寓内部，他从未如此接近过死亡。

厚重的剁骨刀和白枭丧心病狂的笑脸，占据了高命的双眸和脑海。地面和墙壁上满是血污，又湿又滑，高命无比小心，但双方身体素质上的巨大差距还是使他陷入了绝境。

活路被封死，高命只能像其他被屠杀的调查员一样，躲进了旁边的房子。可门锁早就被人破坏，这一层都成了猎杀场。

刺耳的笑声在房门外面响起，剁骨刀劈砍在门板上，沉闷的声响让高命心脏狂跳。

他用身体顶住房门，手伸进背包，摸出了赵喜的遗照。

"赵哥！你再不帮我，以后可就真的见不到我了！"

指尖的血顺着锁链滴落在遗照上，高命和赵喜被那条锁链连接，阴影朝着遗照汇聚。

屋内气温骤降，赵喜遗照上高命的色彩逐渐褪去，五根满是伤口的手指从遗照里伸出。

被折断的手臂顺着黑色的锁链抓住了高命的手。

血腥味朝四周扩散，四肢扭曲的赵喜爬出了遗照！

出租屋的门也在这时候被撞开，穿着雨衣的白枭冲入屋内，但他没想到，迎面而来的会是赵喜。

残破的身体趴在白枭身上，任凭白枭如何挥砍，赵喜都没有松手的意思，他脸上有绝望压抑的神色，似乎要把自己曾经感受到的所有痛苦都传递给白枭。

白枭面目狰狞，手中的剁骨刀无法对赵喜造成实质性的伤害，他涂满血迹的嘴巴突然张大，一口咬向赵喜的肩膀！

他撕扯拽动，竟然从赵喜身上咬下了一块肉，更恐怖的是，被咬过的伤口无法愈合，他身上那古怪的文字好像也通过这种方式爬进了赵喜的身体。

"这都咬？"高命从白枭身侧跑过，用锁链将其勒住，"祝淼淼！"

杀符贴在消防斧上，祝淼淼抡起斧子，狠狠砍入白枭后背。

撕心裂肺的惨叫声响起，无数黑字涌向伤口！

"对不起！白组长！"

祝淼淼再次抡圆消防斧，不再留情，她眼中的白枭已经不是曾经的组长了，而是一个危险的疯子。

杀符在白枭后背上碎裂，祝淼淼的斧刃穿透了白枭破烂的胸膛。

"他的心已经被挖走了！"

"啊啊啊啊！"

白枭脸上涌现出细密的青色血管，双眼之中充满怨恨，身上的黑字如雪花般消散。

他栽倒在地，血肉失去了全部支撑，像是一摊肉泥。

高命擦去白枭嘴上的血污，将消防斧拔出。他看着地上的白枭，也不确定对方现在到底是人还是"鬼"。

等所有黑字消失后，白枭重新睁开了眼睛，他认出高命后情绪有些激动，手伸进雨衣里想要取什么东西，可最终什么也没有找到。

他的血肉失去了活性，散发出浓浓的腐臭，就好像已经死了很多天一样。

高命掀开白枭的雨衣，在腹部缝合过的伤口里找到了白枭的黑环。

将其打开，里面有几段简短的语音记录。

记录一："进入公寓十七分钟后，队伍出现减员，两位调查员在经过走廊时失踪。"

记录二："进入公寓四十分钟后，该异常事件内的'鬼'全部为人形，大多肉体畸形，它们保持着记忆，似乎并不知道自己已经死亡。只要不表现出异常，就不会成为它们的攻击对象，但无论如何都不能进入房子里。"

记录三："吃掉肉后，可以存活更久。"

记录四："这里简直不像是异常事件，更像是一个真实存在的世界。难道真的还有另外一个世界？"

记录五："一定要守住自己的心。"

记录六："四楼的停尸房和挂白灯笼的房子很安全。"

记录七："千万不要吃肉！"

七条语音记录就是白枭留给这个世界最后的遗言，他把黑环缝进肉里，就是为了不暴露黑环，有一丝机会就把这些录音传出去。

"我来调查局面试的时候，就是白组长录用了我，他是一个很正直的人。"祝淼淼状态很差，她没想到自己杀死的第一个"鬼"，会是自己曾经最尊敬的人。

"所有人都会死，包括你和我在内。我们现在要做的只有一点，那就是死得更有价值一些。"高命查看祝淼淼的双手，她握斧的掌心满是无法愈合的伤口，"怎么回事？"

"使用那杀符的时候，它会从我身上吸取血液。"祝淼淼拿出另外两张杀符，"我刚才感觉自己好像被这符纸吞掉了一样。"

高命仔细检查，发现所谓"杀符"好像是由人皮制作而成的，每张符里都困着一个鬼影。

"怪谈里的所有东西，甚至连符箓都跟'鬼'有关，阴影世界是一个完全由'鬼'构成的世界？"

高命背着赵喜，搀扶起祝淼淼，在走廊附近停留片刻后，朝着A栋走去。

阴影和血污混合在一起，距离A栋越近，高命心脏就跳得越快，公寓楼深处好像有东西在呼唤他。

"神婆说我不是第一次参加祭拜仪式，莫非我在隧道里曾无意间祭拜过什么东西？"

地上的血水逐渐减少，高命耳边隐约传来叫卖声，他恍惚地抬起头，发现自己已经穿过走廊，进入了A栋。

他掀开晾晒在走廊口的衣服，看见小孩在玩耍，大人在闲聊，A栋公寓仿佛没有受到怪谈的任何影响，所有人都过着平凡的生活。

他们表现得和现实中的街坊邻居没有任何区别，只是他们的身体或多或少有些残缺。

低调小巧的出租屋门口，街坊邻里亲切地打着招呼，他们不喜欢隔着手机屏幕问候，更喜欢在老旧的走廊里溜达。孩子们追逐玩闹，脸上带着纯真的笑容。

大红灯笼高高挂起，公寓居民自己的小摊摆在过道旁边，有卖各种手工小玩意儿的，有卖各色布匹的，还有牙医摊位、肉铺和菜摊。

路不拾遗，夜不闭户，泗水公寓内，好像形成了一个独特的小社会。

它与外界隔绝，这里的居民满脸笑容，似乎没有烦恼。

"两位有些面生，是来看房子的吗？"让人无比舒服的声音响起，一个穿着老式西装的年轻人拦住了高命和祝淼淼。

他用手捂着嘴巴，灵动的眼睛仿佛会说话一样。

作为一名优秀的服务人员，似乎无论什么样的顾客他都会接待，就算高命此时背着一具支离破碎的尸体也不例外。

"对，看房子。"高命努力保持神色正常，他看见大红灯笼映出一片血光，阴森恐怖的楼道里，一个个怪物不怀好意地笑着，他们看向彼此的眼神，就好像在看美味的食物一样。

"我叫恭喜，是咱们瀚海慈善总会的志愿者，也是泗水公寓的房屋中介，需要我带您看看吗？"年轻人眉眼含笑，让开了道路。

走廊墙壁上残留着岁月的痕迹，喜庆的红灯笼映照着邻居们的脸，肉香扑鼻，老街坊张罗着酒席，大伙就像是一家人。这里没什么高雅的艺术，但有生活的温馨，那最平凡的点点滴滴，才是最值得回忆的珍宝。

"选择泗水公寓绝对没错，这里的每间屋子都有自己的故事，您别用眼睛看，仔细去感悟，让自己融入这里，才能欣赏到它的特别。"

"能带我们去楼下转转吗？"高命实在听不下去了，他和恭喜看到的世界好像完全不同。

"好的，您有比较中意的楼层吗？"

"那就先去四楼吧。"高命从白枭的黑环中获得了信息，四楼的停尸房和挂有白灯笼的房间比较安全，他想先确定一个安全区。

"四楼？"恭喜有些诧异，不过客户的需求永远排在第一位，"您的眼光还真不错,四楼空房子很多,我家就住在那一层。"

恭喜在前面领路,高命和祝淼淼跟在后面,他俩一个背着尸体,一个浑身沾满血污,可楼内居民却没有表现出任何异常。

"这地方真古怪。"祝淼淼轻轻碰了高命一下,"你说,这个中介为什么老捂着嘴巴?"

"别多问,别好奇,保持平常心。"高命还记得B栋楼道里那年轻人说的话,只要犯忌就会被猎杀,他必须尽快搞清楚楼内的忌讳到底是什么。

领路的恭喜跟两边邻居打着招呼,路过肉铺的时候,屠户还扔给恭喜一块肉。

高命顺着铁门往肉铺里看,被改造成屠宰作坊的出租屋内关着几位调查员,他们的衣服被扒掉,一个个表情惊恐。

他们身上没有残缺的地方,张着嘴,却无法说话,只能发出猪羊一般的古怪叫声。

屠户一脚踹在了调查员身上,他好像察觉到了什么,斜眼扫了一眼祝淼淼,小声嘀咕道:"真新鲜。"

走出九楼鬼市,祝淼淼和高命都感觉轻松了很多。

在路过九楼公共厕所的时候,恭喜将屠户给的肉直接扔进了垃圾桶。

"扔掉会不会太浪费了?"高命感觉恭喜和其他"鬼"不太一样。

"我和家人都吃素,对肉不感兴趣。"恭喜摊开双手,"哎呀,您要是早说,我就送给您了。"

"倒也不必。"高命摇头拒绝,"人牲是指肉铺里那些不会说话的人吗?"

"对,他们是献给血肉仙的牲口,看着像人,但其实跟我们不同。"恭喜看起来性格很好,既有年轻人的朝气和冲劲,也有远超同龄人的成熟和担当,这样的中介确实很容易取得顾客信任。

"原来如此。"高命若有所思,旁边的祝淼淼差点吐了。

"两位确定要去四楼吗?其实八楼的房子也不错,没必要非得选择四楼。"恭喜在前面带路,小声提议。

"怎么?难道四楼不能住人吗?"

"四楼不太干净……"恭喜停下了脚步,"我的意思是说,四楼闹'鬼'。"

说完这句话,恭喜放下了捂嘴的手。他的嘴巴被缝住了,嘴里塞满了钱币,也不知道他是怎么发出声音的。

高命立刻做好了战斗准备,他都快要把赵哥扔出去的时候,恭喜用双手比画起来:"'鬼'很恐怖,身上缠绕着灾祸,与它们接触,很容易犯忌。"

"这话从你嘴里说出来,有种难以形容的说服力。"高命没从恭喜身上感受到恶意,这个年轻人好像真的只是在努力工作,想要把房子卖出去。

"我可不是在开玩笑。"恭喜叮嘱道,"如果你们在四楼看见了挂白灯笼的房间,一定要赶紧跑。"

他们沿着楼梯向下,一路上又遇见了很多奇怪的邻居,楼内居民全都受到了血肉仙的影响,一个个长得怪异又恐怖,血肉仙把他们内心的欲望具象化了。

四楼和其他楼层相比,明显冷清了许多。

恭喜拿出一大串钥匙,还没"开口"向高命介绍房间,突然有一个戴着老鼠面具,穿着深绿色衣服的男人出现。他趴在某扇门上,身体把门板压得变了形。

"楼管?您怎么来了?"恭喜有些着急,赶紧跑了过去,想阻止楼管开门。可他刚跑过去,楼管衣服下面就钻出来几个小孩。那些孩子也都佩戴着老鼠面具,他们双眼通红,也不说话,用锋利的指甲划伤了恭喜。

眼看着房门就要被强行打开,高命单手掐住一个小孩,将他甩到了一边,随后祝淼淼也提着消防斧走来。

随着高命靠近,楼管好像感知到了什么,死死盯着高命的心口,面具下的红眼睛不断眨动。

双方对峙片刻后,楼管转身离开,那些小孩又重新钻进了他的衣服下面,消失不见了。

"谢谢,今天真的太谢谢你俩了。"恭喜被吓坏了,他看着门上恐怖的划痕,"看来又要换个房子住了。"

"那人是谁?"高命觉得面具人看自己的眼神很奇怪,似乎想吃掉自己,但又有些害怕。

"戴老鼠面具的就是楼管,他们维持着楼内秩序,从不开口说话。"

"楼管为什么会找上你?你家里藏了什么东西?"高命察觉到了恭喜的异常,"有什么困难就说出来,或许我可以帮你。"

一直态度很好的恭喜这次却不愿意让步,挡在门口。许久之后,门从里面打开,一张满是皱纹的脸出现在屋内。

"小喜,你回来了?"

苍老疲惫的声音响起,高命和祝淼淼都看见了屋内的老人。

对方看起来九十多岁,身上没有任何残缺。

"姥姥,别出来!"恭喜脸色阴沉,似乎很担心高命对老人做什么事情。

屋内的老人满头白发,颤颤巍巍地打开房门,疑惑地注视着所有人:"你们是谁?来我家做什么?你们是来找小喜的吗?"

老人似乎患有阿尔茨海默病,并不认识恭喜。高命抓住机会对老人说道:"我们是恭喜的朋友,想要来看看您。"

"哦,那好,快进来。我外孙是个很努力的小伙子,人很勤快,心地善良,就是命不好。"老太太拄着拐杖转身,高命顺势进入了屋子。

恭喜见状,也只好认命一般地说:"都进来吧。"

出租屋不大,但布置得很温馨,里面没有太多老人的物品,各处都摆着恭喜和老人的照片。

高命搀扶着老人,反复确认过后,发现了一个惊人的事实——这老太太是活人!一个生活在阴影世界里的活人!

"相信你们也已经发现了。"恭喜关上了门,看着满屋子的照片,"我姥姥是'鬼',她死后还一直跟着我,可能是因为我一直都让她很担忧吧。"

"她是'鬼'?"高命睁大眼看向恭喜,"在你的认知里,你是人?"

"难道不是这样吗?"恭喜说起了自己和姥姥的故事。他很小的时候,父母来瀚海打工,结果双双失踪。姥姥就带着他来瀚海找爸爸和妈妈,一边找人,一边生活,恭喜就是这样被姥姥一点点拉扯大的。

他们住在慈善总会提供的公寓里,为了让姥姥不那么累,恭喜特别懂事,非常勤奋，每天都会打好几份工，他和姥姥相依为命，直到姥姥去世。

可诡异的是，姥姥去世后的某一天，他突然又在楼内发现了迷路的姥姥，但是姥姥好像认不出他了。

这是恭喜站在自己的角度讲的故事，高命又从老太太嘴里听到了一个完全不同的故事。

老人抱着恭喜的相框，说自己对不起恭喜，没能帮上恭喜什么忙，还带着恭喜来瀚海流浪，结果把恭喜的一生都给毁了。

她让恭喜加入了慈善总会，后来恭喜好像听到了不该听的消息，在楼里失踪了。她一直在楼里找自己的外孙，却再也没有找到。

"我姥姥重新回来以后就糊涂了。"恭喜坐在老人旁边，牵住老人满是老茧的手，"她忘记了很多东西，连我都认不出来了。"

结合老太太讲的故事，高命又看向恭喜的脸。恭喜的嘴巴被人缝住，嘴里塞满了钱。一老一小坐在床铺上。

高命没想到会在楼里遇到这样的场景，他以前只是把这些阴影世界的怪谈当作游戏，可真相好像并非如此。

他的目光移向恭喜，犹豫了一下，还是开口问道："恭喜，你的家人变成了'鬼'，你不害怕吗？"

"当然怕了。"恭喜并没有松开手，"我怕她担心我吃不好、睡不好，我怕她觉得我会被欺负，我怕她哪一天会突然不见。"

心里的某根弦好像被触动，高命想要告诉老人真相，他缓缓蹲在老人面前，轻轻握住了老人的另一只手："阿婆，如果恭喜回来了，但他变成了'鬼'，你会害怕吗？"

"怕……"老人点了点头，"我怕我认不出他了。"

第十章

渴望

什么是人？什么是"鬼"？

在这一刻，高命有点分不清楚，人和"鬼"都在害怕，害怕对方觉得自己陌生。

以前高命只把阴影世界侵入现实当作一场灾难，觉得自己制作的游戏会毁掉城市，但现在他心底产生了其他的想法。

赵喜回来了，全楼的邻居都在害怕，他们咒骂、哭喊、求救；恭喜回来了，姥姥却一直在等他，就算脑子糊涂了，认不出来了，还是会等他。

"错的是谁呢？"

恭喜松开了老太太的手，开始整理屋内的照片："我们的动作要快一些，楼管随时可能再过来。"

"要搬去其他楼层吗？"

"不，先去挂着白灯笼的屋子里躲一躲，那地方连楼管都不敢进去。"恭喜拖出一个大箱子，认真收拾好照片和各类物品，"你们要一起去吗？刚才你们和楼管发生了冲突，他也很有可能去找你们的麻烦。"

"那就先去躲躲吧。"高命在泗水公寓里见过很多挂红灯笼的房间，挂白灯笼的他还真没见过。

全部收拾好后，恭喜背起姥姥，拖着一个大箱子走出房门。

他左右看了看，见楼道无人后，朝高命招手："快！别让任何人看见我们。"

几人迅速跑向楼道另一边，恭喜从箱子里抓出一大把纸钱点燃，然后又带着高命在走廊里来回穿行。

纸钱的灰烬撒在阴影里，在第四遍折返的时候，他们发现楼道中间某一个出租屋门前挂上了白灯笼。

"快进去！"

推开房门，刺骨的阴气渗透进身体，高命汗毛竖立，吸了一口寒气。

"这好像是发生灭门案的房间！"祝森森抓着消防斧，身体控制不住地颤抖。

"对，就是发生灭门案的房间。"恭喜的表情也变得有点儿吓人，他进入这屋子后，身上活人的感觉一下少了很多，脸也变得惨白。

恭喜把箱子平放在地，取出各类供品，摆放在卧室门口。他跪在地上，十分恭敬地念道："此宅有主，敬告四方，该离则离，该来则往。宅神归位，闲杂避让，五谷杂粮，世代供养。"

恭喜磕了几个头，把一块木牌拿出来，摆放在供品中央。

"愣着干什么？一起来拜啊。"恭喜点燃了几根蜡烛，"泗水公寓里家家户户都祭拜神灵，但后来只准拜血肉仙，谁敢在公寓楼里拜其他神，必定会遭灾。"

"你现在拜的好像不是血肉仙吧？"祝森森看见那木牌上写着宅神。

"挂白灯笼的阴宅是例外，他们都是因为不拜血肉仙而遭灾的家庭，所以在这里要拜其他神。"恭喜话没说完，那木牌上就出现了裂缝，随后当着他的面碎了。

蜡烛熄灭，阴风吹动，客厅和卧室中间厚厚的黑布帘子缓缓晃动，一个纸人女娃娃探出了头。

恭喜见状，赶紧跪倒，不断磕头。

黑布帘子掉落，卧室里摆着一张八仙桌，桌边围坐着七个年龄各不相同的纸人，它们面前都摆着一碗红米饭。

黑漆漆的屋子里，纸人慢慢扭头。

都说纸人画眼不画睛，纸马立足不扬鬃。很多扎纸匠会用针扎洞，代替纸人的眼珠，但这屋里的每一个纸人都长着人的眼睛。

"我们是不是打扰人家聚餐了？"高命向后挪动，他能感觉得到，那八个纸人的目光都聚集在他的身上！

女童摇摇晃晃地走出卧室，来到高命身边，把手伸进高命的口袋，摸出了白枭的黑环和吴伯送的护身符。

高命没敢阻止，眼看着女童将护身符拆开，抖落出里面包裹的照片碎片。

那些碎照片似乎是从一张全家福中撕下来的，似乎也正是这些照片让看着很普通的符纸有了特殊的功效。

"难道这是你们的照片？"高命抬起头，屋里的七个纸人不知何时出现在他面前，仿佛一家人般站在一起。它们嘴角沾着红色的米饭，脸上带着奇怪的表情。

见过很多恐怖场景的高命现在也被纸人看得心里发毛。

女童将护身符扔进火盆，牵着高命的手进入卧室，有个身穿破袄的老头正躲在墙角。

"吴伯？"高命一眼就认出了对方，"被卷入四级异常事件都能活下来，老伯你还真是深藏不露哇！"

作为护身符的制作者，吴伯很想装作不认识高命："咳咳咳，你们真是找死，还真跑进来了。"

"这不是为了救更多的人吗？"高命将吴伯拽起，"你之前没跟我说实话。"

"我说的句句都是实话，这些纸人就是当年灭门案的冤魂，我每年都在祭拜它们，也是它们在保护我。"吴伯将高命推到了一边，"狗咬吕洞宾，不识好人心。你们那个什么局的人，都是不听劝的疯子。"

"你还见过局里的其他人？"

"他吃了肉，可能已经死了。"吴伯退到门口。

他身后有一个很小的祭台，似乎每年他都会跑到凶宅里祭拜死者。他这么做原本只是为了求一个心安，没想到在怪谈侵入现实后，会救自己一命。

"这公寓楼内到底是什么情况？怎么有的居民身体畸形，有的变成了'鬼'，还有一些犯忌的调查员被当作人牲，拉到了肉铺？"高命终于找到了一个能交流的活人，他今天无论如何都不会放吴伯离开。

"遇见你算我倒霉。"吴伯裹住自己的破袄子,"你来看看这段录像吧。"

他从祭台下面拿出了一个老式DV,一家四口正在过生日,爸爸拿着DV录像,他们刚点燃蜡烛,房门就被敲响。

妈妈去开门,随后尖叫声和奔跑声响起,爸爸手里的DV掉落在地。

血水在屋内流淌,一家四口倒在了血泊里。邻居听到动静,想要查看,凶手又跑进了邻居家中。

两家八口人,就这样冤死在公寓内。

丧心病狂的凶手在做完这一切后,没有逃离现场,而是在屋里画着奇怪的符号,最后自杀了。

"灭门案?你怎么会有这段录像?"高命见过很多血腥的场面,但看到那录像还是觉得恐怖。

"我……那晚正在巡逻,凶手上楼的时候,正好从我身边走过。"吴伯眼中满是愧疚,"我如果能早点察觉出不对,悲剧可能就不会发生。"

"那这录像你怎么没交给警方?"高命有些疑惑。

"你继续往后看。"

DV还在播放,在惨剧发生后,最先到场的不是警察,而是慈善总会的人。他们好像预知到会发生这样的事情,直接进入屋内,从凶手的尸体上取下了一些东西。

"这事跟慈善总会有关,可也没直接证据。"吴伯很害怕,"凶手已经死亡,案子也没法继续调查,若我不拿走DV,这视频很可能会莫名其妙地消失不见。你千万不要低估慈善总会的影响力,他们修建了好多学校、医院和福利设施,是无数穷苦人的希望。"

"以前的瀚海慈善总会确实在为穷苦人做事,但现在可不一定了。"高命不是针对慈善总会,他是针对司徒安这个人。

"自从泗水公寓修好后,慈善总会就一直往里面搬运东西,但那些东西大多是给死人准备的。"吴伯其实一点儿都不傻,什么事都记在心里,他将两根红蜡和四根白蜡摆在身前,"慈善总会的人在有目标地养'鬼',而且他们还成功了。

这楼内有最危险的两个'鬼'：一个是当年制造灭门惨案的凶手'食人鬼'，杀性极重，有一颗血肉之心；另一个是被楼内居民祭拜的血肉仙塑像，那泥塑已经通灵，长出了一颗由意念凝聚成的神明之心。据说只要得到这两颗心，就能获得血肉仙完整的能力。

"除了它们两个，楼内的居民大致可以分为四类。"吴伯拿出四根白蜡，"相由心生，这四类居民在血肉仙的影响下，分别表现出了生相、死相、欲相、孽相。

"生相居民就是你和我这样，保持人性的外来者；欲相居民就像那个中介，他们心底的欲望被勾起，血肉已经跟我们不同，他们永远都离不开这里，只能成为血肉仙的信徒；死相居民就是命不久矣的人，他们周身被阴影笼罩，身上写满了黑字，只有吃血肉仙供桌上的肉才能续命苟活；最后就是孽相居民，楼内很多受害者的冤魂被困于此，他们无处可去，满身怨念，被视为不祥。"

吴伯小心翼翼地推开白蜡："四相居民都不可怕，我觉得只要杀掉最恐怖的两个'鬼'，应该就能逃出去。"

"老伯，你可能还忽略了一股力量。"高命又取来一根红蜡，"瀚海慈善总会的副会长司徒安也在楼内。"

"司徒安？"听到这个名字，吴伯佝偻的背弯得更厉害了，"你们一定要小心这个人。"

"你跟他打过交道？"

"我以前一直觉得'鬼'很可怕，直到在泗水公寓遇见了司徒安。"吴伯舔了舔嘴唇上的伤口，"就是因为这个人，我没办法离开泗水公寓，只能靠装疯卖傻苟活。但凡我表现得稍微清醒一点儿，就有可能被杀死。以前我也想过把录像给警方，可之前出过类似的情况，有个年轻志愿者把偷听到的消息告诉了报社，后来录音被送到司徒安那里，那个年轻志愿者就永远在楼内消失了。"

听到吴伯说这些，恭喜的姥姥突然有些激动，吴伯口中的那个年轻志愿者似乎就是恭喜！

不过恭喜却不记得这些了，恭恭敬敬地趴在地上。

"司徒安……看来要想办法把他永远留在异常事件里。"高命有种很特别的感觉，他明明没见过司徒安本人，却对司徒安有种极端的敌意和杀意，他们之间似乎曾经发生过非常不好的事情。

"那家伙就是个披着人皮的'鬼'。"吴伯眼神中透着一丝畏惧，"灭门案凶手身上的血肉之心和血肉仙泥塑上的神明之心，绝对不能落入司徒安手中，慈善总会在泗水公寓养'鬼'似乎就是为了那两颗心。"

吴伯在黄纸上画了几条线："'食人鬼'住在楼内某个房子里，只有在杀人时会外出，我也无法确定他的位置，不过你们可以先去把血肉仙的泥塑毁掉。"

"泥塑在哪里？"

"整栋公寓最阴暗晦气的 A 栋地下一层有一座隐秘的祠堂，血肉仙的塑像就被供奉在那儿。"吴伯又从怀里摸出了一把符纸，"我老了，腿脚不好，跟你们去也是拖累你们。这些符箓你们收好，说不定能派上用场。"

高命收起符纸，看向那些纸人："你们要一起去吗？杀害你们的凶手就在楼内，这可是血海深仇。"

七个纸人动都没动，只有年纪最大的纸人从祭台上面抓了一把白米，塞进了高命口袋里。

"这是干什么？"

"白米是我供奉给死者的。"吴伯解释道，"如果真到了非吃肉不可的地步，这把白米能帮你暂时保持理智。"

"你们似乎已经在考虑最差的结果了。"高命带着祝淼淼走出阴宅，没过多久，恭喜也跟着跑了出来。

纸人们答应庇护恭喜的家人，但前提是恭喜要帮高命毁掉血肉仙泥塑。

楼内居民大都信奉血肉仙，不过恭喜是个例外，他只想照顾好姥姥。只要能保护好家人，信谁都无所谓。

"我来带路，我知道祠堂的位置。"恭喜变成了内线，走在最前面。

高命背着赵喜默默跟在后面，在这个怪谈游戏中，他开始真正了解阴影世界。

相由心生，楼内的居民分为四相，维持着一个微妙的平衡，而这里只是阴影世界的一个小小的缩影。

"阴影世界并不仅仅是一场灾难，它本身也是一个世界，也有自己运行的规则。"

穿过走廊后，宣雯停下了脚步，她隐约听见高命在喊她。

她回过头，看见高命和祝淼淼并排跟在后面，一切似乎都还正常。

继续往前，又走过一个拐角后，宣雯的眼神忽然发生了变化，她从背包里取出了一把尖刀。

"怎么了？"颜花皱起眉头。

"我们沉浸在阴影里的时候，高命和另一个活人被替换掉了。"宣雯的声音里没有任何感情，和在高命身边时判若两人。

"你能看得出来？"

"我可以感知到高命的大概位置，后面的人不是他。"宣雯转过身，将持刀的手背在身后，面带笑容，大步朝"高命"走去。

见宣雯过来，"高命"有些疑惑，他刚想开口，被阴影包裹的尖刀已经刺穿了他的脖颈！

没有血液流出，脖颈被穿透的"高命"脸上的表情慢慢由惊讶变为疯狂，他顶着刀尖扑向宣雯。

刀锋滑动，宣雯双眼赤红，她的手按在"高命"的心口。被替换的"高命"逐渐失去了对身体的控制，体内的阴影在攻击他自己！

旁边的"祝淼淼"知道被发现了，朝着宣雯挥动消防斧，可她的手臂被五根钢筋般的手指握住了。

颜花一拳落下，"祝淼淼"的身体瞬间变形，他根本不给"祝淼淼"反应的时间，双拳如同狂风骤雨一般落下。

没有血迹和骨折的声响，但颜花每次挥拳，身上的恶鬼文身就会变得更加鲜活，从"祝淼淼"身上逸散出的阴影全部被恶鬼文身吃掉了！

直到"祝淼淼"生生被打散，颜花才收起双拳，他朝一侧看去，宣雯早已解决了"高命"。

"最后一刀交给我来补，你别乱用拳头。"宣雯盯着颜花的左手，好像看出了什么。

颜花杀死"祝淼淼"后，手上出现了几个古怪的黑色文字，像是某种诅咒。

在宣雯的提醒下，颜花也发现了黑字，但他并不在乎："先去找高命吧，只有他知道我姐姐在哪儿，他绝对不能死。"

"只有他知道你姐姐在哪儿？"宣雯反手握着尖刀，"男人果然都喜欢隐藏秘密。"

他们大步向前，阴影避让。颜花高大强悍的身体让他很难藏匿，当然，他压根也没准备躲藏。

无论遇见任何东西，颜花都会冲上前去搏杀，他身上的狰狞巨鬼文身变得越发真实，可他身上的黑字也越来越多了。

"你是准备一路杀过去吗？这可是四级异常事件。"宣雯劝不住颜花，他们未来都有可能成为超级罪犯，这样的人大都偏执，除了作为纽带的高命，他们很难真正相信别人。

"我不懂什么是四级异常事件，我只知道，既然我的拳头可以对它们造成伤害，那我就没必要害怕。"

颜花身上的黑字越来越多，身体也越来越强壮了，他身上的巨鬼文身变得更加复杂，仿佛一头真正的恶鬼站在颜花身后。

晚湫默默跟在队伍后面，走着走着，忽然发现走廊里只剩下自己一个人了。

"楼道和以前不一样了？"

阴影从四面八方涌来，晚湫缩了缩脖子，他有些害怕。

公寓楼比之前更加阴森，空气中还弥漫着一股很难形容的恶臭。

心脏咚咚直跳，晚湫站立在角落，未知的遭遇让他心慌，不过比起过往生活带给他的伤害，这些异常并没有击穿他的心理防线。

"高、高命……"

晚湫小声呼喊了一句，四周没有任何回应，那个说要保护他的人，就这么不见了。

超凡的直觉告诉他，前方很危险，晚湫不知道该怎么办，他蜷缩在楼道角落里，抱着自己的腿。

大概几分钟过后，晚湫的心跳突然加快，强烈的危机意识提醒他必须离开。晚湫不知道该往何处躲藏，情急之下，钻进了旁边的506号房。

就在他关上房门后不久，一个戴着老鼠面具的男人走了过来，他手中拿着钥匙和楼管的证件，停在了晚湫刚才坐过的地方。

男人取下面具，嘴里咀嚼着什么东西，鼻尖抽动，似乎在寻找活人的气息。

晚湫捂住了口鼻，他通过猫眼看得很清楚，那面具下面，是一张老鼠的脸！这公寓楼内人人都害怕的楼管，似乎是偷吃了血肉的老鼠！

楼管吐出一块骨头，重新戴上面具，晃晃悠悠地走远了。

晚湫松了口气，松开捂住口鼻的手，一股浓郁的恶臭钻进了鼻腔。

"这屋子好臭，像是有死了好多天的人。"

他低头看向垃圾桶，它被收拾得很干净，里面并没有什么脏东西，只是扔着一些废纸。

晚湫将纸张展开，这好像是从日记本上撕下来的。

"今天是我搬来505号房的第三十天，对门是一位美丽温柔的单身妈妈，她经常在晚上出去买菜，我下夜班时总能在楼道里遇见她。

"她真的很美，拥有一头柔顺的黑发，有些奇怪的是，她总穿着同一套衣服，身上还有一股淡淡的怪味。

"起初我并没有在意，可就在天快黑的时候，房东告诉了我一件事。

"他说我对门闲置了半年的房子终于租出去了，以后有人和我做伴了。

"我不明白，空房子里明明住了人，我每晚都能听见孩子们的笑声，还能闻到从那房间里散发出的……越发浓重的恶臭。"

"臭味？"晚湫脑子飞转，"日记主人住在505号房，但这好像是506号房，也就是他对门的房子？"

微弱的光亮照在晚湫身上，他看见客厅水泥地上残留着一个个沾着"红泥"

的脚印。

"难道是血和泥混在了一起？"晚湫慢慢蹲下身体，顺着脚印向前看，一双惨白的腿毫无征兆地出现在视野中。

晚湫虽然提前做好了心理准备，但还是被吓得坐倒在地。视线上移，他看见一个女孩站在客厅和厨房中间。

那女孩穿着一身黑衣服，似乎是因为很久没有见过阳光，皮肤白得吓人。

房子里的所有东西都被恶臭浸染，女孩也不例外，不过除了刺鼻的臭味，女孩和普通孩子好像也没有太大的区别。

她的衣服洗得很干净，编着两条可爱的小辫子，怀里抱着一个草莓熊布偶。

"妈妈，有人进来了。"女孩的声音嘶哑。她似乎很害怕外人，所以看见晚湫后，第一时间呼喊自己的妈妈。

厨房里没有开灯，门帘垂落，也看不清里面有什么。

片刻后，又有一个看起来四五岁大的女孩从厨房走出来，她捧着三个碗，边哭边说："妈妈又不说话了，又不理我了。"

她吃力地将碗摆在桌子上，这孩子身上的臭味比客厅那孩子身上的更加刺鼻。

"姐姐，我们吃饭吧。"小女孩很懂事，抹去眼泪，先跑到姐姐身边，接着又看向晚湫，"你要不要一起吃？我妈妈做的饭菜可好吃了！"

砰！

菜刀狠狠剁在案板上的声音传来，姐妹两个口中的妈妈真的在厨房里！

晚湫用最快的速度老老实实地坐到桌边。

餐桌上的氛围有些可怕，抱着草莓熊的姐姐一言不发，低垂着头，个子矮小的妹妹十分活泼，不时打量着晚湫。

"我叫囡囡，她是我姐姐娴娴，我们很久以前就住在这里了，但现在总有坏人要赶我们走，说这房子不是我们的。"囡囡有些生气，抓着筷子和晚湫说话，"你不会也是来赶我们走的吧？"

晚湫摇了摇头，他的视线在囡囡和娴娴之间徘徊，张张嘴巴，最终还是什么都没有说出口。

炒菜的声音在厨房响起，刺鼻的恶臭中逐渐多了一股菜香。

很快，厨房的帘子被掀开，一盘看起来酸辣脆爽的炒白菜被一只高度腐烂的手送了出来。

"我去端菜。"囡囡很是积极，跑到厨房门口，将菜盘端到了餐桌上。

在厨房里忙碌的妈妈没有出来，帘子落下，那只手消失在黑暗中。

妈妈起锅烧油，似乎开始做第二道菜了，没过多久，肉香飘散，这是一道荤菜。

晚湫眼皮狂跳，怪谈变成了真的，两个女孩的妈妈已经死了，但为了不被赶出公寓楼，她的灵魂仍旧依附在腐烂的尸体里，每天为两个女儿做饭、洗衣服、编辫子。

小女儿囡囡还不理解死亡，依旧把女人当作妈妈；大女儿娴娴心里清楚一切，但她也不愿意离开，因为这个女人还是她们的妈妈。

第二道菜很快就要做好了，晚湫现在压力非常大，眼眸中不断闪过虚影。

从第三道菜开始，一切就会撕下温和的外衣，处处都是死亡陷阱。

晚湫看到了自己各种各样的死法。大女儿会去端第二道菜，然后就会轮到他。如果他过去，就会被妈妈拽进厨房杀死，做成第三道菜；他不去端，就会被两姐妹杀死；他逃跑，妈妈就会走出厨房追杀他；他不跑，就会被永远留在这里。

晚湫眼里流出了一滴血泪，抱着自己的头，不敢去看厨房。

肉香变得浓郁，一盘鲜红色的肉很快被做好，腐烂的手将餐盘托出。

两个女孩闻到肉香，都变得兴奋起来，大女儿刚准备过去，晚湫却好像突然做出了什么决定。

他走在大女儿前面，小腿发抖，来到厨房旁边。

双手端住那盘肉的时候，晚湫的勇气也完全耗尽了，他脸上挂着血泪，双腿发软，慢慢坐在了地上。

"不能都欺负我吧……妈妈，我的妈妈呢……"

无数悲惨的过往在脑中闪过，晚湫害怕得要命，但是唯一愿意帮他的人也失踪了。

他现在脑子一片空白，身体也不听使唤，他害怕，非常害怕，感觉自己就要死了。

厨房里做菜的声音停止了。大女儿娴娴低垂的头慢慢抬起，脸色有些奇怪。小女儿囡囡从椅子上跳下来，来到了晚湫身边。

被吓哭的晚湫感觉有人朝自己走来，于是将身体蜷缩在一起。

小女儿伸出自己的手，见晚湫没反应，她朝着厨房小声说了句什么。

厨房的帘子微微晃动，五根腐烂的手指将其掀开，一张完全被黑发遮住的脸露了出来。

恶臭在屋内翻涌，晚湫透过黑发缝隙，清楚地看到了一颗满是血丝的眼球。

"妈妈？"

压抑的黑暗里传出低吼，女人握着巨大菜刀的手臂慢慢抬起，她的眼眸已经完全化为一片血色。

晚湫的心脏跳得极快，他双眼紧闭，可等了片刻后，并没有感受到疼痛。

他缓缓睁开眼，看见女人伸出手，轻轻摸了摸他的头。

"你不可以和我们抢妈妈，但是如果你难受的话，可以跟我们说。"小女儿用一副成熟大人的口吻说道。

晚湫重新坐到饭桌边，还有种不真实的感觉，他的双眼能够看见死亡，可死亡之外的东西很少和他有关。

妈妈端着第三道菜走了出来。看着开始吃饭的母女三人，晚湫没有去拿筷子，他觉得自己好像欺骗了她们。

"其实，我是从外面进来的。"晚湫把自己的所有遭遇都告诉了妈妈和她的两个女儿，没有说一句谎话。

在晚湫不幸的人生里，这还是他第一次体验到家的感觉，他甚至产生了一种错觉，想把母女三人当作家人来对待。

可能是因为遭受了太多恶，所以每次遇到一点儿善的时候，晚湫都会竭力去抓住。

得知晚湫的朋友在楼内失踪之后，热心的小女儿立刻开口："我们去找八婆，她什么都知道！"

"小心楼管把你抓走。"姐姐瞪了妹妹一眼。

妹妹不服气地回嘴道："要不我们干脆把楼管抓起来好了！我们楼里这么多人，还怕他一个？"

"楼管代表了血肉仙，你这死丫头，净说些胡话。"姐姐开始训斥妹妹。

"我之前看到了楼管的真面目。"晚湫弱弱地开口，"你们都害怕的楼管，好像就是一只老鼠，只不过偷吃了一些东西，所以身上才会有特别恐怖的气息。"

晚湫不信鬼神，因为他每次被欺负的时候，都在不断祈求，可谁都没有帮过他。在他看来，这个世界是如此悲惨，就算真的有神，那也不是他的神。

小女儿第一次获得认同，非常开心，挽住了晚湫的胳膊。

屋内充斥着浓重的臭味，但晚湫看着小女儿的笑脸，有些恍惚，好像不太想离开这里了。

阴影朝着晚湫的身体汇聚，屋外突然传来了脚步声，随后他听见有人在触碰门锁。

本来笑得很开心的小女儿表情变得僵硬，她看向姐姐："那些坏人又来了。"

晚湫跑到门口，通过猫眼观察，楼道里有两个穿着调查局制服的人，鬼鬼祟祟地给各家各户做着标记。

"调查员？"晚湫发现屋外的调查员和高命不太一样，那两人身上烙印着奇怪的黑字，他们的表情也十分着急，好像不完成某些事情就会死一样。

"之前他们就来过，对门喜欢偷窥的大叔就是被他们杀害的。"小女儿很生气。

"调查员在猎杀楼内住户？他们哪来的力量跟阴影对抗？"晚湫很是疑惑。

"他们吃了肉，不是妈妈做的这种肉，是祠堂饭店里的肉。"姐姐牵住了妹妹的手，"你不要乱跑，听话，好好待在家里。"

姐姐刚说完这句话，敲门声就响了起来。

高命已经进入泗水公寓很长一段时间了，他没有听到争吵打斗的声音，也没有听到呼喊求救声，这栋公寓楼好像跟普通公寓没什么区别。

以颜花暴躁易怒的性格，应该会闹出一些动静才对，难道他们遇到了必须躲避的危险？

高命很了解自己找来的队员们，楼内有楼内的规则，可他的队伍里除了祝淼淼，没一个人喜欢遵守规则。

楼道里越来越安静，似乎很少有居民会来楼下。

台阶上慢慢出现了油污，走到一楼后，高命能明显闻到一股肉香。很奇怪，像高命这种对食物没有太大欲望的人，此时竟然感觉有些饿了。根本不用恭喜带路，那飘入鼻腔的香味引领着几人挪动脚步。

如果不是泗水公寓的老住户，可能根本都不知道公寓下面还隐藏着一层。

出了楼道，地下一层没有出租屋，过道两边的墙上挂着红框白底的招牌。

"开在地下的饭馆？"

招牌严重掉漆，边缘还有裂痕，上面的字已经模糊不清，看着就好像是把棺材板倒扣在了门框上。

他们朝着更远处看去，过道两边开满了饭馆，诱人的肉香就是从这里飘出的。

几人看向那高低错落地挤在一起的老旧广告招牌，感到一阵恐惧，好像自己会被吸入某个地方。

祝淼淼闻着肉香，慢慢向前迈出了一步，她的手不由自主地碰到了店门。

木门后有人在走动，紧接着店门被打开，一个全身被黑布包裹着的老人走了出来。

对方没想到祝淼淼就站在门口，两人撞在了一起。

黑布掉落在地，露出了老人的身体，他没有双耳和右眼，双耳处还有明显的伤口，手臂也只剩下一条。

老人的外形看起来很是恐怖，但他却摆出一副很满足的样子，似乎困扰他很久的问题得到了解决。

老人捡起黑布，重新将自己蒙住，快步朝楼上跑去。

"几位进来坐啊。"店里面传来一个男人的声音。

高命朝祝淼淼点了点头，他背着赵喜，率先进入饭馆。

由出租屋改造的饭馆不算大，既没有客人，也没有服务员，只有一张张木桌和塑料椅子。

因为修建在地下，没有窗户，也不通风，屋内充斥着浓郁的肉香。

"别站着了，都进来吧。"男人的声音好像是从后厨发出的，他有些不耐烦地催促了一遍。

三人全部进屋，坐在一张木桌旁。他们拿起菜单查看，发现菜单上只标注了菜名，没有标注价格。

"别看我啊，我也没来过。"恭喜把菜单推到高命面前，"随便点一些？"

"没有具体价格的东西，往往才是最贵的。"高命还没拿定主意，饭馆门就被一把拉开，三人都被吓了一跳。

他们朝着店门口看去，目光中满是惊讶。

有一个抓着断香的调查员走进了饭馆，他的精神状态很不稳定，嘴里流着口水，眼眶里五分之四都是眼白。

那调查员完全忽视了其他人，抓起菜单，掀开厚厚的黑帘子，跑进了后厨。

屋内瞬间变得安静，大概几分钟后，调查员用左手端着装着肉的盘子走了出来，而他的右手消失不见了。

他的双眼直勾勾地盯着盘中的肉，那肉晶莹剔透，随着调查员走动，还颤巍巍地晃动着。

调查员随便找了个位置坐下，连筷子都没有拿，用手轻轻抓起那块肉。

酱汁顺着手滑落，调查员吞咽着口水，抿了抿嘴唇，然后咬向那块肉。

牙尖咬破了最嫩的那层皮，肉汁四溢，继续向下咬，是入口即化的肥肉，肥而不腻。

慢慢地，调查员咬到了下面的瘦肉，吮吸着汤汁。

调查员眼眸中的理智越来越少，开始狠狠撕咬，不仅吃掉了肉，还把自己沾染酱汁的手给咬伤了。

血和肉汁混在一起，他呆呆地看着掌心，眼珠里似乎有黑色的文字在爬。

调查员默默起身，摇摇晃晃地走向店门口。

"我们也先出去吧，看看他要去哪里。"祝淼淼被店内的肉香折磨得很不舒服。不只是食欲，各种内在的欲望好像都被肉香引动，她不敢继续在店里待着。

三人放下菜单，正想跟踪调查员，饭馆的门却忽然自己关上了。

老旧的门板看着普普通通，可不管恭喜如何用力都无法将其推开。

"不吃东西，就不能离开？"祝淼淼被肉香折磨得有些不清醒，她举起消防斧，猛地劈砍在门板上。沉闷的声音响起，斧子不像是砍在了木头上，更像是砍在了一块厚厚的肥肉上。

店门依旧没有被打开，只是被消防斧劈砍的地方流出了鲜红的血。

祝淼淼还想挥斧，恭喜赶紧拦住了她："你看看四周的墙壁！刚才你砍过房门后，饭馆的墙壁好像朝我们移动了一点儿！屋内的空间变小了！"

血液从门板上滴落，没有任何腥味，店里的肉香变得更加浓郁。

"几位想吃什么？"男人的声音再次从后厨传来，他似乎根本不担心自己的客人逃走，"如果要点单的话，拿着菜单来后厨就好了。"

肉香不断涌向几人，高命也感到无比饥饿，这种饥饿不仅是肉体上的，也是心理上的。

各种欲望和渴求占据了意识，仿佛一条条手臂撕扯着灵魂，让人无法再保持原本的模样。

祝淼淼的眼里逐渐布满了血丝，她盯着调查员刚才盛肉的餐盘，嘴唇颤抖，有些控制不住地拿起餐盘，想要尝一尝餐盘上剩下的肉汁。

"祝淼淼！"高命挥手将餐盘打碎，锁住祝淼淼的双手。

"为什么非要克制自己呢？想吃什么就来后厨看看，你会喜欢上这个地方的！"男人的声音充满了诱惑。

"你们卖的到底是什么肉？"恭喜也有点害怕，因为要照顾姥姥，他从未吃过楼内的肉，但现在他控制不住地想吃肉，甚至想吃掉自己。

"你有没有发现楼内居民大多身体残缺？你就不好奇他们缺少的身体部位去了哪里吗？"男人哈哈大笑，"没人逼他们，他们都是心甘情愿去交换的。"

"他们吃的肉……是他们自己的身体？"

"不，他们献出的是自己的身体，吃掉的是自己的欲望。"笑声停止，后厨那男人的声音变得阴森可怕，"如果什么都被允许交易，那在走投无路的时候，他们什么都敢去尝试，这就是人。"

饭馆好像拥有了生命，墙壁向内缓缓移动，房门和门框发出碰撞声，仿佛上下咬合的牙齿。

"每个人心底都隐藏着某种渴望，而我可以把你们的渴望变成现实。吃掉我为你们准备的肉，你们便不会再受到任何困扰。"

浓浓的肉香充斥在空气中，祝淼淼开始失控，拼命抓挠着自己的双肩。

指甲挖烂了肉，鲜血淋漓，在肉香的刺激下，她好像看见了葬身火海的父母。

小时候，父母把她放在肩上，托着她长大。

长大后，父母靠在了她的肩膀上，她成了父母的依靠。

"你可以去做想做的事，见到想见的人，生和死都无法将你们分离，你们将会永远待在一起。"

祝淼淼肩膀上的血和肉香混在一起，两张模糊的脸隐约在伤口中成形，祝淼淼的父母好像要从她的双肩中爬出来。

这正好跟神婆预测的一样，如果再这样下去，祝淼淼内心的渴望将被引动，水盆中映照出的恐怖画面将真的在她身上发生。

"你清醒一点儿！"高命按住祝淼淼，可祝淼淼身体上的变化仍在继续。

肉香唤醒了祝淼淼最深的渴望，现在是祝淼淼在主动拥抱欲望，她不想和父母分开了，哪怕变成怪物也无所谓。

"血肉里蕴藏着我们的本能，你的身体永远不会欺骗你，它已经帮你做出了选择。"男人的声音在饭馆里回荡，"来吧，进来吧，我为你准备好了一块肉。吃掉它，只需要吃掉它，你就不会再痛苦！"

祝淼淼失去了理智，若高命现在放手，她肯定会冲进后厨，以身体残缺为代价，换取重见父母的机会。

"恭喜，你拉住她！"

饭馆在不断缩小，继续待下去，所有人都会死。

高命没有选择牺牲祝淼淼，他拿起菜单，趁着自己还清醒，直接朝后厨走去。

他五指握紧锁链，掀开了厚厚的帘子。

肉香扑鼻，不过后厨内部跟高命想象的完全不同，这里没有灶台和明火，只有一个穿着厨师服的强壮男人在剁肉。

他机械地重复着手里的动作，将剁好的肉丢进身后的水池中，无比诱人的肉香就是从水池里飘出的。

高命缓缓靠近，发现那厨师失去了双眼和双耳，也没有嘴巴和鼻子。虽然长着人形，但更像是一个人偶。

"想好要吃什么了吗？"男人的声音再次响起，这声音不是从厨师嘴里发出的，而是来自水池。

高命拿着菜单，看向浑浊的池子。他没有在水池里看到怪物，只看见了自己的倒影。

"我从来不会强迫别人去奉献什么，我比那些虚伪的神高尚得多。只要你能付出足够的代价，你的所有付出都会得到回报，你会事事如愿。

"躺进来，触碰自己最真实的渴望，让我看看你想要的是什么。"

水池越发浑浊，随着厨师将切好的肉倒进池子中，血水在水池里扩散，以极快的速度将整池水染成了红色。

看着眼前的场景，高命想起了神婆家的铜盆。在他靠近铜盆的时候，盆内的水也在很短的时间内变成了血水。

"人有两颗心，一颗是看得见、摸得着的血肉之心；另一颗是冥冥之中有，冥冥之中无，亦真亦假，汇聚了千万思绪的神明之心。

"我会满足你的血肉之心的渴望，但相应地，你要将那颗神明之心供奉给我。"

高命眼中的世界在倾斜，他一时间分不清楚是自己倒向了血池，还是血池倒向了自己。

等他再反应过来时，血水已经漫过了身体。

池子并不深，他却感觉身体在不断下沉，意识和肉体似乎要彼此分开。

"你拥有习惯了痛苦的身体，强健的四肢，灵活的大脑，一双可以看透迷雾的眼睛，以及一颗……死亡了无数次的血肉之心？"

男人的声音和之前明显不同，这是他的语气第一次出现变化。

"你……不是第一次来这里？"血池里的声音说出了和神婆同样的话。

此时高命哪里还会在意这些，他用尽力气想要爬出血池，可是一具具残缺的尸骨抓住了他。

"让我看看你的渴求，让我看看你上次的愿望是什么！"

血水突然汹涌，如同利刃般刺向高命的眼睛。

剧痛传来，高命感觉自己的左眼被夺走，无数血丝从眼眶钻入身体，蔓延到他的心脏之上和头颅之中。

无数记忆碎片被血水搅动，高命回想起了那天在隧道里发生的一些事情，仅剩的右眼看清楚了嵌满隧道墙壁的尸体，那些尸体都在看着他。

"啊！"

两声惨叫同时响起，血池底部出现了一条裂痕，高命的眼睛也变得一片血红。

赵喜扯动锁链，高命的左手被赵喜抓住，他被拖拽出了血池。

肉香消散了许多，饭馆也恢复了正常，高命捂着左眼，倒在了地上。

血池里的东西借助高命的眼睛，看到了高命以往的记忆。它想要完成血肉仙的供奉仪式，但好像根本没有能力去满足高命内心真正的渴望。

"组长！"祝淼淼现在才恢复了理智，她没有吃肉，可身体已经出现了异化。

"拿起你的斧子，不要再被蛊惑。"高命过了许久才从地上爬起，他的左眼无法睁开了。

高命以左眼为代价，看到了被遗忘的记忆，彻骨的寒意死死缠绕在他的心上。

他不敢对任何人说自己看到的东西，握紧了双手，终于明白神婆和血池里的声音为何会说同样的话了。

"我血肉深处隐藏的渴望，原来如此可怕。"

高命坐在水池边缘，用仅剩的右眼看向周围。

当一个人扫视了一圈都没发现反派是谁的时候，那么最大的反派可能就是他自己。

在众人惊讶的注视下，高命再次跳入血池，现在的池子看着和普通池子没有任何区别。高命不断在池底摸索，在血池中央找到了一个奇怪的雕像——四面八臂的鬼神，捧着一颗正在流血的心。

"这是血肉仙的塑像，刚才我们听到的应该就是血肉仙的声音。"恭喜凑到了高命旁边，"泥塑上怎么有一道裂痕？"

他伸手指向鬼神泥塑的左眼，可指尖刚碰到左眼，泥塑就彻底碎裂了。

"我、我可什么都没干！"恭喜愣在原地，似乎是为了岔开话题，他赶紧关心起高命的眼睛，"你的眼睛被血肉仙夺走了吗？"

高命没有回话，依旧沉浸在记忆当中。

泥塑被破坏，后厨里一直在剁肉的厨师这时终于停下了动作，好像被什么东西呼唤，呆呆地朝外面走去。

"我没事，先跟上厨师，看看他要去什么地方。"

剧痛让高命面目扭曲，也让他进入了一种极端冷静的状态。他必须活着离开泗水公寓，再进那条隧道看一眼！

厨师离开饭馆，从各式各样的招牌前面走过，来到了地下一层最中间的一个出租屋。

这个房子里好像供奉着什么东西，大红色木门左边写着"夺一切生"，右边写着"夺一切死"。

第十一章
血肉之心

　　五官被毁的厨师推开了大红色木门，外面几人听到了诵念经文的声音，闻到了诱人的肉香。

　　高命跟在厨师身后，看见屋内挂满了人像，每个人都长得奇形怪状，上面还写有他们的名字。

　　"每张画都代表一个活人？"

　　淡淡的肉香从画像中传出，高命这时候才意识到，人像不是画在纸上的，而是画在皮上的。

　　进入这个奇怪的房间后，高命觉得自己好像被一双双眼睛注视着，跟在后面的恭喜更是直接跪伏在了地上，不敢抬头。

　　厨师失去了对外界的感知，自顾自地掀开了房屋中间的黑布，露出了靠墙摆放的巨大供桌。桌子呈枣红色，上面摆着八个空盘子，桌下跪着一位调查员，他身穿制服，脖颈上满是黑字，嘴里不断诵念着谁也听不懂的经文。

　　"这里怎么会有调查员？"祝淼淼还在疑惑，高命已经开始后退，那供桌中央没有摆放神像，祠堂里祭拜的东西好像被偷走了！

　　砰！

　　在供桌边发呆的厨师摔倒在地，他心口被尖刀刺穿，头颅滚落。

诵念经文的声音慢慢消失，杂乱的脚步声从四周传来，原本跪在供桌前面的调查员也站了起来。

他面目清秀，可惜半边脸上都是黑字。

"别误会，我们也是调查员。"高命将自己的黑环取出，"旧城区分局荔山调查署一组组长，高命。"

核验完高命的身份，年轻调查员擦去刀上的血污，冷冷地说道："东区分局皇后调查署副署长，清歌。"

"副署长？"荔山调查署的署长四十多岁，这个清歌看起来也就二十岁出头，高命觉得对方好像还没自己大。

"你知不知道，你们的贸然闯入，破坏了我们布置已久的陷阱？"清歌的声音不大，但戾气极重，好像下一刻就会出刀，"是谁让你们来这里的？"

高命不给祝淼淼和恭喜任何开口的机会，抢先说道："没人让我们过来，在和队伍走散之后，我们就开始自己调查。地下一层肉香扑鼻，非常可疑。"

高命精通微表情心理学，他给人的感觉完全不像是在撒谎。

清歌刀锋斜指，打量高命之后，又看向其他几人："你们有没有吃楼里的肉？"

"没有。"高命摇了摇头。

得到回答后，清歌慢慢将尖刀收起，朝外面招了招手。蹲守在门外的调查员从背包里取出了药物，简单给高命包扎了一下眼睛。

"能多嘴问一句吗？你们布置陷阱是为了抓谁？"高命擦去脸上的血，"我没别的意思，只是心里过意不去，想看看能不能帮上你们的忙。"

"这楼内有两个最恐怖的'鬼'，一个以人的信仰为生，另一个以血肉为食。我们守在这里，就是为了杀掉那个骗取活人信仰的'鬼'。"清歌看向空荡荡的供桌，"它本该在这里的。"

高命心思转动，大概能猜得出来清歌说的"鬼"是谁。以信仰为生的是血肉仙塑像，拥有神明之心；以血肉为食的是多年前的杀人凶手，拥有血肉之心。

"既然你们跟队伍走散了，那就留下来吧。"为高命包扎伤口的调查员挤出一个笑容，"我叫田源，大寨调查署三组组长。"

田源这人看着憨厚老实，人也很乐观："本来我都不抱活着的希望了，幸好遇到了东区分局的兄弟，他们对这起异常事件十分了解。"

"现在不是你们叙旧的时候。"清歌表情阴冷，走出了祠堂，"我们应该已经暴露了，继续待在这里没有任何意义，所有人跟我一起，协助局长猎杀'食人鬼'！"

能看得出来，清歌在调查员当中威望极高，"猎杀鬼怪"这样的话语，大家以前想都不敢想，却在东区分局变为可执行的计划。

其他分局的调查员看到了活下去的希望，团结在清歌周围，但他们好像都忽视了一件事——皇后调查署的其他调查员都不见了，整个调查署似乎只有清歌一人活了下来。

"我们也过去吧。"祝淼淼没有跟随大众，她只听高命的话。

"小心点儿，皇后调查署的人有问题。"高命让恭喜背着赵喜偷偷离开，自己则和祝淼淼混入了调查局的队伍当中。

其实高命有一件事没告诉清歌，那就是关于吴伯的消息。既然吴伯早就知道祠堂的存在，那就有可能是他偷走了供桌上的东西。

"那家伙能在这栋楼里活这么久，肯定不简单。"

高命忍受着难以想象的剧痛，咬牙跟随队伍前行。

楼道里的肉香消散了许多，取而代之的是淡淡的血腥味。鲜血在阴影中流淌，一股极端危险的气息出现在五楼走廊中。

锋利的剁骨刀划破了一位调查员的脖颈，随后他的尸体被推出护栏，掉落到楼下。

尸体和地面碰撞发出声响后，走在前面的调查员才回过神来，他们停下脚步，满脸震惊地看着眼前的男人。

那男人身材高大，穿着考究，天生就拥有一种上位者的气势，他的眼神坚定、锐利，仿佛世间任何事情都无法让他动摇。

高命明明是第一次见到对方，可下意识已经产生了强烈敌意，他不知道对方做过什么事情，可是脑海中却不断浮现一个声音："杀掉他！一定要杀掉司徒安！"

"局长，血肉仙塑像被偷，我们去晚了。"在旁人面前阴冷孤僻的清歌低下了头，不敢看对方的眼睛。

"不怪你，那塑像通灵，本就极难对付。"男人站在走廊上，看着挤在四楼和五楼拐角处的调查员们，"看见我杀死了一个调查员，你们害怕吗？"

见没有人敢开口，男人从地上捡起一块肉，随手扔到了众人面前。

"你们当中有人因为家人被'鬼'杀害所以加入了调查局；有人想要找寻失踪的亲朋；还有人被内心的正义感驱使。你们都是最坚韧、最勇敢的人，可你们真正加入调查局后，却发现了一个无比残酷的真相。"

男人的目光扫过每一位调查员："人根本没有对抗'鬼'的手段，你们只是最英勇的炮灰。"

台阶上方的男人，说的都是事实。

"不过现在不同了，我可以给你们一个机会。"男人指着台阶上的那块肉，"你们有百分之五十的可能获得杀'鬼'的能力，也有百分之五十的可能变成'鬼'。"

此话一出，所有调查员都有些心动，只有真正陷入过绝境的人才知道，对抗鬼怪的力量是多么珍贵。

"我们凭什么相信你？刚才你可是当着我们所有人的面杀了一个调查员！"有人在质疑，也有人在担忧。

"我没有欺骗你们的必要，也不需要你们去相信，当死亡到来的时候，你们会做出选择。"男人收回了目光，"你们只需要记住一件事，给你们这个选择的人是我，瀚海调查局东区分局局长司徒安。"

当众人都犹豫不决的时候，一名看起来刚刚成年的调查员走了出来，抓起了地上那块沾着血污的肉。

肉香和血腥味混杂在一起，那名调查员看着肉上被撕咬过的痕迹，有些迟疑。

刚才被杀的调查员似乎就吃了这块肉，但对方很不幸，没有获得对抗"鬼"的力量。

年轻人被所有人盯着，双眼逐渐变得通红，喉结滚动，猛地低头朝肉块咬去。

肉汁飞溅，年轻人大口咀嚼着，好像从来没有吃过这么香的肉。

几秒后,年轻人已经将整块肉吃完,他自己都还没反应过来,眼底的血丝就开始慢慢变多。年轻人感觉心跳在加快,好像听到了什么声音,捂住耳朵,蹲在了地上。

"杀了它们!把它们都杀掉!"

年轻人嘴里忽然冒出了另一个人的声音,一个个黑字从他心口钻出,好像要撕裂他的心房。他在地上翻滚,其他调查员想要帮忙,却被他粗暴地攻击,能看得出来,这年轻人下了死手。

这样的状态持续了整整三分钟,年轻人瘫倒在地,喉咙里不再发出其他声音,除了胸口多出了几个怪异的黑字,好像跟之前没有任何区别。

年轻人慢慢爬起,擦去脸上的汗水,有些茫然地看向四周:"我成功了吗?"

"你已经做到了。"清歌将年轻人拉到了身后,"你没有变成'鬼',当然,你现在也不算是人了。"

"可我除了痛苦,没感受到其他变化啊?"

"痛苦就是力量。"清歌抽出尖刀,刺穿了年轻人的手掌,这突如其来的一幕把所有人都吓住了。

年轻人捂着手惨叫,清歌却将手中的刀扔在了他面前:"穿过走廊,B栋五楼入口那里住着一个异化的女人,用这把刀杀掉她。"

能活到现在的调查员都不一般,至少他们的承受能力要远超普通人。

年轻人用没受伤的手捡起尖刀,跌跌撞撞地跑过走廊,其他调查员也赶紧跟了过去。

砰!砰!砰!手掌传来的剧痛让年轻人的动作变得粗暴,他眼底慢慢冒出了血丝,行为越发怪异。

"我都说了不去、不去,楼管怎么可能是老鼠假扮的?"胖嫂的声音在屋内响起,她似乎认错了人,毫无防备地将门拉开。

年轻人满是青筋的脸微微扬起,果断挥动尖刀。

刀刃划破了胖嫂的皮肤,散发恶臭的坏水四处飞溅,但胖嫂没有感觉到疼痛,只是摸了摸肚子上的伤口,惨白的脸变得狰狞。她抓住年轻人,想把年轻人拖进屋内。

"换受伤的那只手握刀！"

听到清歌的提醒，年轻人立刻换手，伤口被撕裂，血液顺着刀锋滑落，他掌心慢慢钻出新的黑字。

刀锋再次落下，这次他在胖嫂身上划出的伤口不仅无法愈合，还让伤口周边的皮肤快速溃烂。

"真的对'鬼'造成了伤害！"

哪怕只是造成了微小的伤口，对调查员来说也有非常重要的意义！

只要可以造成伤害，只要有反击的机会，那么他们承受的一切苦难都有了一个宣泄的出口！

年轻人双目通红，看起来比"鬼"还要恐怖，歇斯底里地对胖嫂发起进攻。

"有谁愿意去帮他吗？"司徒安又取出了一块肉，笑着将它扔向其他调查员。

有几个挤在台阶上的调查员看到肉确实有效之后，开始争抢，仿佛夺食的猎犬。变成"鬼"的情况并未出现，几位吃了肉的调查员感受着心跳的变化，在适应痛苦之后，全部冲向了B栋。

"你、你们这群恶魔！"胖嫂大声叫喊，楼内却没有人来帮她，她的声音越来越弱，最后倒在黑水里，化为一摊烂泥。

那些吃了肉的调查员满眼兴奋，高命却深深吸了一口凉气。

泗水公寓里因为有"肉"这个东西的存在，导致人和"鬼"有可能会颠倒过来，谁是恶"鬼"只跟谁掌握了"肉"有关。

没有调查员因为吃肉而变成"鬼"，也就是说，司徒安一开始撒了谎。他杀那个调查员，并不是因为对方变成了"鬼"，而是有其他原因。

司徒安当时随随便便说了几句话，不仅转移了视线，还通过这种方式给了其他调查员一个心理暗示。

如果告诉调查员吃了肉必定生不如死，很多人可能都会犹豫，但如果只有一半的概率，那便会有人去赌。

高命在思索的时候，忽然感觉到了什么，他抬起头，正好发现司徒安正在看着自己。

"你的表情和其他调查员不同。"司徒安好像发现了很有趣的事情,"我记得瀚海所有经历过三级异常事件的调查员的长相,但我好像没见过你。"

"我叫高命,是荔山调查署调查一组的组长。"

"荔山调查署调查一组的组长不是白枭吗?"司徒安的眼睛发亮,看上去说不出的恐怖,"我见过白枭,他是一位非常优秀的调查员,我还想过把他招来东区分局。"

"白枭失踪了,我现在是代理组长。"

"等我们活着离开泗水公寓后,代理两个字就可以去掉了。"司徒安移开了视线,不知道是在说自己,还是在说高命。

司徒安大步走向走廊,他就像天生的领导者,轻易获得了除高命外所有调查员的支持。作为东区分局代理局长,他亲自进入异常事件,仅凭这一点就能收获调查员们的好感,更别说他还发现了足够改变整座城市命运的"肉"。

"诸位,我们无论如何都要在这起异常事件当中活下去,拼上一切也要把'肉'的信息带出去!"司徒安随手将外套扔在一边,从手下那里接过一把剁骨刀,"现在,我希望你们做的事情只有一件:'鬼'如何对待我们,我们就如何对待'鬼'。"

身先士卒,极富魅力,对人散尽家财做慈善,对"鬼"睚眦必报,血债血偿,这样的人难道不值得跟随吗?

调查员们的情绪已经被调动,纷纷冲向B栋,他们身上的人性正在不断泯灭,要不了多久,"人"真的会变成吃"鬼"的"肉"。

"组长,一楼的阿婆不会出事吧?"祝淼淼有些担心。

"司徒安一定不会放过那个老人,因为那老人知道他的真面目。"高命看向发疯的人群,他们踩着胖嫂的"血水",猛砸房门,"司徒安的目标应该是血洗泗水公寓,无论是人还是'鬼',在他眼中都只是工具。"

很多调查员已经变成了"肉",现在高命也明白为什么东区分局的调查员都不见了。

惨叫声在泗水公寓里回荡,但发出这种声音的不是人,而是楼内的住户。

人"鬼"颠倒，原本荒诞的世界变得更加荒诞了。

泗水公寓里出过很多杀人魔，十几年前如此，十几年后依然如此。

司徒安从一开始就没准备跟楼内居民共存，他早就让手下在居民的房门旁边做好了标记，哪些房间有"鬼"，哪些房间是陷阱，哪些房间是空的，他一清二楚。

门板被撬开，血水横流，随着杀戮时间增加，那些吃了肉的调查员逐渐开始丧失自我。他们身上的黑字越来越多，目光时而清醒，时而迷茫。

"二十年前撒下的种子，现在也到了该收获的时候。"

看着濒临失控的调查员们，司徒安眼中没有任何同情，一切都在按照他的计划进行。

肉根本不是什么解药，而是毒，只不过意志越坚定的人，能够抵抗血肉侵蚀的时间就越长。而恰巧每一位经历过三级异常事件的调查员，都拥有远超常人的毅力和制性，他们行走在最危险的阴影里，是这座城市里最勇敢的人。

刀锋重击金属护栏，司徒安举起手中的剁骨刀："二十年前，泗水公寓A栋发生过一起丧心病狂的灭门案，两家八口人被害，凶手身穿大红色外衣，行凶过后，畏罪自杀。二十年过去了，异常事件发生，那个泯灭人性的凶手，变成了歇斯底里的'食人鬼'，他就在这栋楼内。"

黑字越多，诅咒越强烈，吃掉肉的调查员就越容易崩溃，但相应地，他们从黑字中获得的力量也就越强。

司徒安用楼内普通居民去喂养调查员，终于磨好了手中的"刀"。

司徒安带领所有调查员来到一楼，径直走向神婆所在的房间，很有礼貌地敲击房门。

"我来兑现自己的承诺了。"

门板被打开了一条缝，神婆看向屋外那些吃了肉的调查员，轻轻叹了一口气："你真是个疯子。"

她顺着门缝将三张杀符扔了出来："只有这些了。"

"等我们杀了'食人鬼'，你以后也不用再提心吊胆了。"司徒安居高临下地注视着神婆，"我会接你出去的。"

"只剩下三张了。"神婆关上了房门，屋内传来上锁的声音。

司徒安捡起杀符，盯着神婆的住处："每位惨遭'食人鬼'折磨的无辜者都可以被制作成杀符，我给了你那么多人皮，你只成功做出了三张？"

屋内没有任何回应，司徒安也没继续停留，他把三张杀符全部收起，和众人一起拐进楼道，停在了通往地下一层的台阶上。

B栋和A栋不太一样，地下一层的入口处安装着一扇黑色铁门，门上密密麻麻地贴满了神符。

"'食人鬼'被神婆封在了地下一层？"高命小心地注意着四周，司徒安做事目的性极强，他想杀死"食人鬼"，绝不是为了帮助楼内居民，而是贪图"食人鬼"凝聚出的血肉之心，"如果真的让司徒安成功了，以他的头脑和威望，再加上'食人鬼'的能力，我将处于绝对劣势。"

高命没有后退和逃跑，他睁开独眼，瞳孔深处燃烧着疯狂。

一张张神符被撕下，阴风呼啸，地下一层有恐怖的笑声传出。

司徒安用力推开铁门，空中飘飞着符纸碎片，他这次没有再打头阵，而是让其他调查员先行进入。

被杀戮蒙蔽了双眼的调查员们出于对司徒安的信任，根本没有多想，拿着利器走在地下一层的长廊上。

A栋地下一层是一家家饭馆，B栋地下一层则像是一间间监牢，这里几乎找不到活人生活的痕迹。

"胡明、胡灵、胡晓晓、袁晨……"司徒安每念出一个名字，走廊里的笑声就会变得刺耳一分，似乎这些名字让"食人鬼"兴奋了起来，"完全无辜的受害者倒在血泊当中，他们难以置信地看着你，看着你手里的刀。他们不明白自己为什么会被杀死，他们不知道你只是看不惯他们的幸福和努力。"

一声惨叫忽然响起，走在最前面的调查员被一双血淋淋的手拽进了出租屋，其他调查员想去营救，可等他们破开房门时，那个调查员已经不见了。

"人呢？"

出租屋内堆满了各种垃圾，喝空的矿泉水瓶堆积成山，有的里面还装着黄褐色的液体，食品包装袋被胡乱扔在地上，一桶桶泡面和外卖餐盒散落在床铺四周。

屋内的电视没有关，嘈杂的声音和刺鼻的恶臭混杂在一起。

一位调查员在袜子下面找到了遥控，他想关掉电视，可按下开关的瞬间，头顶旋转的电扇直接掉落。

调查员被砸得皮开肉绽，黑字疯狂在身上蔓延，如果不是吃了肉，他可能已经死了。

"小心一点儿，我们已经进入了'食人鬼'的猎场，这里的任何一件东西都很危险。"清歌冷着一张脸，"所有没吃肉的调查员两两一组跟在后面，不要进屋。"

砰！

几乎在清歌话音落下的同时，地下一层通往地上的铁门被关上，唯一的出口被人从外面封死了。

"不要慌，这里是'食人鬼'为自己制造的乐园，也是我们为他选择的墓地。"司徒安站在队伍中间，用一张血色杀符擦拭剁骨刀，"那'食人鬼'杀人的手段千奇百怪，他最擅长营造绝望恐怖的氛围，让受害者心理崩溃。我可以告诉大家一个在他手中活下去的方法，那就是在被抓走之后，无论他如何折磨你，都不要屈服，也不要求饶，只要你心中还存在希望，'食人鬼'就不会立刻杀死你，你就还有被同伴救回来的可能。"

"局长！我们在屋内发现了一扇暗门！"一位北城分局的调查员掀开了床板，大量发臭的脏衣服下面藏着一扇门。

众人的注意力被暗门吸引，走廊中只有高命和司徒安察觉出一丝不对。

自从第一位调查员失踪后，四周的血腥味就在加重，高命一直保持着高度警惕，仔细观察每一个人，他忽然发现，有位调查员的脸和活人的脸不太一样，看上去僵硬而冰冷。

队伍中央的司徒安则提前记住了每位调查员的长相和所处位置，他刚才失去了一位队员，可他扫视走廊时，却发现人数没有变少。

"有位调查员已经被替换了！"

鲜血淋漓的手毫无征兆地伸出，司徒安和高命仿佛早就预料到了一样，一个挥刀劈砍，另一个抽身躲闪。

他们用自己的方式去应对，可还是被血手抓住！

躲在暗处的"食人鬼"非常狡猾，他的目标从一开始就是司徒安和高命。在他看来，只有这两个人能带给他威胁。

调查员队伍里传出惊呼，房门自动打开，司徒安和高命被一股难以抵抗的力量拖入屋内，扔进了其他房间的暗门之中。

身体从布满尖锐碎片的暗道滚落，司徒安和高命分别被困在了两个不同的地方。血液从细长的伤口流出，高命在恢复对身体的控制的第一时间就从地上爬起，做好了厮杀的准备。

"这里好像是'食人鬼'处理尸体的地方。"

高命拿出手机照明，看见屋内堆放着各种各样的刑具，之前失踪的调查员此时坐在一张椅子上，哭喊着让高命去救他。

通过反复观察，高命可以确定，在这个隐藏在地下的房间里，除了他和那位调查员，没有其他人。

"'食人鬼'不在我这边，可调查员为什么不跑？他坐在椅子上，手脚都没被绳索捆住，完全可以自己离开椅子啊！"

调查员所坐的椅子由金属和皮革制作而成，椅背和垫子上沾染着大片血污。

"帮帮我！救命！"调查员坐在椅子上一动不动，嘴里大声呼喊，身体却连倾斜都不敢，好像是在故意引诱高命过去，可看他满脸冷汗的样子，又不像是在撒谎。

"你在害怕什么？屋里藏着什么？"这明摆着就是一个陷阱，高命哪敢直接过去？

调查员微微摇头，冷汗滑落，他不是不知道，而是不敢说。

"屋内有我看不见的'鬼'？"高命试探着问道，那调查员再次摇头，他的眼神看向旁边，似乎是想让高命小心周围的刑具。

就在他做出这个动作的时候，看起来十分普通的椅子突然将调查员的双手锁住，周围的刑具竟然自己动了起来。

"救我！救我!!!"调查员的身体被随意弯折，他虽吃了血肉，皮骨相连，可痛感并不会因此减弱。随着惨叫声响起，屋内所有刑具都好像是闻到了血腥味的鲨鱼，它们被一根根红色丝线连接，蜂拥着扑向座椅中间的调查员！调查员的叫声撕心裂肺，眼前的场景让高命不忍直视。

短短五分钟后，调查员就消失了，座椅上只剩下一颗写满了黑字、还在不断跳动的心脏。

椅子中间的隔板被抽开，调查员的心脏落入椅子内部，随后那把椅子在黑暗中缓缓朝高命移动而来。

地下刑房的面积不小，但也不算大，高命的身体很快便被一条条红线缠住，他被硬生生固定在了椅子上。

刑房里没有"鬼"，却比高命之前遇到的任何"鬼"都要恐怖。

这是"食人鬼"为自己建造的乐园，里面充斥着痛苦和伤害。

金属碰撞的声音在高命耳边响起，一条条锁链像蛇一样在地上爬动。那些锁链上写着死者的过去，它们卑微地扭动，任由"食人鬼"驱使。

高命被勒在椅子上，粗糙的锁链磨破了他的皮肤。他还记得司徒安在外面说过，"食人鬼"喜欢折磨受害者，越是意志坚定的人，它越舍不得直接杀死，它会一步步去摧残对方。

"想要活下去，就不能放弃希望。"

有些事情说着简单，做起来却极不容易，死亡有时候要比活着容易太多了。

血红色的木桌在黑暗中移动，高命看见桌上摆放的东西后，仅剩的右眼瞳孔骤然缩小。

桌面上整齐摆放着各种各样的刀具，每把刀都有自己的用途，它们是厨师处理食材的厨具，也是"食人鬼"折磨猎物的工具。

红线绷直，桌上的刀好像被一股无形的力量操控，锋利的刀刃慢慢靠近，贴在高命的皮肤上。

高命咬紧牙关，原本受伤的左眼又流出了血。他脸色惨白，冷汗浸湿了身体，牙齿几乎要被咬碎，双手死死抓着捆住自己的锁链。

"忍住，忍住！"

胆怯会让"食人鬼"看到漏洞，恐惧会引发连锁反应，不能出现绝望的心情，要控制住自己的每一根神经，要活下去！

血液浸湿了双腿，刀尖触碰到了骨头，伤口在增多，高命不知道什么时候会有人来救他，也许永远都没有，他不敢去深思，只能不断地给自己心理暗示。

一秒，两秒……时间从来没有过得如此缓慢过，刀刃划开皮肤的速度好像和秒针走动的速度一致，各种恐怖的笑声慢慢逼近。

血珠滴落在地，墙角的刑具仿佛饿极了的豺狼，舔舐着腥味，朝着椅子聚拢。

这房间里什么可怕的东西都有，更可怕的是那些刑具马上会来折磨他。

困在地牢里的飞鸟无法张开翅膀，羽毛被一根根拔掉，鸟喙被撬开，爪子断裂。

"食人鬼"要的不是飞鸟再也无法飞翔，而是飞鸟再也不会产生飞翔的念头。他喜欢看那些拥有翅膀的鸟儿哭喊着求自己斩断它们的羽翼！

墙上的时钟是屋内唯一跟刑罚无关的东西，可它此时也显得无比残忍，因为时间成了衡量痛苦的单位，成了绝望的帮凶。

时间过得太慢了，死亡来得太慢了。

高命的十指和双腿沾满鲜血，精神开始恍惚，他已经分不清楚自己胸口被划开的是衣服还是皮肤了。

现在他唯一能够感受到的就是他的心脏还在跳。他还活着，他还有希望。

十八分钟过去了，在第十九分钟，高命隔壁的房间里传出了司徒安压抑的声音。司徒安的内心比高命先一步出现了裂痕。

那些刑具变得"兴奋"起来，它们暂时扔下了高命，隐没在黑暗里，全部涌向了隔壁。

在那近乎疯狂的折磨下，司徒安意志上的裂痕不断扩大，惨叫声响起。

高命其实也到了极限，他很清楚，如果不是自己进来的时候，椅子上那位调查员的死亡帮他争取到了一点时间，说不定现在没扛住的就是他了。

"折磨死司徒安后，那些刑具就会再回来对付我，现在是离开的最好机会！"

"食人鬼"的本体并不在这里，这些刑具似乎只是它"身体"的一部分。

"这杀戮密室内的通道有三条，一条是我刚才被扔进来的暗道，几乎与地面垂直，上面布满了锋利的玻璃碎片；一条通往隔壁司徒安的房间；还有一条通道在椅子后面……"

刚才被折磨的过程中，高命也没放弃，而是留意着周围。

"不能再等了！"高命趁着所有刑具都去折磨司徒安的时候，挣脱了红线。他想跑向暗道，可双脚刚踩在地上，就直接栽倒了，他受的伤太过严重，现在根本没有能力爬出陡峭的暗道。

来时的路走不通，刑具都在隔壁，现在只剩下椅子后面的那条通道了。

高命爬向椅子后面，在通道尽头看见了一扇黝黑的铁门，他用力捶打，可铁门纹丝不动。

一切就像是"食人鬼"故意布置的那样，就算受害者逃跑，迎接他们的也不是希望，而是更深的绝望。

跑？跑又能跑到哪里去？

铁门上的大锁被人画上了一个笑脸，像是在嘲讽所有拼命挣扎的人。

高命扭过头，看见那巨大的椅子在身后缓慢移动，它也跟进了通道，似乎要把高命重新"咬"回座位上。

"不能回去，绝对不能回去！"

铁门上的血迹还未干涸，高命打开背包，抓住了自己与父母的合照，用染血的手拨打家人的电话。

忙音响起，在与外界完全隔绝的异常事件中，只有这个号码可以拨通。

"嘀嘀嘀"的声音每一次响起，四周的阴影就变得浓郁一分，照片里的"爸爸"和"妈妈"好像听到了高命的声音，他们带着诡异笑容的脸轻轻转动，看向照片之外的高命！

高命失去了左眼，满身鲜血，遍体鳞伤，托着手机，把最后的希望寄托在了"爸爸妈妈"身上。

阴影在疯狂汇聚，高命像生日时那样虔诚许愿，只不过，这次他没有把愿望说出来。

砰！砰！砰！

有人正在外面敲门！

当阴影笼罩了刑房的时候，高命面前漆黑的金属门被敲响了。

同一时间，电话也被接通，沙沙的电流声中，"妈妈"的声音响起："高命，你又想家了吗？"

敲门声变得越来越密集，遗照里"爸爸妈妈"的人像逐渐消失。

漆黑的金属门开始微微变形，红线也重新缠绕在高命的伤口上，那巨大的椅子仍想要把高命拖回去。

高命五指抠住地面上的凸起，朝着电话那边叫喊，等遗照里最后一道人影消失之后，满是血污的金属门彻底被阴影覆盖，门轴扭曲，整扇门被强行破开！

诡异的"父母"脸上带着诡异的笑容，手中提着高命最喜欢吃的那一款蛋糕，就算身体扭曲在一起，蛋糕也还完好无损。

"生日快乐！"

"是啊，生日快乐。"高命抬起满是鲜血的手，抓住了面带诡异笑容的家人，"等逃出去后，再吃生日蛋糕吧。"

"爸爸妈妈"似乎知道他肯定会回来，家门永远为他打开，电话随时都能接通。

追赶高命的椅子不知道什么是家的温馨，它只是一把没有感情的椅子，就算肚子里装满了人心，也依旧无法理解亲情。

一道道血丝从椅子下方冒出，洞穿了"爸爸妈妈"的身体，想将他们拽到椅子上，可当"父母"的身体受到伤害之后，他们便会重新融入阴影当中。

"父母"没什么太强的能力，但他们永远无法被彻底击垮。

高命重新将遗照放入背包，忍受着全身传来的剧痛，试着爬起来。

"食人鬼"为了延长折磨的时间，故意避开了要害，所以高命现在才能尝试走动。他每迈出一步，腿都像被撕裂了一样。高命不知道"食人鬼"的本体何时会回来，只能咬着牙，加快速度向前。

空气中的血腥味在加重，头顶开始出现各种管道，墙壁上长满了血丝。

高命知道前方可能存在危险，但现在他没有回头路了。他越走越快，地面渗出的污水没过脚踝，他隐约听见有什么东西在呼唤自己。

不是喊他的名字，而是血肉深处传来的一种感觉，仿佛有一个本该存在于自己身体里的东西被摘取了出来。

"刚进入B栋的时候，我好像就产生过类似的感觉，他们都说我祭拜过血肉仙，难道此时正在呼唤我的就是血肉仙？"

厮杀的声音在头顶响起，司徒安的惨叫声也没有停止，高命不想错过这仅有的机会。

他走过的路留下了长长的血迹，伤口一次次被撕裂，他感觉自己正在和死神竞速，心脏跳动得越发吃力了。

"不能停下来，停下就真的没有希望了。"

意志驱使他向前，可身体却不听使唤，在他快要摔倒的时候，"爸爸"背起了他。

"又把自己弄得一身脏，都多大了，还让人操心！"

与刑房连接的地下通道四通八达，宛如迷宫一般，被"食人鬼"布置了无数陷阱，触之必死。普通人根本无法通过，"鬼"进来也会魂飞魄散。

但在"爸爸妈妈"的引导下，高命真的逃了出来！

他跟随着血腥味，被"爸爸"背到了地下刑房的最中心。

粗细不同的管道末端都在这里，大大小小的管道口排出各种煞气和血污，这里是B栋公寓最阴邪的地方！

一具具尸体按照固定顺序摆放，有调查员的，有楼内邻居的，还有一些好像是阴影世界里的"鬼"。

血污和煞气朝着中间汇聚，中央有一个四面八臂的塑像，它明明是泥塑，却长着一颗不断跳动的血肉之心。

"这地下刑房布置的一切都是为了供养它？"

在冥冥中呼喊高命的好像就是那颗心，"爸爸妈妈"只要靠近中央就会化为阴影，高命只能自己往那里爬。

"食人鬼"好像也有预感，睁开了眼睛。高命在隧道里遭遇过更加恐怖的事情,眼前的景象很难让他感到畏惧。

头顶传来的厮杀声变得更加激烈,通道中有什么东西正在快速靠近,越来越多的"爸爸妈妈"重新化为阴影,出现在遗照里。

高命的身体真的支撑不住了,他爬上最高点,伸手抓住了塑像。

他全身血液加速流淌,觉得自己好像在梦里看到过这些。

"吃了肉就再也无法回头,终将生不如死。"

"可不吃肉,我连移动都很难做到。"

塑像里的血肉之心和高命的心几乎在同时跳动,通道里疯狂追赶高命的人也在这时候露出了真容。

浑身是血的司徒安走出了通道,他抬起头,恐怖的黑字刻在了眼眸当中。

仅仅一个对视,两人都立刻行动了起来。

司徒安没有一句废话,提刀冲向尸堆,拦路的"爸爸妈妈"全部在利刃下化为阴影。

高命则一口咬向泥塑里的血肉之心,没有一秒迟疑。

双方在关键时刻都无比果断,当最后一对"爸爸妈妈"回到遗照,高命也将泥塑上的血肉之心完全吞下!

比之前剧烈十倍的痛苦从胸口蔓延到全身,高命感觉有种力量正在更换他的每一寸肉和每一滴血,他的心脏开始疯狂异化!

与此同时,高命身上的伤痕里也开始钻出黑字。

他向后退去,看向被割开的掌心,那奇怪的黑字像是某种诅咒,又像是在传递着什么信息。

高命双眼紧盯,那黑字在不断变化,隐隐约约形成了一个"命"字。

见高命吞掉了血肉之心,司徒安停下了手中的动作,他仿佛是在自言自语,又好像是在询问旁人:"如果我现在剖开他的胸口,吃掉他的心,能否获得部分血肉仙的能力?"

一个完全陌生的嘶哑声音从司徒安嘴里传出:"你可以试试,不过我建议不只是心,你要把他全部吃掉才行!"

隔着尸堆，高命握住手中的锁链。听到司徒安嘴里传出两种不同的声音后，他有了一个猜测："你让'食人鬼'上了你的身？"

"这还要谢谢你才对，如果不是你逃到了这里，让'食人鬼'担心血肉之心被夺走，他也不会和我做交易。"司徒安看着自己身上狰狞可怕的伤口，随后将目光移到了高命身上，"十九分钟，我在'食人鬼'各种刑具的折磨下撑了十九分钟！我一直在等你心理崩溃，只要让我找到机会，我会立刻吞掉携带的肉，但我真的没想到你竟然能比我坚持的时间更久。"

"是'食人鬼'折磨你，为什么你好像更痛恨我？"

"恨？"司徒安提刀向前，"我从不会被恨意冲昏头脑，就连刚刚疯狂折磨我的'食人鬼'都可以成为我合作的对象。我不在乎这些垃圾情绪，只想完成自己要做的事情，不论善恶对错。你如果愿意帮我，我们就是最好的朋友；你如果执意要阻拦我，那我只能想尽一切办法杀掉你。"

高命在不可能中创造了可能，吃掉了"食人鬼"隐藏在杀戮乐园深处的血肉之心；司徒安也在死境中找到了一丝生机，他接纳了"食人鬼"的意识，和折磨自己的凶手融为一体。

"其实我很不理解，你有普通人几辈子都无法花完的财富，遍布瀚海的人脉，以及众多市民的尊重和崇拜。你想要的东西都可以获得，为什么还要加入调查局？为什么还要亲手去制造绝望？"高命见过各种各样的人，司徒安这样的却很少。

"绝望不是我制造出来的，绝望本身就存在。"司徒安看向高命的目光中满是欣赏。

"我曾经以为凡事做到最好就可以得到尊重，二十多岁时，我见到了一位瀚海的大人物，他很欣赏我的能力，从不吝啬对我的称赞。可后来，他随便一句话，就让我所有的心血全部白费。

"我百思不得其解，直到我回了家，看见保姆将家里打扫得一尘不染，我习惯性地称赞了她。

"干净的地面上映照着我和她的影子，这一刻我突然意识到，那位大人物以前也是这么称赞我的。

"人生最大的绝望就是，抬头看见了天，却发现这天空和你没有一丝一毫的关系。"

"这是我活着的世界，但不是我的世界。"

司徒安举起了手中的尖刀："人也好，'鬼'也罢，在我眼里其实都一样。"

"不要跟他废话了，血肉之心被吃掉，我的本体正在溃散，你那些疯狗一样的手下很快就会过来。"陌生男人的声音从司徒安嘴里传出。显然，"食人鬼"是被迫与司徒安合作的。

血肉之心离开鬼神塑像后，地下刑房内的所有血丝全部干枯，原来固定在头顶的生锈铁管向下滑落。周围的尸体以极快的速度腐烂，天花板里隐藏的红色丝线断开，一道道巨大的裂痕出现。

石块掉落，伴随着恶臭和大量血污，他们头顶的天花板向下塌陷，"食人鬼"隐藏的刑房暴露了。

地下一层幸存的调查员们身上全部带伤，比之前的人数少了近一半。

不过他们的惨烈付出得到了回报。

一个穿着大红色外衣，身体高度畸形的男人被困在刑房中央。他身上有八条来自不同受害者的手臂，胸口和头颅上各长着一张狰狞的脸。

这怪物似乎想成为四面八臂的鬼神塑像，可还差两面的时候，就被调查员们找到了真身。

调查员想要围杀他非常困难，但是现场除了调查员，还有一位身高接近两米，文着巨鬼文身的暴徒！

"17号！"

听见高命的声音，颜花快速撤离战圈，跳入深坑当中。

比起战斗，他更在意高命的安危，因为只有高命知道他姐姐在哪儿。

颜花全身都是黑字，身后好像跟着一个巨大的饿死鬼，他全身肌肉膨胀，非常有压迫感。

看到颜花过来，高命稍微松了一口气，现场总算是有自己人了。

司徒安站立在尸堆当中，没有说话，他默默注视着高命和颜花，任由杀红了眼的调查员们毁掉"食人鬼"的本体。

司徒安体内"食人鬼"的意识感受到了痛苦，借助司徒安的嘴说："让他们停手！"

"闭嘴。"司徒安冷冷地说出了两个字，直到"食人鬼"的本体被调查员们乱刀砍碎，彻底消亡之后，他才扯掉上衣，从黑暗中走出，踩在了尸堆上。

"局长！"调查员们发现了司徒安，众人朝深坑里看去，司徒安上身赤裸，露出的皮肤上全是恐怖的伤口，难以想象他到底经受了怎样的折磨。

一位位调查员跳了下来，和"食人鬼"的厮杀导致他们身上的黑字增多，意识也不太清醒了。

"也许你们很好奇，'食人鬼'为什么能准确获知我们的位置，提前做好准备。"司徒安将刀锋指向了高命，"这位自称接替白枭成为组长的调查员，同样是一个'食人鬼'，甚至就在刚才还吞下了一颗心。"

"局长，您误会了！我一直和高命待在一起，他绝对不是'食人鬼'！"祝淼淼拖着受伤的身体，想为高命做证。

"我们刚见面的时候，他确实和楼内的'鬼'待在一起。"清歌第一个掉转了刀尖，在他心中，司徒安说的就是真理。

沾染"鬼"血的刀对准了人，失控的人群相信了一个清醒的疯子。

高命知道自己现在说什么都没用，是司徒安给了他们肉，是司徒安带领他们杀死了"鬼"，代理局长的话也远比他这个代理组长的话更有说服力。

幸存的调查员们和颜花刚刚联手杀死了"食人鬼"本体，可当共同的敌人消失之后，双方立刻开始了新一轮的厮杀。

调查员们占据明显的数量优势，可颜花就好像不会倒下的战神，伤势越重，进攻性越强。

"你先走！我随后就到！" 颜花不给高命反应的时间，逼开调查员，抓起高命，让他踩着自己的肩膀爬出深坑，"宣雯在Ａ栋九楼，她也遇到了麻烦，阴影不会放过改变命运的人！"

颜花之所以过来，是因为宣雯知道了高命的位置，感知到了什么事情。

深坑外面也有调查员，高命只能先离开，不然他和颜花都会被困在这里。

也幸好他刚才果断吃掉了肉，不然以他的身体状态根本跑不远。

高命甩开拦路的调查员，决定先前往 A 栋，几人之中，宣雯的能力最特殊，帮助宣雯脱困，或许可以改变现在糟糕的处境。

高命迈向出口，速度逐渐加快，他的心脏正在慢慢异化，全身血液中都流淌着某种"诅咒"。

调查员们围攻着颜花，司徒安则转身通过暗道，走出了地下一层。

"你毁了我的躯体。"

"如果你想要占据我的身体，大可尝试。"

司徒安没有去追赶高命，他走到了神婆家门外，面带微笑，打开了神婆的门。

符纸铺满地面，神婆背对房门，跪在三百六十个鬼神塑像中央，她好像已经知道了自己的结局。

"你供奉了这么多鬼神，它们能庇护你吗？"司徒安走进屋里，手中的刀触碰着那些鬼神的塑像，"我再问你一遍，其他杀符藏在什么地方？"

"所有杀符都给你了。"神婆抬起了头，脸上的皱纹如同龙鳞，"人在做，天在看，你注定无法得到某些东西，因为你命里没有。"

"我如果信命的话，会打造这死亡公寓楼吗？"司徒安笑了起来，"我很好奇，你帮瀚海那么多富商改过命，为什么只有我不行？"

神婆没有回话，低头看着装满水的铜盆，盆中映照着一个老迈的龙头。

随着司徒安靠近，血水在铜盆里出现，盆中的龙头被人斩落了！

扑通！

司徒安毫不犹豫地挥动剁骨刀，老人的头颅掉进了铜盆里。

"现在我已经不需要杀符了，也不需要可以制作杀符的人了。"

第十二章

八识一体，四相无明

血液飞溅在鬼神塑像上，神婆的无头躯体依旧跪在满地符纸中央。

"命里没有的话，我会自己去拿。"

司徒安站在神婆尸体前面，任由那些鬼神塑像注视着自己。

他擦去剔骨刀上的血迹，身上出现了黑字："东区六个调查署的调查员，服用血肉后，平均死亡时间为十七小时。意志越坚定的人，保持理智的时间越久，存活时间也越长。"

"你死了，你的身体就是我的。"陌生男人的声音再次响起。

"从我离开地下一层到现在，你七次争夺我身体的控制权，有成功过一次吗？"司徒安踩着地上的符纸，走出了房间，他没有去追赶高命，而是回到地下，盯上了被围困的颜花。

高命带着满身的伤逃离，最开始连走路都很难，可随着时间推移，心脏每一次跳动都会把新的力量注入身体。恐怖的刀伤在缓缓愈合，他身上的黑字也逐渐增多。

"那颗血肉之心好像跟其他的肉不同。"

楼内的肉是欲望，是自我，吃肉更像是活人和血肉仙之间进行的某种交换。活人付出自己的一切，获取短时间内可以对抗"鬼"的力量。

血肉之心则更像是血肉仙的本体，吃掉它，代表的不是交换，而是成为血肉仙，甚至可以说是替代它。

高命双腿越发有力，脑中慢慢出现了各种杂乱的声音，有祈祷，有求救，有哀号，也有歇斯底里的吼叫。

那些声音遍布泗水公寓的各个角落，又全部清晰地出现在他的脑中，他的身体仿佛正在和整栋公寓深度融合。

"我记得宣雯的游戏上线之后，她也听到了很多声音……"

那些杂乱的声音撕扯着高命的意识，最后随着血液流动，融入了高命的血肉当中。

这可能也是血肉仙最特殊的一点——它会把记忆留存在血肉中，通过血肉异化来展现内心深处的渴望和真正的自我。

高命从外形来看没有发生任何变化，可他的心却已经和之前的完全不同，楼内所有和死亡有关的刑具似乎都与他产生了联系，一个个奇怪的烙印依次出现。

他的心房正在异化为"食人鬼"的刑房，他一生遇见的痛苦、死亡都成了刑房里刑具上的烙印。

通过走廊来到A栋，高命在四楼呼喊赵喜和恭喜的名字，但没有任何回应，只是所有红灯笼全部变成了白灯笼。

"红变白？喜变丧？"

高命的遗照使用得差不多了，黑白照片上出现了各种各样的裂痕。他不敢在同一个地方停留太久，于是直奔九楼。

A栋九楼是鬼市，也是泗水公寓内居民最多、最热闹的地方，那里相当于整座公寓的一个缩影，一个以血肉仙为信仰构建出的畸形社会。

来到九楼，楼道口挂着白灯笼，地上撒着纸钱，那些小摊被掀翻，各种诡异的手工制品碎了一地，异化的大人与小孩也都不见了，街道上没有了欢声笑语，只剩下诵念经文的声音。

"人呢？"

高命推开挡路的桌板，血污染红了双手，他听着诵念经文的声音，进入肉铺。

熟悉的肉香飘入鼻尖，高命掀开了厚厚的遮光帘。

关押人牲的笼子被破坏了，高命避开地上的锁链，看向肉铺最深处。

一个个调查员或躺或坐地挤在肉铺最大的房间里。

房间的天花板上长满了血丝，像老树的根茎一般。所有血丝汇聚在中央，向下垂落，血珠滴落在屋子中心的水池里。

那水池好像连接着楼下的房间，看着非常深，可调查员们好像感觉不到害怕，恍恍惚惚地靠近血池，一跃而下。

再从血池里爬出时，他们的身体就会缺少一部分，然后他们就能从血池下面拿出一小块散发异香的肉。

不过这些调查员根本没机会去食用自己换来的肉，等待在旁边的"屠夫"会把刀架在他们脖子上，逼着他们把肉交出来。

将新鲜的血肉放好后，"屠夫"一脚将那位只剩下双臂的调查员踹开，他握着巨大的屠刀，看向了屋外的高命。

"新来的？是局长让你过来帮忙的吗？"屠夫脸上长着恐怖的疤痕，他看见了高命身上的黑字。

"你是？"

"东区分局环门调查署副署长李貅。"屠夫扯开了外套，里面是调查局的制服，"不过我很快就会转正，因为老署长已经变成你们的力量了。"

"你也是调查员？"

"很惊讶吗？"李貅打量着高命，"我是调查员，这肉铺也是调查局开的，局长把一切都设计好了，你和我只需按照命令做事就可以了。"

"司徒安手里的肉，都是这么来的？"高命原本以为肉铺是楼内的"鬼"在经营，没想到这些也是司徒安干的！

东区分局的六大调查署被司徒安把控之后，已经烂到根了，不听话的人都成了肉！

"用调查员的生命向血肉仙换取力量，得到肉之后，再把剩下的调查员变成自己手里的刀子，用来对付B栋的'食人鬼'。"高命对司徒安有了一个更加清晰的认识，他做事已经不能用不择手段来形容了，简直是毫无人性、丧心病狂。

"等杀了'食人鬼'，获得血肉之心，司徒安肯定会掉转刀锋，再来对付血肉仙的意识，直到获得神明之心。

"大灾即将到来，他是想趁着活人无力对抗'鬼'的时机，把血肉的力量发挥到最大！这个人想颠覆城市，他比灾难本身更可怕！"

眼前的场景触目惊心，高命现在才知道原本属于东区分局的那些调查员都去了哪里。

"为虎作伥，你也该死！"高命握住手中锁链，目露杀意。

"想要获得跟'鬼'对抗的力量，这点付出又算得了什么？"李貅扬起屠刀，"反正他们也会死，不如死得更有价值一些。"

李貅话音未落，刀锋向下，便朝高命砍来。

他格斗术精湛，力气也远超高命。

高命知道自己身体的各项素质都不如李貅，不是李貅的对手，但这并不代表他没有杀死李貅的机会。

"你真以为吃了血肉，就可以反抗一切了吗？"

李貅似乎玩够了，速度比之前还要快，他的屠刀再次砍向高命，但这回高命并未躲闪。

屠刀砍入肉中，高命也用锁链勒住了李貅的脖子。

高命任由屠刀攻击自己，疯了一样地撞向李貅。从动手那一刻开始，高命就在计划着一件事情。

锁链缠绕着两人，他们的身体失去平衡，摔入血池当中！

李貅挣扎着想要出来，但高命死死勒住了他。水池不算深，肉体很快触底，意识却仍在不断下沉。

血肉仙的声音在两人脑海中响起，血水之中有肉香传出。

高命的心跳开始加快，他睁开自己仅剩的右眼。

血池深处摆放着八座鬼神塑像，每个四面八臂的恶鬼都捧着一颗长满血丝的石心。

这八座塑像中央汇聚着浓郁的阴影，阴影里面有一个正在异化的女人，她正和楼内血肉仙的意志对抗，八座鬼神塑像周围的血水化为八颗绝美的女人头颅，正在疯狂撕咬着她的身体。

"宣雯？"

高命在Ａ栋地下一层的饭馆里看见过血肉仙的塑像，但那血池里只有一座塑像，这肉铺的血池中足足有八座，而且所有塑像手中捧着的石心上都出现了血丝，好像要慢慢变成真的人心一样。

"血肉仙看到了宣雯的记忆，那八座塑像代表了恋爱游戏里的八位女角色！"

宣雯被怨念缠身，夺走了阴影世界提供给其他八位女角色的遗照和力量，但精神意志也因此有了破绽。

阴影世界不允许宣雯改变命运，此时的宣雯既要对抗血肉仙的意志，又要忍受八位女角色的撕咬，还要提防阴影世界将她吞没。

血肉之心跳动，高命控制身体，用锁链拖拽着李貅，两人撞上了距离他们最近的塑像。

浑浊的水池里冒出血雾，两人在鬼神塑像上方殊死缠斗。

高命吃过了肉，身体恢复能力远超李貅，再加上血肉仙意志的干扰，李貅的理智慢慢被血水冲垮。他大口大口地吞咽着血水，眼神逐渐变得呆滞。挥动屠刀的屠夫，最终也变得和他屠宰的猎物一样了。

解决掉李貅后，高命立刻去推倒其他泥塑。

他发现只要自己的伤口触碰到"石心"，泥塑表面的血丝就会钻进他的身体当中，泥塑也会出现裂痕。

通过这种方法，高命一一毁掉了泥塑，但血水化作的女角色们并不准备放过宣雯。浓浓的恨意在宣雯身上挖出一道道无法愈合的伤痕，她的身体被阴影世界抓住，仅凭借自己的力量很难挣脱。

高命踩在血池底部，托着宣雯的身体，此刻他也成了那些女角色的攻击对象，刚有愈合迹象的伤口又被撕扯开。

"我带你出去！"

高命不顾一切地将宣雯推到了水面上。

离开血池，呼吸到新鲜空气的瞬间，宣雯紧闭的双眼猛然睁开，瞳孔深处闪过无数张破碎的人脸。

也就在这个时候，肉铺里那些调查员好像听到了什么声音，他们的眼眸逐渐变得浑浊，眼底出现了一个鬼神的虚影。

他们用残缺的肢体支撑自己，扑向血池，似乎是想把宣雯重新按进水里。

高命几乎是刚露头，就被一个身体砸进了水中。

血水化作的八个女人也没有放过他的意思，似乎认定他和宣雯一样是凶手。

"把手给我！"

高命下沉的时候，他向上挥动的锁链被宣雯拽住。

两人相互配合，勉强占据了水池一角。他俩紧贴着墙壁，四周全是发疯的调查员。

"这异常事件硬生生被司徒安养到了四级！"高命精神上无比疲惫，但心脏却源源不断地提供给肉体力量，他感觉自己胸口燃烧着一团火，想要熄灭火焰，只有两种方法：烧死敌人，或者烧死自己。

"我们要尽快离开水池，血肉仙想要占据我的意识，不是我吃它，而是它吃我。"宣雯语速飞快，"他们人数虽多，但都是行尸走肉，只要不掉进水里……"

宣雯刚说到一半，水下有人咬住了高命的双腿，他的身体开始下沉。

水中有精致美丽的脸颊和漂在水里的长发，八位女角色如同食人的怪鱼一样。

"是魏大友设计了你们，咬我干什么？"

高命也被逼急了，他用沾染着自己心头血的手抓向水池："来吧！一起死吧！"

"它们是血肉仙幻化出来的，无法被杀死。"

"那就吃掉它们！"高命抓住一颗血水幻化的头颅，想要把那颗头按进自己的伤口里，让从血肉之心里流出的血来化掉对方。

宣雯也知道高命是真的拼了，她抓着锁链，纤细的手臂慢慢拉起，想让高命先离开水池。

肉铺内激烈的厮杀声也吸引了其他人的注意，当高命和宣雯听见楼道里传来杂乱急促的脚步声时,两人的脸色变得更差了。

来人数量很多,极有可能是司徒安带队回来了。

"你先走!别管那些人了!"宣雯主动跳进水池,把高命推开,"血肉仙的意志遍布泗水公寓,不过它的主意志好像不在塑像当中,有可能是隐藏在了某个楼内居民身上!找到它!杀死它!"

宣雯已经放弃离开,但还是晚了一步,脚步声已经在肉铺里出现。

一个扎着小辫子的可爱女孩从拐角探出了头:"哇……"

"囡囡别乱跑!"

紧跟在小女孩身后的就是她姐姐,很快,披着黑袍的妈妈和长着四张嘴的八婆也进入了肉铺。晚湫跟那个叫周济的老头最后才进来。

"晚湫!"高命真没想到晚湫不仅活着,还搬来了救兵,晚湫似乎是几人中状态最好的。

"别、别害怕,他们是我朋友。"晚湫十分费力地捡起地上的屠刀,"我会救你们的。"

"你还是往后站站吧。"那个手臂上戴满黑环的年轻人走了进来,他双手拿着刀,"我叫鬼仔,之前见过你们一面。"

鬼仔手起刀落,没有一丝心软,在他心中,那些跪拜在血肉仙旁边的调查员似乎已经不能算是人了。

杀孽太重,泗水公寓都在微微颤动。

供奉血肉仙的血池似乎也终于收集到了足够的血食,楼内各个房间供奉的血肉仙塑像全部开始褪色、破碎,它们身上凝聚的血色都朝着楼下汇聚。

随着高命和宣雯活着离开肉铺,血肉仙的意志好像真正感觉到了危机。

"我们去A栋地下一层!血肉仙的祠堂在那里,它收集到了足够的血食和信仰,主意识应该要回归了!"宣雯和血肉仙的部分意志交过手,再加上她的能力极为特殊,可以窥探意识深处,所以知道一些血肉仙的秘密,"不管血肉仙的主意志在谁的身上,他现在肯定会去祠堂。"

"不行!先去救颜花!"高命斩钉截铁地喊道。

楼内幸存的居民和高命一起朝楼下狂奔。

在经过四楼的时候，高命看到这一层的白灯笼全部熄灭了，恭喜家人躲藏的房间也被清空。

他们没有多想，从右边的楼梯进入A栋一层。

恰巧在这个时候，司徒安和剩下的吃过肉的调查员们打开了A栋公寓的正门，从外面进来了。

"又见面了，没想到你能活着离开九楼肉铺。"

司徒安一眼就看到了高命，他朝身后招了招手，清歌和三位调查员合力拖拽着一具尸体走出。

那具尸体满身都是伤痕和黑字，全身肌肉依旧紧绷，保持着战斗的姿势，谁都无法掰开他的拳头。

致命伤在胸口，刺穿心脏的尖刀上贴着被使用过的杀符。

那是司徒安从神婆那里获得的符纸，没有用来猎杀凶鬼"食人鬼"，而是用来杀死了颜花。

半小时前将高命救出绝境的人，现在没有了生机。

曾经抓住高命的手失去了温度，让高命踩着爬出深坑的肩膀被生锈的锁链捆绑，他成了阶梯，把自己永远留在了这里。

有一朵倔强的花，他先天羸弱，又在最残酷的环境中生长，可他从不畏惧苦痛和折磨，也不信命运。

他把根茎扎入最黑暗的土壤，向天空挥拳。

无论冬雪，还是暴雨，他都骄傲地绽放着，哪怕有一天阳光消散，他也不愿意低头。

"你应该是在找他吧？"司徒安将颜花心口的尖刀拔出，刀刃上的杀符化为飞灰，"杀死他不比杀死'食人鬼'简单，我的人手折损了很多。"

明晃晃的刀刃轻轻划过颜花的脸，割下了巨鬼文身。

"我给过他投降的机会，也想过让他为我做事，可他全部拒绝了。"司徒安看着掌心的文身，"我很好奇，这样一个不爱钱、不喜欢权势、没有任何爱好的人，为什么会死心塌地地帮助你？"

高命没有说话，他握着手中的锁链，内心有种不真实的感觉。自从进入荔山调查署接替秦天之后，他坐在秦天的位置上，处处都能感受到秦天存在的痕迹，他通过秦天遗留下来的工作日志、照片、视频，慢慢补全了秦天的形象，可那个时候秦天已经回不来了。

后来他亲自去挑选队员，让颜花、晚湫加入，他知道自己把他们带上了一条多么危险的道路，可他那个时候并没有想太多。他给自己上紧了发条，总是考虑灾难和怪物，却根本没做好身边再次有人死亡的准备，或者换句话说，他并未做好离别的准备。

他内心深处似乎有一种对死亡的缺失感，这好像是一种病。

高命握着锁链的手慢慢抬起，指着司徒安的脸："我想杀你，从看见你的第一眼，我就有这个冲动。"

"是吗？"司徒安随手丢掉了文身碎片，"我第一次见到你的时候，就发现你的气质和眼神与所有调查员都不一样。我非常欣赏你，甚至产生了一种不安，如果不是那个'食人鬼'碍事，你应该会死在B栋地下一层的第九个房间里。"

"别冲动，先去地下！你已经获得了血肉之心，只要干掉血肉仙的主意志，你就能获得神明之心，完整拥有血肉仙的力量，成为这栋公寓的主人。"宣雯冲高命喊道，"你要去做正确的事情，不然会有更多人死去。"

"做什么选择其实无所谓，因为这里的人都会死。"司徒安从颜花的尸体上迈过，"带着它一起，我们下去找血肉仙。"

肉香在楼道里飘散，双方都来到了A栋地下一层，这里跟之前相比有了很大的变化。

墙壁和地面上出现了一条条裂痕，饭馆门头上悬挂的招牌掉落在地，走廊中间的地面塌陷了一大块，血肉祠堂也受到了影响。

祠堂顶部被一根根歪曲的管道穿透，悬挂在祠堂内部的人皮画像散落得到处都是，那一张张惨白的人脸注视着走廊上的人，似乎期待他们也变得和自己一样。

"有人先一步进入了祠堂。"宣雯轻声提醒，"血肉仙的主意志还在，这本就是它的地盘，一定要小心！"

"先杀掉司徒安，再考虑其他的，这个人太危险了。"

高命和司徒安站在走廊两侧，神婆说的没错，他们两个今晚必死一个，这一点他们内心都很清楚。

浓郁的肉香从祠堂里飘出，吃了肉的疯子们，畸形的怪物们，被心中欲望控制的活人们，在肉香的刺激下，全都双眼猩红，冲向血肉祠堂！

没有什么花里胡哨的招式，只有最原始的厮杀，令人作呕的血腥味和浓郁到刺鼻的肉香混合在一起，温热的血抛洒在空中，拥挤的走廊很快变成了炼狱。

那些活到现在的调查员已经可以完美驾驭异化血肉带来的力量，比如清歌，他本就是为厮杀而生的，在司徒安的帮助下，他拥有活人社会流传下来的所有厮杀技巧，此时与鬼仔贴身缠斗，压制得鬼仔喘不过气来。

"没有对抗恐惧的手段，所以才会恐惧。"司徒安握着剔骨刀，微笑着看向高命，"我已经很久没有恐惧这种情绪了。"

"我和你不一样，我每天都在害怕，但害怕过后，我依旧会往前走。"高命抓住锁链，直接冲了过去。

"我用二十年筹备，才换来这一个机会，你竟然想夺走它？你觉得错的人是我？"司徒安挥刀抵挡，他和高命都吃了肉，就算被砍伤也不会立刻死亡，他认为高命没有杀死他的手段，而他还留着一张杀符。

"二十年筹备？"司徒安的话透露出的信息跟高命之前的猜测有很大冲突。

以伤换伤，双方都赌上了一切，用命押注。

杀戮的惨烈程度仍在升级，一些调查员耗尽了最后一丝力气，被血肉吞掉神志，化为血水；身体畸形的公寓住户个个身上带伤，在乱刀之下化为阴影碎片。

走廊上的人越来越少，逝者的血和肉、怨念和意志，慢慢渗入地下。

墙角有血丝在蔓延，开出了一朵朵散发肉香的花。

祠堂的墙壁和地下一层的走廊开始塌陷，泗水公寓下面是一个巨大的血池，二十年来不断收集着所有怨恨、痛苦和祈祷。

有些公寓住户和调查员躲闪不及，落入血池当中，不管他们如何挣扎，都无法逃脱。

"高命！"

熟悉的声音从血肉祠堂里传出，墙壁坍塌后，祠堂最深处的房间出现在众人眼前。

曾经被一张张人皮画像包裹的密室里，摆放着一座面目狰狞的血肉仙塑像。

说是塑像已经不太恰当了，它比人还要高许多，皮肤与活人无异，它的八条手臂如同树冠般在黑暗中张开，每条手臂上都抓着一个纸人。

灭门惨案的受害者们正在被迫与塑像融合，他们的冤屈和恨意让神像拥有了人的情绪，掌心慢慢长出了眼、鼻、口等器官。

八条手臂之下是四张空白的脸，正好对应着楼内的生、死、欲、孽四相。

塑像下半身如同老树般扎根在血池里，刚才喊高命的恭喜，正背着自己姥姥趴在塑像后面，身体支离破碎的赵喜则瘫在地上，一直跟他们在一起的吴伯不见了踪影。

"八识一体，四相无明。"司徒安看到了血肉仙塑像，眼神变得更加疯狂，"二十年的准备，真的成功了。"

"这玩意儿想弄死我们所有人！高命！救救我姥姥！"塑像四周被血水淹没，恭喜出不去，只能求助高命，但此刻高命眼里只有司徒安。

肉香钻入鼻腔，高命异化的心脏正在榨干他全部的潜能，心房慢慢变成了刑房，所有苦痛成了刑具。

高命也受到了血肉仙的影响，满身伤口，不祥的黑字如同在祈祷灾厄降临。

一条红线贯穿了他的瞳孔，高命没有理会任何人，抓着那条锁链，死也要带上司徒安。

看到完整塑像的司徒安已经没有了跟高命纠缠的想法，现在他有更重要的事情要做。

"血肉仙！"

塑像中散发出浓郁的肉香，对在场所有吃过肉的人和信仰血肉仙的"鬼"都造成了影响。

巨大的血池里，血水缓缓下降，一条条无比真实的血管从阴影里爬出，钻入塑像之中。

它们在塑像体内游走，汇聚在八条手臂中央，司徒安花费二十年时间筹备，造下无数杀孽，终于等到了这一刻。

血食、残魂和信仰，让塑像底座上的一颗颗心脏开始枯萎。

随着血液注入，塑像八条手臂的中央慢慢出现了一颗透明的心。

冥冥之中有，冥冥之中无，好像存在，又好像看不清楚，这是一颗本不可能在这个阶段出现的心脏。

阴影世界和现实世界的融合还未完全开始，司徒安通过数次杀戮血祭，又以身为饵，不断吸引全城调查员进来，提前将这个恐怖的怪谈饲养了出来。

"那就是神明之心？"

人群当中，宣雯和司徒安同时朝着血肉祠堂狂奔，他们的目的非常明确——夺走塑像顶端长出的透明心脏。

"你不是也想杀我吗？"高命的影子里隐约有锁链碰撞的声音，他怎么可能放司徒安离开？

格斗并非心理医生的强项，但现代社会的医生确实是最熟悉死亡的职业之一，高命早就做好了死亡的准备，今天无论如何都不能放司徒安离开。

他不太懂得格斗的技巧，不过身体素质在血肉之心的影响下不断提升，后发先至，将司徒安扑倒在地。

锁链缠绕，高命想夺走司徒安手中的剐骨刀，那个狡猾残忍的疯子脸上依旧带着笑容，高命的所有反应似乎都在他的预料之中。

司徒安松开剐骨刀，右手向前甩动，他的袖子里一直藏着一把锋利的剔骨刀，刀刃上提前贴了一张血红色的杀符。

"我二十多岁的时候也像你这么凶狠鲁莽，可后来我吃了大亏。"

剔骨刀刺入了高命腹部，杀符瞬间破碎，高命感觉有一头狮子钻进了自己的肚子里，正在疯狂啃咬自己的内脏。

杀符划出的伤口不会愈合，流出的血也不是正常的红色，而是夹杂着无数纸灰的黑色。

血肉之心跳动的速度开始变慢，流出的血液也带走了高命身上的生机。

可高命依旧没有退让，他将挣扎站起的司徒安撞到墙上，用锁链将两人缠在一起。

"你杀不死我，但我有杀死你的办法。"司徒安刚才那一刀之所以没有刺入高命心脏，是因为"食人鬼"担心他破坏血肉之心，二者的意志发生了冲突，不过现在司徒安再次掌握主动权，拿出自己隐藏的第二把剔骨刀，刀刃上同样贴着杀符。

神婆给的三张杀符，司徒安用一张杀死了颜花，剩下两张都是为高命准备的。

司徒安向前挥刀。他本以为高命会躲闪避让，这样一来，他就可以趁机去抢夺神明之心。

可谁知道高命看准了刀锋，用锁链缠住司徒安的手腕，死死束缚住了对方。

"祝淼淼！"

早在第一次遇见司徒安的时候，高命就发现祝淼淼提着消防斧，和其他调查员站在一起，她脸色苍白，虽然没有受伤，但是表情十分痛苦。

吃了肉的调查员们和公寓居民在地下一层厮杀时，祝淼淼没有参与其中，她是调查局的成员，熟记每一条规定和守则，应该严格按照上级命令去做，可她却无法将斧子对准那些怪物。

现在到底谁才是怪物？

"杀掉司徒安！"血水流出了嘴角，高命知道祝淼淼身上还藏有杀符，那是神婆提前给她的。

司徒安极为敏锐，立刻高喊："你的丈夫和孩子是被'鬼'杀害的，你现在还要去帮'鬼'？调查局牺牲了这么多人，就是为了把可以对抗'鬼'的肉带出去！不要听信他的话！拥有了肉，我们就能救下整座城市！"

"祝淼淼！杀了他！"高命肚子上的伤口严重恶化，满身鲜血，"肉是毒药！吃了肉，连'鬼'都做不了！"

"没有肉，无数调查员还要继续用命去填异常事件！我才是救你们的人！"

司徒安状若疯魔，他看见祝淼淼拿出一张皱巴巴的杀符，贴在了消防斧上！

祝淼淼双手握紧斧柄，目光逐渐清醒，她越跑越快，脑中好像想到了被"鬼"抓走的丈夫和孩子。

指骨发出脆响，祝淼淼的血液被杀符吸取，她高高举起消防斧，对准司徒安的脖颈，全力劈砍下去："去死吧！逼着活人相食的疯子！"

司徒安身体被束缚，无法躲避，嘴里发出一声陌生的嘶吼，两道凶魂相互缠绕着从司徒安身体里逃出。

凶魂被迫融合，大半边脸是司徒安，还有小半边属于 B 栋的"食人鬼"。

消防斧砍下了司徒安的头，杀符炸开，毁掉了他的身体，祝淼淼也倒在了地上，她的大半生机都被杀符吸走，一下苍老了许多。

"真是该死！该死！该死！""食人鬼"在号叫，司徒安却头也不回，拿走地上最后一张杀符，强迫正在融合的凶魂直接冲向塑像顶端。

他和宣雯一左一右，踩着血池中缓缓下沉的尸体向前冲。眼看就要靠近塑像，八臂鬼神背后忽然伸出了一双手，穿着破旧厚袄的吴伯猛然用力，将背着姥姥的恭喜推进了血池当中！

"姥姥！"

恭喜什么都顾不上，想要把老人推上岸，可血水当中有无数只手抓住了他们的脚，让他们无法离开。

眨眼之间，恭喜的姥姥就被血水吞没，他闭气下潜，可周围只有一片血红。

恭喜的姥姥消失之后，鬼神塑像四张空白的脸中，有一张脸上出现了五官，睁开了双眼！

那双眼好像看遍了人间苦难，温柔慈祥，蕴含着活人的生机。

代表活人的"生相"睁开了眼睛，接着"死相""欲相""孽相"也纷纷睁眼。

吴伯扔掉厚袄，站在塑像旁边，他好像被什么东西上了身，表情和鬼神四相一样："你们祭拜我的时候，跪伏在地，无比虔诚，等到血肉成熟，你们比野兽还要凶残，你们拜的到底是什么？"

血肉仙塑像完成了祭祀的最后一步，四相之中，其余三相早就溶入血水，唯有代表"生相"的活人很少见。

生相需要保持人性，不能被公寓楼内的肉香影响，更不能吃肉犯忌。

整个泗水公寓中，符合条件的"生相"只有恭喜的姥姥，她之所以能够一直活到现在，就是因为司徒安和血肉仙的意志在刻意保护她，想把她留到最后一刻，用来献祭。

当然，恭喜并不知道这些，他还把姥姥的存在当作自己最大的秘密。

恭喜潜入血池深处，固执地想要把姥姥救出来，吴伯略带怜悯地看了恭喜一眼，朝着塑像上方的神明之心爬去。

没人知道吴伯是什么时候被替换的，可能是几小时之前，也可能是异常事件爆发的时候，甚至还有可能是十几年前。

塑像并不抗拒吴伯，他每往上爬一步，身体就会和鬼神塑像融合一部分。等他爬到最高处，摘下那颗心，就会完全融入鬼神塑像当中。

宣雯和司徒安的凶魂速度很快，可他们好像也有点来不及了。

血肉仙对楼内的人和"鬼"十分熟悉，不过漏算了一个被高命带进来的"鬼"。

"赵哥！抓住他！"

扭曲的手臂抓住了吴伯的脚踝，赵喜耷拉在肩膀上的脑袋慢慢抬起，他的身体已经快要拼不到一起了。

"松手！"吴伯猛踹赵喜，可赵喜看着快要散架的身体却慢慢合拢，好像要把吴伯给包裹住。

"没有沾染血肉气息，这是什么鬼东西？"吴伯从口袋里抓出一把黄符扔到了赵喜身上，那些符纸里面包裹着遗照碎片，与赵喜接触后燃起一缕缕鬼火。

两人这么一耽搁，司徒安的凶魂飞速靠近，两张快要融合到一起的脸张开了嘴巴，想要咬向透明的心脏。

"滚开！"

暴躁的声音从宣雯嘴里发出，她双瞳满是血丝，眼底有无数张脸闪过，来自陌生人的情绪勾动了阴影，宣雯以自己的心血为引，编织出一张阴影大网。

宣雯可以操控阴影，这是那片阴影世界赋予她的力量，但她使用得越多，就越容易受到反噬，因为她妄图更改自己的命运，而阴影世界会不断修正错误。

"真是麻烦。"爬上塑像的吴伯看见宣雯和司徒安都已经过来，从怀中取出了一把刀。

他口中念诵，接着一刀刺入左手。

比正常人的血液黏稠许多的血液滴落在塑像上，吴伯的瞳孔逐渐消散，眼眶之中只剩下眼白，身体开始加速和塑像融合。

吴伯身上属于人的部分越来越少，塑像当中蕴含的生机越来越多，七情六欲，种种人间之事，吴伯的所有经历和记忆都顺着塑像当中的一条条血丝，涌向那颗透明的心脏。

介于存在和不存在之间的神明之心的轮廓慢慢变得清晰，血肉仙的主意志正在回归。

"这颗心是我的！"司徒安被阴影困住，灵魂上开始出现斑斑血迹，"把你的凶戾全部给我！所有的怨恨和折磨！我知道你杀过多少人，收集过多少怨气！是我一步步引导你成了'食人鬼'，是我一直在喂养你的绝望！"

司徒安对灭门案的凶手非常了解，对方就是他精挑细选出来的，是他设计了给凶手的所有精神上的刺激，使凶手一步步进入深渊，拥抱深渊！

如果不是高命到来，司徒安会带领所有调查员杀死自己亲手培养出来的"食人鬼"，用最正义的姿态，融合两颗心脏，成为解决四级异常事件的东区分局局长！

"你……"

"食人鬼"和司徒安融合，司徒安压着"食人鬼"的意志，让一个个血色名字出现在魂体之上。

灵魂被染红，司徒安将阴影撕扯出了一个缺口，他发现那颗神明之心不再澄澈之后，立刻撞向正在和塑像融合的吴伯。

"你是我祭拜的神，为何不听我的祈愿？！血肉供养，风水大局，你的出现是因为我！"

司徒安不敬神灵，他只想把神吃掉。

"我因祭拜而出现，我即是我，我所得皆为我所得，你也是跪在我面前的众多血肉之一。"吴伯的双臂已经融入了神像，他脸上的表情和之前完全不同，双瞳异变，塑像的左右双臂向前合拢。

八臂八识，血肉灾神，整座血池疯狂震颤，屋顶塌陷，走廊断裂，血肉仙的塑像慢慢动了起来。

四相睁眼，那难以形容的压迫感让在场所有幸存者窒息，整栋公寓的血水都在朝这里汇聚。

"你因我而出现！我可以让人们信奉你，也能砸碎你！"司徒安真的疯了，他拿出了最后一张杀符，"你知道为什么无辜者的人皮可以制作成克制血肉的杀符吗？因为那些无辜者的祈求和呼喊，因为他们在死亡面前那强烈到极致的愿望，因为他们想要你出现，所以才有了你，所以才有了神！"

魂体的手抓着杀符，司徒安指尖落下，在吴伯和塑像进一步融合之前，将魂体的左臂砸入吴伯胸口！

"这二十年来，我一直在楼内寻找血肉仙的主意识。我找遍各种神像，以为血肉仙祭拜没有成功，没想到你会躲到公寓外面，藏进活人的身体里！"

司徒安拽着吴伯的脖颈，想要将他从塑像中撕扯下来，哪怕让吴伯尸首分离，也不能让他和塑像融合。

"你太偏执了，有些事情原本就会发生，并不是因为你的设计和谋算。"四条带着血水的手臂将司徒安抓住，另外四条手臂攥住了宣雯的身体，吴伯现在无法躲闪，从他胸口流出了大量发臭的黑血，所谓杀符其实就是血肉仙造下的业障，他们因血肉仙而死，也成了可以伤害血肉仙的毒。

地面晃动，泗水公寓墙壁上爬满了裂痕。无论是血肉仙占据了主意识，还是司徒安夺走了神明之心，这个怪谈都会失控。

高命抓住赵喜的锁链，捡起了消防斧："把最后一张杀符给我吧。"

祝淼淼的生机几乎耗尽，她已经无法再使用神婆给的杀符了。

高命将杀符贴在斧刃上，深深地吸了一口气："最无辜的人，成了能够杀死神的刀刃，这可能是他们最后的心愿。"

高命移步向前，在走廊中狂奔。

地面在碎裂，他全力冲刺到血池边缘，将手中的锁链甩向塑像。

快要散开的赵喜感受到了锁链靠近，他松开吴伯的腿，拖着残破的身体，抓住了锁链一端。

锁链挂在了塑像的手臂上，高命抓着它跳过血池。

吴伯、司徒安和宣雯之间的平衡被打破，高命抓着塑像上的伤痕，爬向那颗透明的心。

腹部的黑血不断流淌，黑色的"命"字就像清洗不掉的诅咒，高命爬上了四相头颅，神明之心就在他眼前。

"你宁愿给他，都不愿意给我吗？"司徒安身上的血字在加深，现在已经分不清楚是他代替了"食人鬼"，还是"食人鬼"占据了他的灵魂。

吴伯分出两条手臂去阻止高命，可司徒安和宣雯都不是省油的灯，他们全都在等这个机会。

阴影和凶煞同时爆发，两人挣脱了束缚，朝着中心的高命冲去。

正常来说，应该是司徒安更快一些，高命清楚这一点，他的目标从一开始就不是那颗心。

高命松开锁链，在司徒安疯狂冲向心脏时，突然改变了方向，挥动消防斧，砍向司徒安的头颅。

"这一次，一定要杀了你！"

杀符被触发，高命的黑血被杀符吸取，斧头砍在了司徒安的肩膀上。

同一时间，高命身后传来了一股力量，他感觉自己被人向后拉去。

八条手臂重击在高命刚才站立的地方，宣雯则抓着高命的肩膀。刚才如果不是宣雯将他拽开，高命可能会直接被砸成肉泥。

神明之心摆在面前，两人都没有去争夺。

"我来拦住他俩！你去摘下那颗心！"宣雯根本没给高命拒绝的机会，就冲了过去。

阴影疯狂涌动，她的身体上浮现出一条条恐怖的裂痕，其中有八道伤口最为狰狞。

宣雯全身融入阴影，八个面容精致、气质出众的怪物从她伤口里爬出，撕咬着她的身体，将怨气和恨意注入她的灵魂！

一张张空白的遗照破碎纷飞，宣雯所在的地方完全被阴影吞没，她好像知道自己无法对抗阴影世界，所以想把司徒安和神像也一同拖入其中。

"我改不了命，不过能做一个星期的女主，我已经很满意了。"

宣雯最后还是忍不住回头看了高命一眼："如果你实在记不起来在隧道里答应过我什么，那就别再努力回想了。"

阴影世界为每个诞生在阴影中的怪物都写好了剧本，它们存在的意义是为了帮助阴影侵入现实，如果在这期间它们产生了其他想法，没有按照原本的轨迹成长，那阴影世界会想方设法地把它们重新拖回阴影当中。

宣雯和高命很像，从睁开双眼的那一刻开始就在对抗。

她不想永远这样活着，她觉得自己可以去改变。

她不想做最没有存在感的边缘女配，不受人待见的辅助角色。不知道是受到了高命的影响，还是她内心本就如此，她选择了一条危险、疯狂的道路，她夺走了八位女角色的力量和命运，也因此留下了八道永远无法愈合的创伤。

宣雯没有能力拦住血肉仙的主意志和司徒安化作的凶魂，她若想为高命争取足够的时间，只能借助阴影世界的力量。

在回归阴影的同时，她要将司徒安和血肉仙也拖入其中。

"融合神明之心需要一个过程，我就算拿到那颗心，你也无法为我拖住他们。所以最好的选择就是，我来拖住他们，你来融合那颗心。"宣雯很理智，她所做一切都是为了撬动命运，获得一个更好的结局。

阴影如同夜幕般笼罩整个空间，宣雯的身体仿佛一道劈砍在两个世界中央的伤口，一张张碎裂的人脸从阴影世界涌出，把司徒安和神像全部包裹在内。

同一时间，高命触碰到了神明之心，那颗透明的心上浮现了高命的记忆，他的过往种种让那颗心拥有了色彩。

一个个黑色的夜晚，满目赤红的鲜血，蓝色的天空被撕裂，灰色的城市上下颠倒，远处有车灯发出一束光，高命在车里，也在车外。

那颗心中的记忆似乎也在看着高命，它在八条手臂中央绽放。

四相的双眼睁开，在某个瞬间，神明之心的跳动频率和高命胸膛里的血肉之心的跳动频率变得一致。

吴伯发出惨叫，神像上方的心消失不见，高命过往的经历融入了血肉，他的意志、精神、记忆渗透在血液里。

人有两颗心。血肉之心像一团火焰，供给全身力量，让人可以奔跑跳跃；神明之心则像放在灵台上的灯，指引着方向。

两颗心融合在一起时，高命异化的心脏和精神意志缠绕起来，形成了一间独立于两个世界之外的"心房"。

这心房内部充满了痛苦和绝望，每一个葬身在血池里的祭品都成了心房的一部分，化为锁链和刑具。

四相的眼睛注视着高命，看着他从神像最高处摔落，倒在了血池里。

一颗颗心脏在跳动，高命感觉自己异化后的心和泗水公寓存在某种联系，凡是血水流过的地方，都将成为他的一部分。

恭喜、吃肉的调查员、楼内居民、颜花，还有融入神像的八位灭门案受害者，所有人在高命的心房里塑造出了新的鬼神塑像。

以颜花的血肉为根基，八臂舒展，四相并临！

新神像出现的那一刻，血肉祠堂内的血肉仙泥塑开始崩塌，吴伯胸口的伤口急速恶化，他看着高命，眼神复杂，没有怨恨，也没有痛苦，只有一种说不清楚的绝望。

地下一层的阴影已经失控，宣雯处于阴影旋涡的中心，放弃抵抗，主动接纳所有阴影。她能做的唯一一件事情就是死死困住司徒安，让对方和自己一起消散在阴影当中。

"高命！"司徒安面目狰狞，他筹备了二十年，用无数人血祭才供奉出的心被高命夺走了。

魂体之上的血色越来越多，执念化为滔天的恨，可他最后还是无法挣脱阴影。

"万般皆是命，半点不由人！高命！高命！"

嘶吼声在阴影里回荡，血水收拢进了高命的心房，阴影退回宣雯撕开的伤口。只有高命仍旧躺在干枯的血池里，神像旁边的宣雯和司徒安一同随着阴影消失了。

高命注视着头顶的天花板，满身都是黑字，胸口微微起伏。

"这就是四级异常事件吗？这一切到底是天灾，还是人祸？"

一双手将高命扶起，晚湫带着哭闹的囡囡，将高命背出了血池。

泗水公寓几乎被屠戮干净，重伤的清歌带着仅剩的两位调查员趁乱逃离，公寓内的异化居民也没剩下几个。

"我……想留在这里。"晚湫摸了摸囡囡的头，"她们没有妈妈了，我、我来照顾她们。"

高命嘴唇干裂，舔了舔唇角的血："好。"

"怪谈已经结束，阴影消退，以后两个世界都没有血肉仙了。"晚湫又把祝淼淼拖到了高命旁边，"她需要紧急救治。"

祝淼淼的情况不容乐观，两次使用杀符，消耗了她太多生机。

泗水公寓内的肉香逐渐变淡，阴影退到了墙角，气温也在慢慢回升，这一切似乎都预示着怪谈的结束。

高命捂住肚子上的伤，看着远去的晚湫，张了张嘴，想说些什么，可又说不出口。

他知晓晚湫的命运，想要帮助晚湫，但似乎对晚湫来说，这也算是一个不错的结局。

高命费了好大劲，才从地上爬起，他伤得比想象中还要严重。

"楼内可能还有其他伤员，应该仍有调查员活着。"

阴影范围仍在缩小，高命朝着地面走去，他踩过的阶梯上留下了一个个刺眼的血色鞋印。

高命抓着扶手，迈上最后一级台阶。

他独自走在漆黑的走廊里，空气中已经没有了肉香。高命来到了泗水公寓A栋的正门，晨风吹过他染血的头发。

高命双手按住房门，向前用力。谁也不知道，明天是地狱，还是天堂。

老旧的门板被推开，微光从门缝照进了走廊。下了数天的暴雨终于停了，天空放晴，高命满身是血，走出了泗水公寓。

　　他举起手中的黑环，一步步来到了阳光下。

　　无边阴影被驱散，小半座城市的调查员都焦急地守在外面，所有人都看到了高命。

　　"阴影退去了！异常事件被解决了！"

　　"你们看，有人走出了公寓！"

　　阳光照在血污上，高命用独眼扫视一张张激动的脸，那些调查员把生死置之度外，如果他也死在了公寓里，这些守在外面的人就是下一批进入公寓的人。

　　没有人害怕，也没有人逃跑，明知是死，他们还是会朝着黑暗深处探索。

　　等待的人群涌向高命，荔山调查署抽调来的另一批调查员也看到了他。

　　"高命？是高命！"

　　"他是荔山调查署调查一组代理组长，高命！"

　　高命听到了人群的欢呼，但那声音好像慢慢飘远，他的视线重新移向自己，掌心的那个"命"字似乎在告诉他什么事情。

　　黑字在脸上蔓延，意识逐渐模糊，心脏每次跳动都会带来剧痛，高命握紧手中的"命"字，摔倒在阴影和阳光的交界处。

第四卷

新生

第十三章
最好的开始

温暖的光照在脸上,高命从特护病房的床上坐起。

病房中堆放着各种他不认识的医疗器械,门外的走廊被层层看守,连只蚊子都飞不进来。

"你的身体情况很糟糕,大大小小的伤口有几十处,它们都很巧妙地避开了你的要害。可现在最要紧的是,你的内脏出现了不可逆的病变,我们想尽了各种办法,也只能帮你延缓死亡的到来。"

"这里是哪儿?"

"东区分局的医院,专门用来救治在异常事件中受伤的调查员和安保人员。"医生按下床边的呼叫器,几分钟后,陈云天和另外几位调查局高层进入了病房。

周围的医生和护士很识趣地离开了病房,走时还关上了门。医生和护士时刻待命,他们平时就待在高命隔壁的房间里。

"泗水公寓异常事件的调查结果已经出来了,你当居首功,不过关于司徒安的事情,希望你能够保密。"陈云天坐在高命身边,"调查局元气大伤,普通调查员们如果知道自己曾被司徒安利用,可能会心寒,我们经不起内耗了。"

"你有任何需求都可以告诉我们,在你生命最后的这段时间,你的一切要求我们都会尽力去满足。"东区分局还未选出新的局长,暂时由瀚海调查局的人监管，现在开口说话的就是调查局的负责人之一。

"我大概还能活多久？"高命看向自己的手臂，那些恐怖的伤口全部被处理好了，可从伤口钻出的黑字却永远留在了他的皮肤上，丑陋、恐怖，像是诅咒。

"三天。"陈云天有些痛苦，高命是他招入调查局的，但现在他什么忙都帮不上。

"新沪的述迷研究员可能会在下午过来，他们想要在你身上做点实验，如果你允许的话……"那位调查局的负责人将一份文件放在了高命面前，"一切都遵循你的意愿。"

高命没有去碰那份文件，望向窗外："我想去一个地方看看，希望你们不要阻拦。"

"好，你想去哪里都可以，你的东西就在旁边的病床上。"几位调查局高层又说了一些话便离开了。

病房里只剩下高命自己，他看着窗外的瀚海东区。

这里是瀚海最繁华的区，高楼林立，霓虹闪耀，路上的车流从不停息，但这些都和他无关。

他拿起放在旁边病床上的背包，看着那一张张遗照，调查局应该全部研究过了，遗照在未来也不会是秘密。

高命打开手机，知道自己的手机应该正被监听，不过他并不在乎，直接拨打了家里的电话。

他的目光望向满是父母的遗照，照片里的"家人"这次没有回头，它好像就只是一张普通的照片，虽然照片上的裂痕有些刺眼。

"无人接听……"

高命挂断电话，茫然地盯着手机，他手机里有十几个未接来电，在他昏迷的这段时间，他还被拉进了几个群聊。

他随手滑动手机屏幕，是高中同学们组建了新群，大家早就准备举行一场同学聚会，但因为大雨延期了。

现在雨过天晴，许久不见的同学们在群里寒暄，讨论着彼此的生活，回顾青春岁月。

他们有人成了医生，有人当了老师，每个人都有自己的人生。

人跟人的差距，确实比人跟"鬼"的差距还大，现实的参差，落在了高命身上。他没有关注消息数量飞速增长的群聊，他和同学们之间不仅隔着手机屏幕，还隔着很多无法改变的东西。

他查看未接来电，发现那是一个陌生号码，对方连续打了十几个电话，但高命现在完全没有回拨过去的想法。

如果医生的诊断没有错，他应该只剩下三天时间了。

手机振动，是班级群里的一位同学向高命发起了私聊。

刘依："高命，我想和你单独见一面。我玩过你的游戏，很多奇怪的事情发生了。"

高命根本没去看手机，随手将它扔在了病床上，他穿上调查局送来的衣服。

他的身体伤得太严重，只要活动就会牵动伤口，绷带下渗出了血。

手机在振动，但高命已经转过了身，在生命最后的这段时间里，有一个地方他必须去。

"越往后拖，我的身体越差，腹部的伤口无法愈合，心脏跳得也很吃力。"

自从他醒来后，大脑里就一直有个念头，在催促着他进入隧道。

高命走出病房，在调查局安保人员的陪同下，离开了医院。

他坐上了调查局的专车，直奔三城交界处的隧道。

如果不再去那条隧道看一眼，他估计会死不瞑目。

车窗外的风景飞速倒退，高命的双手握在一起。他并未感到痛苦和慌张，也没有思考死亡，只是在想一个问题："假若我死了，会不会有下一个人接替我被阴影世界选中？"

去往隧道的路很长，高命从来没觉得时间过得这么慢，可能这也是世界对他的一种挽留。

临近天黑的时候，调查局的车子将高命送到了地方，数位安保人员走下了车。

"你们要和我一起进去？"高命站在隧道入口，黑洞洞的隧道仿佛张开嘴巴的海怪，那幽深的黑暗里隐藏了太多未知。

"希望您能够理解，隧道里暂未通车，我们担心您遇到危险。"安保人员紧跟在高命身后，"我们不会打扰您的。"

"随你们的便吧。"

高命背着包缓缓向前迈步，他走得并不快，可身后那些安保人员好像跟不上他的脚步。

"温度开始降低了。"

高命呼出一口凉气，放慢了脚步，他的手触碰隧道墙壁，一点点回忆自己在中元节那晚的遭遇。

离开隧道、被宣雯救回家之后，他忘记了很关键的东西，宣雯说他看到了太恐怖的场景，所以大脑为了自我保护，强迫他失忆。

后来血肉仙想看清楚他的渴望，占据了他的眼睛和心，那一瞬间他借助血肉仙的力量，终于看到了部分被遗忘的画面。

"快到了，好像就在前面。"

太阳已经落山，黑夜降临，隧道里没有任何光亮，根本看不到出口。

水珠落在衣袖上，高命大脑中有个声音在不断地驱使着他往前走，他似乎命中注定会再次回到这条隧道里。

"到底是谁在呼唤我？"

不知道走了多久，正常来说，他应该已经走出了隧道才对，可前面依旧是黑漆漆一片。

所有道路都有终点，除非这条路没有通向未来。

高命回过头，身后的脚步声早已消失，那些跟随他进来的安保人员不知什么时候不见了。

只剩下自己一个人，高命却丝毫没有感到害怕，他早已习惯了。

脑海中的声音越发清晰，高命闭上了右眼，放下所有戒备，全身心地跟随着那声音的指引，在黑暗中前行。

脚下的路不再平坦，他隐隐约约听到了更多的声音。

高命继续向前，忽然感觉有水珠碰到了他的掌心。

没错，水珠不是从高处落下的，而是从地面升起来的。

他将手指贴着墙壁，慢慢移动，血肉的触感从指尖传来——他好像摸到了一张人脸。

高命睁开眼睛，看见隧道墙壁上嵌满了尸体，那一张张人脸全部都是惨死的自己！

被一双双自己的眼睛盯着，高命的脑子开始混乱。

他的身体碰到了墙壁，在血肉相互接触的时候，他读取了那些尸体的记忆。

"医生，我做的游戏好像变成了现实。"

"这不挺好吗？现在人们的工作压力那么大，你却能够摆脱这些。"

"可我是一名怪谈游戏设计师，我构思过一百二十六个凶案，塑造过几十个性格各异的凶手，为了找素材，我还看过九十五部惊悚类电影，四百多本恐怖漫画，收集了两千多个民间志怪传说。现在，它们好像全部变成了真的！"

"那你觉得我眼熟吗？"

刀锋刺入了脖颈，血液染红了病历单，这记忆无比真实……

高命捂着自己的脖子，拼命远离那个身穿病号服的高命，可他的精神和意志好像被无数双手抓住了。

"妈！快逃！怪物就躲在家里！我没有发疯！我看见了！你们放开我，怪物来了，它们想毁掉这座城市！"

"孩子，好好治病，家里的事情不用你担心。"

"我没有骗你们！不要待在家里，快离开！"

"我知道你没有撒谎，可声音和容貌一样，并不代表我就是你的妈妈。"

高命被束缚带勒住了脖颈，无法呼吸，整张脸变成深紫色，双手不断上下挥动，但没有人会来救他……

更多的死亡记忆朝着高命汹涌而来，撕扯着他的灵魂和意志。

"我自愿加入调查局，用我的一生查清真相，保护更多的人！"

"很好，从今天起，你就跟着清歌吧。"

"组长！公寓楼内杀死兄弟们的不是'鬼'，是人！"

"我知道，动手的就是我。"

剔骨刀斩向脖颈，头颅掉落，高命看见了一个上下颠倒的世界……

一段段死亡的记忆，一个个不同的选择……高命在隧道里狂奔。

"没有人可以信任，任何人都有可能是'鬼'假扮的，我会通关所有游戏，掌握来自阴影世界的力量，用来对抗'鬼'！"

"高命，怪谈游戏里的玩家全都知道你，大家决定联手做一件事。"

"你们不去猎杀'鬼'，跟着我干什么？"

"因为大家一致认为，杀掉你，要比杀掉'鬼'收获更多！"

高命倒在血泊里，骨肉枯萎，双眼中映照出其他玩家的背影……

"大灾到来！我们就守在小区里，慢慢清理出一片安全的地盘。

"我知道你们都在害怕，我也害怕！怪谈提前失控，现在必须有人站出来！

"我希望你们能够跟随我！"

高命的身体被撕碎，回过头，自己身后除了影子，没有一个人……

"高署长，自从你上任之后，荔山调查署负责的区域从未发生过三级异常事件，但是有调查员目睹，你能够和'鬼'交谈。"

"你们想说什么？"

"跟我们走一趟吧，几位局长想要见你。"

前往东区的车辆在半路被攻击，大火烧灼着身体，高命爬出火海后，被一把尖刀贯穿胸口……

"够了！够了！不要再杀死我了！"

每一次死亡的感受都痛彻心扉，高命用双手抓住了头发，在隧道里惨叫！

高命终于知道他为何会对死亡如此冷漠，他的所有情感和自我都在一次次死亡中被毁掉了。

看着曾经的自己，高命的左眼流出了血，右眼流出了泪。由于拥有血肉仙的共鸣能力，他只要碰到皮肤就会看到对方的记忆。

"啊！"

他捶打着自己的头，刚包扎好的伤口重新开裂，可那一张张脸却挥之不去。

"为什么每次都是死亡？为什么所有的我都会回到这里？"

一切都像是一个无解的循环，高命找不到出路！

"我的生命还有三天，一切已经来不及改变，我也将被嵌入这条隧道吗？"

死亡的片段冲垮了高命的理智，他的脑海被惨死和痛苦的记忆填满，在他快要被逼疯的时候，隧道里面忽然响起了脚步声。

"是谁？谁在那里？"

他不断朝四周看去，可每次转身，那脚步声都会改变方向。

高命发现那脚步声似乎永远都只会在他身后响起！那声音似乎只存在于他经历的过去！

对方离他越来越近，他却看不到对方的脸。

"谁在这条隧道里？！"

高命的头忽然被一只手按住，他的身体重重撞在了隧道壁上，一个完全陌生的声音缓缓在他背后响起。

"每个人从出生起便被安排好了剧本，宿命注定了一切。天理循环，周而复始，所有东西都有自己的位置。"

"你是谁？！"

"你一遍又一遍地被我杀死，却不知道我是谁。你下次依旧会回到这里，继续重复着死亡。"

高命想要回头，可这时，他感受到了前所未有的痛，有什么东西刺入了他的头颅，将他所有的记忆都破坏了。

"无论你怎么挣扎都无法改变，因为结局早已注定。你所做的一切不过是给自己增添痛苦，我会一直在死亡的终点等你，直到杀死每一刻的你。"

过往经历褪去了颜色，一个个人名在脑海中消失，这种遗忘的感觉无比恐怖。

"你到底是谁？！"

"没有人能够逃过自己的宿命，世间一切偏离轨道的命运都会被纠正。所以，请你继续在这幽深的绝望里循环往复吧！"

头颅被贯穿，在生命之火熄灭的最后一刻，高命的心脏重重跳了一下，神明之心和血肉之心相融，脑海中的部分记忆藏入了心房。

全身血液好像在燃烧，高命用生命中最后的力量和全部的意志，扭头看向了身后！

大巴的灯照在了他的身上，一辆被暴雨打湿的客车疾驰而来！

"这是……"

高命的独眼看向车窗，戴着耳机的自己坐在车上。

一个在车里，一个在车外。

刺耳的鸣笛声响起，车灯发出的耀眼白光将高命吞噬。

剧烈的碰撞中，高命感觉全身骨骼都碎裂了，他的世界天旋地转，一切都在远去！一切都在到来！

高命摔倒在地，他睁开眼睛，发现自己趴在撒满玻璃碎片的大巴里。笔记本电脑上，一个促进家庭和谐的小游戏还在试运行。

"出车祸了？"

除了他以外，车内没有一位乘客，他取下耳机，看向窗外。

大巴外面漆黑一片，他只能看见玻璃上的自己。

他的心脏突然重重地跳了一下，他抱着笔记本，走下了大巴。

"其他乘客呢？怎么我偏偏在中元节遇到了这种事？"

他一步步走到车头，拿出手机，打开照明。

光亮照向四周，站在客车前面的高命仰头看去，幽深的隧道墙壁上嵌满尸体，全部都是惨死的自己！

大脑好像受到了刺激，一幕幕本该消失的记忆从心房涌出，每一次心跳，他都能看到一段死亡经历。

"宣雯、秦天、颜花，还有……司徒安！"

高命的脸颊上冒出一条条血管，大脑几乎要炸开，他的身体向后栽倒，背靠着隧道墙壁上的尸体。

那尸体满身是伤，仅剩下一只右眼，他的脑袋被贯穿，却依旧回头，想要喊出什么话！

心脏在跳动，血液在燃烧，高命抓住了那尸体尚且温热的手。

一条条红线进入身体，隧道里一颗颗心脏同时跳动，想利用血肉仙保留记忆的不止一具尸体，他们虽然都没有获得完整的血肉之心，但每一颗此时还在跳动的心都代表了一个拼尽一切想挣脱命运的自己！

血肉中隐藏的记忆回归，高命握紧双手，指甲狠狠刺穿了皮肤。

他双眼流泪，看着隧道里所有惨死的尸体，终于明白了一件事！

"我不是重复死亡了一遍又一遍，而是用一遍又一遍的死亡去换一个开始！"

每一次都全力以赴，每一次都在朝着宿命怒吼！每一次都注定会迎来死亡，但每一次都没有退缩！

所有的游戏或许只是一种暗示——他没有逆天的运气，没有超凡的天赋，更没有任何外在的帮助，他只有自己。

一个身体素质在平均线以下的普通人，想要撕破被宿命笼罩的天空。

普通人也可以改变世界，但他要一遍又一遍地杀死自己，不断和过去的自己告别。

他开始漠视死亡，不再信任同类，他小心翼翼，对一切抱有敌意，他失去了真正的快乐，他将以前的自我砸得稀巴烂。

他这么痛苦地活着，只是因为不想认命！

记忆在血肉中涌动，高命泪流满面，一次次的死亡换来了一个没有遗忘的开始，他头一次如此真实地感到自己的心脏在跳动！

所有红线汇聚在他身上，他的心房如绽放的花，又像是燃烧的火。

无止境的绝望循环出现了一个漏洞，这是高命用不知道多少次死亡，在宿命的大锁上敲出的裂痕。

他握住了尸体的手，对方掌心刻印着一个仿佛诅咒般的黑色"命"字。

记忆回归，高命准备立刻离开。

在他向外走的那一瞬间，脚步声非常突兀地在身后响起，高命的身体仿佛被野兽的嘴巴咬住，他记得这个声音！

"我已经等你很久了，你坐上了一辆不该坐的车，来到了一个不该来的地方。"

是那个男人的声音！

高命的瞳孔缩小成一个点，之前进入隧道时，就是这个声音的主人杀了自己！

一遍又一遍地杀了自己！

"你和某个东西融合在了一起，暂时无法将你们分离。你本该死去，但我可以给你一个活着的机会。"

难以形容的压迫感将高命按倒在地，他在那声音面前根本没有反抗的能力。

此时此刻，他甚至不敢抬头去看对方，因为他怕自己露出破绽，被对方看出自己和之前无数次的自己的不同！

"每个人从出生便被安排好了剧本，宿命注定了一切。天理循环，周而复始，所有东西都有自己的位置。

"但是现在，一切都在失控，厉鬼横行，怪象频出，人们心底的恶意将颠覆城市。用不了多久，你过去根据真实案件和都市怪谈制作的游戏都有可能变为现实，它们将从你褪色的记忆中钻出。削弱它们怨气的方法就是让更多的人去玩你设计的游戏，你可以选择带领他们通关，也可以选择牺牲他们，喂饱怪谈。不同的选择会付出不同的代价，也会有不同的收获。

"这一切都是宿命赠予你的礼物，好好把握它们，不要让失控的怪谈出现。"

恐怖的压迫感慢慢消失，一只手按住了高命的头。

"从现在起，你的名字叫作高命。"

名字？我的名字是他告诉我的？

那个一遍遍杀死自己的声音消失了，高命知道对方说的一切都是谎言！

"每个人从出生便被安排好了剧本，宿命注定了一切。也许这世界从来就是如此运行的，可从来如此，就是对的吗？"

隧道顶部的雨水滴落在高命脸上，那一具具尸体隐没在黑暗当中。

高命捂着自己的心口，从地上爬起。

他记得所有的死亡，从记忆里出现的并非他制作的游戏，而是他经历的现实！

噩梦并非因他而出现，噩梦原本就存在，连宿命也无法完全将其抹除。

他一步不停，转身朝隧道出口走去，越走越快。

他从未像现在这样清楚地知晓自己的命运，他从未像现在这样轻松过。

肩膀上的枷锁好像被挣脱了，属于他的情绪和感知在血肉中流淌，这一刻的他才是完整且真实的自己。

高命迈开双腿，哪怕一次次在隧道里摔倒，他依旧跑得飞快。

身上的伤口在慢慢增多，但高命完全不在乎，他仿佛逃出了铁笼的鸟，用尽全力挥动翅膀。这一次，他要弥补所有遗憾！

隧道的尽头出现了微弱的光，虚弱的高命顺着光亮看去，一张熟悉的脸出现在他的视野当中。

宣雯长发披肩，穿着黑色雨衣，拿着手电，正缓缓靠近。

光亮照到了高命，站在阴影里的宣雯停下脚步，两人好像见过很多次，那种打心底产生的熟悉感很难形容。

我因你而出现，你因我而到来，哪怕结局注定，也要面带微笑，致我们终将逝去的爱情。

"找到你了。"

明明是第一次遇见，宣雯却对高命有种特别的信任，世界上没有无缘无故的喜欢，更不存在能够百分百依靠的人，她不能理解这种情绪。

"你受伤了，我先背你出去。"宣雯的声音冰冷、可怕，她来这里，并不是为了相遇，而是想要杀掉那个牵动自己精神意志的人，消除自己唯一的漏洞。

没有拒绝，更没有反抗，高命趴在宣雯背上，这好像是他和宣雯仅有的身体接触。

隧道很长，但也不是没有尽头。

暴雨击打地面的声音越发清晰，宣雯将高命背到了隧道的出口附近，她站在阴影里，从雨衣下面拿出了一把刀。

按照她的性格，她应该会不择手段地干掉影响自己的人，不让自己存在任何弱点，可她却怎么都下不了手。

"我知道你在想什么。"高命坐在地上，看着暴雨和夜空，"其实你并非因为我的设计才出现，你原本就存在，是你所经历的一切造就了现在的你！"

"不可能，我不可能喜欢一个素未谋面的人！"宣雯握着刀走了过来，"我是诞生在阴影里的怪物，我和你不同。"

"你睁开双眼的时候，身边是不是有一张黑白遗照？应该是一张你和我的婚纱照吧？"高命没有后退，他向前走了两步，直到刀尖顶到心口，"我也是过了很久才明白过来的。遗照，为什么会有遗照？因为你们已经在我曾经的经历中死过不止一次！这或许就是遗照存在的原因！"

"死过不止一次？"

"我不知道遗照为什么会出现在阴影世界里，但我会找到真相的。"

宣雯经过激烈的内心挣扎之后，收起了尖刀："我可以帮你逃离这里，带你回家，但我需要你向我承诺一件事。"

"承诺？"高命记得自己每次离开隧道时，都会向宣雯承诺一件事，但他好像从来不记得那件事是什么。

"我因为某些原因对你产生了一种无法控制的爱意，我难以保持清醒，甚至总是可以感知到你的位置，但这并非我的本意。"宣雯脱下了雨衣，将其扔给高命，"这份扭曲的爱意会随着时间推移越发强烈。所以我需要你向我承诺，无论我对你做了什么，你永远不能喜欢我，永远不能爱上我，永远不要利用我！"

"这就是你要我做的事情？"

"答应的话就穿上雨衣，我背你回家；不答应的话……"宣雯以前经历过什么，没人知道，她不想自己的命运再被任何人干扰。

暴雨被狂风吹入了隧道，就像冰冷的黑夜倒灌进了过去的记忆中。

"我答应你，不过我大脑受伤了，经常会失忆。"高命说的是事实。

"那我就一直提醒你。"宣雯将高命背起。

"谢谢。"

"不客气。"

"谢谢你，宣雯。"高命的第二次道谢，是向泗水公寓里做出选择的宣雯。

"没事。"

"谢谢……"

"你有完没完了?"

浑身湿透的宣雯背着高命走在泥泞当中,这是一条长长的夜路。

"要不换我背你吧?"

"快到了。"

暴雨冲刷着两人的身体,和无边黑夜相比,他们手中的光亮微不足道,好像随时都会熄灭。

许久,宣雯放下高命,从公路岔路口的树后面推出了一辆电动车,她拍了拍后座:"快点儿!"

"我没想到你是这么送我回家的。"高命坐上车,双手死死抓住扶手,"阴影世界的人也骑电动车?"

"路封了,汽车开不进来。"宣雯吐掉嘴里的雨水,盯着高命,"算了,你把雨衣给我,然后钻到后面去。"

"行,听你的。"

高命更换了雨衣,像个小孩一样,掀开雨衣后摆,挡住自己的头。

"雨漏到你后背上了。"

"我感觉得到!"

宣雯带着高命,一路磕磕碰碰,穿过被阴影笼罩的远郊,驶入无光的城市。这座城就像死掉了一样,没有任何生机,全世界仿佛只有他们两个人。

零点左右,宣雯将高命送回了荔井公寓,她喘着粗气,仿佛丢了半条命。

"要不上楼坐会儿?我给你拿一套干净的衣服。"高命抓住了宣雯的手臂,"我家现在没人,不过等会儿我爸妈可能会带很多蛋糕回来,根本吃不完。"

"你是第一次邀请异性回家吗?这么烂的借口你是怎么想出来的?"宣雯甩开了高命的手,穿着脏兮兮的雨衣,重新骑上电动车。

见宣雯准备离开,高命立刻追了过去:"宣雯!"

"怎么了?"

"不要杀死游戏里的其他八位女角色。"

听到高命的话，宣雯慢慢扭过头，她的秘密第一次被人看穿："我只是打算回家。"

高命抓住电动车后座，盯着宣雯的眼睛："她们会成为你身上永远无法愈合的伤口，跟随你一辈子，最后你会因为她们而死！"

见高命怎么都不愿意松手，宣雯的表情发生了变化："你管我？"

高命站在大雨里，认真地说道："如果可以的话，我管你。"

"……"

泥点飞溅，宣雯骑着电动车消失在了黑夜里。

高命在后面追了一段距离，还是没有追上，他现在十分虚弱。

"希望你也能够改变命运，你本来就是自己的女主角。"

说完最后一句话，高命回到荔井公寓大院里。接下来，他还有非常重要的事情要做。

高命跑进家门，衣服都来不及换，打开柜子下面的药箱，开始调配药液。

没过多久，门铃响起，阴影扩散，高命急匆匆跑去开门。

"生日快乐！"

客厅的灯光照在浅黄色的桌布上，显得无比温暖，"爸爸"和"妈妈"提着蛋糕进入屋内。

西装笔挺的"爸爸"十分绅士，又高又帅，穿着白衬衣、牛仔裤的"妈妈"温柔干练。

"欢迎回家。"

再次看到"爸爸妈妈"，高命心中的感觉很特别，他没有不适，也没有畏惧。

他想起自己被"食人鬼"囚禁的时候，在那无比绝望的情况下，是"爸爸妈妈"救了自己。

他们是阴影世界塑造出来的替换现实中父母的怪物。可不知为何，他们身上真的出现了父母的影子。

"如果一切不是游戏，而是真实的经历。"

"如果爸爸和妈妈也因为我的存在，被卷入了某些痛苦和绝望的境况，那就存在一个可能……"

　　胸腔里的血肉之心在跳动，高命在"父母"的唠叨中去更换了衣服，享受着这短暂的美好。

　　泡沫五光十色，因为一碰就破，所以会有种梦幻般的美。

　　他几次想开口问"爸爸妈妈"一些问题，但他们就像上紧了发条的木偶，只做固定的事情。

　　洗手、换衣服、端菜、打开蛋糕、插上蜡烛，随后……

　　屋内的灯被关掉，"爸爸"和"妈妈"在黑暗中完全变了模样。

　　烛火摇曳，映照着他们逐渐扭曲的脸。

　　高命没有去吹蜡烛，他看着慢慢逼近的"父母"，开口问道："你们真的是我的爸爸和妈妈吗？哪怕你们身上有一丝属于他们的情感，我都会为之前自己做的那些事情而道歉。我愿意和你们成为家人，也可以留在这里，只希望你们能告诉我实话。"

　　慈祥的脸逐渐狰狞，高命的问题超过了"爸爸"和"妈妈"的思考范围，他们嘴角的笑容越发诡异恐怖，似乎只要高命不按照正常的流程去许愿、吹灭蜡烛，他们就会对高命发起攻击。

　　"是阴影世界的怪物变成了爸爸和妈妈，还是爸爸和妈妈被阴影世界变成了怪物？"

　　察觉到了危险，高命的心脏开始疯狂跳动，他异化的心脏仿佛一间装满刑具的刑屋，所有痛苦和死亡都藏在里面。

　　沉浸在血液中的记忆发出呼唤，刑屋的门缓缓打开，高命身后隐约出现了一尊巨像，它四面八臂，无比凶残，有些像血肉仙的塑像，但又不完全一样。

　　"没有办法回答吗？"高命叹了口气，"我希望所有人平安、幸福。"

　　屋内的灯光重新亮起，"爸爸妈妈"好像没事人一样，坐在餐桌两边，刚才发生的一切似乎都是幻觉。

　　"愿望说出来就不灵了，下次你在心里默念就好。""爸爸"和"妈妈"吃起了桌上的饭菜，高命看着蛋糕上那根孤零零的蜡烛，缓缓起身。

大概几小时之后，赵喜会自杀，高命要赶在悲剧发生前离开阴影世界，回到现实当中。

"我知道你们很爱我，但我现在赶时间。"

淡淡的肉香不知从何处传出，屋内的灯明灭不定，高命知道"爸爸妈妈"没有太大的能力，只是好像永远都不会被击垮。

高命将"爸爸妈妈"绑好送入卧室，接着打开房门，重复整套流程。

蛋糕上蜡烛的数量逐渐变多，上次足足用了三天才通关的促进亲情小游戏，这次高命只用了三个小时。

楼道里的声控灯终于亮起，阴影消退，"爸爸"和"妈妈"不见了踪影，卧室地面上只剩下了一张遗照。

看着熟悉的照片，高命有种不真实的感觉，他又读了一遍遗照背后的文字。

致我亲爱的孩子：

十八岁的你已经成年，从今天起，你就是新的家长了，你将拥有打开家门的钥匙。

我们的家位于存在和不存在的中间……

作为家长……

遗照背后的文字和隧道里那个陌生人说的话很像，但是又有本质上的不同！

隧道里的陌生人说，高命拥有的一切都是宿命的恩赐，他想让高命成为这座城市的看门狗，带领其他活人阻止失控怪谈的出现。

可是遗照背后的文字只是告诉高命家的位置，强调高命成了新的家长，说他拥有完全的自由。

两者相比较，高命更相信遗照背后的那些话。

墙上的钟表响起，高命将遗照收进背包："一步一步来吧，先救下该救的人，然后再去把该杀的人杀掉！"

脑中浮现出司徒安这个名字，高命的眼底冒出了一条条血丝。

"首先要把最危险的人解决掉。"

高命穿上雨衣，拿着镇静剂和药物跑下了楼，冲进大雨中。

他本来都准备进入二号楼找赵喜了，但他忽然在公寓大院里看到了一个熟悉的身影。

那人鬼鬼祟祟，站在一楼阳台外面。

大雨落在那人的身上，他就这样隔着已经严重生锈的防盗网，盯着屋内熟睡的女人。

他喉结滚动，看着那女人，瞳孔放大，手指微微颤抖。

他的大脑无比兴奋，不由自主地抓住了防盗网边缘，他已经来过这里好多次了，一到下雨的深夜，他就会控制不住地想要过来。

男人盯着屋内温馨整洁的布置，似乎已经忍不住了，他迫不及待地想要毁掉一切。

他缓缓打开工具包，将自己早已准备好的东西拿出来。暴雨掩盖了一些声音，他盯着那个女人，脸上的笑容越来越残忍。

"睡吧，好好睡吧。这应该是你度过的最后一个温暖的夜晚了。"

"齐淹？"

男人忽然听见身后有人在叫他的名字，那人几乎就贴在他的耳边！

齐淹猛然转身，看到了高命布满血丝的双眼！

"同……行？"

高命不给齐淹反应的机会，手中的砖块重重落下，一下、两下、三下！

被雨衣帽子遮住视线的齐淹摔倒在地，他根本没想到有人会在自己身后，还会对自己突然发动攻击。

他想要挣扎，可高命又将一把药塞进了他的嘴里。

"你……"他脑子晕晕乎乎的，也不知道是药片生效，还是脑壳破了。

"死性不改！"高命准备砸第四下的时候，忽然想起他还不知道齐淹这个时候有没有杀过人，如果自己一不小心把齐淹给干掉了，那可真就说不清楚了。

高命拿出手机拨打了报警电话，又对着齐淹录制了视频，并唤醒了屋内的女人。对方得知自己窗外站着两个变态后被吓坏了,根本不敢给高命开门,只是隔着防盗网扔出了一条绳子。

高命熟练地将齐淹捆绑好,他觉得很神奇,这次打的绳结居然跟上次的一样。

"我提前离开了阴影世界,通关了那个增进亲情小游戏,所以间接救下了被齐淹杀害的几个人。每一次重来似乎都是完全不同的世界,一切都有可能改变,除了我。"

既然未来可以选择,那就肆无忌惮地去燃烧吧,否则都对不起这满地的灰烬。

人总有可能会从高处坠落,但高命一点儿也不害怕,因为他会接住自己。

高命扔掉砖块,将手套塞进口袋,拐进了二号楼,直奔赵喜家。

停在熟悉的房门前面,高命没有任何犹豫,用力敲击铁门。

"赵哥!我是四号楼的高命!我有很重要的事情要告诉你!"

"开门!赵哥!赵喜!"

高命"砰砰"捶打着房门,他知道赵喜此时正陷入自责和痛苦,把自己关在角落,无法走出来。

"赵喜!你开门!"

高命后退两步,蓄力冲刺。

"你很重要,还有很多人需要你!他们都在等你!"

加速,向前!

高命抬腿对准了门锁,就在这时候,老旧的防盗门被打开了。

高命擦着门板冲进了屋内,差点把餐桌撞翻。

"高命?"赵喜瘦了很多,他穿着单薄的衣服,黑眼圈很重,精神萎靡,嘴唇干裂,似乎很久没有好好睡觉了。

高命摸了摸自己的腿,从地上爬起来。

水珠顺着雨衣滑落,打湿了地面,高命掀开雨衣帽子,先跑到阳台上,关上了打开的窗户。

见赵喜还活着,高命松了一口气,他转过身望向客厅。

呆立在门口的赵喜和那具支离破碎的尸体差别极大,但他们的身影却逐渐在高命的脑海中重合。

没有赵喜帮忙拦住白枭，高命根本走不到最后，所有结出的果，都是因为种下的因。

"我应该早点和你聊一聊的。"高命大步走过客厅，一把将赵喜抱住，"不过现在也不晚！"

"不、不是……你想干什么？"赵喜有些慌乱，他攥在手中的一张纸掉落在地。

高命松开赵喜，将纸张捡起，那是赵喜的遗嘱，他将自己为数不多的财产全部留给了年迈的养母。

"把它给我。"赵喜像被发现了秘密的孩子，一把夺过遗嘱。

"赵哥，我知道现在说什么都很难改变你的想法，某些念头一直缠绕着你，其实那并不是你的错，只是你的大脑得了一场小感冒。"高命是心理疏导师，他一般不会去做刺激患者的事情，"你交代了后事，做好了死的准备，这是你经过数个日夜的折磨做出的决定。我来这里不是为了劝你改变想法，只是想请你再给我，给身边的人，给你自己一段时间。"

高命从桌上拿起另外一张白纸："反正你已经决定面对死亡，那在死亡到来之前，或许我们可以再一起去完成一些事情。比如吃一次爱吃的东西，去一次喜欢的地方，获得一声道谢，等等。"

高命随手在白纸上记录，写出了很多死前可能想要做的事情，但赵喜并没有表现出太大的兴趣。

"我知道你想帮我，可我现在没有任何想做的事情，我很累了。"赵喜瘸着腿将房门推开，"你走吧。"

"你为这个家付出了一切，却没有获得认同，其实你现在要做的是脱离这个环境，真正为自己而活。"高命语重心长地说道，"养母养了你十年，你养了这个家三十年，你没有亏欠任何家人，你只亏欠了自己。人生只有一次，你应该去做更有意义的事情。"

"我没上过学，有些力气，可腿还瘸了，我不懂你们年轻人在做的事情，我也想做有意义的事情，可我根本没有那个能力。"赵喜将自己的遗嘱放入口袋，

"你不是我，所以你无法理解我的处境有多难。"

"如果我告诉你，我可以看见未来，在往后的某一天，你成为英雄，救下了包括我在内的很多人，你相信吗？"高命轻轻触碰自己的心脏，一条条血丝从双眼贯入心房。

"我还能成为英雄？"赵喜脸上带着苦涩的笑容，"别开玩笑了。"

"是真的，这个世界跟以往的世界不同了，它出现了一点儿小小的变故，每一个人都有可能成为特殊的存在。"虽然高命一般不会刺激患者，但偶尔也会尝试其他的治疗方案。

异化的血肉之心在胸腔内跳动，心房化作刑屋，独立于现实世界和阴影世界之外！无数血丝汇聚缠绕，八条手臂从高命背后伸出，重重击打在地面上，血色蔓延，庞大的血肉鬼神从高命心中钻出！

时间好像凝固了，赵喜看着近在咫尺的鬼神，一下坐倒在地。

他嘴唇颤抖，脑子里的各种念头一扫而光，只剩下一片空白。

"我的个乖乖！"

高命握住血肉鬼神的手，感觉有些恍惚，他在这血肉鬼神身上看到了许多人的影子。

司徒安筹备了二十年，血祭生灵，诱杀了无数调查员，才将这个怪谈提前触发，让它在不可能出现的时间出现。

按照正常的时间轨迹，高命永远也不可能获得血肉仙。

他看过其他高命的记忆，自己不止一次进入了泗水公寓，但他从未完整获得过血肉之心，那些未来的结局他并不知晓。

"所有血肉积累下的力量汇聚在这一刻，终于将一切塑造完整，血肉仙在我的心中重生，我的心房成了独立于现实和阴影世界之外的一个牢房。

"但如果是这样的话……那成为祭品、被关进我心房里的人，是不是就永远在世界上消失了？他们永远只能活在我的心中？"

这鬼神拥有颜花的最强躯体，其中代表"死、欲、孽"的三张脸模糊不清，代表"生"的脸却和恭喜一模一样。

高命推测这可能跟恭喜的姥姥有关，代表"生相"的老人成为鬼神的一部分，她最深的执念好像也被鬼神继承了。

　　"泗水公寓内成为祭品的人有很多，想要验证并不困难。"高命拿出手机，开始拨打电话。

　　高命先向慈善总会问恭喜和他姥姥的信息，可是查无此人，接着又打给东区某家地下俱乐部，想押注17号拳手，但对方却说根本没有17号。

　　高命挂断电话，看向血肉鬼神，明白自己的猜测没错。

　　过了很久，他坐在了鬼神面前："无论如何，我还是要继续往前走，以后你和我同生共死。"

　　属于恭喜的那张脸朝高命靠近，被缝住的嘴巴似乎想告诉高命什么事情，在姥姥的执念的保护下，恭喜的意志似乎保留在了鬼神塑像当中。

第十四章

怪谈游戏设计师

每当高命看见血肉鬼神时,他对司徒安的杀意都会变得浓重一分,他现在还没有力量对抗调查局,但局面很快就会被改变。

高命这次准备按照自己的想法去做,别说调查局,整座瀚海他都想掀翻。

"我曾经很想加入调查局,但我看那隧道墙壁上的很多'高命'都穿着调查局的制服,既然这样,就换一条路走吧。"

高命收起手机,将赵喜从地上拽起:"赵哥,你玩过怪谈游戏吗?"

赵喜还没从震撼中缓过神来,他指着血肉鬼神,根本说不出话。

"你别紧张,我呢,是一位有资格证书的医生,我会把你彻底治好的。"高命让赵喜靠近鬼神,熟悉一下那种氛围,"现在还难过吗?"

赵喜哆哆嗦嗦地摇着头,他感觉自己好像要被血肉吞噬掉了。

"很好。"高命把赵喜的遗嘱拿了出来,将内容替换成了死前要做的一些事情,然后将其重新塞进赵喜的口袋,"赵哥,今晚我们都将获得新生。"

血肉鬼神从后背钻入高命身体,屋内恢复正常,只是客厅的灯再也无法亮起。

"接下来我会带你进入阴影世界,让你看到真相。"

大院里没人看得起赵喜,就连他的弟媳和养母都觉得他没用,但高命知道赵喜的优点:他拥有一颗懂得感恩的心、充满善意的灵魂,还有刻进骨子里的倔强。

赵喜还没想好要不要拒绝，就被高命套上了雨衣，晕晕乎乎地被拉出了房门。

不知道为什么，虽然这些事情带给他很大的冲击，但他还是跟着高命下了楼，并没有反抗。

他很害怕，可是又觉得高命不会害他。

走到一楼，赵喜才稍微恢复了一点儿理智，抿了抿干涩的嘴唇："我们要去哪儿？"

"民笼街四号楼。"

"我们……会不会遇到刚才那个大家伙？"赵喜犹犹豫豫地问道。

"不会，那里很安全。"高命走出楼道，从齐淹的身上迈过。

看着头破血流的齐淹，赵喜一度怀疑世界末日是不是来了。

民笼街距离荔井公寓没有多远，两人穿过老旧的街道，拐进了一家便利店。

"你好几天没吃东西了，多少吃点热乎的饭，垫垫肚子。"高命给赵喜和自己买了饭，然后又去给民笼街四号楼的那个小孩挑选礼物，对方是恐惧症的源头，高命曾在衣柜里看见那孩子吃剩的零食。

赵喜连续好几天都没有胃口，在被高命"开导"过后，也有了一些食欲，能尝出饭香了。

酒足饭饱，高命和赵喜买好了零食和礼物，再次出发。

暴雨中的民笼街有些阴森，整条街道黑漆漆一片，看不见一盏灯。

"高命，我们要不要找些趁手的武器再进去？"赵喜一路上都没看见活人，紧张地跟在高命背后，"你知道丧尸吗？我看过类似的电影，关于染上病毒……然后人都变了，可恐怖了！"

"别自己吓唬自己，我们是去调解家庭矛盾的。"高命按照记忆中的路线，找到了四号楼。

他们刚进入大院，就看到一对男女提着旅行箱，神色匆忙地往楼道外面跑。

他们脸色苍白，好像看到了非常恐怖的事情。

"终于见到活人了。"赵喜盯着那对夫妻，"但他们看着也不太正常，像杀了人后逃离案发现场一样。"

听到赵喜的话，高命不由得回头："赵哥，你眼光还是很可以的。"

"你又拿我开玩笑。"赵喜老实巴交地让开了路。

两人没有去管那对夫妻，进入了楼道。

这栋老房子在暴风雨中晃动，大片阴影如同潮水，一点点上涨。

啪！

高命刚走到三楼就听到了摔砸东西的声音，楼上似乎有人在吵架，他放慢脚步，朝四楼看去。

男人粗鲁的声音和女人尖锐的骂声混杂在一起，他们骂的声音越大，周围的阴影就越浓郁。

他们一点点靠近405号房，房门没有关闭，客厅地面上满是餐盘碎片，沙发也被推倒了。

在这一片狼藉当中，有一男一女扭打在一起。

女的力气明显不如那男的，她直接抓起了地上的水果刀。

赵喜下意识地想劝阻，可当他看见那对男女的脸时，迈出去的腿停在了半空。

屋里这对男女，长得和刚才逃离的那对夫妻一模一样！

"见鬼了？"

"你又说对了！赵哥，有天赋啊。"

屋内的男人没有再对持刀的女人动手，他似乎知道对方真的会挥刀。

他心中的怒火无处发泄，一脚踹翻了桌子，用力捶打着电视。但这么做还是无法消气，他走向房间最里面的卧室，砸开房门："都是因为这个坏种！"

不大的卧室里躲着一个小男孩，他皮肤惨白，似乎很久没见过阳光了。

看着爸爸进来，他吓坏了，但这次他没有哭，也没有闹，而是躲在用被子围成的城堡里，抓着玩具宝剑。

被子上还有一个个他画出来的小人，那些小人拿着纸做的长枪。

"我不怕你，我不怕你，我不害怕你！"

被子上的小人用纸做的长枪去扎男人，那男的竟然发出惨叫，好像真的受了伤。不仅是赵喜，连高命也愣住了，他一直很好奇小男孩是怎么破除恐惧的。

"你跟你妈一样，都该死！"

男人暴怒地抓住小孩，将他扔到了客厅的碎瓷片上。

孩子重重摔倒，仍旧没有哭，他抓着塑料宝剑，嘴里依旧念叨着："我不怕你，我不怕你……"

"这孩子挺厉害的。"为防止小孩受伤，高命进入屋里，护在那孩子面前，"真没想到第一个克服恐惧症的活人，竟然会是一个这么小的孩子。"

高命摸了摸小孩的头，将雨衣脱掉，扔在一边，他刚做好准备，却忽然发现那暴怒的男女身体变小了很多。

"我明白了，恐怖的东西只有在小孩感到害怕的时候才会出现，小孩越害怕，阴影形成的怪物就越强大。"

高命总算知道为什么小孩的父母会匆匆逃离了，他们应该是又让小男孩感到了恐惧，所以男孩恐惧的父母在阴影世界的帮助下变成了现实。

高命和赵喜将男孩最喜欢吃的零食和玩具放下，不断安抚男孩的情绪，让他不再紧张和恐惧。

屋内恐怖的父母逐渐化为阴影消散，地上只剩下一个丑陋的手工布偶，勉强能看出人的形状，身体上满是缝补的痕迹，还沾染了各种颜料。

"它就是恐惧症的源头？"

高命想将布偶捡起，男孩却一下将布偶抱在怀里，然后缩到房间角落。

男孩拒绝和高命交流，像一只没人要的小猫。

"这孩子很像以前的我。"赵喜内心被触动，瘸着腿在那孩子旁边坐下，抓了一张废纸，很轻松地就折出了一只纸青蛙，"按住它的屁股，它就会一下一下往前跳。"

阴影没有消散，说明游戏还未通关，男孩还没有完全克服恐惧。

高命看着正在和赵喜玩的小男孩，觉得是时候让那孩子体验一下家的温馨了。

"我看了你房间里的所有照片，长这么大，你的爸爸和妈妈好像都还没陪你庆祝过一次生日。"高命蹲在了男孩面前，"小家伙，想吃生日蛋糕吗？"

对于控制恐惧症的源头，高命势在必得，这个初期最容易扩散的病症必须掌握在自己手里。

只要获得了恐惧症,人海战术就很难对他构成威胁。对方的人越多,就越容易出现混乱,越容易诞生怪谈级别的恐怖臆想。

小男孩并不知道高命心中所想,只是舔了舔嘴唇,好像回忆起了蛋糕的香甜。

看到这孩子的反应,高命直接拿出手机和自己的那张黑白照,拨通了家里的电话。

"你点外卖为什么还要拿张黑白照片出来?"赵喜捂住小男孩的眼睛,担心这会吓到孩子,"这照片怪瘆人的。"

他话音未落,房门就被敲响,"爸爸妈妈"提着蛋糕出现在门口。

打开屋内的灯,温暖的光驱散了一些阴影,高命将桌子和沙发扶起,打扫起屋内卫生:"赵哥,来帮忙,以后我们可能会经常过来。"

赵喜一开始被血肉鬼神吓住了,他以为的拯救世界是刀光剑影、血肉纷飞,没想到只需要拿起扫把清理垃圾。

"爸爸妈妈"亲切地打着招呼,光从外表来看,他们和正常人没有任何区别。

"爸爸妈妈"总是在有外人的时候表现得很慈祥、很大度、很好说话。

他们把零食和玩具摆放在沙发上,用手机播放着音乐,窗外暴雨倾盆,屋内却格外温暖。

大家装饰着房间,几个陌生人聚在阴影世界里,为一个孩子过生日。

赵喜并不知道"爸爸妈妈"的真实身份,有些局促地跟他们聊着天,小男孩把高命在厨房炒好的菜端出来,忙里忙外,很累但是很开心。

高命炒好最后一道菜,看着窗外的黑夜。

"阴影世界里的荔山区域隐藏着很多怪谈,我之前曾计划把这里打造成一个据点。"

论地形复杂程度和人口密度,旧城区能在瀚海排第一,而这正是高命需要的。

"如果我做了一些事情,站在了调查局对立面,在现实中无处可去,那阴影世界的荔山区域将是我藏身的绝佳地点。

"遗照是门票,我就是通道,没人可以抓住我。"

高命习惯性地拿出一支烟，但他想到了隧道壁上那么多的自己，片刻后，随手将烟和打火机丢进了垃圾桶。

小男孩走出厨房，脸上终于露出了笑容，他表现得很听话，似乎是担心大家会离开。

属于恐惧症的阴影已经退散，不过"爸爸妈妈"带来的阴影又包裹了房间。

"这么懂事的孩子，他爸妈居然不珍惜，太可恶了。"赵喜没有结婚，但他其实也想要一个孩子。

"没有哪个孩子希望自己变得如此懂事，如果在父母面前都不能撒娇玩闹，那其实挺痛苦的。"高命发现男孩眼中的恐惧已经消退，他拍了拍手，"大家来吃蛋糕吧。"

"爸爸妈妈"打开蛋糕盒子，在蛋糕上插了一根蜡烛。

高命扭头对小男孩说："我会帮你把所有的生日都补上。"

男孩并不明白高命在说什么，他很期待地看着被点燃的蜡烛。

等灯光关闭后，高命捂住男孩的眼睛，和他一起许了愿。

"可以开始吃了。"

蛋糕不算大，小男孩没舍得吃太多，还将最大的两块蛋糕递给了"爸爸妈妈"。

"没关系，随便吃，今天难得热闹一下。"高命不断给家里打着电话，黑白照上的人越来越少，楼道里传来了脚步声，房门一次次被敲响。

看着一屋子的"爸爸"和"妈妈"，赵喜手中的蛋糕叉掉在了地上，小男孩死死抱着那丑陋的布偶，不敢说话了。

"该怎么说呢？"高命清了清嗓子，"从今天起，我们就是一家人，我现在也不理解家长的职责是什么，不过我会尽力让你们每个人都幸福。"

高命通过反复尝试发现，只要他离"爸爸妈妈"不算太远，他们就会表现得很正常。

一旦他想要远离"爸爸妈妈"，而"爸爸妈妈"又无法拉近与他的距离，他们就会消散在阴影当中，回到黑白照片里。

利用好这一点的话，高命可以处理非常多的麻烦。

帮小男孩度过了一个开心的生日，游戏彻底通关，高命也和男孩拉近了关系，他终于知道了这孩子的名字。

父母叫他安安，这是以前家里宠物狗的名字。安安的父母脾气暴躁，极不负责，可以说，安安从小就生活在不安和恐惧当中。

男孩性格敏感脆弱，经常通过画画排解恐惧和痛苦，在他的画作中，他是一位什么都不害怕的勇士。

后来，他把这份情绪寄托在那个手工布偶上，布偶身上乱七八糟的颜料其实是一个个相互重合的小人。

勇敢的寄托，反而成了恐惧症的源头，这也是高命完全没有想到的。

"不是安安通关了游戏，他本来就是游戏的一部分。"

脱离阴影世界之后，安安手中的那个布偶变成了一张黑白照，高命如愿看到了照片背后的文字。

旧物的照片：在感到恐惧时，你首先要想清楚，你是在害怕我，还是在害怕自己。

高命借走了恐惧症的遗照，为了补偿安安，他让赵喜留下来陪孩子。

赵哥找不到存在的意义，没有真正的家人，从来不被认可；安安一直生活在不安和恐惧里，被亲生父母抛弃，想要一个安稳的家。他们两个正好可以治愈彼此，他们就是对方人生的解药。

拿到恐惧症的源头后，高命长长地松了一口气，他和赵喜分头行动，独自打车赶往夜灯游戏工作室。

所有的游戏设计方案都在公司里，如果这些东西被司徒安拿到，后果不堪设想，所有看过游戏设计方案的人都很可能会被牵连进来。

暴雨依旧，阴云压在城市头顶，高命在天亮之前进入了公司。

现在时间还早，可高命上楼之后却发现有些不对劲，办公室的门半开着，地上还有血迹。

"夜灯游戏工作室里好像藏着一个杀人魔。"

高命放缓脚步，停在工作室门外，侧身朝屋内看去。

存放游戏设计方案的档案柜被打开了，各种方案被人拿了出来，微弱的灯光轻轻晃动，魏大友正在疯狂翻看高命设计的游戏。

"一模一样！逃杀游戏变成了真的！"

高命调整角度，看见受伤的魏大友站在满地资料中间，神情恍惚，精神濒临崩溃。

"怎么可能呢？这些东西怎么可能变成真的！"

魏大友依旧无法相信，他拿出手机："高命的电话还一直打不通，他为什么能提前知道杀人魔的存在，还知道杀人魔的杀人手法？！难道说这是预告杀人？那个蒙面行凶的疯子就是他？

"不行，必须问清楚！他是我最好的朋友，我很了解他！他绝对不是那样的人！"

魏大友把这几句话重复说了不知道多少遍，然后再次拨打了高命的号码。

"喵……"

一声猫叫忽然在门口响起，胖乎乎的发财闻到了高命的气味，跑过来蹭起高命的腿。

听到声音，魏大友朝门口看去，正巧和高命对视。

"早上好。"

高命突然说话，吓得魏大友连手机都没拿稳，直接把手机掉在了地上。

高命现在的表现确实不太像普通人，明明看见了血迹，不仅不逃跑，还堵住了出口。

"高命？"魏大友向后挪动身体，直到退无可退。

"你打电话想告诉我什么？"高命晃动手机，露出了一个朋友之间久别重逢的笑容，可就是这个微笑把魏大友给吓住了。

"人是不是你杀的？我看到了！"魏大友慌忙捡起手机，跟高命保持距离。

"我怎么可能做出那种事情？"高命停下脚步，摸了摸自己的脸，他身上没什么吓人的地方，只是天没亮就出现在工作室，有些可疑罢了。

"中元节零点刚过，有一个蒙着脸的屠夫进入了我住的公寓，要让所有人回答十个死亡问题，答不出来就死！"

"然后呢？"

"只有我活了下来，因为我知道那些问题的答案，杀人魔提出的问题和你游戏里设计的死亡问题一模一样！"魏大友的情绪有些激动，声音也逐渐变大，脖颈上血管凸起，脸都涨红了。

"我们认识了好几年，经常在晚上讨论游戏，交流各种灵感，我一直觉得你是我最好的朋友，也是最懂我的人。"高命一步步走到了魏大友面前，"如果我说，人不是我杀的，你信吗？"

魏大友盯着高命平静的双眼，握紧的拳头又慢慢松开，点了一下头："我相信你。"

高命拿起手机，播放起家里的监控视频："案发时，我在家和'爸妈'一起吃蛋糕。"

确定高命不是凶手后，魏大友绷紧的神经松懈下来，坐在了椅子上："那为什么游戏会变成真的？游戏内容明明只有我们两个知道。"

"接下来我说的事情，希望你不要告诉任何人。"高命坐在魏大友对面，脑中闪过一段段死亡记忆。在他看到的所有未来中，魏大友从未背叛过他，这位朋友一直站在他这边，还因为帮他死了很多次。

"你说吧。"

高命将一个个游戏方案摆在魏大友面前，用了将近半个小时，向魏大友还原了真相。

"异常事件即将席卷全城，我想请你帮我一个忙。"高命找出瀚海地图，圈住了东区，"两天后会有新的游戏策划来接替你的工作，到时候我希望你能加入东区分局，想办法进入皇后调查署。"

"没问题，都世界末日了还上什么班？老秃头甚至打算让我们改行去做恋爱游戏，谁爱做谁做。"高命能看得出来，魏大友对公司不太满意，"但话说回来，我能通过人家调查局的考试吗？"

"你就说自己活着通关了异常事件，邻居们的死亡对你造成了很大的触动，你特别想要保护城市，愿意为之付出自己的生命。"高命摆了摆手，"大概就往这方面说。"

"那加入调查局后，我要干什么？"

"司徒安应该很快就会上任，你只需要盯紧他，及时告诉我他的动向就可以了。"高命的手缓缓在地图上移动，"司徒安捐赠修建的很多建筑，最近几年都出现了问题，发生过各种命案和恐怖事件。"

"我感觉这人蛮厉害的。"魏大友隐约觉得司徒安这个名字有点熟悉。

"他是未来瀚海调查局东区分局的局长，灭门案的幕后指使者，也是我的大客户。"高命的指尖落在地图上的泗水公寓上，"我会为他定制一个怪谈游戏，让他玩得尽兴！"

魏大友从未见过高命露出这样的表情，他发现高命和之前有些不同了。

"一个优秀的怪谈游戏要能够引发玩家的过度想象，要有黑暗压抑的氛围，要限制玩家的能力，要让他们时刻处于焦虑和惶恐当中，还要给他们挣扎的希望。最重要的是，要有不可预测的游戏角色。"

高命和司徒安现在拥有的权势相差极大，所以他想利用信息差，为司徒安做一个杀局。

"大友，你留在这里，把所有游戏资料全部删除，别留一点儿痕迹，我去为这个大客户准备一些惊喜。"

夜灯游戏工作室的游戏方案已经全部删除，高命再无后顾之忧，他要开始疯狂通关城市中的怪谈游戏，弥补之前留下的一些遗憾。

"死亡的记忆刻印在脑海里，每次回想起来都会感到无比痛苦，那些导致我死亡的人、背叛我的人、落井下石的人，他们的脸就像是梦魇一样，不断在我脑子里盘旋，死死纠缠着我不放，我要怎么做才能摆脱阴影呢？"

高命抱起地上的发财，笑眯眯地看着它："不如就去做一个真正的怪谈游戏设计师，利用时间线和所有异常事件，让他们体验下我曾经遭受的痛苦。"

高命不会随便对普通人下手，光是那些直接或间接害死他的凶手，就已经足够多了。

他没有任何道德上的顾虑，因为他锁定的目标，都曾经毫无顾忌地想要杀死他。

"喵呜。"猫咪不会反对高命，发财只知道高命每次来都会给它猫条，这次应该也不例外。

它看高命将自己放下，直接朝外面走去，赶紧追了出来，咬住高命的裤脚，挥动爪子，想提醒高命是不是忘了些什么。

"上次你也追了出来。"高命见发财这么亲近自己，有点无奈，"宣雯还没来，你就害怕了？"

"喵呜。"发财躺在高命面前，露出了肚皮。

"看来你是真的不愿意待在夜灯。"高命从办公室里找到了猫包，直接将发财装了进去，"以后你就是我的第一打手了。"

发财眨着迷茫的大眼睛，歪头坐在猫包里。它还没反应过来，就被高命的雨衣遮住，而魏大友此时还在努力删游戏。

"恭喜、发财，你俩的实力相差有点儿大，不过没关系。"

"喵？"

走出公司，高命直接前往东区，他曾经也是个温柔的人，因温柔收获了回报，但是也为温柔付出了代价。

高命计算着时间，赶在圣路易学校开门之前到达，提前守在路口。

"我早一点儿过来，晚湫就能少受一点儿欺负。希望他这次睁开双眼，可以看到一个还算不错的世界。"

学生们陆陆续续进入校园，高命等了很久，却没有看到晚湫。

早上九点，他跑到了晚湫之前所在的班级，以学生家长的身份跟校方工作人员联系，得到的回答是晚湫拒绝了瀚海慈善总会的帮助，在来学校的路上逃走了。

听到这个消息，高命觉得有些不可思议。晚湫，这个瀚海未来最危险的超级罪犯的命运产生了一丝改变。

高命没有参与，是晚湫自己做出了不同的选择。

"那天在泗水公寓里，晚湫并没有跟我一起离开，而是选择留在阴影世界中照顾那两个小女孩，这小子的选择总是出人意料。"

高命问清楚晚湫逃离的地点后，沿街查看监控，一直追到了泗水公寓附近。

"他难道没忘记？"

晚湫最后一次出现在泗水公寓旁边的面馆，监控显示他目的性极强地穿过马路，进入了泗水公寓 B 栋。

"这小子不会真的没丧失记忆吧？"高命可是付出了极为惨痛的代价，才获得了这一次机会。

高命加快脚步，在楼道里发现了还未干的鞋印，一口气跑到了五楼。

"鞋印消失了？"

转过拐角，高命发现 506 号房的房门半开着，原本塞在门上的大量广告传单掉落在地。

"506 号房应该很久没有住人了。"

高命捡起地上的广告传单，擦去上面厚厚的灰尘，朝里面看去。

防盗门上全是灰尘，屋内却非常干净，好像每天都有人过来打扫。

高命试着敲了敲门，一个瘦弱的身影从厨房钻出，晚湫穿着两个小女孩的妈妈曾经穿过的围裙，怯生生地拿着锅铲。

"你、你是谁？"

以前的晚湫很胆小，根本不敢和陌生人说话，他强行把自己封闭起来，直到遇见高命后才逐渐开始尝试跟人交流。

但这次不同了，晚湫不仅在厨房里做饭，还主动开口跟高命打了招呼。

"我叫高命，受一位妈妈的委托，要帮她照顾两个女儿。"高命换上了拖鞋，很有礼貌地说道，"大女儿叫娴娴，小女儿叫囡囡。"

砰！

身后的防盗门猛然关上，屋内就像开了空调，气温突然开始下降，客厅地面上出现了一个个湿漉漉的脚印。

"不可能的,她们说不认识你!"晚湫抓住锅铲,走出了厨房,好像是护在了什么人身前,鼓起勇气面对高命,"这里不欢迎你,请你、请你出去。"

闻着从厨房飘出的焦煳味,高命挑了挑眉:"我知道你想照顾那两个孩子,但你真的可以做到吗?"

高命无视危险和警告,直接从晚湫身边走过,进入厨房,将快要被烧穿的炊具拿了出来。

看着锅内黑乎乎的东西,高命甚至都认不出来这是用什么蔬菜炒的:"你做的?"

晚湫有些不好意思,他的气势明显变弱了一点儿:"嗯。"

"你问问那两个小姑娘,她们是不是看到你做的饭菜以后,更想妈妈了?"高命将锅里的东西倒进了垃圾桶,清洗炊具,打开冰箱,准备露一手,却发现冰箱里全是腐烂的食物,"算了,还是叫外卖吧。"

高命回到餐桌边坐下,发现房间里阴影涌动,那两个小女孩的怨气明显比上次重了许多。

高命示意晚湫过来,很好奇地盯着他:"你不记得我,却知道来这里照顾两个孩子,是什么驱使你做出了这个决定?"

晚湫放下锅铲,坐在高命对面,他那双特殊的眼眸好像可以看见其他东西:"我就是觉得……自己应该照顾她们,没有其他的原因。"

晚湫拿起桌上的布,想把锅铲上粘的黑乎乎的东西弄掉:"我比较笨,一直被欺负,可她们没有嫌弃我。"

把铲子弄干净后,晚湫有些不好意思地对高命说:"你以后可以教我做饭吗?"

看着眼前的晚湫,高命真的很难把他跟未来的超级罪犯联系在一起,这个让瀚海头痛了二十年的残暴凶徒,现在居然只想学做饭。

"做饭的事先放在一边,我真的是受孩子妈妈委托而来的。"高命触碰自己的心房,孩子的妈妈在最后的厮杀中被清歌逼入血池,与血肉仙融合,所以血肉鬼神身上可能残留着对方的气息。

血丝汇聚，恐怖的气息在蔓延，屋内的两个小女孩似乎受到了刺激，大片阴影在屋内出现！

厚厚的窗帘被拉住，一高一矮两个女孩站立在餐桌左右，她们双眼赤红，脸色惨白。

没有妈妈的照顾，这两个孩子变得很恐怖，她们慢慢朝高命走来。

"这俩孩子的辫子也是你扎的吗？"高命瞅了一眼两个女孩乱糟糟的头发。

"不是，我、我不会。"晚湫连连摇头，他拦在高命和两个孩子中间，但高命觉得无所谓。

高命主动起身，捧起囡囡的头发，回想记忆中小女孩的样子，为她编起辫子。

血肉鬼神并未出现，高命像女孩的妈妈那样，耐心地帮她整理头发。

血肉的香味飘在阴影之上，囡囡越看高命越觉得熟悉，她好像真的在高命身上看到了妈妈的身影。

两个女孩不再反抗，敌意也减弱了许多，但是506号房的阴影已经朝着周围扩散，他们被拖拽进了阴影世界。

"泗水公寓太危险了，我会给你们安排一个新的住处。"高命蹲在两个女孩身前，"你们留在这里是为了等妈妈回来，而我可以带你们去找妈妈。"

他看起来很像骗小女孩的坏人，两个女孩有些犹豫。

"不只是你们，泗水公寓的其他居民和晚湫都要跟我走。"血肉仙被高命夺走，泗水公寓里再无血肉仙，但司徒安肯定不会甘心，毕竟他在泗水公寓布局了二十年。

"别纠结了，我们先去找找其他人。"高命来泗水公寓还有一个原因——他想找到神婆。

那位不知道活了多久的阿婆，很不一般。

高命跟着阴影向外，刚来到走廊上，就看见了八婆那张恐怖的脸，这位对什么都好奇的街坊以"嘴严"自诩。

高命微笑着向对方问好，根据记忆，带着三个孩子来到一楼拐角处。

等阴影完全扩散之后，高命很是恭敬地敲了敲某间房的房门。

随着他的手触碰门板，整张木门瞬间变成了血红色，一条条血丝在门上爬动，贴在门框上的几张神符全部碎裂。

屋内传来塑像摔碎的声音，高命推门而入，看见一位满头白发的老人跪坐在地，她身前的一个血肉仙泥塑四分五裂。

老人难以置信地抬起头，满脸皱纹挤在一起，她伸出宛如枯树般的手指，吸了一口凉气："血肉仙！你是血肉仙！"

"可以这么理解吧。"高命带着三个孩子进入屋内，他看着墙壁上的鬼神塑像，"阿婆，我想跟你合作一件事。"

"你想改命？"神婆慢慢恢复了平静，用手将地上血肉仙泥塑的碎片捡起，摆放在桌上。

"那倒不用，我这个人最信命了。"高命搬来椅子，坐在神婆对面，"我不知道司徒安承诺了你什么，让你可以一直待在这里，但我必须告诉你，那个人很危险。"

"他没有承诺我任何事情，我也不想帮他。"神婆点燃了三炷香，祭拜屋内的鬼神，"他抓住了我两个妹妹的孩子，若我不答应，他就要把我一家全杀干净。"

"你说这人怎么能比'鬼'还恶毒呢？"高命沉思了好一会才开口，"司徒安想打造出血肉仙，但我就是血肉仙，他注定不会成功，你的家人也注定无法被救出来。要不我们换个思路，你和我联手，我们想个办法，一起除掉司徒安！"

"您有新的外卖订单！"

肃默提着两大兜外卖冲进了泗水公寓，气喘吁吁地跑到五楼，敲着506号房的房门："外卖到了！"

屋内没人，反倒是旁边的房门被打开，一个中年女人背对肃默站着："他们去一楼了。"

"婶，我赶时间，要不我就把外卖放这里，等他们回来，你和他们说一下？"肃默朝着好心的婶婶走去。

"这东西我也不敢乱收，你别怪我多嘴，我就是想提醒你一下，以后最好别来泗水公寓送外卖。"八婆转过身，脸上的四张嘴巴一开一合。

外卖掉在了地上，肃默倒在外卖旁边。

"醒一醒！靓仔！醒一醒啊！"

高命向神婆提出了一个她难以拒绝的提议，只要除掉司徒安，一切问题将顺利解决。

神婆拿出一张符纸，勾画几笔之后，将符纸扔进装满水的铜盆。

十分诡异的是，符纸刚碰到铜盆里的水，竟然就直接在空中燃烧起来，只剩下灰烬落入水中。

"怪了，真是怪了。"神婆诵念了几句经文，静心之后才开口，"我可以帮你做一些事情，但不能参与其中，离你们两个当中的任何一个太近，我都有可能永世不得超生。"

"我不会让你动手杀人，只是想请你在合适的时间，把司徒安带进这里。"高命想让神婆配合自己，至于杀死司徒安这件事，他要亲手来做。

"没用的，司徒安不会听信任何人说的任何话。"神婆将血肉仙泥塑碎片放入了一个木盒，"泗水公寓这么多年都没有血祭成功，他已经不认为血肉仙真的存在了。比起泗水公寓，司徒安更有可能去其他地方，他在瀚海东区建造了很多建筑，我也不清楚他具体要做什么。"

因为高命已经获得了完整的血肉仙，所以有些事情发生了改变。

"这家伙还挺难杀的。"

"我不能直接参与进来，不过我可以把本来属于你的东西还给你。"神婆朝着屋内的众多鬼神塑像拜了拜，砸碎了其中三座塑像，从中取出了三张血红色的杀符，"这符纸可能会对你造成伤害，你先拿着。"

"只有三张？"

"过犹不及，只能给你三张。"神婆似乎有所顾忌，她从墙上摘下一大串钥匙，带领高命进入了A栋地下一层。

跟之前相比，A栋公寓变化非常大，家家户户都在祭拜血肉仙，地下一层开满了做肉的饭馆，可现在的地下一层变成了杂物间。

神婆搬开拦路的垃圾，推动老式金属门，"哗啦啦"的声音响起，锈迹脱落，一个小巧的祠堂出现在眼前。

"血肉仙的祠堂就隐藏在这里。最近二十年，司徒安犯下很多杀孽，可他依旧无法祭拜出真正的血肉仙。"神婆点燃供桌上的蜡烛，火光映照着四面八臂的鬼神塑像，"不过他也积累了一些血食。"

神婆退到一边，不用她多说，高命就好像被某种力量吸引，他的手慢慢靠近神像。

四周的阴影仿佛被什么东西轰散，密密麻麻的血丝像一朵巨大的花在高命身后绽放，八条粗壮的手臂和高命一起抓住了塑像！

一滴滴血水从泥塑上流入他的身体，他心中的血肉仙发生了一些变化，那张代表"孽相"的脸稍微清晰了一点儿。

在这个过程中，高命眼中的疲惫一扫而光，他已经很久没有睡觉了，可还是十分精神，只是眼里的血丝有些吓人。

"血肉鬼神吸收这些东西的时候，我也能跟着获得一些好处，这又是一个很重要的发现。"

高命现在的目标是干掉司徒安，对抗东区分局，但他心中还有一个更长远的目标——看清楚隧道里那个陌生人的脸，想办法终结无止境的轮回。

心中装满了死亡的记忆，其实是一件很痛苦的事情。高命闭上眼就会看到惨死的自己，这也是他不想睡觉的原因之一。

泥塑被榨干了最后一滴血，在供桌上破碎，聚集在此的阴影开始疯狂排斥高命，想将他赶出去。

四周的阴影如同潮水般退去，许久之后，狭窄的祠堂里只剩下高命、晚湫和狂叫的发财。

刚才八条手臂从高命的心脏中钻出的时候，猫包里的发财处在最佳观看位置，它一直装死装到了现在。

"你非要跟我出来的，怎么还反悔了呢？"高命摸了摸发财的头，感觉这猫都被吓瘦了。

最后一片阴影消失不见之后,原本摆放着血肉仙塑像的供桌上多了一张黑白照片。遗照中,神婆拄着拐杖,面容严肃地站在公寓前面,透过公寓的窗口,高命能够看到在屋内玩耍的囡囡和娴娴、偷窥的八婆、背着孩子的周济,还有几道模糊的黑影。

"神婆不是说不帮我吗?"高命翻看遗照背面,发现上面同样有小孩子书写的文字——

神婆的照片:婆婆说这栋楼里没有一个正常人,包括我和她在内。

如果不计代价地喂养这张泗水公寓的黑白照,它有可能成为四级异常事件。当然,高命不会去做那么丧心病狂的事情。

"现在的我应该能够制作最简单的怪谈游戏了。"高命自从离开隧道之后就一直很想试试,他之前一直避免将普通人拖入怪谈中,但现在保留了一次次死亡记忆的他已经不存在这种顾虑了。

"有仇报仇,有冤报冤,很公平。"

高命离开泗水公寓,又去了一趟地下拳击场,他找到看场小弟,留下了自己的电话,希望对方帮忙留意颜花姐弟。

颜花可能不在了,但高命不会忘记自己答应颜花的事情,他想找到颜花的姐姐,为他弥补遗憾。

高命坐在出租车上,又拿出纸和笔递给晚湫:"人生只有一次,你把自己现在想要做的事情都写下来,我会陪你完成。"

晚湫拿起笔,看着高命的侧脸,过了很久,写下了一个愿望——"我想吃雪糕"。

"吃,下车就买两根!"高命扫了一眼纸上的文字,很豪气地给了晚湫十块钱,"还有什么想做的?全部写下来!以后我们就要活得开开心心的!把过去命运对我们的欺负,全部还回去!"

"我想看大海。"

"明天就去海边！南港离咱们很近！"高命拍了拍晚湫的肩膀，"不要有什么顾忌，全写上去！然后为自己喜欢的事情努力活着！"

"我再也不想被别人欺负了！"

"没问题！我现在就把颜花自虐式的肉体训练法整理出来，我们两个一起锻炼身体！"

"我、我还想谈一次恋爱。"晚湫觉得跟高命在一起很放松，说话也没那么结巴了。

"你算是问对人了，哥哥我是做恋爱游戏出身的，过几天就给你做一个虚拟女友小程序。"

高命想尽力满足晚湫的愿望，因为在他看过的那些记忆里，晚湫遭受了太多折磨。

两人讨论着美好的明天，又去吃了一顿烤肉，然后才回到荔井公寓。

高命打电话给赵喜，让他先去确认一下二号楼的邻居们是否都在家。

随后，他拿着电脑坐在阳台上，开始为宣雯制作专属于她的怪谈游戏，宣雯这次不再是边缘女配角，她一次次死亡，每次都会忘记自己，但总是会第一个来到那条隧道出口，等待高命归来。

下午太阳快落山的时候，高命收到了赵喜的信息，一切已经准备就绪了。

"给司徒安准备的怪谈游戏不能出现任何问题，我就先从你们开始尝试吧。"

第十五章

你想怎样活着

高命合上了电脑，看向窗外的二号楼，眼中没有任何同情。

在隧道内某一具四分五裂的尸体上，高命借助血肉仙的能力看到了对方的死亡记忆。

离开隧道的第四个星期，怪谈失控，灾难降临旧城区。

高命组建互助会，拼死保护荔井公寓，可最后被二号楼的几位邻居出卖，他们将高命献给了"鬼"。

"那身体被撕开的痛苦，我也很想遗忘，可是怎么都忘不了啊！

"每一个未来都不一样，但对我来说，每一个未来都无比痛苦，最终都会走向绝望。

"反正终点已经注定，那些半路就想要将我推入深渊的人，当然不能放过。"

高命将制作好的游戏设计方案发送给魏大友，而后默默注视着太阳沉入地平线。

黑夜降临，高命交代了晚湫几句话后，拿着一把黑伞，走出房门。

高命避开楼内破旧的监控，进入二号楼，站在楼道入口，拿出了恐惧症布偶的黑白照。

之前高命已经从安安那里知道了触发遗照的方法，他看向遗照，逼着自己不断产生恐惧的情绪，直到那丑陋的布偶从照片里爬出。

阴影朝四周扩散，高命的第一个游戏开始了。

声控灯忽明忽暗，贴在门上的红色对联好像在渗血，倒挂的福字变成了扭曲的笑容，一切事物好像都能引发恐怖的联想。来自另一个世界的阴影无孔不入，它们钻进了二号楼一户户居民家中，不断向内渗透。

"恐惧症这张遗照能够带来的阴影有限，大概只能覆盖四层楼……"

每张遗照都可以通过献祭来提升效果，但高命暂时没那个想法。

走在楼梯上，四周一片死寂，高命又拿出了泗水公寓的黑白照，他尝试用各种办法和照片里的神婆沟通，但都没有任何作用。

最后，他将血肉鬼神的气息和自己的血灌入其中，才终于得到了回应。

一条手臂从遗照里伸出，八婆独自走出了遗照。

与其说是高命将她唤出来的，不如说是她自己好奇，想出来看看。

阴影再度扩散，高命使用两张遗照，总算把二号楼完全拖入了阴影世界里。

"姐，我想请你帮个忙。"高命的嘴很甜，不过八婆本身看着就不显老。

"这是你新搬的公寓吗？你是要和邻居们打个招呼？头一次上门是不是要准备些礼物？"八婆嘴很碎，对什么都很好奇，还喜欢到处八卦，但人本身不算坏。

"您先守在一楼，然后按照我说的去做。"

高命和八婆沟通了很久，确认无误后，高命触碰心房，第一次尝试让血肉鬼神完全走出来，那庞大的身躯带来了一种无法形容的压迫感，它只要站在那里，就能把人吓得跪倒在地。

等血肉鬼神完全离开高命之后，他感觉自己心里空荡荡的，好像失去了很重要的东西，疲惫、痛苦、压抑，各种属于人的负面情绪在他的脑海里出现。

"我们是一体的，分开太久似乎对我们都不好。"

高命忍着大脑中各类负面情绪的反扑，跑到五楼，找到安安，想跟安安玩个角色扮演小游戏。

大概十几分钟后，楼内传来一声尖叫，房门被打开，楼道里有人在狂奔。

死寂很快被打破，脚步声、呼喊声、敲门声不断在楼内响起。

"看来已经有人被恐惧症影响了。"

很快,赵喜家的门也被敲响,老实巴交的赵喜打开了房门,他的弟媳李丽抱着孩子,和养母赵媛愿一起站在门外,两人表情惊恐,好像受到了很大的惊吓。

"赵喜!楼里闹鬼了!"养母赵媛愿嘴唇惨白,"我刚看见你弟弟回来了,可他走着走着身上就开始流血,他问我们为什么不去救他,然后他脸上的肉就一块块地往下掉!"

赵喜听到养母这么一说,也有点害怕。旁边的高命则表情平淡,恐惧症会把人们内心最害怕的事情投射出来。

"别听你妈瞎说,你弟弟疯了!他拿着一把刀从监狱逃了出来,就在楼道里!他说要杀了我和孩子!"李丽的话更加丧心病狂。

恐惧症在蔓延,楼内居民受到了刺激,越来越多的人开始往楼上跑,最后他们都聚在了五楼。

"一楼什么情况?有一个三米多高的怪物站在我家门口!"住在2101号房的王愧生破口大骂,情绪激动,"我要不是跑得快,直接就被它砸死了!"

"我出车祸的女朋友突然回来了,她在厨房做饭,还在煮自己的头发!"2409号房的方书奇大声叫喊,他真的被吓坏了。

"我去世的家人们刚才也在敲门,说我不孝顺,可我明明给他们烧了很多纸钱。"2203号房的小秋身体在发抖,"中元节都过去了!为什么他们还会回来?"

"不做亏心事,不怕鬼敲门。"安安小声嘀咕了一句,但还是被大人们听到了,他吓得躲在高命身后。

"你是谁?你们好像不是二号楼的!"王愧生瞪向高命,"一楼的怪物是不是跟你有关系?"

"我是心理疏导师,今天来为赵哥做心理疏导。"高命将安安抱起,"我们根本不知道什么怪物,你们是不是疯了?"

"你还请得起心理疏导师?"李丽看向赵喜,眼中竟然满是责怪,"真糟践钱!"

赵喜没有说话,他好像已经习惯被数落了。

"之前都没事，偏偏你们两个来的时候出问题了！"王愧生将邻居们全部叫到了一边，他们避开赵喜和高命，好像在商量什么事情。

其实高命知道王愧生在跟邻居们说什么，他也知道王愧生为什么会针对自己和安安，这一切都是游戏的一部分。

他放出血肉鬼神后，就在一楼通往二楼的墙壁上留下了血字——"血债血偿，向我献祭一位活人，可以放一位活人出楼"。

住在一楼的王愧生和二楼的小秋应该都看到了这条规则，杀一放一，所以他们想要把高命和安安当作祭品。

在恐惧症的影响下，所有人都暴露出了自己的脆弱和真实的内心，想要独活的王愧生压根就不在乎高命和安安的死活，直接开始跟邻居们商量。

赵喜因为与高命交好，也被排除在小圈子之外。令人寒心的是，他的弟媳和养母直到现在也没透露给他什么信息。

经过一番讨论之后，王愧生作为代表，走向高命和赵喜："我们在这里住了十几年都没出问题，偏偏是你们来的时候，所有恐怖的事情都发生了。你们如果想证明自己和这些事情无关，那就和我们一起去对付那怪物。"

"你们不害怕吗？"高命的眼神无比平静，他给了这些人一次机会，如果他们愿意跟随高命一起反抗，那所有人都可以活。

"害怕有什么用，必须逃出去才行。"王愧生眼神躲闪，"怪物是你们引来的，你俩走前面！"

赵喜觉得自己连累了高命，想开口为高命辩护，高命却摆了摆手，扭头看向赵喜的家人："我无所谓，但赵喜跟你们在一起住了很久，平时帮过你们很多忙。你们不相信我，还不相信赵喜吗？"

其他邻居没有说话就算了，赵喜的养母和弟媳竟然也没开口，她们好像默认了某些事情。

"行，我们走前面。"高命拍了拍赵喜的肩膀。他看见赵喜的眼神十分暗淡，危险到来，曾经接受过他帮助的人，却没有选择帮他。

高命牵着安安的手走在最前面，赵喜紧随其后，剩下的邻居们则跟他俩保持几个台阶的距离。

　　一层层向下，高命和赵喜很快来到了二楼拐角处，他们继续往前走，看到了写在墙壁上的血字。

　　赵喜觉得有些不妙，想提醒高命，可这时身后几个男邻居突然联手将高命和赵喜推下楼梯，让他们两个摔向血肉鬼神！

　　"献祭！他们两个就是给你的祭品！"

　　王愧生从一开始就没有想过反抗，他从神像旁边逃离，差点被吓破胆，人的力量怎么可能跟鬼神抗衡？

　　曾经的死亡记忆在高命身上重演，只不过这次他没有一点儿悲伤和痛苦。

　　"我给了你们活着的机会，是你们亲手把自己推进深渊的。"

　　无数血丝贯穿了高命的身体，他感受着记忆里的痛，发出了撕心裂肺的惨叫。随后，他的身体倒在了鬼神后面，整个人好像正被神像一点点抽取血液，感到无比痛苦。

　　这场景把邻居们吓坏了，可紧接着发生的事情又让他们红了眼。

　　在高命被血丝贯穿之后，一名长着四张嘴巴的女人悄然出现，她打开了楼道门，将赵喜送出了二号楼。

　　"一个人被献祭，一个人被放出楼？"王愧生没想到是这种方式，他毫不犹豫，抱起安安就朝楼下跑，"献祭！我要献祭这个小孩！放我出去！"

　　恐惧症刺激着王愧生的每一根神经，血肉鬼神带来的威压让他腿软，他满脸狰狞，将瘦弱的安安扔向鬼神！

　　血肉鬼神的一双手臂接住了安安，代表"生相"的那张脸怒目而视，恭喜被缝住的嘴缓缓张开："你、该、死。"

　　鬼神剩下的手臂直接抓住了王愧生，他的血肉开始枯萎，惨叫声在楼内回响，邻居们全部吓得脸色发白。

　　趴在地上的高命也微微睁开了一只眼，他没有操控恭喜，一切都是血肉鬼神自发的行为。

骨骼交错，王愧生扭曲的身体掉落在地。

八婆拍了拍手，关上楼道门，走了出来，她的四张嘴巴露出笑容："你们已经进行过一次献祭了，接下来追加一条规则。赵喜正在逃离，但还没走远，你们可以站在二楼阳台上呼喊他，使用任何方法都可以，谁能让赵喜重新回来，就可以代替他出去，逃离这栋楼。只有他回来了，新的献祭才能正常开始。"

八婆很喜欢高命交给她的这份工作，因为所有人都在认真听她讲话："赵喜回来之后可能会被杀死，而叫他回来的人就是凶手，所以你们要想好再做决定。"

新的规则公布之后，李丽第一个冲进了二楼阳台，打开窗户大声叫喊赵喜的名字。

其他邻居围在一起，你一言，我一语，开始编造谎言，想把赵喜骗回来。

他们甚至统一了口径，说楼外更恐怖，楼内才是安全的，还说真正的逃生出口在某个房间中。

逃到楼外的赵喜听见了李丽的声音，停下脚步，隔着防盗网，回头看去。

"哥！不要走！你走了我和妈妈怎么办？！"李丽自从嫁过来，几乎一直都是直呼赵喜的名字，很少叫他哥。

其他邻居们也冲到了阳台上，七嘴八舌地叫喊着。

"快回来！怪物在外面！再继续往前走，你会死的！"

"赵喜！"

赵喜站立在楼下，仰头看着二号楼，从没想过自己的邻居们会露出如此丑陋的表情。他只是老实，不是傻，当高命和自己被推下楼梯的时候，他心里的某些东西就被摔碎了。

身体上的伤口可以愈合，但心里的东西碎了，就很难再回到从前。

赵喜见安安也被放了出来，他牵起安安的手，挪动脚步，准备离开。

"赵喜！"李丽双手抓着防盗网，声音无比尖锐，但她改变不了什么。

"如果你不想自己的弟媳和妈妈被献祭，最好马上回来！"看着很文静的方书奇突然抓住了李丽的头发，锁住她的手臂，朝楼外喊道，"她们会比死更痛苦！"

为了把赵喜骗回来，邻居们丧失了理智，几人将赵喜的养母抓到阳台上。

所有人都不在乎赵喜的死活，唯一还算有点人性的就是赵喜的养母，她不愿意参与进来，没有开口。

可是在恐惧症的刺激下，邻居们越来越疯狂，没有鬼怪伤害他们，他们却开始伤害赵喜的养母和李丽。

"赵喜！回来！"

八婆说只有赵喜回来，才能重新开始献祭，邻居们看到了高命和王愧生"惨死"，也看到了赵喜活着逃离，眼都红了。

血液滴落在防盗网上，赵喜走出几步后，终究停了下来。

他朝安安笑了笑，将口袋里折好的纸青蛙塞给安安，然后转过了身。

"停手吧！"赵喜面朝二号楼走去，"我回来。"

听到楼外赵喜的声音，高命摇了摇头，这是他第二次给邻居们机会，如果他们愿意放赵喜离开，把活着的机会给赵喜，那高命也愿意给他们活着的机会。

已经逃离的赵喜重新回到楼内，邻居们的眼里已经满是血丝。

2409号房的方书奇握着锋利的玻璃碎片，警惕地盯着其他人。

2501号房的黄明明和2607号房的嘉琪站在一起，两人好像已经联合，其他人也都心怀鬼胎。

楼内邻居们的恐惧症变得越来越严重，幻觉不断地折磨着他们，现在他们发疯一般想要逃离这栋楼。

"每次献祭之后，似乎只有上次活着离开的人回来，才能开启下一轮献祭。"方书奇喘着粗气，"既然这样，我们干脆就一次性选好所有祭品，一个生一个死，也不用那么麻烦了！"

"也就是说，楼内一半人死，换另一半人活着。"身体强壮的人自动联合，包括赵喜养母和李丽在内的老弱被抛弃了。

成了祭品候选的人自然不甘心，双方从最开始的言语争执，逐渐演变成了肢体暴力。

温热的血流淌在台阶上，血肉鬼神的"生相"愈发清晰，他和高命一起注视着楼内的荒诞一幕。

曾经把高命献祭的人们，现在又开始互相厮杀，他们从未想过反抗，就如同过去一样。

死人是无法充当祭品的，厮杀很快演变成了逃杀，一群人在追猎着另一批人。

高命没有插手，他想让赵喜看清楚那些人的本来面目，也希望赵喜以后能够真正成为自己的帮手。

想要拯救世界，光靠天真和想象可不行，只有从残酷的地狱爬出来，才有资格修建属于自己的天堂。

底层住户很快杀到了高层，楼内出现了第一个暂时没有被恐惧症干扰的人——住在2707号房的姚远。

这位重病缠身、命不久矣的退休警校老师，拿起家里的棍棒，想要保护弱小，但他不知道的是，在那些人眼里，他也是祭品的候选之一。

"该结束了。"

死在楼内的邻居化为阴影，他们的生机被血肉鬼神夺走。

高命其实没怎么出手，他最后只是从发狂的邻居手中救出了赵喜、姚远和赵喜的养母。

第一次尝试制作怪谈游戏，高命确实收获了很多，血肉鬼神重新回到心房之后，他的身体素质出现了小幅提升。

高命也弄清楚了血肉鬼神"生死欲孽"四相的基本作用。"生相"可以汲取活人生机；"死相"可以通过杀戮提升自己；"欲相"可以将人心底的欲望血肉化，赵喜的养母是楼内唯一真心祭拜血肉仙的人，她年纪大了，也没什么依靠，只能把希望寄托于神灵，她的身体出现了异化，已经无法离开阴影世界了；最后的"孽相"仍旧是一片模糊，那张脸似乎是用来对付阴影里的鬼怪的。

搞清楚这些后，高命现在更有信心去对付司徒安了。

"一切都在改变。"

阴影萦绕在四周，高命能明显感觉到，那无处不在的阴影似乎没有那么抵触他了。以前他就像是在现实和阴影之间保持中立，但他现在做出了选择，所以阴影世界也给了他丰厚的回报。

姚老师消失的地方出现了一张新的黑白照片，照片里的内容跟高命上次看到的完全不一样。高命拿起照片，阴影朝着他的手背缠绕。

在高命的记忆中，姚老师的黑白照很普通，就跟现实里的照片没什么区别，可这次姚老师的照片上布满了裂痕。

黑白两色将照片割开，姚老师的左半边身体瘦骨嶙峋，眼神麻木绝望，密密麻麻的皱纹挤在脸上，一副命不久矣的样子；右半边身体被阴影笼罩，健壮挺拔，眼眸赤红，目光犀利，看着比年轻时还要威严。

黑白照背面，小孩子歪歪斜斜的文字也发生了改变。

纪念照：今夜我们一起迎来了新生，我们将远离疾病、苦痛、绝望和死亡，成为新的自己。

高命是第一次看到纪念照，也不太清楚这张照片的用法。

"这张照片要好好收起来。"阴影快要消散，高命还有一些事情要处理。

他没有让赵喜和安安跟着自己离开阴影世界，二号楼内这么多人消失，调查局的人肯定会过来，他俩现在还应付不了对方的调查。

"我想把荔山区打造成一个可以抵抗大灾的据点，以后这里的人会越来越多，你俩可以先在小区内转转，规划未来。记住，千万别走出荔井公寓。"

高命独自离开阴影世界，细心地处理掉了自己留下的所有痕迹，神不知鬼不觉地回到了自己家。

"能拖多久是多久，现在我还不想跟调查局正面对抗。"

高命躺在沙发上，这几天来第一次合眼，沉沉睡去。

早上六点钟，高命被卧室里传出的声音吵醒，他打开卧室门查看，发现晚湫正在努力做着很不标准的俯卧撑，这孩子把颜花的自虐式锻炼表格贴在了床头。

拥有病变的大脑，可以看见"鬼"的双眼，超强的自制力和执行力，还经受过难以想象的悲惨折磨，晚湫能够成为超级罪犯不是没有道理的。

高命没有打扰晚湫，而是陪他一起锻炼。

身体素质是高命的弱项，他之前和司徒安搏杀时，全靠一股子莽劲。如果换成清歌做对手，他估计还没近身，就被对方砍成几块了。

"那个清歌不能留，他很早就吃了肉，但直到最后都没被血肉仙影响，意志坚定得不像个人。"

高命记得很清楚，当时司徒安被宣雯拖入阴影世界后，清歌还能杀出一条血路，带着手下逃走。

"杀掉清歌，就像拔掉了司徒安的一颗獠牙，斩断了他的一条手臂……"

高命思考着未来的计划，发现自己根本感觉不到疲惫，他的血肉之心在源源不断地给他力量。慢慢地，高命喜欢上了这种感觉，每一次心跳，他的身体都要比之前强大一点儿。

高命严格遵循颜花的锻炼计划，八点钟才停止运动，他为两人做了早餐，然后开始叫车："晚湫，外面下着雨，你确定要去看大海吗？"

"嗯！"

"穿上雨衣，我们出发。"

瀚海就在海边，高命没钱带晚湫去私人沙滩，就打车将晚湫带到了和旧城区相邻的南港区。

他们穿过废弃的码头，跃过警示栏，站在暴雨中，面朝一望无际的大海。

阴云层层下压，暴雨模糊了视线，浑浊的海水掀起巨浪，仿佛要把一切拍碎！

"害怕吗？"高命按住晚湫的雨衣帽子。

"不、不怕。"晚湫在面对暴风雨中的大海时，说话变得更不利索了。

"不怕的话，就把你心里积压的所有东西都喊出来！告诉掀起的巨浪，告诉砸在你身上的雨，告诉面前的大海，你什么都不害怕！"高命紧盯着晚湫，如果巨浪拍过来，他会立刻抓着晚湫后撤。

"我……"晚湫双手攥紧，雨水打湿了他的脸，他现在连眼睛都无法睁开。

"你可以做到的。"高命曾遇到过一次晚湫，但那次他只把晚湫当作从阴影里走出的怪物，为了尽快获得晚湫的信任，他甚至说了记忆中杀人狂捡到晚湫时说的话。

晚湫努力睁开眼睛，看着灰色的世界，海水、天空，周围的一切都在朝他怒吼，似乎都在欺负他。他不自觉地向后退了一步，撞到了高命的手臂。

"你已经做出了很多改变，你逃过了慈善总会的追查，还给囡囡和娴娴做饭，在她们眼中，你是最亲近的哥哥，也是最值得信任的那个人。"高命拍了拍晚湫的肩膀，向前走了一步，"你现在已经不是独自一人了。"

"痛苦都堆在心里不说出来，会把人逼疯，偶尔也要放纵一下。"高命又向前一步，朝着灰色的天空和大海肆无忌惮地喊道，"去他的宿命！我要把自己的命抓在自己手里！"

暴雨淹没了他的声音。高命喊完后也觉得有点不好意思，但确实很爽。

"人生只有一次，你想怎样活着？"

高命回头看向晚湫，这孩子跟着他的脚步，努力向前，张开了嘴巴。

巨浪恰巧在这时袭来，高命立刻拽着晚湫后撤，晚湫被灌了一嘴海水，坐在了水泥地上。两人满嘴的苦味，都有些狼狈，晚湫费力地从地上爬起，看着高命湿透的上半身，不由得傻笑了一下。

"这还是我第一次看见你笑。"高命示意晚湫远离海岸。

"很、很正常，我们才认识一天。"晚湫开始尝试说更多的话了。

"你只认识我一天，可我……"高命摇了摇头，"下次还是等天晴时再来看海吧。"

"好、好的。"

又完成晚湫一个心愿后，高命计算着时间，带晚湫前往东区。

他记得十分清楚，瀚海被评选为文明城市的新闻很快就会公布，司徒安将在今天下午作为瀚海慈善总会的代表，接受一个公开采访。

在高命的印象中，这是司徒安成为东区分局局长之前唯一一次公开露面。

如果条件允许，高命会果断下手。

"各大电视台的记者都在，围观者超过百人，众目睽睽之下，确实风险很大。

"我现在有两大优势，第一是占尽先机，第二是躲在暗处。

"一旦动手，那就要做好与全城为敌的准备。"

没人知道司徒安做的那些事情，就算大家知道了，也轮不到高命动手。

但是高命有必须亲手杀死司徒安的理由——他要把司徒安囚禁在自己异化的心房里，这样就算自己以后再次重生，从隧道中走出来，现实里也没有司徒安这个人了。

"权势和名气就是他最大的护身符，动了他，瀚海的其他势力也不会放过我。"

高命走在暴雨中，脸上没有一丝担忧："不过无所谓了，在我看到的未来里，四个星期后，各种怪谈就会失控！所以无论我做什么，只要能撑过四个星期就足够了。"

东区，皇后路尽头，世纪礼堂里正在举办一场盛大的慈善活动。

窗外黑云压顶，暴雨肆意踩泼洒而下；屋内歌舞升平，巨大的会场里坐满了瀚海上流社会的精英。

透明的玻璃将世界分成了两部分，两边的人可以看到彼此，却接触不到对方。

"没有邀请函和工作证不得进入内场，你们可以站在外场围观。"膀大腰圆的保安将高命和晚湫拦下，大家都是普通人，可那保安看向高命的眼神中却满是鄙夷，似乎觉得高命没有自知之明。

高命没跟工作人员争论，他抓着晚湫走向外场，隐藏在人群当中。

会场的安保十分严格，他们根本无法接近司徒安，更别说找到下手的机会了。

"会场太大了，就算触发所有遗照，也无法笼罩这么大的范围。"高命低垂着头，如果周围的人知道他内心的想法，估计会被吓死。

"几百人同时被困在异常事件里，还有这么多媒体记者在，消息肯定无法封锁，到时候调查局绝对会像发疯一样追查到底。"

慈善活动很快开始，来自瀚德私立学院的孩子们表演结束后，爱心企业和个人轮番进行捐赠，这些人是真的想帮助有困难的家庭。

捐赠仪式结束后，主持人终于说出了高命曾经在电视转播上听到的那句话："弘扬慈善精神，引领崇德向善风尚！下面有请瀚海慈善总会副会长司徒安先生为大家讲话。"

穿着一整套定制服装的司徒安从后台走出,他刚出现,会场里就响起了掌声,背景音乐也变了。

高命远远注视着司徒安,眼底浮现出一条条血丝,他必须控制好自己。

司徒安身材高大匀称,面容俊朗成熟,给人的第一印象就很不错。他伪装得太好了。

随着了解的逐渐深入,人们会发现他比想象中更好:既是商业奇才,又是慈善大使,谦逊博学,待人接物的风范更是教科书级别的,他身上任何一个优点单独拿出来就已经十分耀眼了。

司徒安开始说话的时候,台下变得很安静,所谓上流社会的精英们也耐心听了起来,偶尔还会配合地鼓掌。

"现在是白天,强行触发遗照,效果会大打折扣,周围还有这么多人……"高命根本没听司徒安在说什么,他只想把对方杀掉,把他的灵魂关进刑屋里。

高命观察会场,想找机会,结果意外发现会场里有其他人好像也在和他打着同样的主意!

外场和内场交界处,有个戴着口罩的男人悄悄更换了衣服,他从口袋里摸出了一张皱皱巴巴的老照片。

男人仿佛在对照片做祷告,比画了几个手势后,他影子的颜色开始加重。

司徒安的讲话持续了十五分钟,进入尾声之际,内场两位穿着西服的年轻人突然暴起,冲向司徒安。

会场骚动,保安立刻维持秩序,司徒安朝后台退去,幕布后面的阴影里忽然伸出了一条惨白的手臂。

很多人都看到那只手抓向司徒安,这位瀚海慈善大使受到了攻击!

"是谁想杀掉他?"高命觉得事情没那么简单,既然对方可以潜入后台,那完全有更多、更好的机会下手杀人,为什么偏偏选在司徒安快要讲完话的时候?

这就像是故意要让所有人看到,司徒安遭到攻击,受了重伤。

安保人员和急救人员全部跑向后台,主持人接过话筒努力救场,但没人听他的话。

"晚湫，你先去外面那家奶茶店等我。"

高命看见刚才那个可疑的男人离开了座位，朝着会场外面走去。他悄悄跟着对方，两人一前一后进入了厕所。

等待片刻后，高命忽然发现，阴影以厕所第三个隔间为中心，朝着四周扩散，他被意外拖入了阴影世界。

他躲进另外一个隔间，很快听见了脚步声，一个有些熟悉的声音在外面响起。

"我的照片好用吗？"

"禄医生，您交代的事情都办妥了。我制造混乱，让阿妹儿在记者们面前攻击司徒安。"

高命透过门缝偷看，那男人取下了口罩，不断咳嗽着，他在透支生命使用遗照。

男人对面站着一位穿着白大褂的年轻医生，对方看着只比高命大一点儿，戴着眼镜，斯斯文文，但是阴影在他脸上留下了大片的"胎记"。

看到禄医生的脸，高命的心口传来一阵刺痛，他记得这位医生！

在最初的死亡记忆中，他以为自己疯了，于是去看病，就是这位阴影世界里的医生为自己治的病。

他把所有的病症告诉了医生，对方却用手术刀刺穿了他的脖颈。那是高命的第一次死亡，后来他又遇到过这位医生几次，每次的下场都极为凄惨。

高命屏住呼吸，没有发出任何声音，那么多次死亡都熬过来了，他早已习惯了痛苦。

"办妥了？"禄医生拿走自己的黑白遗照，他好像有洁癖，正耐心擦拭着照片。

"因为是白天，阿妹儿受到了很大的限制，所以没有完全按照计划去做……"男人有些害怕，他见禄医生没有回话，语速加快。

"瀚德私立学院的孩子也处理好了，都送到了东区黑窖，今晚您和司徒安就可以过去查看。"男人哀求道，"我已经全部按照您说的做了，能放过阿妹儿吗？她还小。"

"你可以走，但她不行。"禄医生面无表情，"我的每一位患者，都是我的收藏品。"

"你之前不是这么说的,我帮你做了那么多事情,还杀了人,现在我什么都没有了!"男人朝禄医生走去,他刚抓住禄医生的肩膀,那白大褂下面就伸出一条女人的手臂,一张病患的脸浮现在禄医生的身体上,他们似乎融合在了一起。

"我确实骗了你。"另一条抓着手术刀的手臂从禄医生后背钻出,直接刺穿了男人的脖颈,"你还真以为自己能走吗?"

照片被放入血水中,男人的尸体很快被阴影吞没,禄医生离开卫生间,进入了阴影深处。

"原来司徒安早就跟阴影世界里的怪物合作了,他让那些怪物攻击自己,是为竞选东区分局局长做准备,还是想泄露阴影世界的存在?"

高命等阴影消散后,才推开隔间的门。

今晚禄医生似乎会和司徒安一起前往东区黑窖,高命刚才差点就对禄医生动手了,不过他担心自己现在攻击禄医生,会让司徒安改变原定的计划。

"东区黑窖?瀚海黑窖案?"

高命对这个凶案并不陌生,案子发生在东区边缘的临时安置所附近,案情不算复杂。某天,一个小孩和爸妈说,废弃的黑窖里藏着一条大狗。起初大人们没在意,但后来村里的小孩纷纷失踪,大人们逐渐对黑窖产生了怀疑,最后在黑窖里发现了一个专门抓小孩的疯子。

高命离开会场,找到了傻傻地站在奶茶店门口的晚湫。

店里人很多,这孩子穿着雨衣呆立在大雨中,像一只没人要的企鹅。

"等了很久吧?"高命去买了两杯奶茶,递给晚湫一杯。

喝着热奶茶,高命不禁想起了一位故人,他拿出手机,犹豫片刻后,拨打了宣雯的电话。

晚湫嘬着芋圆和椰果,好奇地看向高命。

铃声响了几下之后,电话被接通,宣雯疑惑的声音从手机那头传出:"你找谁?"

"你还没有去杀那八个女角色吧?"

电话被挂断,嘀嘀的忙音很是急促。

高命收起手机，朝远处看了一会儿，然后淡定地拍了拍晚湫的肩膀："你信不信，我已经在她心中留下了很深的印象。"

晚湫似懂非懂地点着头，好像学到了很有用的知识。

口袋里的手机忽然又振动了起来，高命立刻拿出来查看，发现是魏大友打来的："老哥，遇到什么麻烦了吗？"

"警察封了我居住的公寓，作为唯一幸存者，调查局的人也找到我了。"魏大友的声音很低，还有些疲惫，"我按照你说的去做了，他们把我引荐到了东区分局，还说我是活过了二级异常事件的潜力股。"

"你已经到东区分局了？"

"我刚结束面试，成功进入了皇后调查署，不过……"魏大友的声音变得更低了，在暴雨中都有些听不清楚，"这个调查署氛围有点奇怪，署长是个老头，钻在办公室里不出来，大家全部听副署长清歌的。那副署长才二十出头，看着比我小很多。"

"清歌！"高命怎么可能忘记这个名字，"你别因为他年轻就小瞧他，这个人很危险！"

"晚了。"魏大友的声音中带着苦涩，"我在排队等待的时候，把他当成了普通工作人员，跟他吹了半天牛。他们今晚就准备出任务，好像要带上我，我能跑路吗？"

"你看过那么多游戏设计方案，只要提前打听到今晚去哪儿，应该能混过去。"

"我只知道他们要去东区临时安置所，具体发生了什么，没人告诉我。"魏大友很无奈。

"东区临时安置所？难道清歌要带东区调查员和司徒安会合？"高命知道清歌是司徒安培养出来的，他年纪轻轻就能成为皇后调查署副署长，肯定离不开司徒安的提拔，"看来我今晚非去那里不可了。"

"你也要过去？"魏大友立马来了精神，"兄弟，你是不是猜出今晚要通关什么游戏了？"

"不是游戏，是命案。"高命回想着黑窑案的细节，"今晚你无论如何都不要进入黑窖。"

"为什么？黑窖闹鬼吗？"魏大友真的有点害怕了。

"比鬼还恐怖。"高命很严肃地说道，"因为我也不知道一个双耳被毁后听不见声音的盲人，每天会做什么样的噩梦。"

疯子住的黑窖肯定会在阴影世界里异化，高命之前没进去过，所以不太清楚。

高命挂断电话，给了晚湫打车钱，让他先回家，自己则提前赶往东区临时安置所。

在寸土寸金的东区，有一块整整十年都没开发成功的区域——跛湾村。

这村子靠近恨山，几年前拆了一半，结果发生了各种各样的事情，导致工程中止。无家可归的村民一直住在临时安置所，随着流民聚集，人越来越多，后来瀚海慈善总会还在那里修建了临时的学校和诊所。

高命记忆中关于跛湾村的怪谈非常多，黑窖案只是其中之一。

晚上十点，跛湾村临时安置所。

佩戴黑环的魏大友站在队伍最后面，暴雨像一头发疯的巨兽，肆意撕咬着又脏又乱的安置所。

硬板房嘎吱作响，好像随时会倒塌，雨水不断渗进屋内，偶尔还能听到村民的叫骂声。

"所有人保持安静。"清歌推开了慈善诊所的铁门，皱眉查看，值班的工作人员好像睡着了，并未按照约定过来迎接。

"没关系，我就先待在这里。"禄医生打着一把黑伞，"司徒会长在为掌控东区分局做准备，今晚的行动就由我来指挥吧。你们按照原计划行事，先让流民进去。喂饱它之后，再想办法把那些孩子的尸体带出黑窖，搬到诊所里。"

"要喂多少人？"清歌像一个没有感情的机器。

"上次的两倍。"禄医生头也不回地进入诊所，他说得轻描淡写，仿佛人命只是数字。

队伍最后的魏大友此时冷汗都流出来了，这种秘密他都听到了，那对方下一步会不会灭口？想起高命的嘱托，魏大友的心更慌了，他朝四周看去，不知道高命此时藏在什么地方。

皇后调查署的队伍开始深入跛湾村，等他们走远后，诊所里那个专为患者设置的简易呼叫器突然响起。

走在诊所楼梯上的禄医生停下了脚步，双眉微蹙："有人？"

他来到二楼。狂风吹打着铁皮，雨水从碎裂的窗户落入，漆黑的走廊上站着一个人。

那人佝偻着背，穿着湿透的病号服，眼神呆滞，浑身脏兮兮的，不断用手按着病室门口的呼叫器。

他似乎没有察觉到禄医生过来，只是单纯重复着同一个动作。

"病人？"禄医生推了推自己的眼镜，走到那个患者身边，"你想找医生？"

年轻人慢慢扭过头，脏乱的头发贴在脸上，他嘴唇干裂，脸色苍白："是的，我生病了……"

"我就是医生，跟我进诊室吧。"禄医生喜欢收藏患者，越是奇怪的病患，越有收藏价值。

进入诊室，禄医生关上了房门，他没有开灯，直接坐在了主治医生的位置上。

"医生，我感觉自己好像疯了，我的大脑出现了问题。"年轻人表情痛苦，缓缓转身，眼里好像有泪水。

"活在这样一个世界里，大多数人都会发疯的。"禄医生拿出钢笔，拔掉了笔帽，盯着锋利的金属笔尖，"说说吧，你的具体病症是什么？是产生了幻觉或幻听，还是长期处于痛苦当中无法自拔？"

"都不是。"年轻人摇着头，好像没办法控制自己，直到身体碰到桌子，他的情绪才稍微稳定了一些。

"我是医生，你要完全相信我，这样我才可以帮你。"禄医生面带微笑，看起来斯文阳光，很值得信任。

"医生。"年轻人犹豫了好久，终于下定决心说出自己内心最大的秘密，"我发现自己做的游戏好像变成了现实。"

"这不挺好吗？"禄医生根本不在乎高命说了什么，"现在人们的工作压力那么大，你却能够摆脱这些。"

"可我是一名怪谈游戏设计师。"年轻人低垂着头，面目逐渐扭曲狰狞，"我构思过一百二十六起凶案，塑造过几十个性格各异的凶手，现在一切好像全部变成了真的！"

身上的死亡气息愈发浓郁，他的心口渗出鲜血。

"阴影在扩散？"禄医生脸上的笑容消失了，"你不是安置所里的村民。"

双眼赤红的年轻人慢慢仰起了自己的脸，八条鬼神手臂从他背后伸出！

"你杀了我那么多次，难道就没有觉得我很眼熟吗？"

拥有死亡记忆的八条手臂朝着四周伸展，阴影如同浪潮般撞击在诊室墙壁上，曾经被一遍遍杀死的受害者，穿过了暴雨，再次站在禄医生面前。

高命藏在头发后面的眼眸里满是血丝，他双手按着桌子，呼出了一口浊气。

"禄医生，我的病你能治吗？"

丑陋的布偶从桌下爬出，抓住了禄医生的腿，他竭力后退，但高命却根本不给他躲闪的机会。

"生""死""欲""孽"四张脸看着禄医生，血肉鬼神直接砸向他的头颅！

心口被血染红，高命异化的心脏怦怦直跳，每跳动一次，诊室内的血色就浓郁一分。

窗外暴雨狂泻，屋内血水飞溅，阴影和嘶吼声混杂着，代表了极端的暴力，歇斯底里的进攻中还隐含着一种深深的悲伤。

死亡和自我毁灭，救赎和放弃新生，无数种矛盾的想法汇聚在一起，所有的死亡片段互相碰撞！

连血肉鬼神都难以承受的痛苦，高命却习以为常。

"我曾经真的想要救每一个人，但后来却发现我连自己都救不了。

"禄医生，我那么信任你，告诉了你一切，你却只想把我做成标本。

"为什么要伤害你的病人？他们都把你当作最后的希望，你却当着他们的面把希望揉碎，一刀刀刺入他们的身体。"

一条条锁链在心中拖动，由痛苦和绝望化作的刑具缓缓浮现，高命心房异化出的刑屋远比"食人鬼"制造出的还要恐怖。

诡异惨白的人脸替换了禄医生原本的脸，随后，人脸就被鬼神砸得血肉模糊。

属于禄医生的脸悄然浮现在后背上，他藏在口袋里的手拿出了一张黑白遗照，一个个穿着病号服的患者在诊所出现。

他们之中有沉默寡言的老人，有正在读书的学生，还有七八岁大的孩子，这些人全部被禄医生制作成了收藏品，他们的身体内满是阴影。

禄医生杀死了他们的躯体，保留下了他们的病症。

"拦住他！"

高命的进攻太过疯狂，禄医生直接放弃了对抗的念头，只想着逃跑。

"你不是最喜欢收集病患吗？为什么要丢下他们逃跑？你连疯子都算不上，就是一条胆怯扭曲、寄生在人心里的虫子！"

每一种心理疾病都是毒，禄医生在阴影世界的帮助下，拥有了种种不可思议的能力，他不仅可以把病患融入自己的身体，还能使用各种疾病。但很可惜，他遇到了高命，心理上的毒根本无法动摇高命。

禄医生从未见过这样的人，自己最擅长的心理操控无法奏效，他想甩开恐惧症布偶，跳窗逃走，可高命却红了眼，紧追不放。

禄医生完全想不明白，自己到底哪里招惹了高命，看对方的样子，就好像自己把他全家都做成了活体标本一样。

禄医生虽然疑惑，但也不敢停留，因为他确实做过类似的事情。

啪！

窗户玻璃被撞碎，锋利的碎片炸飞在暴雨里，禄医生从二楼摔下，高命也发了狠，紧跟着跳了出来。

"你跑不掉的！很快司徒安也会来陪你！"

血肉鬼神的八条手臂向前伸去，闪电划过夜空，也映照着高命的脸，雷声轰鸣，他和血肉鬼神一起抓住了禄医生！

心脏咚咚跳动，全身血流加速，八条手臂按住禄医生的身体各处。

高命在黑夜中站起,大雨顺着身体滑落,他的胸口起伏不定,直到心脏跳动的频率和禄医生的同步。

"你想干什么?!"禄医生之前根本没想过,活人居然能具备杀死阴影世界中怪物的能力,现在他从灵魂深处感到了不安!

雨水砸在泥泞的地面和水洼里,仿佛狂乱的鼓点,电闪雷鸣,高命和血肉鬼神同时张开了嘴巴。

八条手臂将禄医生撕扯得变形,鬼神体内的无数血丝,就像高命身体延伸出的血管,刺入禄医生体内,穿透了他的血肉之心,缠绕上了他的神明之心。人有两颗心,神明之心入轮回,血肉之心留世间,高命要把禄医生的两颗心全部夺走。惨叫声在阴影世界里回荡,禄医生表情惊恐,他看到了高命心里的那间刑屋。

无数刑具在动,太多怨气需要被平复!

禄医生无法挣扎,他已经错过了最佳的反抗时机,在被高命攥住了两颗心时,他的结局就注定了。

血肉鬼神囚禁着禄医生,带着他一起回到了高命的心房当中。

一段段死亡记忆仿佛互相咬合的齿轮一般转动,禄医生在刑屋里哀号,遭受着他应该受到的惩罚!

阴影被吞掉,直到那段对应禄医生的死亡记忆消失,禄医生的惨叫声才停止。

血水和阴影被鬼神的"孽相"吃掉,禄医生一生的经历被鬼神揉搓成一条血迹斑驳的锁链,悬挂在刑屋里,与此同时,鬼神皮肤上的血色消退了一些。

高命能感受到自己内心深处传来的愉悦。

"原来死亡记忆消失是如此舒服!"

高命慢慢张开双臂,任由大雨落下,缠绕他的束缚好像又少了一点儿。

"我经历过太多的噩梦,想要真正摆脱所有束缚,恐怕要把我经历过的所有噩梦全部打碎才行!"

身后有脚步声响起,高命回过头,禄医生收藏的病患在慢慢靠近,他们没有攻击高命,只是站在距离高命不远的地方,似乎是从高命身上感受到了禄医生的气息。

"禄医生已经死了，以后高医生来为你们治病。"高命脱掉了病号服，上身赤裸，"你们真的很幸运，遇到了这座城里最好的医生。"

高命走向诊所，那些病患跟在后面，他们听懂了高命的话。

"我跟禄医生不一样，我真的会帮你们治疗，让你们有一天可以走出阴影，站在阳光下。"高命感受着几位患者的心跳。

禄医生的黑白照片里共囚禁了四位患者，年龄最小的叫阿妹儿，她患上了一种很奇怪的病，她从小就不认为自己是人，总觉得自己是一条离了水的大鱼；年纪最大的病人叫吴数，这位老人是新沪调查局的述迷者，负责研究异常事件和阴影世界，意外被禄医生囚禁；剩下两位患者是一对年轻的情侣，两人十分恩爱，看着算是最正常的。

"等回去后再慢慢研究，这张遗照对我来说也算是专业对口了。"

阴影带着四位患者消退，高命将地上的黑白遗照拿起，照片里没有了禄医生的身影，取而代之的是站在暴雨里的高命。

他翻看照片背后，上面依旧是小孩子的"涂鸦文字"。

患者的照片：这座城的人都疯了，他们病态的大脑，记录了这个病态的时代。

高命将遗照装好，换回自己的衣服。他拿起手机查看，发现三条魏大友的信息。

"高命！那群疯子让我第一个下窖！快来！"

"你到哪儿了？不会堵车了吧？"

"黑窖里不对劲！下去的村民全都没上来！快要到我了！"

信息发送时间是两分钟前，高命穿上雨衣，马不停蹄地冲入大雨中。

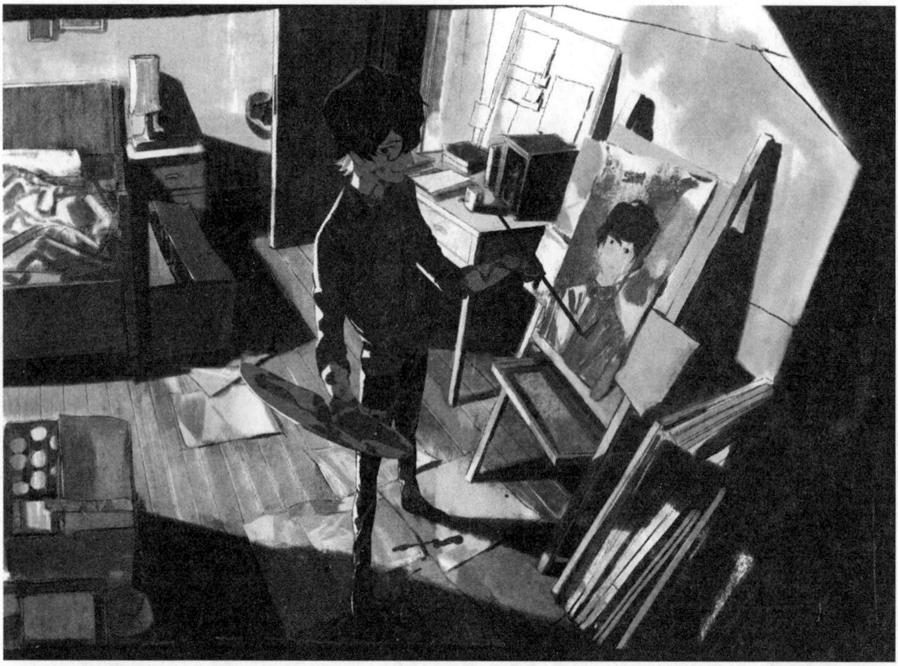
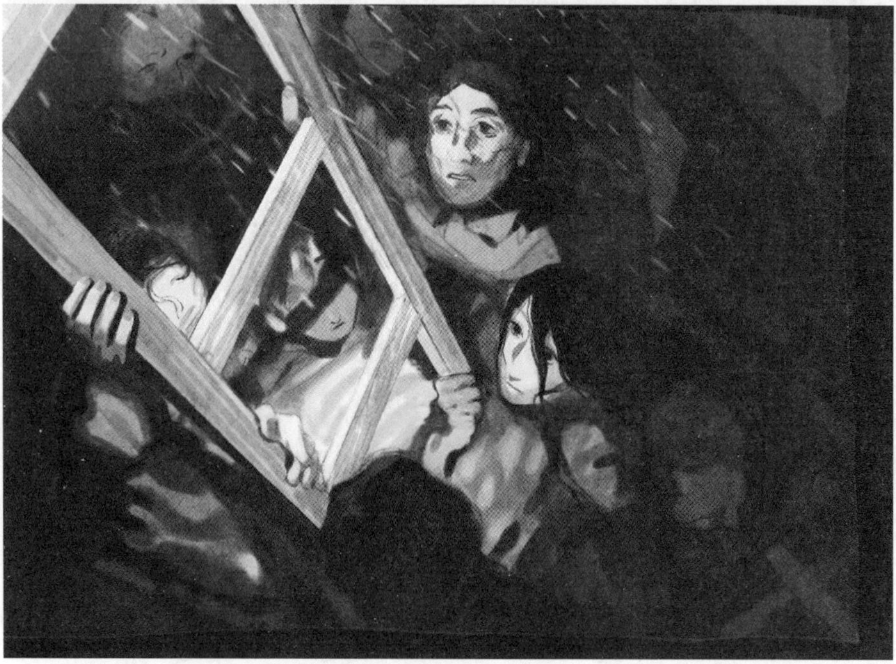

第五卷

继续攻略

第十六章

黑窖

夜色阴沉,高命悄无声息地走过临时安置所。

一栋栋简易钢板房在风雨中摇晃,周围没有一盏灯,偶尔能听到远处传来的砸门声。

"快到跛湾村了。"

雨衣帽檐向下压,高命的心跳莫名加快,靠近那个十年都没拆完的村子后,他心底的本能在提醒他远离。

高命跟随地上的鞋印,绕道前行,来到村子和安置所中间的隔离区域。

写着"禁止入内"的牌子已经被推倒,水洼里残留着快要消散的血迹。

高命扒开挡路的树杈,看见身穿统一雨衣的调查员正在和一些村民对峙。

安置所的居民不愿意听从清歌的指挥,试图和清歌讲道理,但没人想到,为首的村民被清歌直接踹进了黑窖。

暴雨将充满恶意的声音掩盖,只有走近之后,才能看清那些人丑陋的嘴脸。

协商失败,安置所的流民抓起木棍和农具,朝着调查员挥动示威。站在最前面的几位东区调查员没有躲闪,经过严格训练的他们展现出了极为恐怖的战斗力。

短短几分钟,黑窖附近已经没有能站立的村民了。

如果高命没有血肉鬼神,凭他自己的力量根本无法对抗皇后调查署。"既然我已经对禄医生下手了,那就没理由放过清歌,我先掰断司徒安的两颗獠牙,再把他送入我的刑屋。"

清歌挥了挥手,调查员将惨叫的流民一个个扔入黑窖,但黑窖就像一头怎么都喂不饱的怪物,哀号的村民落入其中,立刻没了声音,仿佛被吞掉了。

"已经是上次的两倍了,还没有填满。"清歌回头看向调查员们,队伍末尾的几个新人都被吓傻了,"禄医生计算有误,光靠这些流浪者不够为我们铺路,你们几个去开门,一栋挨着一栋,依次把村民带出来。"

没人敢反抗,也没人敢说话,谁要是开口,可能就会被清歌直接扔进黑窖里。

"异常事件扩散后,死的人会比现在多十倍,甚至一百倍。"清歌见那些新人仍站在原地,走了过去,"任何族群为了生存和繁衍,都会在遇到危险的时候牺牲部分,保全整体。你们是最有力量的,你们的存在可以救更多的人,所以你们留到最后再进入。"

"我们难道不应该用力量来保护那些需要保护的人吗?"魏大友忍了半天,还是开口了。

"如果到了必要的时候,我也会毫不犹豫地赴死。"清歌的眼神冰冷可怕,"按照我说的去做。"

皇后调查署的老队员慢慢转身,包围了几个新人。

同行的三位新人犹豫片刻后,走向最近的安置房,只剩下魏大友待在原地。

"你不愿意用他们来铺路,那就自己进去吧。"清歌的声音不带丝毫感情,"用你的力量去保护他们。"

房门被破开,哭喊的人们被拖拽到了黑窖附近。

一栋接着一栋,三位新人好像在偷偷商量着什么,他们正在慢慢朝远处的房间走去。清歌盯着三位新人的背影,跟旁边的队员说了几句话,那些队员立刻冲了过去。

还在装模作样开门的新人发现有人过来,扔下工具就朝外跑,但最终还是被抓住了,他们和调查署的那些老队员相比,身体素质差太多了。

"这点觉悟都没有,为什么还要加入调查局?"清歌当着魏大友的面,将三位新人推入了黑窖。

扔到第三个人的时候，黑窖里终于传出了重物落地的声音。

"有回声了。"清歌抽出一把黑色的刀，顶在魏大友后腰，"你很幸运，不用铺路了，而是走在了路上。"

魏大友的雨衣被划破，他完全没想到东区分局和其他分局的差别会这么大！这里全是被洗脑的疯子！

"很多道路都是由尸骨铺成的，只是大多时候你看不到罢了。"清歌逼着魏大友朝黑窖走，"下去找到孩子的尸体，搬出来，如果你能活着完成任务，我会再给你一次机会。"

魏大友站在黑窖旁边，藏在雨衣里的手好像在摸什么东西。十几秒后，他被清歌推进了黑窖。

同一时间，高命的手机屏幕亮起，他收到了魏大友发送来的第四条信息——"危险，跑！"。

高命看到信息后，立刻开始靠近黑窖，所有调查员穿着一模一样的雨衣，暴雨模糊了视线和声音，他只看到清歌在黑窖边缘等待片刻后，带着所有组员进入了黑窖。

高命走出藏身之处，来到黑窖边缘。

这黑窖修建在一座土山上，雨水和泥沙不断灌入其中，可就是无法把它填满。

高命望向黑窖，什么都看不见，什么都听不见，声音和光好像都被吃掉了。

高命鼻翼微动，闻到了一股淡淡的臭味。正常的臭味会引人反感，但那臭味却让人觉得有点舒服。

"黑窖就算再大，也很难装下这么多人，窖里难道养出了什么恐怖的东西？"

黑窖案里的"大狗"最后被村民活活打死了，但后来警方介入调查的时候，发现了一些疑点：那个疯子为什么会一直躲在黑窖里？是谁每天给他食物？他又是出于何种目的把小孩骗进黑窖里的？

按理说，一个又聋又瞎的人，主动去村子里抓小孩而不被大人发现是一件很困难的事。

奈何警察去的时候，疯子已经死了，线索中断，村民又团结一致，最终只好按照众人的口供结案。

高命将遗照拿在手中，告诉了恐惧症布偶魏大友的长相，先让它进入黑窖。

十几秒后，布偶完全和高命失去了联系。

"这黑窖还真是什么都吃啊。"

高命迈入黑窖，里面墙砖脱落，满地烂泥，感觉随时都会坍塌，窖里的人也有被活埋的风险。

他继续往前走，试着用手机照明，但诡异的是，就算有光也看不见任何东西，耳边各种嘈杂的声音也在慢慢消失，黑色的阴影裹挟着冷气，将高命包围。

"看来游戏开始了。"

回头看去，黑窖入口早已不见，高命被困在了寂静无声的黑暗里。

"外面下着大暴雨，电闪雷鸣，狂风呼啸，黑窖里却一点儿声音都听不到？"

如果只是失去视觉，那还可以听到各种声音，通过语言与世界沟通。可如果连听觉也一起失去，那种压抑感将会瞬间把一个正常人吞没。

不知道是不是心理作用，高命感觉自己连呼吸都变得有些吃力了，他好像浸泡在烂泥和深水里，正在慢慢下沉。

高命蹲下身体，轻轻抱住自己，真实的触感回馈给他真实的感受，至少他还真实地存在着。

他迅速调整状态，尽管听觉和视觉都被剥夺了，但能依靠的还有触觉和嗅觉。

高命的大脑一刻不停地思索着："那个疯子一直生活在这里，我现在体验到的应该就是他的日常生活。"

在这种情况下，首先要做的是适应。高命根据脑海里的记忆，慢慢朝着黑窖入口的位置退去，他一点点向后挪动，后背突然碰到了什么东西。

高命伸手向后摸索，摸到了五根冰冷的手指。

那只手没有活人的温度，满是老茧和硬痂，手指上残留着污泥，指甲好像用牙咬过，边缘有不规则的裂口。

在完全的黑暗和死寂中，那只手成了唯一能给高命提供信息的存在。

"失去了听觉和视觉，黑窖里的疯子就是用那双手去感受世界的，虽然他的世界可能只是一个废弃的地窖。"

五指突然被反握，高命仿佛被野兽咬住，一股巨大的力量将他朝黑窖内部拖拽。高命护住头，他已经完全无法分清方向。几分钟后，他摔倒在泥泞中。

周围依旧一片漆黑，没有任何声音。高命从地上爬起，随便朝一个方向前行，走了好几步都没碰到石壁。

"我在哪里？"

高命原路返回，蹲在地上。他早已习惯了用视觉和听觉去了解世界，此刻不由得感到一阵惶恐，这是人的本性。

"那只手的主人没有直接杀死我，它可能需要我去做一些事情。"

高命没有放弃，抓了一把地上的泥，揉搓过后，放在鼻下。

他闻到了雨后泥土清新的气息，而当他闻到这气味的时候，手指还摸到了一片草叶。

"黑窖藏在地下，满是烂泥，这里的泥土不应该是这个气味。"

他跪在地上，摸到了草和树叶，自己闻到的气味似乎都会变成现实，被触感接收到。

慢慢地，高命又闻到了桂花的香气，这香味能缓解抑郁，还对部分躁狂型精神病患者有一定疗效。

高命站起身，朝桂花香靠近，可他才走了几步，就被重重踹翻在地，皮带、木椅、拳头，各种各样的东西抽打在他身上。

他看不见黑暗中有什么，但能感觉到痛。

高命向后跑，逃离桂花香，直到再也闻不到香味后，殴打才停止。

"为什么闻了桂花香就要挨打？这香味代表着被痛殴的记忆？"

为了验证这个猜测，高命又抱着头，朝桂花香传来的地方走了几步，再次被痛殴后，他赶紧撤回。

"桂花香和被殴打的场景联系在了一起，这可能是属于那个疯子的记忆。"

气味也可以保存记忆，就像很多人一闻到消毒水味，就会触发自己小时候在医院打针的记忆。

相较于视觉和听觉，与嗅觉关联的记忆更加逼真和情绪化，因为它在保存记忆时，会绕过传递感觉信息的丘脑，直接作用于海马体和杏仁核。

"我要通过气味找出一条生路？"

高命从没玩过这么变态的游戏，他沉思片刻后，打起了精神："我一定要活下去，然后把这个好玩的游戏推荐给司徒安。"

他仔细分辨各种气味，泥土的清新香味慢慢消失，汽车尾气和烟尘味扑面而来，他好像站在了人群中，被不断碰撞。

什么都看不见，只有各种各样的气味涌入鼻腔，高命根本无法分辨。

大概几分钟后，有一股明显的樟脑丸味出现，高命的手再次被牵住。

对方比自己高很多，力气也非常大，樟脑丸的刺鼻气味就是从对方衣服上传出的。高命跟着那人走了几步，逐渐发现樟脑丸气味里还混杂着很淡的血腥味。

高命心里感觉不妙，直接咬向那只手，挣脱之后，朝着记忆中桂花香传来的地方狂奔。

他想让桂花香里那些殴打自己的人拦住"樟脑丸"，要是双方能打起来更好！

樟脑丸的刺鼻气味紧跟在身后，虽然看不见，听不见，但高命还是紧咬着牙狂奔！他仿佛正被整个世界压迫、追赶！

很快，桂花香浮现，高命捂着头冲进去，皮带抽在了自己身上，樟脑丸的气味也追了过来，但他们并未发生冲突。

"这两种气味是一伙的？"

知道要被抓住，高命心一横，撞向前面的人，他双手抓住对方的身体，通过触觉去判断。

桂花香代表的是一个健壮的中年人和一个穿着裙子的女人，他俩一个拿着皮带，一个拿着椅子，打起自己来毫不手软。

樟脑丸的气味则是从一个夹克男身上散发出来的，他们三个似乎谈好了，中年夫妇要把高命送给夹克男。

"气味代表着记忆，闻到气味后，对应的记忆场景就会重现，难道盲人小时候被自己的父母卖了？夹克男就是买他的人？"

高命第三次被揍，试着逃跑，可没有视觉和听觉，逃跑真的太困难了。

衣领被夹克男抓住，高命闻着刺鼻的樟脑丸味，被拖向某个地方。

血腥味越来越重，药水味也开始出现。可就在这时，一股臭味突然靠近，高命感觉自己的手臂被另外一只手抓住了。

这臭味的主人和夹克男发生了冲突，高命重获自由，大多数人这时候都会选择逃跑，但高命回忆起了很重要的一点。

他在进入黑窖的时候就闻到过类似的臭味，他并不反感那臭味，甚至觉得有点舒服。

以前在监狱工作时，他见过一些有特殊癖好的人，普通人感受到的臭味，对他们来说却是香的。

导致这种情况出现的原因有很多，个体的情绪变化是很重要的一点。假如某人在闻到某个气味的时候心情愉悦，那个气味对他来说就是无可替代的香味。

想通这一点后，高命做了一个比较特殊的决定——他攥起一把土，握着拳头就朝"樟脑丸"挥去。

刚才被打了那么多次，他要还回来。

在高命和臭味主人的配合下，"樟脑丸"被打跑，高命的手第三次被人抓住。

与前两次不同，这次牵起高命的那只手很温暖，骨架偏小，应该是女人的手。

手不算大，掌心满是老茧，似乎经常编织东西，做一些体力活。

空气中的烟尘味、拥挤的汗味、汽车尾气味、面包和咖啡的香味慢慢消失，取而代之的是拂面的风、浅浅的麦香，以及家家户户传来的饭香。

"感觉好像小时候从城市回到乡下的老家。"

柴火燃烧，炊烟的气味飘散着，高命老实地跟着那只手，很快又闻到了烤豆腐、烤红薯、炒腊肉的香味。

一碗冒着热气的饭送到高命手中，那只手给了他一双筷子。

味蕾催促着高命，他埋头吃了起来，那是他最近吃过最好吃的一顿饭，那香味很难形容，仿佛品尝着童年所有的美好，还倾注了思念和家的味道。

高命狼吞虎咽地吃完后，依旧坐在原地，那只手又给了他一把小刀。

刚拿到刀的时候，高命也被吓了一跳，可紧接着对方又给了他削好的竹条，手把手地教他编起了竹筐。

"这只手不仅给我饭吃，还要教给我活下去的本领。"

他的身体不自觉地朝着那只手靠近，恍惚间已经忘记了要通关游戏，只是本能地想要跟那只手的主人待在一起。

在这个无声的黑暗世界里，只有最后出现的这双手可以带给他安全感。

进入黑窖之后，高命一共遇到过五双手。

第一双手应该属于盲人本人，他把高命拽进了黑窖深处，也拽进了阴影里。

第二和第三双手属于一对夫妻，他们可能是盲人的亲生父母，这两双手不断殴打着他，逼他离开。

第四双手极有可能是人贩子的，对方可能要逼迫还是孩子的盲人成为路边的乞丐。

第五双手的主人带给了盲人安全感，盲人好像就是被这双手的主人养大的。

她给盲人做饭，教盲人各种生活技能。她和盲人应该没有血缘关系，或许只是因为单纯的好心。

在这个没有声音和色彩的世界，那双手就像溺水者可以抓住的最后一根稻草。

在学习编织竹篓和竹席的过程中，高命一直在心里想象对方的形象，这位帮助了盲人的好心人并未在黑窖案中出现过。

"后来发生了什么事情？"

肩膀被拍动，那双手十分严厉，逼着高命加快学习的速度，手的主人似乎在担忧着什么。

高命心中也有一种很不好的预感，他试着去分辨那股淡淡的臭味。

气味不浓重，绝对不是尸臭或体臭，隐约有点像是氨臭味。

高命想到了一种可能：有些得了肾病的患者，由于肾功能衰竭，导致体内废物无法正常排出，滞留的水溶性毒物会随血液循环遍布全身，病人在流汗或用嘴呼吸时，就会散发出一股淡淡的氨臭味。

"她的病情可能还有些严重。"

对盲人来说，这条从天堂垂落下来的绳子，随时会被收回去。

"我能做些什么？"在只有气味构成的记忆里，高命好像什么都做不了。

那双手教会了高命如何在黑暗和死寂中生活，对方身上散发出的臭味也逐渐变得浓郁。

"家里只有饭香，从来没有药水的气味，她救了盲人，但是放弃了自己吗？"

高命看不见脸，听不见声音，只能记得她的恩情和她身上淡淡的气味，连对方的名字和声音都不知道。

慢慢地，高命发现自己和盲人一样，对这双手产生了依赖感。

可那双手却在这时候松开了高命，她希望高命自己去完成一些事情。

编织竹篓，找到家里的各种工具，这个游戏设置的任务不是厮杀和解密，只是去做普通人很容易就能做到的事情。

每当高命摔倒的时候，那双手总会出现。

只要闻到淡淡的臭味，高命就会感到心安，因为他知道那双手没有离开。

高命重复了几遍，已经可以顺利做好一切，他终于适应了这寂静无声的黑暗。

他的内心不再平静，挥动手臂，想要和那双手分享自己的喜悦，却发现臭味在慢慢远离，越来越淡。

他试着去追赶，鞋子踩在泥泞中，不小心被什么东西绊倒了。他脸上满是泥污，手好像被划破了，趴在地上等了一会儿，这次那双手没有再出现。

高命独自爬起，四周一片漆黑死寂，整个世界好像又只剩下了自己。

"你不回来了吗？"

高命想要呼喊，但他连自己的声音都听不到。

他的心情变得急躁，本以为自己死了那么多次，足以淡定地面对一切，没想到，他还是低估了人间的苦难。

高命在原地站了一会儿，按照那双手教导的，摸着石壁向后。他打开一扇门，回到了编织竹席的地方。

这是那双手的主人的家，不过现在屋里只有他一个人了。

"我难道要永远被留在这压抑黑暗的绝望当中？"

消极的情绪开始出现，高命想去编织竹席，他的手向前伸去，却摸到了一条腿。

臭味没有出现，说明现在屋子里站着的是其他人。

对方一脚踢在了高命身上，高命向后摔倒，又碰到了另外一个人。

此时屋子里进来了很多人，他们身上有汗臭、麦苗的气味和牛粪味，唯独没有高命熟悉的那个臭味。

"是村子里的其他村民？"

这些人争抢着屋内的东西，根本没把高命放在眼中。如果高命挡路，他们还会揍他一顿。

好不容易熟悉的房间被破坏得不像样，家里的东西也被他们搬空了。

这还不是最过分的。有人抓住了高命，将他赶出了房间，霸占了属于那位恩人的屋子。

"我能做什么？一个没有听觉和视觉，连话都不会说的人，现在能做什么？"

高命已经不知道自己在这黑暗里待了多久，他强压下绝望，让自己代入盲人的角度。

"难道盲人想抓村里的小孩报复村民？可是从他的经历来看，盲人并不疯，他也没有能力去抓村里的小孩。"

想法逐渐变得极端时，熟悉的臭味再次浮现，那双手抓住了高命的手腕。

"是她！"

对方似乎想带自己去一个地方，她走得很慢，身上的臭味也变得更加浓郁。

高命能明显感觉到地势发生了变化，他们好像走在山坡上，随后，高命就摸到了黑窨入口处碎裂的砖块。

"这是出口？"

记忆和现实终于开始重合，高命隐约听到了雨声，黑暗里好像也有了一点儿光亮。

"家被抢夺之后，又是她为盲人找到了一个安身之处吗？"

那双手松开了高命，轻轻推了推高命的肩膀，好像是让高命往后走，顺着光亮和声音离开。

按照对方的指示，自己有可能脱离盲人的记忆阴影。一般被困的调查员到了这一步肯定会赶紧离开，高命也非常心动，不过他很清楚，自己现在代入的是盲人的角色。

那个盲人会在这个时候，抛弃那双手，转身离开吗？

或许在盲人心里，这双手才是真正的世界。

高命推断出三种可能：第一种是按照恩人的指示离开；第二种是继续跟随恩人待在黑暗里；第三种是恩人可能已经死了，现在是盲人自己的幻想，他想要一个美好的结局。

思考片刻后，高命决定遵从本心去做。

他没有离开，而是主动抓住了那双手，朝着黑窨里走去。

记忆和现实的重合部分慢慢变多，黑窨的轮廓在一点点还原，身边的臭味逐渐刺鼻，高命却毫不嫌弃。

他用双手触摸黑窨里的生活用具，熟悉黑窨里的一切后，他开始试着照顾病重的恩人。

看不见，听不到，不代表心感受不到。

高命现在做的事情，很有可能是别人终生想要弥补的遗憾。

熟悉的臭味愈发浓重，那双手已经无力握紧高命。她躺在床上，无法下地，一切都需要高命来做。

高命不想考虑其他事情，只想陪对方走完人生最后的这段路。可他渐渐发现，屋内很多东西摆放的位置发生了改变，编织好的竹席也被偷走了。

黑窨里除了他和病重的女人，还有其他人在。

高命暗自留心，终于抓住了一条小孩的手臂，但随后，他就被那群孩子推倒了。

"村子里的小孩在捣乱？"

高命想要追赶，他跟着感觉跑出一段距离后，头一下撞在了黑窨的石壁上。

他现在离出口很近，似乎只要爬上去就能离开。

远处逐渐清晰的雨声和黑暗里模糊的光亮，似乎都在引诱他朝黑窖外面走。

一个正常人被困在没有声音的黑暗里，此时看见了出口，有了希望，这就像在沙漠里渴了两天的旅人终于找到了水源。

高命的脚步不自觉向前挪动，可就在这时，他闻到了一股焦臭味。

身后似乎有火在燃烧，浓烟在飘散！

"我背后是黑窖，恩人还在里面。"

一个新的选择摆在了高命面前，是向前逃离，还是回去救人？

高命必须立刻做出决定，他只能依靠嗅觉来判断对方的位置，如果浓烟继续飘散，所有气味都会被掩盖。

高命转身向后，在黑暗里狂奔，在无声中呼喊。

他不知道对方能不能听见，他只想尽可能地闹出一些动静，让对方知道发生了火灾。这可能是意外，也可能是那群孩子点燃了什么东西。

浓烟升起，逐渐掩盖了其他气味，高命闻不到那股臭味，只能依靠双手去摸索。

大火蔓延，高命的手经常会直接伸进火中，他能够闻到从自己身上散发出的焦肉味。

现在回头，还有机会离开，那若有若无的雨声就像在催促高命赶紧逃走。

燃烧的木棍掉落在鞋子上，黑窖好像快坍塌了，高命真的无法想象盲人当时是怎么做的。

"不能慌，不能害怕！"

一次次死亡让高命拥有了强大的心理素质，就算双目失明，站在火场里，他依旧能强迫自己保持冷静。

回忆着黑窖的构造和女人的位置，高命忍受着刺鼻的浓烟和恐惧，继续往前走。头顶不断有东西掉落，砸在他的身上，他依旧脚步不停，直到在火焰中抓住了那只熟悉的手。

"找到了！"

高命用最快的速度将对方背起，扭头就朝雨声的方向跑。

面前的世界愈发清晰，在他做出选择后，他被剥夺的一切好像都在慢慢恢复！

"这应该才是真正的通关方式！"

高命离出口越来越近，他的五感开始加速恢复，但是背后传来的臭味却在不断变淡。

"我已经背着她离开了，为什么她身上的气味仍在消失？"

高命全力冲到了出口，当他爬上木梯的时候，身后的臭味完全消失了。

在那一瞬间，高命的视觉和听觉恢复了正常，他扭头看去，发现自己背着一个竹皮编成的小人。

高命的脖颈上冒出了鸡皮疙瘩，他还没来得及害怕，一转头就又看到了更恐怖的一幕。

黑窨出口蹲着一条浑身长满了黑色长毛的畸形大狗！

它张开半人高的嘴巴，露出了锋利的尖牙，它的喉咙深处还藏着一颗活人的头颅！那人头两眼之中满是眼白，耳朵被烧毁，和黑窨案里那个被打死的盲人长得一模一样。

大狗的大嘴正对着黑窨出口，如果高命不是在走出黑窨之前恢复了视觉和听觉，很有可能会直接钻进那大狗的嘴里。

高命抓着木梯，紧盯大狗嘴里的人脸，慢慢将背后的竹人推到了前面："我救下了她。"

大狗沉默了许久，嘴巴缓缓闭合，它被黑色长毛覆盖的身体里发出了一个沉闷的声音："你救下的，是你自己。"

"刚才我经历的都是曾发生在你身上的事吧？"高命没想到盲人会在阴影世界的影响下异化成这样，他身上散发出的气息比泗水公寓的任何邻居都要可怕。

"黑窨是我的家，里面全都是我的记忆。"大狗没有张嘴，声音却清晰地传入高命耳中，"我一直生活在死寂无光的世界里，你们心怀不轨地进入了我的家，当然会变得和我一样。"

"我是来找朋友的，他叫魏大友，身上都是肌肉，有点缺心眼儿，但很善良。"高命举起竹人，"我是有恩必报的人。"

"你先出来吧。"大狗庞大的身体移向一侧，让高命爬出黑窨，看到被阴影覆盖的村落和城市，"失去听觉和视觉是不是非常可怕？"

"每一秒都很难熬。"高命深有感触地回答。

"我从出生开始就过着这样的生活。"大狗坐在出口旁，"小时候的记忆已经模糊，我只知道身上散发着花香的夫妇把我卖给了别人，他们好像也不是我的亲生父母。很小的时候，我就被逼着乞讨，像我这样的人，唯一擅长的就是博取同情。直到后来，我遇到了我的'妈妈'，她把我教育成了一个人。"

大狗的爪子落在了竹人身上，能轻松拍死一个人的巨爪，却没有伤害到竹人半分。

"那个时候我的耳朵还能听见一点儿声音，她尝试用各种方法教我活着，给我食物、温暖和尊严。

"我们就这样一起生活，直到'妈妈'去世，远房亲戚帮忙埋葬了她，随后他们霸占了她的家，把我赶到了废弃的黑窖里。

"我在这里生活了很久，忘了时间，我只记得在某个阴雨天，有人在黑窖附近点火，我赶紧出去阻止，却在扭打中被推下了山坡。

"我头破血流，拼命地挥动双手，希望有人来救我，可是谁也没有来。

"再次把我从昏迷中唤醒的，是剧痛，很多人在打我，我不知道自己做错了什么事情，他们似乎从来没有把我当成一个人来对待。"

大狗仿佛在讲别人的事情，情绪没有任何波动。

结合盲人说的话，高命猜到了黑窖案的另一种可能。

村里那些孩子在跟盲人扭打的时候，把他推下了山。高命估计他们以为盲人死了，所以赶紧回家告诉大人们。村民合计之后，联手杀了盲人，然后说盲人是拐小孩的疯子。

"当年颠倒是非的人应该还在，需要我帮你找到他们吗？"高命试着摸了一下大狗身上的长毛，"我是一位怪谈游戏设计师，我可以按照你的需要，为你定制解压游戏，帮你走出阴影。"

"不必了，我不恨他们。"

"你心中没有恨意，那为什么要把这么多人囚禁在黑窖里，让他们体验你曾经的痛苦？"高命倒不是在推销自己的游戏，他只是不希望盲人牵连无辜者，"或许我们可以聊一聊，我之前是重犯监狱的心理疏导师，可以为你抚平内心的伤痛。"

大狗漆黑的眼眸里映着高命的脸，他觉得高命这个人很奇怪，有点像是来找工作的。

大狗注视了高命很久，体内的声音有些疲惫："你应该是第一次进入这座阴影城市吧？它就像是现实世界的影子，接收了现实里所有被遗弃的记忆和噩梦，这里没有快乐、幸福和光亮，只有绝望、死亡和黑暗。"

"可这跟你囚禁那些人有什么关系？"高命问道。盲人好像知道很多事情，虽然看不见、听不见，但他的心可以感知得更清楚。

"每一个被阴影扭曲的怪物，在睁开眼的那一刻就被这片世界注入了一个想法。"大狗趴在了地上，"这座阴影城市正在死去，我们需要让更多的活人进入这座城。只有当活人的数量超过'鬼'的数量后，灾难才会停止，像我这样的怪物才能真正获得解脱。"

"活人的数量要超过'鬼'的数量？"高命看着眼前空荡荡的城市，"那需要多少活人才行？一千个？一万个？这城里好像也没多少'鬼'吧。"

"你的眼里隐藏了太多希望，唯有充满绝望的眼睛才能看到它们。"大狗再次张开了嘴巴，"别反抗，我来帮你。"

巨口直接将高命吞下，他被一股寒意包裹住。

一个又聋又瞎的人做的噩梦会是什么样子？

没有图形，没有颜色，没有声音，只有一片漆黑和突然袭来的绝望。

高命在噩梦中不断下沉，一直沉到噩梦的最深处，那黑暗似乎连接着另外一个世界。

盲人共享了自己对外界的感知，现在他和高命的心跳频率一致，他们同时睁开了眼睛。

这一刻，高命被深深震撼到了。

原本空荡荡的阴影城市变了模样，无数噩梦在失控，到处都是尖叫和哀号。

黑雾笼罩了远方和天空，不断有破旧的建筑群和墓碑碎裂，它们似乎代表着彻底被遗忘的记忆。

雾海翻涌，有一头巨鲸托着尸骨垒砌成的孤岛，这世间一切残缺的灵魂都被它吸引，拼尽一切想要爬上那座岛。

再看向更远处，血淋淋的城市矗立在世界深处，高命与之相比，渺小如微尘。

"数清楚有多少'鬼'了吗？"

高命被大狗吐出，坐在地上，眼中仍带着惊讶，显然还没从刚才看到的场景中回过神来。

"那才是真正的阴影世界？"

直到真正看见阴影城市内的场景后，高命才终于理解为什么宣雯带自己回家那晚会如此疲惫，她穿过城市之后就像丢掉了半条命。

"我很早以前就在噩梦深处看到了那个世界，是它在呼唤我，后来等我再睁开眼睛就变成了这个模样。"大狗将高命叼起，"如果你站在现实这边，那就去杀更多的'鬼'；如果你站在阴影这边，那就和我一起将更多的人带进来。"

大狗为高命指明了以后的两条路，其实在高命的死亡记忆当中，有些通关怪谈游戏的玩家很早就开始跟阴影世界里的怪物合作，双方各取所需，让整座城彻底陷入混乱。

"活人的数量怎么可能超过阴影世界里的'鬼'的数量？除非两个世界完全融合，否则这就是一个不可能完成的任务！"

"'鬼'的数量也没那么夸张，你或许还没见过真正的'鬼'，它们怨气缠身，被恨意裹挟。跟它们相比，像我这种怪物只能算是被阴影世界同化的人……"大狗体内的声音说到一半忽然消失，它用爪子捶打自己的心口，好像那里钻进了什么东西。

很快，高命也发现了异常，他被大狗吐出来后，依旧能感受到盲人的心跳，对方刚才主动跟高命的心脏共鸣，好像触发了血肉仙的能力。

"我是不是吃进了什么不干净的东西？"

大狗全身的黑毛涌动，如同掀起的海浪，它红着眼睛盯住高命："你对我做了什么？"

"我不知道啊！"血肉鬼神盘坐在高命异化的心脏里，所有刑具哗哗作响，一条条血丝从黑窖里钻出，鬼神好像闻到了血食的气息。

"你的身上就有'鬼'！"大狗好像意识到了什么，它庞大的身躯直接钻入黑窖，化为阴影，消失在死寂和黑暗里。

"误会了啊！"高命真的有点抓狂，血肉鬼神在把禄医生的记忆"拧"成锁链后，似乎消耗非常大。

刚才盲人主动跟血肉之心共鸣，或许这个举动导致血肉鬼神以为对方要供奉给自己什么东西。

"这可说不清楚了。"高命看着黑窖，又重新跳了进去。

他要救魏大友，还要杀清歌，现在不是离开的时候。

第二次进入被盲人记忆笼罩的黑窖，高命发现自己并未丧失听觉和视觉。随着心脏不断跳动，他的嗅觉还获得了一定加强。

高命拿出手机照明，看清楚了黑窖内部。

入口处摆放着大量腐烂的水果和食物，一堆纸钱里立着一块无字碑，碑前写有各种忏悔的话语。

"早知今日，何必当初？等人死后再过来祭拜有什么用？"

也就是盲人比较大度，换作其他怪物，早就跑出黑窖开始杀戮了。

继续往前走，黑窖里被挖出了一条条倾斜向下的通道，墙壁上张贴着各种符箓，地上散落着大量衣服碎片。

高命掀起一张符纸查看，觉得有点眼熟："跟泗水公寓里的符纸很像，是司徒安让人贴的吗？他把那些孩子送入黑窖里干什么？"

高命看不懂符纸上的文字，空气中的血腥味开始加重，很快，他发现了第一具尸体。

这是一位皇后调查署的调查员，浑身散发出樟脑丸的刺鼻气味，他的双耳被金属贯穿，眼中也只剩下眼白。

"樟脑丸的气味？这个调查员没有选择跟随臭味，最后被夹克男带走了吗？"

之前在黑暗中的摸索，其实步步充满杀机，只要选错一步，就可能遭遇不测。

不管怎么说，大狗都是站在阴影世界那边的，它可不会对进入自己家的活人手软。

高命走过拐角，墙壁上的符纸和图案变得更加复杂，好像描绘的是古代血祭的场景。

"看样子司徒安很早就在这里布置了，他该不会是想通过这种方式来获取盲人的帮助吧？"

通道里的尸体慢慢增多。有的身体上散发着桂花香味；有的满身焦臭，死于大火；还有的是自杀，身上只有尸臭。

原本高命还觉得盲人很和蔼，比较随性，甚至不愿意离开黑窨报仇，看到这些后，他改变了看法——那位盲人只对最后救了自己"妈妈"的人和蔼。

来到黑窨最深处，高命举起手机照明，被挖空的地下站着很多人。

他们当中绝大多数都呆立在原地，双眼惨白，没有瞳孔，身体不断发抖，依旧被困在幻觉里。

只有一个人例外——清歌双手持刀，闭着眼睛，他周围五米内全是被砍杀的尸体。

高命也不知道这人是什么情况，他把手机光亮对准清歌，想看得更仔细一点儿。可更诡异的事情发生了，清歌竟然握着手里的刀，闭着眼朝光亮挪动脚步。

"他到底有没有陷入幻觉？"

思考片刻后，高命心中有了一个答案——不管清歌是否陷入幻觉，今晚都一定不能让他活着离开。

"以后再想遇到这样的机会就很难了。"

高命晃动手机，正在靠近的清歌像是一只扑火的飞蛾。

第十七章

被错过的世界线

各种各样的气味涌入鼻腔,清歌没想到,献祭了那么多活人,自己仍旧被拖拽进了阴影世界。

"这怪物的胃口越来越大了。"

失去了视觉和听觉,好像被关进了一个囚笼当中,但清歌并未害怕,他所有的信心都源自手里的那把黑刀。

刀身原本并不是黑色的,只是浸满了血污,每天被符箓擦拭,所以充满了邪性。

"每种气味都代表着一个人,我分辨不出好坏,但只要把靠近我的都杀掉,迟早可以离开。"

跛湾村黑窨是司徒安非常看重的一个地方,他并不在乎黑窨里那怪物的能力,他需要的是其他东西。

瀚海慈善总会在临时安置所修建学校的时候,曾听当地人说过,黑窨里以前住着一个疯子,因为那疯子为自己编织的"竹妈妈"被孩子烧毁,所以他极度敌视小孩,疯狂偷村里的孩子,然后把他们折磨致死。

清歌回想起司徒安的交代,借阴寿的要素之一就是让那些孩子主动放弃生的希望,认为活着就是一种煎熬,这样司徒安才能顺利借走小孩们的阴寿。

清歌知晓司徒安干了很多折阴寿的事情,为了帮司徒安活下去,他必须把小孩的尸体带出来。

献祭已经举行了几次，可每次送入黑窖的孩子和村民都消失了，他们白天进去查看，只能找到鞋印和衣服碎片。

为了带回孩子惨死的尸体，清歌只能带队在夜晚进入，但真正进入之后他才发现，这起异常事件跟之前遇到过的都不一样。

黑刀已经杀了不少人，清歌就算没有亲眼看到，也能感觉得到，他知道自己身边堆满了尸体，可四周弥漫的气味并未减弱。

"想通过这种方式磨灭我的意识吗？"

黑窖里的怪物还未现身，清歌已经通过嗅觉分辨出了各种气味代表的人物。桂花香来自一对力气很大的夫妻，必须一击致命；汗味代表村民，预示群殴即将来临；最危险的是樟脑丸，这气味的主人非常阴险，擅长各种刀具；其实还有一种淡淡的臭味，她很弱，那气味在被清歌杀死后就再也没有出现。

清歌坚守本心，不被外物干扰，一直杀到再也闻不见任何气味。

血流成河，阴影被撕扯，清歌隐隐约约看到了一丁点光亮。

"出口？"

他鼻翼微动，全身肌肉绷紧，不敢有半分大意，朝着代表希望的光靠近。

清歌刀尖朝上，时刻留意四周气味的变化。

在距离那光只剩下几米远的时候，清歌后颈的汗毛突然立起，本能地朝一侧躲闪。

皮肤被划破，尖锐的利器刺入肉中，血管破裂，大股鲜血从后颈流出。

"我被攻击了！没有提前闻到任何气味！"

如果他不是在最后关头避开，他的脖颈就会被完全划开。

清歌向后挥刀，但什么都没有砍到，他平静的内心出现了一丝波澜。

"黑窖里有打破规则的存在，是'鬼'还是人？"

嗅觉也失去了作用，清歌能依靠的只有本能——他作为刽子手，猎杀无数人的本能。

清歌好像捕捉到了什么，小腿微弓，突然对身前一米处挥刀，刀锋砍到了某个东西，可紧接着他的大腿、后背和脖颈同时遭到了攻击！

"四个？"

禄医生说黑窖里只有一个"鬼"，此时对清歌出手的却有四个。

"其他调查员背叛了我？"

清歌发现了一件很可怕的事情——攻击自己的人完全不受黑暗影响，还会相互配合。

他根本没有喘息的时间，身上的伤口越来越多，这是一场完全不对等的战斗，就算他拥有黑刀也无济于事。

在绝对的黑暗和死寂里，面对恐怖的未知存在，视觉、嗅觉、听觉都失去了作用，清歌拿刀的手开始颤抖，内心终于感到了害怕。

对方似乎对他非常了解，好像他没有被杀死，只是因为对方还不想让他死一样。

作为司徒安的猎狗，从来都是清歌折磨别人，这还是他第一次被别人折磨。

带给清歌安全感的强悍身躯被摧毁后，他冷漠的眼神有了变化，此时他和那些被他虐杀的普通人也没什么区别。

视野中微弱的光亮，仿佛永远也到不了的天堂。

清歌撕开衣袖，将黑刀死死绑在手上，他的动作逐渐变得迟缓，招式也全乱了。

随着手腕断裂，清歌跪倒在地，他浑身是血，已经拿不动刀了。

人在无止境的绝望里，首先要对抗的敌人是自己，但清歌已经没办法说服自己再站起来了。

一根根血丝灌入心房，清歌感觉身体被铁钳夹住，心跳愈发异常。

慢慢地，他的视觉好像恢复了一点儿，黑暗中的光亮在接近，他看到了站在自己身边的四位患者，还有拿着手机的高命。

"你把那么多无辜者推进黑窖的时候，有没有想过自己也会死在这里？"

清歌张开了嘴巴，血水流出，他的眼神很吓人："你是谁？"

"我是一个医生，专门为这个世界治病，帮它切除坏掉的部分。"高命拿走了清歌掉落的黑刀，"你还有什么要说的吗？"

"我在地狱里等你，司徒安会杀掉你的。"清歌对司徒安有种毫无缘由的崇拜。

"那你好好等着，用不了多久，他就会下去陪你。"高命转过身，血肉鬼神将清歌拖入了高命异化的心房。

似乎只有阴影世界的怪物可以化为锁链，鬼神吞掉清歌后，不仅没有消耗什么，反倒获得了意料之外的好处——它庞大的身躯变得更加匀称和灵活。

"清歌拥有常人难以想象的强悍身体，司徒安该不会一开始就准备把清歌当成稀有祭品来培养吧？"

高命带着四位患者，开始在黑窖里找魏大友。

似乎是发现高命把主意打到了其他活人身上，那只巨大的黑狗再次从阴影里走出，漆黑的眼睛注视着高命："你已经杀死了目标，别再打其他人的主意了。"

"你又误会我了。"高命摊开双手，表示自己没有任何恶意，"我准备在阴影世界的荔山区域修建一个为活人准备的庇护所，我会让他们在那里生活，习惯阴影世界。"

"我不太能明白你的意思。"大狗身上的黑色长毛与阴影融合在一起，随时准备逃离。

"你只想把活人送入阴影世界，但我想让那些受灾的人可以掌握在阴影世界生活的技巧，我会让被困在阴影世界里的人也能够正常生活，繁衍生息。"高命在描绘长远的未来，大狗和外界脱离太久，还不知道什么是"画饼"。

"怪物都无法习惯，活人可以？还不如直接把他们喂给阴影省事。"

"你如果真是这么认为的，就会直接把村民和孩子们献祭给阴影世界，而不是费劲困住他们了。"高命经历了盲人的记忆，知道对方心里还有一颗被"竹妈妈"种下的善意的种子，"你我心脏已经共鸣，以后生死与共，或许我们可以先搬到那边看一看，认识一下其他邻居，不行的话再回来。"

大狗的耳朵拍打着自己的脸，它只是吞了高命一次，没想到对方就直接扯到生死与共上了。

因为心脏共鸣，大狗剥夺视觉和听觉的能力对高命的效果很差，又要同时困住那么多村民和孩子，如果正面搏杀，它显然不是血肉鬼神的对手。

看似高命给了它选择，其实它还真没得选。

"好，那就试一试吧。"

大狗的身体朝四周扩散，吞下所有活人之后，阴影开始消退。

等高命重新回到现实世界，黑窖里只剩下呆立的魏大友和一张漆黑的遗照。

大狗的照片一片漆黑，没有任何多余的颜色，光用肉眼看，根本无法发现黑暗中还藏着一只大狗。

高命翻看遗照背面，发现了熟悉的字迹。

> 家人的照片：他们说我像一条狗，但我知道，狗比我幸福多了。不过就算听不见、看不见，我也会认真活下去，因为我要照顾妈妈。

高命收起大狗的黑白照片，看着仍旧精神恍惚的魏大友，心道："为什么偏偏把大友扔了出来？难道是因为那盲人眼盲心不盲，发现大友就是我的朋友？"

过了许久，魏大友的双眼终于恢复正常，他一看到高命就痛哭流涕，一米八几的肌肉猛男，好像受到了天大的委屈。

"我一直在喊你的名字，刚才真的要疯了，感觉自己在无声的黑暗里度过了一个世纪。"魏大友擦着眼泪，"我既怕你过来也被困住，又盼着你来，我实在没有任何可以依靠的人了。"

普通人突然体验到盲人的生活，确实非常痛苦，他们因为曾经能看到，所以更加容易崩溃。

"很抱歉，让你吃了这么多苦。"高命搀扶着魏大友，对方还无法完全适应现实，"但现在我们还不能回家，准确地说，是你不能就这样回去。"

"怎么了？"

"跟你一起来的调查员被我困住了，你如果独自回去，一定会被司徒安针对。"高命说的话很现实，"我干掉了清歌，拔掉了司徒安安插在调查局的钉子，还把他最信任的医生给一起弄死了。"

"杀得好啊！那清歌简直不是个人，让活人去给他铺路！"提起清歌，魏大友就恼火，他之前被清歌拿刀逼着下窖送死。

"现在的问题是，司徒安肯定要把整件事调查清楚，你有信心能骗过他吗？"高命一开始只想让魏大友帮自己留意司徒安，结果这大哥因为表现太好，直接被清歌带出来做任务了。

发现魏大友有些慌，高命示意他冷静："我们先来简单试一试，我问你几个问题，你要隐瞒真相。"

简单实验过后，高命意外地发现，魏大友这个浓眉大眼的家伙，竟然能把谎话编得像模像样。

"我有点慌。"魏大友来回踱步，"要不我还是避一避吧，我对自己实在没信心。"

"也好，省得司徒安对你严刑逼供。"高命拍了拍魏大友的肩膀，"不过你也别担心，司徒安活不了太久，到时候你会成为第一个揭露他真面目的英雄。"

两人步行离开临时安置所，暴雨带走了他们留下的痕迹，真相将被永远留在黑窖中。

他们绕了很远的路，乘车回到旧城区，临走时，高命还不忘删掉车上的记录。

靠近荔井公寓后，高命感觉有些不妙，他很远就看到了警车和警戒线，应该是有人发现二号楼所有邻居都失踪了。

"我们先去民笼街。"高命带着魏大友直接进入荔山情况最复杂的贫民区，在那杂乱的建筑群中找到了安安曾经的家。

高命拿出那张漆黑的遗照，把手伸入黑暗，和遗照里的大狗沟通。

片刻后，阴影扩散，大狗从遗照里钻出，它浑身黑毛飘舞，看着更像是一头从黑夜中走出的狮子。

"这就是你为我挑选的新家？"

"没错，民笼街是我搭建据点的第一步。"高命指着那些空房子，"把他们都放出来吧。"

"活人在阴影中待久了，身上就会沾染阴影世界的气息。你别打什么歪主意，他们现在已经是阴影世界的居民了，如果他们回到现实里，他们身边的人也会被阴影世界盯上。"大狗再次警告了高命一遍。

"明白。"

阴影将一切吞没，大狗将安安居住的公寓楼当成了新家，村民、瀚德私立学院的学生、调查局成员们全部出现在楼内。

"你对这么多人同时使用自己的能力，应该消耗也挺大吧？"高命将瑟瑟发抖的魏大友拉到自己面前，"以后他可以配合你，你俩一起帮助这些人在阴影世界活下去。"

"配合？"大狗体内的声音有些迟疑，他不相信魏大友，坦白地讲，如果不是没办法了，他也不会相信高命。

"你俩一个唱红脸，一个唱白脸，先制造出魏大友把大家一个个救出来的假象，然后让他做一些你不好出面做的事情。"高命摸着大狗身上的毛发，"是做黑暗中的怪物，还是做被敬畏的神，都在你一念之间。"

在"竹妈妈"去世后，盲人从未获得过尊重，弥补他遗憾的最好办法就是让他获得他人的尊重和理解。

盲人很难拒绝高命，他感觉高命的每句话都说到自己心里了。

"大友，辛苦你了，我会尽快帮你解决掉现实里的麻烦。"

"没关系。"魏大友还穿着调查局的制服，"我就是觉得很神奇，一个游戏策划竟然干上人事主管的工作了。"

让盲人和魏大友相互熟悉之后，高命便独自离开了阴影世界。

"杀掉禄医生和清歌，相当于砍断了司徒安的两条手臂，不过也肯定会引起他的警觉，那家伙的下一步棋会怎么走呢？"

高命避开警方封锁，抄小路进入荔井公寓，在忙碌的警员中看到了熟人。

秦天带着祝淼淼在楼道里来回跑动，好像在检测什么。

"原本应该是秦天带她吗？"

看着两位调查员，高命也想到了很多，他保留下来的记忆里，也有一些温馨的片段。

"怪不得人死后要喝孟婆汤，如果记得太多过去的事情，就不愿意往前走了。"

高命走进楼道，还没上楼，晚湫就听到了脚步声，提前把房门给打开了。

看着从屋内照出来的光，高命忽然觉得，有人在等自己真的挺好。

"我回来了。"

高命脱下雨衣，进入屋内，忽然闻到了饭菜的香气："这么香，应该不是你做的。"

晚湫张了张嘴，神情有点受伤："有、有人找你，她来半天了。"

"找我？"高命的湿衣服都没来得及换，他走向厨房，看见一个女人穿着围裙，动作麻利地在做饭。

发现高命进来，女人也只是淡淡地说了一句："你弟弟好像饿了，我就想着先给他做点吃的。不过以前上学的时候，我怎么从没听你说过自己有弟弟？"

"刘依？"高命认出了对方，两人是高中同学，已经很久没联系过了，"你怎么知道我住在这里？"

"你先去换衣服吧，等吃完饭我们再聊。"刘依身高一米七，体形偏瘦，扎着马尾辫，干练爽快，围裙下穿着女式西服，看着很帅气。

等高命换完衣服出来，刘依已经将做好的饭菜放在了桌上："厨房我已经整理过了。"

"好久不见。"高命很饿了，他给几人盛好了饭，"你当时在班里学习成绩最好，全校前几，我听说你进了瀚海最大的律师事务所，是同学里混得最好的。"

"我在那里实习了一段时间，后来辞职了。"刘依的眼神很明亮，没有一丝浑浊，她好像对自己的人生和未来有很清晰的认知。

"那你现在在做什么？"

"还是律师，不过专门为聋哑人服务。"刘依快速用手语表达了一句话，"为此我还学了三种不同的手语。"

"帮不能开口的人发声，你还是以前那个仗义的刘依啊。"高命也想起了高中时的一些事情，很是感慨，"我挺羡慕你这样的人，真厉害。"

"不说这些了，我来找你是因为一件事。"刘依注视着高命，"中元节那天，我也在那辆大巴上。"

屋内瞬间变得安静，高命停顿了一秒，起身为晚湫盛菜，让他先去房间里面吃。

等晚湫离开后,高命才重新坐到刘依面前。他的表情和之前没什么区别,但眼神完全不同了。

"有什么事情就直说吧。"

"我看到你从恨山镇上车的时候有些意外,想跟你打招呼,但你戴着耳机,一直在忙。"刘依打开手机,将一张手绘的大巴外形图放在高命面前,"上车后,我就发现了不对劲,乘客有问题,司机有问题,大巴本身的问题更大。后来车辆在隧道出了事故,我侥幸逃生,画下了大巴的外形。"

"看着跟普通大巴没什么区别,只是牌照被血污糊住了。"

"我对比了那条线路所有发生过事故的大巴……"刘依点开手机里的一个隐藏文件夹,打开一篇旧报道,"你看看这两张图,是不是很像?"

高命朝手机屏幕看去,新闻里发生事故的大巴和刘依手绘的大巴外形完全一致,就连一些小细节,比如玻璃窗户破碎的角度、外漆刮擦的面积,都分毫不差。

"看着就像是同一辆车。"

"对,这就是我想告诉你的事情。"刘依滑动新闻,"你再看看日期,这条新闻是十年前的中元节报道的!我们那晚乘坐了十年前出事故的大巴,而那辆大巴又在同样的位置发生了事故!"

高命对大巴没有任何印象,他的注意力都放在满隧道的自己上。

"一辆被困在时间里的大巴?"高命大脑飞速转动,冒出了各种念头,"刘律师确实不简单啊,那么危急的情况下,还能记下这么多东西。"

"跟你比还差得有点远。"刘依把手机倒扣在桌上,语速变慢,"我找过你三次,但你都不在家。"

"你来找过我?"高命想起上一次,自己在家被困了三天才离开,因此和刘依错过,走上了另外一条时间线。

换句话说,如果不是高命保存了记忆,提前通关,他应该不会遇到刘依。

"说起来还要谢谢你,如果那晚不是你在前面领路,我可能永远也无法走出隧道。"

"跟着我?"高命隐约觉得有些不对,"我是被一个女人背出隧道的。"

刘依眼中露出了一丝疑惑："可我只看到了你，你当时在跟什么人对话，好像在说，一切都在失控，厉鬼横行，怪象频出，你过去根据真实案件和都市怪谈制作的游戏都有可能变为现实。"

听到这里，高命表面上还保持着冷静，瞳孔已经开始跳动，这句话他听过了很多遍："那个声音还说了什么？"

"我记不太清楚了。"刘依努力回忆后，又不太确定地开口，"那个声音好像还说，你本该死去的，是它给了你一个活着的机会，你们似乎达成了一个交易。"

高命有种毛骨悚然的感觉！

他上一次遇到宣雯之后，从宣雯嘴里听到过这些话。

他希望宣雯不要杀害其他八位女角色，不知道她有没有照做，但宣雯的命运好像已经改变。

可是当宣雯的命运改变之后，刘依又找到了高命，告诉了高命原本会由宣雯说的话。

假设高命又彻底失去了记忆，那他这次将从刘依嘴里听到这些信息，知道自己的游戏变成了真的，并且和隧道里的人达成了一个交易。

这种感觉非常恐怖，就好像无论你怎么挣扎，最后所有选择指向的还是同一个结果，什么都改变不了！

"这就是宿命吗？"

所有人和事物都像是可以调用的棋子，一切终究将回到原定的轨迹上。

"你怎么了？"刘依起身，拍了拍高命的后背，"你好像很害怕？"

"我说的那些话你不必放在心上。"刘依给高命倒了一杯热水，"不管隧道里的声音怎么说，如果你觉得有问题，那就当它是在放屁好了。"

刘依和宣雯是两种完全不同的性格。宣雯能洞察旁人的心理，让众人在不知不觉中一起完成目标；刘依则更相信自己的判断，希望自己带动身边的人做好某一件事。

"我来找你也不是为了告诉你这些，主要是想跟你聊聊另外一件事。"刘依拿过自己的包，从中取出了一张毕业合照，放在高命面前。

简单扫了一眼，高命的目光就无法移开了。

那张毕业合照由黑白两色构成，照片里的所有学生都毫无生气，有些学生的脸还被划掉了，看着非常恐怖。

大部分学生都是黑白的，只有五个学生例外。

站在左侧角落的高命，蹲在前排的刘依，紧挨着刘依的宋雪，最后一排的大高个卓君，以及一个站在最中间、被完全划掉的男生。

"宋雪那晚也和我们在一辆大巴上，我俩被邀请去含江当伴娘，回来的路上遭遇了车祸。"刘依十分冷静，但她讲述的故事却有点瘆人，"大巴侧翻，宋雪的头被压扁，当场身亡。这张合照就是我在她身上发现的，我不明白她为什么要制作这样一张照片。更加恐怖的是，等我逃出隧道回家后，又收到了宋雪的信息。"

短信的大概内容是宋雪和另外几位同学想在瀚海举行同学聚会，大家每年都说聚，但每年都没成功过，今年他们几个好像铁了心要聚一聚。

"你有没有收到宋雪的信息？"

"我没留意过。"高命拿出手机，向前翻找，果然他也收到了宋雪的邀请信息，当时他正在劝赵喜好好生活。

"死去的人邀请大家聚会，而且你看这张照片，注意看中间那个被完全划掉的男生。"刘依指着合照中间的学生，"你对这个人有印象吗？我怎么完全不记得咱们班里还有这样一个人？"

"我也不记得了。"高命摇了摇头，"是我们的记忆出现了问题，还是现实出了问题？"

再这么下去迟早要疯掉，高命尽量让自己不要多想，可还是感到一阵头痛。

他翻看黑白合照背面，这张遗照背后没有熟悉的字迹，照片中也没有阴影在涌动。

从救下被齐淹杀害的无辜者开始，高命一步步撬动了很多人的命运，他正在进入之前错过的时间线。但他也不知道前面是宿命的陷阱还是真正的出路。

"他们准备等雨停之后，就一起去聚聚，多年未见，看看大家的变化。"刘依将那张遗照收起，"你如果不忙的话，我们两个一起去吧，相互之间也好有个照应。"

"我在为一个大客户设计游戏,忙完了就过去。"高命不好奇同学们的事业和生活,他要把司徒安干掉之后再考虑其他的。

"好,我等你。"刘依开始整理自己的包,似乎是准备离开。

"你先别着急走,我们还有一些问题没说清楚。"高命不再思考刘依说的那些东西,"你还没有告诉我这件事:你为什么会知道我家的位置?"

"你难道一直没发现自己少了什么东西吗?"刘依从包里取出一份被撕毁的简历,其中一块较大的碎片上正好附有高命的照片、家庭地址和曾经获奖的游戏设计方案,"我不知道你的联系方式,这块碎片上只有你家的位置。"

"简历?"高命想起来了,他本来准备辞职后去夜灯游戏工作室应聘,所以顺手用监狱的打印机打印了一份简历。

从隧道出来后,他被各种异常事件包围,哪还顾得上找工作。

"这东西为什么会在你哪儿?它怎么还被撕碎了?"

"看来你的记忆也不完整,不如我们互相拼凑一下,还原整个事情的经过。"刘依重新坐回椅子上,"我和宋雪当晚在含江上车,大巴上除我们和司机外,只有三位乘客,他们坐在最后一排。开出市区后,大巴只在恨山镇停了一次,随后便继续上路。"

"我知道,我就是在恨山镇上的车。"高命这部分的记忆还很清楚。

"等车辆再次启动后,感觉就是一晃神的工夫,车上就坐满了人。"刘依和高命面对面坐着,两人的神情都很严肃。

"不对。"高命摇了摇头,"我在等车的时候,车站里就只有我一个人。我上车之后,看到车里坐满了乘客。"

两人的记忆出现了分歧,但他们好像都没有说谎。

"或许可以换一个角度去思考,跟你上车的那一批乘客都不是活人。"刘依继续说道,"车辆启动,朝着三城交界处开去。你上车就戴上了耳机,开始工作。"

"没错,我当时想给游戏里植入蛋糕店的广告,很着急。"高命没有否认。

"宋雪那个时候已经睡着了,在车辆行驶十分钟后,我想过去跟你打招呼,但当我从座位上站起来的时候……"刘依深吸了一口气,"车内有一大半乘客都看向了我,我动作非常轻,绝对不可能同时吵到这么多人。而且他们的眼神中也没有厌恶,只是给我一种说不出来的恐怖感。"

"像是被太平间里的死人注视吗?"高命在这方面经验比较丰富。

"差不多是那个感觉。"

"这倒是个区分人与'鬼'的好办法。"高命将杯子放在左侧,"回头看你的全是死人,在做自己事情的应该都是活人。后来呢?你没起来吗?"

"我感觉自己当时只要乱动,就会引发更加不好的事情。"刘依轻轻滑动手机屏幕,"我想过自救,还有偷拍和录音,但全都失败了,我记录的一切东西都被清除了。"

高命略微有些惭愧,刘依疯狂自救、十万火急时,他还在想着增加游戏的可玩性。

"再后来大巴就进入了隧道,在周围完全变黑的时候,"刘依将手机拿起,指着屏幕上的时间,十分认真地说道,"我看见手机上的时间停滞了。"

那条三城交界处的隧道像一条裂缝,横亘在秩序上。

"我没有更多思考的时间,大巴很快就发生了事故,好像撞到了一个人,接着整辆车失控了。"

高命用手指敲击桌面,没打断刘依的话,也没告诉刘依当时被大巴撞飞的就是他。

"等我醒过来的时候,发现车上的人已经少了一大半。我想打电话求救,可是手机没有信号。"刘依说到这里的时候,眼中带着惶恐,她其实很不愿意回忆,"到处都传来惨叫声,我感觉自己好像回到了十年前发生事故的时候,大人、小孩都在哭,可周围又一片漆黑,手机的光根本无法照到远处。"

"我醒来的时候,车上已经没有人了,我也没有听到惨叫声,只看见了一片漆黑。"高命从自己的角度讲述。

刘依注视了高命好一会儿,有些不忍心地开口:"你当时惨叫的声音最大了,我这辈子都没听过那么惨的叫声。"

"是吗？"高命摸了摸鼻子，"我这个人记性不太好，确实不记得了。"

"听见你的声音后，我就摸黑往那边跑，然后就听到了一个陌生男人的声音。"刘依有些好奇，"你当时是在跟谁说话？他为什么在隧道里？大巴发生车祸是不是跟他有关？"

"我没有看见他的脸。"高命在隧道里死了很多次，但都没看见过对方。

"你们当时好像做了什么交易，接着你就疯了一样朝某个方向跑，我拼了命地追，才没跟丢你。"刘依将简历碎片放在桌上，"你把简历、电脑、背包全都扔了，我想捡起来，但黑暗中还有人跟我抢这些东西。"

"是其他幸存者吗？"

"不知道，我什么都看不见，后面都是跟着你的脚步声在跑。"刘依端起桌上的水喝了一口，"我也忘了自己跑了多久，终于快要到出口的时候，外面有了一点儿光。"

"这时候你应该可以看到背着我的人了吧？"高命问出了之前的疑惑。

"没有。"刘依摇了摇头，"你是被一片模糊的阴影带走的。"

"你看不到宣雯？"高命从面部表情上看不出刘依有什么问题，她并没有撒谎。

"我不知道宣雯是谁，但我想问一问，除你之外，还有其他人看见过她吗？"刘依的话让高命有点害怕，"看来你也有一些问题没想明白，我觉得你应该尽快确认一下。"

刘依看了一眼表，提起自己的包："今天太晚了，我还有些事要做，下次见。"

"这么晚了，你要去做什么？"

"履行一个律师的天职。"

刘依和高命互换联系方式后，就拿着手机匆匆离开了，她最后一次看手机的时候，好像看到了什么信息。

"路上小心。"关上房门，高命立刻拨打了宣雯的电话，足足响了十几声后，电话才被接通，"你现在情况怎么样？"

过了许久，手机那边终于响起宣雯的声音："不太好。"

那声音无比虚弱，高命想起了宣雯被阴影世界吞没时的场景："给我地址，我马上过去。"

沉默片刻后，宣雯没有拒绝高命的好意："我在荔山民笼街九号院。"

这次赵喜的房子没有空出来，不过宣雯住的地方依旧离高命不远。

"好，我马上过去！"

高命重新穿上了雨衣，他推开卧室门，想跟晚湫说一声，结果发现对方还在练格斗："我要出去一趟，你自己在家好好的。如果太晚的话，你就先睡觉。"

高命冲进雨中，避开警笛和警戒线，开始思考几个问题。

"我改变了宣雯的命运之后，刘依说出了同样的话，宿命看不见、摸不着，可我感觉它无所不能、无处不在。"

高命回忆和刘依的对话，脑中的无数念头开始碰撞。

"但如果宿命真的全知全能，就不会出现我这个特例。

"或许我是一个独立于宿命之外的闭环，我被原来的我撞死之后，又成为原来的我。

"我是第一个循环，十年前的大巴是第二个循环，永远无法和现实融合但又不断尝试的阴影世界是第三个循环。这三个循环以那条隧道为交点，共同构成了第四个循环，也就是现在正在发生的一切。"

过去从未过去，未来从未到来。

高命有些头痛，他只是像个疯子一样在猜测，没有任何根据。

曲折回环的走廊叫作回廊，它们围绕着中央的建筑，形成了一个个闭环。

外来者只有通过四条回廊的交点才可以进入房间。

高命在大雨中狂奔，走在了全新的世界线上。

"如果这一切不是偶然，而是有人在推动的，那布下这个局、跟宿命对抗的人真的太离谱了。"

高命进入民笼街九号院，还没拿出手机，就看见某一户阳台上熟悉的身影。

模糊的窗户玻璃后面，宣雯默默看着窗外，她瘦了很多。

以她现在的状态，没有成为被猎杀的对象已经不错了。

高命跑上楼，敲房门，却意外发现屋门并未上锁。

他一点点将门打开，惨白的光照在身上，屋内没有摆放什么家具，显得冷清孤独，没有一点儿人气。

高命脱下湿漉漉的雨衣，没有直接进屋，他看到了晾在客厅的各种衣物。

"我的内衣颜色丰富吗？"宣雯淡淡的声音从阳台传来，她扶着窗框，回头看了高命一眼。

高命这辈子都没听过这样的问题，有些僵硬地摇了摇头："我能进去吗？"

"随便。"

高命换好拖鞋，朝四周看了看，这房间就像一个被所有人遗忘的角落，哪怕宣雯无声无息地消失，也不会有人注意到。

"我给你做点饭吃吧。"高命将冰箱门打开，里面空荡荡的，就冻了两桶冰水，什么吃的都没有，"要不点个外卖？你有什么想吃的吗？"

"我什么也不想吃。"宣雯关上了阳台门，脱下鞋子，坐在床角。

她靠着墙壁，怀抱双膝，眼睛看着高命。

高命察觉到宣雯的情绪很不稳定，声音变得轻柔："那你有没有什么想做的事情？我可以陪你一起。"

"我想……偷窥你。"宣雯看到了高命脸上的惊讶，"你是不是觉得我不太正常？"

"没有。"

"我擅长心理操控，用言语就能诱人自杀，你骗不了我的。"宣雯的头靠着窗帘，"没人愿意成为一个疯子，更没人愿意被当成一个精神错乱的变态，但在你制作的游戏里，我就是这么一个人，无比偏执地爱着你，时时刻刻想要盯着你，杀掉所有爱你的人。如果你爱上了别人，我会连你也一起杀掉。你害怕我很正常，因为我本身就不招人喜欢，我也很讨厌我自己。"

"这一切真的不是我的游戏，隧道里的那个声音骗了我们。"高命向前走去。

"那你的意思是，我原本就是个变态？"宣雯撇了撇嘴，"你还挺会安慰人的。"

"造成这一切的原因很复杂。"高命也坐到了床边，"我不想对你隐瞒什么事情，接下来的这些话非常重要。"

"你说吧，我听着呢。"

"游戏设定中的你是个边缘女配，你想要改变自己的命运，所以要杀掉其他八人，掠夺她们的一切，成为女主。"高命知道宣雯上次就是这么做的，"可实际上，你在宿命的安排里就是女主，杀掉另外八人，让她们成为你身上的伤痕也是你必须做的事情。"

"可我听你的话，没有去杀她们，现在我感觉自己快要消失了。"宣雯的声音很弱，"我即将重新回归阴影，就像从未出现过一样，而你也会很快忘记我，这个世界将再没有人记得我。"

宣雯没有按照自己的宿命走，所以才到了这一步，另一边的刘依则替代宣雯告诉了高命那些事情。

没有用的棋子会被直接扔掉，这本就是棋子的宿命。

"有一种方法可以让你被更多人记住。"高命拿出手机，为宣雯展示自己专门给她设计的游戏，"明天你去夜灯游戏工作室应聘游戏策划，修改他们正在制作的恋爱游戏，让他们按照这一版去做。所有通关游戏的玩家都会记得你，你不用再害怕被遗忘。"

宣雯翻阅着高命的游戏设计方案，眼中逐渐有了一丝光彩："我？女主？"

"不按照宿命的要求活着,也不会因宿命而死,以后我们就是最亲密的战友。"高命将游戏设计方案发送给宣雯，"你尽管放手去做，我来为你兜底，我会帮你成为女主，每一次都会。"

宣雯接收了文件，反复看了高命好几眼："我这时候是不是应该表现得更感动一些？可是咱俩只见过两面啊。"

"你救了我，这是我应该做的。"高命能明显感觉到宣雯和上次不同，猎杀了其他八位游戏女角色的宣雯，同时继承了她们的实力和爱意，所以才会把对高命的感情表现得那么明显。

"那……谢谢。"宣雯自从将高命送回家后，就一直在痛苦中煎熬，她感觉自己的身体慢慢变得虚弱，阴影世界正在将她吞食，属于她的遗照也逐渐模糊不清,内心有个声音在疯狂催促她去干掉其他女角色。

"会好起来的。"高命有些不放心,又嘱咐了一句,"如果缺少资金,或者遇到了某些麻烦,记得尽量采取不那么血腥的方法去解决……"

客厅的灯闪了一下,房门忽然被敲响,对方敲门的声音很温柔,就像小孩子的恶作剧,没有太多恶意。

高命立刻闭上了嘴巴,他和宣雯对视一眼——这个时候,谁会来找宣雯?

高命拿起自己的鞋子和雨衣,清理掉地上的痕迹,直接躲到了阳台。

"不是,你躲什么啊?"

"这叫埋伏。"

敲门的频率越来越高,有人似乎正趴在猫眼上,努力朝屋里看。

见迟迟无人开门,门锁竟然自己开始转动,"咔噔咔噔"响了几下后,老旧的防盗门被打开了。

一张女人的脸出现在门缝处,她长得很可爱,也很清纯,年纪不大,浑身都是青春的活力。

"有人在家吗?"

女孩看到了床边的宣雯,脸上带着惊喜:"姐姐,我终于找到你了。"

房门彻底被推开,女孩的衣服上沾满了血污:"你躲在这么偏僻的地方,让我找得好辛苦啊!"

女孩很美,笑起来甜甜的,有种初恋的感觉,只是血顺着嘴角滑落的时候,显得有点残忍。

高命调整角度,看到了进入屋内的女孩,她应该是恋爱游戏里的女角色之一,叫李绿馨。在属于她的支线里,她把男主玩弄于股掌之中,害得男主家破人亡。

"你找我干什么?"宣雯语气平静,她好像从没正眼看过李绿馨。

"我当然是来杀你的呀。"可爱的女孩甜甜地笑着,从身后拿出了一把刀,"你太危险了,所以还是请你下去和其他姐姐团聚吧。"

"我不杀人,人还要杀我吗?"宣雯有些吃力地站起来。

"你不要被宿命逼迫走回原来的老路。"高命从阳台走出来,"我来对付她。"

宣雯的目光在高命和李绿馨之间徘徊，笑了一下。在李绿馨的注视下，她故意十分虚弱地靠在高命旁边，好像马上就要咽气了："她没说错什么，是我不好，是我太危险了。就算我躲在最偏僻的角落，从未打算害人，一切也都是我的错。"

"杀人诛心？你怎么还抢凶手的人设啊？"

高命很了解宣雯，知道对方是什么性格，她虽然经常会说一些让人难为情的话，但一直跟高命保持着距离。

"让她走就行了，别太为难自己。"宣雯倒在床上，伸了一个懒腰。

"你说的每个字我都能听懂，但连在一起就感觉很奇怪。"高命没理会宣雯，轻轻触碰心房，刻印着罪痕的锁链从血肉中钻出，被他握在手里。

李绿馨没想到高命会在宣雯家里，她满脸惊讶："你是谁？怎么感觉很熟悉？我们好像曾经相爱过？"

"拉倒吧。"高命向前走去，在灾难到来之前，拥有血肉鬼神的他根本不害怕这些怪物。

"我对你有印象！"那张可爱精致的脸带着崇拜看向高命，眼中满是无辜，"不杀她，我就会被她杀死，她是一个疯子！你不要相信她说的那些话！"

"我不相信她，难道要相信你吗？"异化的心脏怦怦跳动，死亡的记忆牵动着一条条血管，血肉鬼神已经苏醒。

"我不明白你在说什么。"李绿馨直接将手中染血的刀子扔在了地上，"我好像一直在找一个人，我不确定那个人是不是你，但我希望你能相信我一次，她很危险！她会杀掉你的！"

"从身体素质上看，她远不如其他女角色。如果我是她，就会提前备两把刀，先跟对方套近乎，等对方信任自己后，再拿出另一把刀，从背后下手。"宣雯像是在自言自语，看都没往这边看。

听到宣雯的话，李绿馨的眼神没有那么自然了，她摇着头，朝高命走来。

迈出两步后，她突然开始冲刺，从身后取出了一把很细的水果刀，明亮的刀刃上隐约传出女人的哭声。

高命拿着锁链，站在原地未动，恐怖的血肉鬼神在身后浮现，八条手臂重重向下捶击！

"我拿锁链出来，又不代表我会用这东西。"

仅一次攻击，李绿馨的大半身体就变成了模糊的阴影。

"我的脸！"

李绿馨发出一声尖叫，想后退已经晚了，她美丽的身躯被血肉鬼神抓住，高命还没来得及说话，她就被鬼神拖入了异化的心脏。

"孽相"变得清晰，面部线条也稍微柔和了一些，血肉鬼神似乎比高命更有上进心，它有极强的危机感，抓住一切机会增强自己。

在李绿馨被锁链囚禁的时候，恭喜从她后背伤口里挖出了一片阴影，随手扔了出来。

那阴影中包含着另外一位女性的哭声，她没有被吞掉，而是被恭喜放走了。

屋内恢复安静，李绿馨站立的地方只剩下一个名牌背包和一把水果刀。

宣雯不知何时戴上了手套，她将背包打开，在各种化妆品里翻找到一张空白遗照："这么长时间就杀了一个人？真弱。"

"我怎么感觉你早就准备好了？"高命让恭喜进入心房，开始打扫屋内留下的各种痕迹。

"我不去杀别人，但别人杀我，还不能还手吗？"宣雯打开柜门，里面装满了各种"工具"，她面带笑意，将那张空白遗照送给高命，"你把自己的底牌都让我看到了，万一我以后想杀你怎么办？"

"不会的。"高命的无数段死亡记忆里，偶尔会有宣雯出现，可宣雯每次的结局都是回归阴影，说明每次她都是在高命之前死亡的。

"你倒对我挺有信心。"宣雯脱下了手套，盯着高命的心，"真羡慕他们，可以住进哥哥的心里。"

"你正常一点儿。"高命朝柜子里看去，发现各类"危险物品"齐全，这位姑娘的危险系数和李绿馨确实不是一个级别的，"看来我的担忧是多余的。"

"不多余，至少从这一刻开始，我没那么抵触你了。"宣雯关上了衣柜，"这世界那么大，能有一个愿意冒着大雨来为你处理尸体的人，真的很不容易。"

高命头一次在女人面前不知道该怎么接话。他打开冰箱，给自己倒了一杯冰水："你以后还是少喝冰水比较好，热水暖胃。另外，冰箱里用不用给你备点菜？"

"就让它空着吧，我还准备用它藏尸呢。"宣雯表情淡然。

高命的杯子都快碰到嘴唇了，听到宣雯的话后，又重新把水杯放在了茶几上。

"骗你的。"

"我真不渴。"高命朝宣雯摆了摆手，"记着明天带着游戏方案去应聘，我先走了。"

高命关上房门，穿上雨衣，快步离开。

听着走廊上逃命般的脚步声，宣雯轻轻笑了一下，舒服地躺在了自己的床上。

"其实，我也会害怕的。"

高命一路跑回自己家，拿出钥匙，打开了房门。

听到响动，晚湫抱着发财从沙发上坐起，他不安的眼神在看到高命后平静了下来。

一次次死亡让高命看到了不同的未来场景碎片，他要用这些碎片为自己拼出一条全新的路。

高命洗了个澡，躺在沙发上，抓紧时间入睡。

暴雨依旧，不过自从晚湫来了之后，高命住的出租屋比之前温馨了许多。

早上六点多的时候，防盗门被敲响，睡眠比较浅的晚湫先跑到了门边，在征得高命同意后，打开了房门。

"不好意思，打扰了，我有些事情想要问问你们。"门外的人一身黑色制服，手腕上佩戴着黑色环状通信装置，再加上被毁容的脸，高命一下子就认出了这位老熟人。

"你是哪位？怎么直接进人家屋里？"高命紧皱眉头，脸上带着被吵醒的怒意，有些不耐烦地说道。

"我叫秦天，属于特殊部门。这位是我的徒弟祝淼淼，未来一段时间，我俩都会待在荔井公寓，直到查清楚一些事情为止。"秦天表情严肃，跟高命上次见他时一样。

"发生什么事情了吗？"晚湫抱起没睡醒的发财，"楼下警车一直没走，还拉了封锁线，现在人心惶惶，大家都很害怕。"

"暂时不能跟你们透露。"秦天走到阳台上，拉开了窗帘，"在你家能直接看到对面那栋楼，前天晚上，你们有没有看见什么奇怪的人进入二号楼？"

高命摇了摇头，他打心底觉得自己不算是奇怪的人。

"请仔细想一想。"

"真没有。"高命想了一圈也没想到。

"那异常事件怎么会突然爆发？还如此严重？"秦天想不明白，他正要再问高命一些事情，黑环突然振动了一下，署长陈云天的声音从中传出。

"老秦，东区皇后调查署全军覆没，那边新上任的代理局长想彻查这件事，需要紧急抽调一些有经验的调查员过去，你先回署里一趟！"

"荔井公寓的事也不小啊！我走不开。"秦天低声对着黑环说道。

"东区是瀚海的心脏。你先回来，我们从长计议。"

黑环里的声音消失了，秦天轻轻叹了口气："普通人的命就不是命吗？"

"你要去东区了？"高命听到了黑环里的对话，上一次他因为带着秦天通关了三级异常事件，导致秦天被司徒安选中，死在了泗水公寓。

这次又是因为他把皇后调查署的调查员藏进阴影世界，导致秦天被调到东区，好像不管怎么样，秦天都会因为高命而前往东区。

"我徒弟会留在这里帮忙，你们有什么问题及时向她反映。"秦天说着就朝房门走去。

"你等一下……"高命转过身。

"怎么了？"秦天停下了脚步，"你是不是想起自己看到什么可疑的人了？"

"我从小看人很准。"高命抓住了秦天的手，"自从你接了那个电话，满脸都是死气，你如果去东区，肯定会死。"

"谢谢你的提醒，但我不信这些。"秦天拍了拍高命的手，"其实死亡没什么好怕的，只要死得稍微有一点儿用，那就足够了。"

第十八章

画中画中画

秦天总是在黑夜中忙碌，他面容丑陋，让人畏惧，可他并不在乎这些。

"我师父一直都是这个样子，以后如果你们有什么发现，或者遇到了难以解决的问题，可以直接联系我。"祝森森留下了自己的电话号码，她临走时还多看了高命几眼，似乎是感觉高命和其他人身上的气质不同，让她觉得很踏实。

调查员走后，高命计算了一下时间，他脑海中各条时间线相互交错。

"调查局内部没有我的人，我不知道司徒安现在的位置，那老狐狸发现禄医生和清歌被杀后，一定会更加谨慎。"高命很早之前就意识到了一件事：司徒安这个人做事非常小心，如果不是为了造势，根本不会在公开场合露面，各路媒体也很少拍到过他。

"他那么小心，难道是因为想杀他的人太多了吗？"

现在摆在高命面前的还有一个选择，那就是加入东区分局，想办法接近司徒安，不过这样做很容易暴露自己。

"血肉仙被我吃掉了，司徒安很有可能会去引发另外一个四级异常事件，而这有可能就是他的宿命。"

越是想阻止，就越会发生，高命现在对宿命的力量也有了一个大概的认知。

"我如果在司徒安没完成宿命给他安排的任务之前去杀他，极有可能会引发各种意外。也许一个小小的细节就会导致全面崩盘，重蹈覆辙。"

回想一次次死亡，高命将未来三天可能会发生的事情都预想了一遍。

"找不到司徒安，孤身进入东区分局风险太大，也有些浪费时间，不如进一步强化自己。"

高命重温死亡碎片，他曾无私地公开了所有游戏资料，号召大家一起去通关怪谈游戏，获得好处。那次高命完全站在了宿命这边，可下场同样无比凄惨。获得了最多好处的几名玩家最终将高命锁定为目标，经过周密的计划，十几人联手把高命逼死了。

所有玩家凶手当中，高命印象最深刻的有两个，一个是策划猎杀方案的顶级玩家"死水"，另一个是高命的老同学，卓君。

死水是最早发现怪谈游戏变为现实的玩家，他在获得高命提供的信息之前，通关了七个游戏。

后来高命公开通关攻略，让他起了杀心。

在他看来，好东西就应该自己留着，这是天才的特权，高命破坏了游戏规则。

"死水"是一个网名，高命曾追查过这个人，只知道对方曾在瀚海污水处理厂工作，是第一个现实怪谈游戏论坛的创建者。

第二个让高命难以忘记的凶手是卓君，高中的时候，卓君表现得憨厚朴实，戴着眼镜，身材高大粗壮，但实际上，这人的心思极为细腻，同样也靠自己通关了最开始的游戏。后来他加入了调查局，混到了署长的职位，黑白通吃，一边参与调查局内部事务，一边和玩家联手布局。

灾难初期，卓君是高命的所有同学当中混得最好的。

"刘依的毕业合照上，卓君也是彩色的，彩色意味着被阴影世界选中，还是被宿命眷顾？"

高命思索片刻后，很快确定了目标，比起卓君，他更想干掉死水。

倒不是说死水更坏，只是死水在通关第一个游戏的时候，获得了一张很特殊的遗照，也正是因为那张照片的保护，他可以顺利通关后面的游戏。

"时间还来得及，干掉他之后，我接管他的论坛，后续可以为玩家提供一个交流平台。"

高命给自己和晚湫做好了早饭，饱餐一顿后，进入大雨中。

楼下的警车已经开走，不过二号楼的警戒线还在，小区里也有许多居民在围观。"真是看热闹不嫌事大。"

高命乘车前往大寨，没有直接到瀚海污水处理厂，而是绕了很远，最后步行过去。

早上九点多，高命完美避开所有监控，偷偷潜入厂内。

高命卡着监控死角，找了一个躲雨的地方，拿出手机，熟练地登录了一个论坛——"瀚海环境工程最新污水处理技术交流会"。

论坛内全都是探讨治理污水方法的帖子，乍一看没有任何问题。

点开某个二级页面后，高命进入了一个交流帖子——"生活污水处理小知识"。

帖子里跟生活污水有关的小知识全是在胡说八道，驴唇不对马嘴。普通人可能会直接忽视，只有真正通关了怪谈游戏的玩家才能看明白帖子里的内容。

所有专业名词都是黑话，"污水"是指人与"鬼"混住的区域，"污水处理"的原意是用物理、化学或生物学的方法，去除废水中的有害物质，在帖子里是指尝试用不同方法除去"鬼"。

根据在处理过程中起作用的微生物对氧气的不同要求，废水生物处理法可分为好氧生物处理法和厌氧生物处理法两种方法。可在这帖子里，"好氧"指代的是被阴影替代的活人，"厌氧"指代被阴影操控的死人。

通过种种隐秘的方式，死水很早就建立起一个躲避监察的交流平台，他不断笼络玩家，靠实力和运气逐渐成为玩家群体的主心骨。

高命这次过来，不仅想夺走死水的遗照，更想获得管理者权限，接管论坛。

"灾难还未到来，现在只有我知道死水是谁。"

心脏怦怦跳动，死亡的记忆不断刺激高命，他从初级沉淀池旁边走过，来到职工休息处。

灾难发生后，许多人都在找死水的真身，也有人怀疑过污水处理厂，可惜都没有找到，他们犯了方向性的错误。

三年前，瀚海污水处理厂曾发生过一起职工食物中毒事件，因为没造成太严重的后果，最后不了了之，只是更换了食堂负责人。

其实那起投毒事件就是死水做的，这个家伙并非污水处理厂的职员，而是三年前新上任的食堂采购员。

高命推门而入，从员工休息间穿过，他没有发出任何声音，就这样来到了走廊拐角。键盘敲击声从休息室内传出，高命默默地盯着某条帖子，此时他正在跟死水交流。

帖子的主人停止回复，键盘敲击声也消失了。

休息室的门被推开，一个二十岁出头的年轻人从中走出，他性格孤僻，不愿意跟其他人一起，等人少之后才独自外出。

"一群傻子，这世界上怎么可能会有人分享活命的方法？"

年轻人吐出嘴里的口香糖，左右看了一眼，确定走廊无人后，才偷偷打开衣柜。

婴儿啼哭的声音从柜子里传出，年轻人脸上露出了病态、兴奋的笑容。

"宝宝，你不是说不喜欢我吗？如果你现在求我的话，我会给你一个痛快。"

屋内的哭声在变大，高命慢慢走出长廊拐角。他刚才已经通过回帖交流确认，对方拥有论坛隐藏界面管理者权限，就算不是死水本人，也一定和死水有联系。

高命拿出患者的遗照，他会给那些患者治病，患者帮他抓人就算是支付医疗费了。

阴影在蔓延，那年轻人还未反应过来，就被一股巨力撞击在墙壁上，他这时才发现，身后多了好几个"人"。

患者们塞住年轻人的嘴巴。高命立即查看衣柜，里面没有他想要的黑白遗照，只有临摹遗照画出的一幅画！

黑白画面与遗照一模一样，照片里是一个无比美丽的女人，她有着成年人的身体，可是智力好像停留在刚出生的阶段，像个婴儿似的大哭。

画照片的人十分厉害，观看者光是用肉眼去看，就仿佛感知到了一切。

"这女人好像被抽取了灵魂，躯壳则被关进了画中。"高命拿出那张画纸，"这画得跟黑白遗照太像了。"

高命没有在衣柜里找到真正的遗照，于是将阴影中哭泣的画作收起，取下了塞住年轻人嘴巴的抹布："死水论坛是你建立的？"

年轻人表情扭曲，嘴角上扬，露出了一个很恐怖的表情："我知道你想问什么，但我不会告诉你的。"

"看来你是一个有骨气的变态，不过你今天遇到了我，我有很多办法让你开口。"高命伸手触碰心脏，感受着刑屋内无数震颤着的刑具，它们由血肉构成，满是怨气。

"别浪费力气了，大不了就是一死。"年轻人表情阴狠，像毒蛇一样。他已经记住了高命的脸，只要给他反抗的机会，他会毫不犹豫地杀掉高命。

"死？哪有那么容易。"血丝汇聚成的刑具出现在高命手中，"这是挖球刀，边缘锋利，可以挖出一个完整的球体。这是 V 形刻刀，这是挫骨刀……"

高命不断展示，年轻人阴狠的脸逐渐失去了血色。

这个年轻人不怕死，但他现在一点儿也不想落入高命手里，那五花八门的刀具上面还沾满血污，看着就瘆人。更恐怖的是，高命在述说这些时双眼充血，好像为了达到实验效果，还亲身体验过一样。

"我知道每一种刀割在身上的感觉。"高命锁住年轻人的脖颈，声音慢慢发生了变化，"我希望你能支撑得更久一点儿，就用刚才那种语气继续跟我说话，不要停止，这样会让我……"

"你有什么想问的就问吧。"年轻人有点不敢看高命的眼睛，"你都没问，怎么知道我不说？"

"'死水'是你在污水治理论坛上的网名吗？"

年轻人在高命的注视下，艰难地点了一下头："我确实是这个账号的使用者，也是论坛隐藏二级页面的管理者。"

"把你的遗照拿出来。"高命想要进一步确认。

"我就只有这个……"年轻人看向被高命收起的画，眼中满是贪婪和不舍。

"你连遗照都没有？"高命觉得自己正在逐渐接近真相，"是谁给了你这张画？"

"是死水，真正的死水。"年轻人有些害怕，"我不知道他到底是谁。搭建隐藏论坛，编写对应的暗语，散布临摹的黑白画作，这些都是他做的。我只负责按照他的指示下场回帖，笼络其他经历过异常事件的人。"

"你跟他平时怎么联系？"死水越是谨慎小心，高命就越想要抓住他。

"他会用不同的账号给我发信息，下达任务和提示，让我去不同的地点取东西，其中包括……"年轻人咬着舌尖，停顿了好一会儿才说道，"新的画，需要找的人，待处理的尸体。"

"他最近一次给你发信息是让你去哪儿？"

"我告诉你的话，能放我走吗？"年轻人试探性地问了一句。

"你不说的话，我会让你想死都死不掉。"

听到高命的回答，年轻人仿佛认命了："他把新的画藏在了瀚海艺术展第六展区的垃圾桶里，我昨晚帮他处理了两具尸体，新画是我的报酬，他让我今天中午十二点过去取。"

高命不确定年轻人有没有撒谎，他将年轻人送入患者所在的那张遗照里，清理掉现场痕迹，离开了污水处理厂，准备立刻去艺术展看看。

"死水在我公开游戏攻略前就通关了很多游戏，这个人谨慎狡猾，既有头脑，又看得很远，懂得提前掌控玩家群体，图谋很大。"

高命死了那么多次，都不知道死水到底是谁，玩家们也不清楚死水的真身，这就是死水最恐怖的一点。

赶在十二点前，高命来到了瀚海北城艺术园区。

瀚海艺术展规格极高，第六展区主要是各类画作，随着智能绘画技术的不断提高，艺术家们为了扩大自己和人工智能的区别，画风愈发抽象了。

这里大部分的画作高命都看不懂，他其实也不在意，他只是进来找垃圾桶的。

"第六展区的垃圾桶很多，如果我在这里一个个翻找，恐怕会被保安赶出去。假如死水本人没有离开，他也有可能会发现我，提前逃离。"

画展上人比较多，空间又开阔，高命为防止打草惊蛇，直接跑到了保安室。

他以东西丢失为理由，在保安的陪同下，查看起了第六展区的监控录像。

艺术展九点开始，游客陆续进入。他们只是在看展，没有谁专门靠近垃圾桶。

在九点十分的时候，有位打扮很随意的中年人，拿着一份早餐，进入了第六展区。

"等一下！"

高命定格了画面，他认识监控中的男人，对方的画作曾经也被放在这里展览过。可惜后来他的画风越来越癫狂荒诞，许多评委甚至觉得他的精神出现了问题。

"夏阳？夜灯游戏工作室的主美为什么会在这里？"

看到夏阳的那一刻，高命感觉心口涌入了一股寒气，头皮发麻。他对这位眯眯眼、心态佛系、动不动就带领大家摆烂的主美印象非常深刻。

高命双眼紧盯监控，没有遗漏任何画面，视频里的夏阳慢悠悠地看着那些画作，吃完早餐后，随手将垃圾扔进了第六展区出口处的垃圾桶里。

之前难以想通的问题好像一下变清晰了，高命向保安道谢后，立刻跑向第六展区。在旁人惊讶的注视中，高命打开了垃圾桶，找到了一团被揉搓过的食品包装袋。

他小心翼翼地打开包装袋，发现里面有一张白纸，上面画着一张黑白遗照，画面里有一个温婉成熟的女人，她双目无神，脸上挂着泪痕。

"死水就是夏阳？我们之前还一起合作过那么多年！"

收起画作，高命很快平静了下来："看来又要去夜灯一趟了，我明明是重新来过，可很多事件又在往原位靠拢。"

"今天宣雯会去面试，算上她和我的话，苟经理麾下真的聚满了'人才'。我们虽然做不出热销的游戏，但未来差不多可以颠覆整个城市。"

"如果我有罪的话，希望警察能够把我抓走，而不是让你们这些人来折磨我！"

刚赶到夜灯游戏工作室，高命就在门外听到了苟经理的怒吼，他侧身朝屋里看了一眼。

"主美请假在家，游戏策划失踪，现在连猫都丢了！"

苟经理狠狠拍着桌子,头上的假发歪歪斜斜:"你们还能干什么啊?这都不是我有意指责你们了,是你们太让我震惊了!"

运营张望喝了一口咖啡,忍不住低声嘀咕:"工作室变成现在这个情况,也不是某一个人的问题。我们是做悬疑游戏的,你非要安排我们做恋爱游戏,夏老师和魏大友选择离开也很正常。"

"我舍下这张老脸不要,为你们拉来了投资,你们还挑上了?"苟经理拍着自己的脸,"人活一张皮,树活一张脸!我对你们抱有希望,所以才愿意给你们机会!"

"你是不是说反了?"

"这重要吗?!"苟经理气得取下了假发,擦了擦头上的汗,"你们马上打电话,先把夏阳给我叫回来!"

"他手机关机了。"程序员李解有点无奈,偷偷关上了正在浏览的招聘网站。

"那就去他家里叫他!轻伤不下火线!"苟经理走到了魏大友的工位附近,"这个呢?你们报警了没?"

"这也不至于报警吧?"李解感觉苟经理真的是气疯了。

"活要见人,死要见尸!"苟经理大声喊着,"我入行二十多年了,是真不敢相信,自己竟然会在公司里说出这几个字!"

高命在门口看了半天都没看到宣雯,他咳嗽了几声,推开工作室的门:"苟经理,今天没人来应聘游戏策划吗?"

看见高命进来,苟经理本就不多的头发又掉了几根:"人家都是瞌睡的时候有人送枕头,我这瞌睡的时候,咋还有人准备冲进我家纵火呢?"

"你别误会,我就是单纯问问,还有就是,猫没丢。"高命很是自来熟地走到了夏阳的位置上,还没开始查看,走廊上就传来了急促的脚步声,几位警官敲开玻璃门,直接进入了工作室。

"我们是东区分局的,想问你们一些问题。"为首的警察拿出一张画像,"魏大友最近有没有回来?他平时都和什么人接触得比较多?"

"该来的是一个不来,不该来的是哐哐往里进啊。"苟经理迎了上去,"我们也在找魏大友，他给我留下了一封辞职信，然后再没来上过班，像人间蒸发了。"

"他最近精神状况怎么样？"

"很稳定。"苟经理咂了咂嘴，"很稳定地发疯，正事是一件不干，还给我留言说要去拯救世界。"

"我们想跟你好好聊一下。"警察和苟经理进了里屋，高命不知道夏阳的电脑密码，只能从他工位的其他东西上找线索。

高命随手翻开一本书，看到了很多手绘图案，夏阳把他在游戏里的设想都画了出来。

"夏阳认真看过我的游戏设计方案，还对很多细节进行了推敲和还原。"

高命又翻找了十几分钟，夏阳工位上的一切东西都很正常，没有任何破绽。

"看来还要去他家一趟才行。"高命思考着下一步该怎么做，警察已经从苟经理办公室中走出来了。

等警察离开后，苟经理才气呼呼地挥动拳头："真可笑，我这些员工一个个虽然不成器，但也不至于杀人放火啊！让他们杀个鸡估计都难！"

骂完之后，苟经理又看向了高命。他纠结了好久，才不情不愿地开口："小高，你的事情我听魏大友说过。反正现在大友也失踪了，你要真没地方待，就先留在这里吧。"

不等高命说话，工作室的门又一次被敲响，宣雯穿着那套熟悉的衣服出现在门外："请问是夜灯游戏工作室吗？"

温柔的声音让人格外舒服，大家都看向了她。

"你找谁啊？"苟经理拿起假发，重新戴好。

"是这样的，我想请你们帮忙做个悬疑游戏，钱不是问题。"宣雯笑着将一台笔记本电脑放在桌上，"不计代价，你们一定要在最短时间内，让最多的人玩到它。"

工作室内突然鸦雀无声，大家都不知道该做出什么样的反应，苟经理缓缓向前，看到了电脑上的账目信息和游戏设计方案，他甚至怀疑自己是不是遇到诈骗犯了。

"宣雯？"高命赶紧跑了过去，"你这……"

"应聘打工的话，可能会没有话语权，所以我去借了一些钱。"宣雯的声音很低，"我可没用什么很血腥的办法。"

看着宣雯电脑上的账目信息，高命吸了一口凉气，他估计宣雯应该从没想过还钱："万一灾难没来呢？"

宣雯好像有些诧异："你和我还不算灾难吗？"

一时间高命竟然无法反驳，他还想说什么，但是被激动的苟经理推开了。

宣雯被热情招待，夜灯游戏工作室的员工们也露出了笑容。

宿命对宣雯造成了影响，但不多。

苟经理在屋内喊着"否极泰来"之类的话，高命则悄悄离开了。

如果夏阳真是死水，那他必须在夏阳通关更多游戏之前，控制住对方。

弄清楚夏阳家的地址后，高命立刻出发，不到半个小时，他已经来到了北城区边缘某独栋别墅旁边。

北城区的房价虽没有东区那么夸张，但能买得起别墅的人肯定也不简单。

"怪不得夏阳上班那么佛系，他这家境，工作恐怕只是为了体验生活吧？"

别墅区非常安静，仿佛一片世外桃源。

高命准备好了一套登门拜访的说辞，可到了夏阳家门口才发现，他家的大门大敞着，院子里扔着各种未完成的画作。

"夏老师？"

高命进入别墅内部，里面的装修风格说好听点叫充满艺术气息，说难听点就是处处显得扭曲、压抑。

高命没有感受到阴影蔓延，却产生了被拖拽进阴影世界的错觉。

他的手指朝着心脏移动，避开那些扔在地上的画纸，慢慢走到了客厅里。

五十多平方米的客厅里摆放着各种让人难以理解的画，诡异的线条和刺眼的色彩组合，构成了一个只有少数人能看懂的世界。

"夏阳画的是阴影世界？"

高命曾通过盲人的视角看见过那个世界，里面充满了噩梦。

"盲人在黑暗和寂静中待了几十年才看到了那片世界，夏阳是怎么看到的？还是说这些是他想象出来的？"

高命越翻看那些画，越觉得夏阳不太正常，对方竟然想把阴影世界用画笔呈现出来。

大部分画作都是废品，高命一直走到客厅最深处，看向客厅墙壁。

夏阳在几米宽的白墙上用红色颜料画了一幅画，画的正是自己家的客厅，沙发上还坐着一个人。似乎察觉到被人注视，画里坐在沙发上的人缓缓扭头，表情冷漠，脸上不断有红色颜料流下。

"夏阳！"

红色壁画里的夏阳坐在沙发上，回头张望；现实客厅里的高命站在沙发旁边，面朝墙壁。他们看着彼此，流动的红和扭曲的暗分割了画面。

夏阳似乎已经成了画的一部分，他像平时那样微笑着，目光逐渐从高命移向自己的双手。

那双手上涂抹的不是颜料，而是鲜血，每一根手指上都浸染着受害者的血。

夏阳轻轻含住一根手指，闭上了眼睛，好像在回味某种感觉。

他似乎突然来了灵感，转身朝楼上走去。

"这是怎么做到的？"高命知道死水获得了一张极为特殊的黑白遗照，但他也没见过那张遗照。

高命靠近壁画，发现这张巨大的画里有些和现实不一样的地方。现实的客厅墙壁上是血色壁画，而壁画里的客厅墙壁上却挂着几幅很模糊的画。

高命越想看清楚，那些画就越模糊，他不断靠近，不断向前，仿佛被什么东西吸引。

等他反应过来的时候，周围已经全部变成了红色，他不知何时走进了画中。

他左右环视，现实中的客厅已经消失不见，他好像被困在了画里。

"没有感受到阴影的存在，难道这画的内部和我的刑屋一样，都是独立于阴影世界和现实之外的空间？"

脑中刚冒出这个想法，一滴红色颜料就落在了高命脸上，被颜料覆盖的皮肤似乎也慢慢变成了红色。

"夏阳刚才上楼了。"

合作了几年，高命直到现在才对夏阳有了一点真正的了解。

没人能走进夏阳的内心，他温柔地对待所有人，平等地蔑视着所有人。

他随性生活，从不生气，可能他在内心深处压根没把人当作人来看。

花园的主人，怎么会跟花园里的花朵发火？

高命再次走到沙发旁边，踩着血红色的地板靠近墙壁，观看挂在那里的画。

在这完全被血色包裹的客厅里，墙上的三幅画显得很另类，它们各自拥有不同的色彩，那感觉就像……黑白遗照里彩色的高命一样。

第一幅画里全都是容颜俊美的男人和女人，他们的身材比例十分完美，简直就是大自然的杰作，可画里的他们失去了手或者脚，被强行破坏了对称。

第二幅画里是一个长着成人容貌的男婴，他的手和脚差不多大，蜷缩着身体，仿佛回到了妈妈的肚子中，回到被孕育的阶段。

第三幅画比较复杂，一位老人站在死神面前，回头看去，来路上铺满了年轻的自己，最初的台阶上摆放着一个刚出生的婴儿，巧合的是，正是死神把婴儿放上去的。

"我能不能把这三幅画带出去？"

高命踩着台阶来到二楼，听见了画笔在纸张上滑动的声音。

踏过满地废稿，高命停在了主卧门前。

浑身血红的夏阳，手持画笔，剖开了自己的心口。他沾着心里的血，在巨大的画布上创作等身自画像。

"来了？我已经等你很久了。"夏阳没有回头，仍旧在创作，那幅等身自画像似乎是他全部的心血。

"你知道我会来找你？"

"死水论坛刚搭建好二十三个小时，我编写的各种暗语只有四个人知道，我自己、死水管理员和两位被杀的游戏玩家。但是在今天早上，有一个人不仅精通所有暗语，还熟练地跟管理员对话，好像是在故意试探什么。"夏阳作画的动作没有丝毫停顿，仿佛在说一件很平常的事情，"死人不会开口说话，管理员自己都没完全掌握暗语，最离谱的是，有些暗语我都还没确定，那个人竟然直接帮我完善了，他就像从未来穿越过来的。"

高命早上使用死水论坛暗语的时候，确实忽视了这一点，因为他也不知道死水是什么时候建立论坛的，具体走到了哪一步。

"早上我在看那个人和管理员聊天的时候，就大概猜出了那个人是你。"夏阳的声音不紧不慢，"因为你制作的游戏变成了现实，那些恐怖的事情全部发生了，你好像真的可以看到未来。"

"你既然早就发现了，为什么还要跑到艺术展，往垃圾桶里丢那幅画？以你的本领，完全可以继续伪装下去。"高命猜不透夏阳的想法，这种极端癫狂的人，思考问题的方式跟正常人不太一样。

"因为我也很好奇，我未来的结局会是什么？"夏阳画完了最后一笔，他转过身，露出了几乎被挖空的胸膛。

"未来并非一成不变，我只看到了其中一个结局。"高命轻轻触碰心脏，"你成为瀚海顶级的玩家，在玩家群体中有极强的号召力，让调查局都感到棘手。然后你精心布局，与十几位玩家相互配合，将我猎杀分尸。"

"我为什么会杀你？理由呢？"夏阳微微眯起眼睛，嘴角含笑。

"我公开了后续游戏的通关攻略，而原本通关攻略只有你、我和魏大友知道。"高命没有说谎，他现在有种和未来的某一部分命运对话的感觉。

"你为了所有玩家好，公开了游戏通关攻略，大家知道你提前获得了攻略，觉得你身上一定有好东西，所以才选择把你当作目标猎杀。"夏阳将手中的画笔扔掉，"我还没完成这幅画的时候，画笔是我不可或缺的一部分，但当我完成最后一幅作品后，曾经再不可或缺的东西都能丢掉。"

"你说的有道理，所以这次我不会随便公开任何信息。"

"既然这样，你看到的未来是不是就不会发生了？"夏阳并不害怕死亡，他似乎只是想和高命对话。

"不一定，杀我的凶手太多了，宿命也会逼着你们朝某个方向走。"高命这句话很是洒脱，但只有他自己知道这句话有多痛苦。

"所以你现在过来，就是为了提前杀掉我？"夏阳脸上的笑容变得更加温暖，和这血色的房间一点儿也不搭，"未来可能杀死你的那些凶手，就算他们现在还没有杀人，你也要把他们全都提前杀掉？你的正义好像也不算正义吧。"

"夏老师，我来这里可不是为了正义，而是为了你的那张遗照。"高命五指按住心房，血丝从胸口涌出，刑屋里的锁链一条条绷紧，"我救了这个世界一万次，现在我只想救自己一次。"

"我不会阻拦你杀死我，死亡本来就是一件必定会发生的事情，活着是索取，死去是恩赐。"夏阳张开双臂，站在了那幅自画像前面，"只不过我觉得，你应该没有机会杀死我了。"

"我没机会杀你？"

高命觉得夏阳的状态很不对，对方的名字中有盛夏，有暖阳，可气质却仿佛光线永远无法照到的深渊，谁也猜不透他内心的真实想法。

"宿命论在我看来很可笑，我从不纠结过去，也不相信未来，我只在乎可以牢牢抓住的现在。"一滴滴红色颜料连带着皮肤一起从夏阳的身上掉落，他就像一块正在缓缓融化的冰，"各种事实证明，你确实看到了未来。你掌握先机，能够从时间的另一端将我杀死。无论如何我都没有赢的机会了。"

"所以你打算做什么？"高命保持着警惕，一般人知道自己被追杀，可能会想尽办法逃跑，或者尝试反抗，但夏阳不太一样。

"我想创造一个你没看过的未来，你杀不掉我，也甩不开我，我会让你成为新的我。"夏阳温暖的笑容让人不寒而栗，他脸上的皮肤已经脱落了大半。

"精神科医生最怕遇到的就是没有自知之明的病人，这种人有了精神障碍却不承认自己患病，还想努力说服医生和周围的人，让大家都跟着他发疯。"高命见过这样的病人，不要思考他们的话就可以了。

"疯子只会胡言乱语，而我不同。"夏阳身体变为颜料的速度越来越快，他的骨肉都变成了红色颜料，一条条细小的血丝将他和整个红色房间连接在一起，

"我会将自己所想变为现实，你永远也杀不掉我，我将一直看着你，默默改变你，直到我在你的身体里重生。"

说完，夏阳就像一块放进开水里的冰，彻底消失不见了。

血红色的房间里，那张用他心头血画出的自画像充满了色彩。

画里的夏阳栩栩如生，好像在对高命说着什么。

"我真的很烦动脑思考。"高命放在心口的手缓缓垂落，他做好了大战一场的准备，可夏阳似乎知道如果两人正面较量，自己不是高命的对手。

高命站在自画像前面，盯着画像观察，时间久了，夏阳的嘴巴好像动了起来。

高命集中注意力想听清楚，可下一刻，他就被拽进了更深层的画中。

现实墙壁上的血画，画的是客厅和二楼。血画里夏阳的自画像背景是卧室。高命现在算是站在了画中画中画里。

卧室中间摆放着一口棺材，夏阳的尸体躺在其中，身下压着阴影和各种鲜花，他双手交叉，十指中间是一张黑白遗照。

"夏阳在我来之前已经死了？"

高命检查了半天，却没弄清夏阳的死因，对方的身体机能已经完全停止，不过相较于生理意义上的死亡，夏阳似乎很早就脑死亡了。

拿起夏阳的那张遗照，高命看到了很荒诞的一幕。

在黑白色调的遗照里，夏阳的尸体手持画笔和画板，将活着的自己画了出来。

这张遗照有很多解读的方式。可以看作是尸体为自己画出了灵魂，死亡给自己标注了存在的意义，绝望亲手画出了希望，等等。

高命看不懂夏阳的这张遗照，但他发现了这张遗照的特殊之处。

遗照里的尸体是彩色的，尸体画出的画随着夏阳生机不断流失，也在逐渐变为彩色。

高命之前从未见过这样的黑白遗照，受到某种影响，这张黑白照似乎要不了多久就会完全变成彩色照片。

"夏阳在献祭自己补全遗照？"

高命翻看照片背面，遗照上的文字被血污涂抹掉了，他试着清理血污，整个画中的房间开始出现裂痕，所有血色都朝着他手里的黑白遗照汇聚。

一层层被画出的房间重新变为血水，等脚下最后一丝血污回归，高命回到了现实当中。

他站在满地废稿中央，客厅墙壁也变成了正常的颜色，血色壁画消失了，别墅里也没有阴森扭曲的感觉了。

"夏老师这已经超脱艺术的范畴了吧，他到底想干什么？"

高命看着那张奇怪的遗照："他这种情况算是活着？还是死了？"

联想刚才夏阳那些奇怪的话，高命有些纠结："如果我毁掉这张遗照，夏阳应该就彻底消失了，可这张帮助夏阳成为顶级玩家的遗照中隐藏着非常可怕的能力。"

毁掉它，相当于浪费了高命目前能找到的最珍稀的一张遗照；留下它，又相当于把夏阳的一部分带在了身边。一切好像正对应了夏阳之前说的话，高命没有机会杀死他，而他将一直注视着高命。

"死亡是一件必将发生的事情，活着是索取，死亡是恩赐？"

现在高命有种很难受的感觉，他发现自己遇到的反派角色跟电影里演的完全不同，一个个复杂得要命，精神状态还都极不稳定。

"夏阳也有可能是高估了我的能力，真以为我看到了所有未来，所以才想用这种方式推翻所有结局。可实际上，我只掌握跟自己死亡有关的记忆片段。"

高命突然发现自己对这个合作多年的美工大佬一点儿也不了解，于是他试着在屋内找和夏阳有关的东西。

一楼是生活的地方，二楼有专门的画室，还有储藏室，里面随便一幅作品卖出去，应该都能顶高命一个月的工资。

他翻箱倒柜，在卧室抽屉里发现了大量药物，其中很多高命都认识。

那些药有一大半都是用来治疗精神分裂的，还有一部分好像是用来治疗某种绝症的。

高命进入储藏室，又在随意堆放的废稿下面找到了多份诊断书，夏阳被多家医院确诊绝症，还拒不配合治疗，根本活不了多久了。

"平时完全看不出来他有问题。"

高命抬头注视墙壁上的作品，发现画后藏了什么东西，他将那些画作取下。

一扇暗门出现在他面前，门板上贴满了被遗弃儿童的照片，还有救治各种畸形孩子的照片。

高命试着推动暗门，他看到了一个真实的夏阳。

暗室墙壁上同样密密麻麻贴满了照片，地上还保存着很多证明，夏阳匿名资助过一百二十一个孩子，每个月给被遗弃孩童捐赠财物，还出资帮助大量畸形儿做矫正手术，让他们过上了正常人的生活。

但同时，他又肆无忌惮地进行着猎杀活动，墙上不仅有孩子纯真的笑脸，还有各种凶杀照片。

夏阳不在乎任何道德上的束缚，对于他来说，人似乎真的就像他种在花园里的花，他愿意耐心呵护花朵成长，也会果断修剪花枝，残忍地将花摘下欣赏。

"他每天到底以怎样的一种精神状态活着？"

高命很好奇夏阳这张遗照所拥有的能力，根据他现在掌握的信息，这张遗照好像能够临摹其他的照片，还可以绘制血色建筑。

因为夏阳最后的献祭，高命现在也不敢随便使用这张照片，他担心自己越是依赖它，夏阳对自己造成的影响就越大。

"阴魂不散，不过他好像也在努力对抗宿命。"

高命不想对夏阳做任何评价，他没碰别墅里的画作和钱财，只是带走了储藏室里夏阳关于游戏的推测，以及死水论坛的管理者账户。

未来最大的隐患被提前消灭，高命这次要自己搭建平台，引导那些怪谈游戏玩家。

第十九章

十年前的雨

高命清理掉自己留下的痕迹，又重新打车赶往夜灯游戏工作室。

跟第一次来相比，工作室内的气氛简直就是两个极端，就像被从 ICU 直接推进了迪厅，苟经理亲自给宣雯倒了咖啡，卖力宣传着夜灯游戏工作室。

"宣总，您真的是慧眼如炬，我们工作室是业内最擅长做悬疑游戏的，这些员工全都是精英里的精英。"苟经理戴着假发，站在宣雯旁边，"我们的主美夏阳夏老师，曾获得国际美术奖项，一个字来形容——牛！您看看他画的这些作品，没个十年病史根本画不出来这种感觉，市面上都找不到这样的画！"

"还有我们的游戏策划魏大友，您刚才也看到了，警察都来找他帮忙了，这人了不得！是我们工作室的骄傲！"

整个工作室的员工都被苟经理夸了一遍，大家都不好意思了。

"这么看，感觉苟经理还挺和蔼的。"

高命进入工作室，将还在叽叽喳喳的苟经理推到一边，把宣雯叫到了走廊上。

"有个事情想拜托你一下。"高命登录了"瀚海环境工程最新污水处理技术交流会"的系统，"你对人心无比了解，这个工作交给你非常合适。"

"咋了？污水处理还和洞察人心有关系吗？"宣雯看着论坛里的各种帖子。

"这网站就是披着一层皮的怪谈游戏交流论坛，随着玩家们不断通关各种游戏，大家会越来越需要一个可以匿名交流的特殊信息平台，"高命将对应的暗语和隐藏界面全部发送给了宣雯，"我希望你能成为这个论坛的管理者，掌控话语权，引导所有玩家。"

平台已经搭建完毕，地址极为隐蔽，宣雯细细看了高命发送过来的暗语和发展方案："很不错的想法。"

其实一切都是夏阳的功劳，高命只是完善了一下："后续引导玩家和发放攻略的计划都在里面，我们一定要在初期建立起绝对优势，让玩家离不开我们，聚拢在我们周围。"

"我可以帮你搭建好一切，只是……"宣雯盯着高命的眼睛，"你真的放心把这件事交给我来做？你就不怕我掌握了玩家群体以后，把目标对准你？毕竟所有信息都来源于你，你才是最肥美的猎物。"

"我相信你。"

交代完这边的事后，手机振动了一下，高命发现自己被许久不联系的同学拉进了一个群聊中："同学聚会提前了吗？"

"你去忙你的事情吧，这边有我在。"宣雯说话的语气很可靠。

"谢谢。"高命习惯性地道谢，他感觉宣雯好像跟上次不太一样了，没有杀死其他八位女角色的宣雯才是最真实的她。

"不用谢，只要你在跟其他姐妹聊天、玩闹的时候，还记得我在为你工作就行。"宣雯面带微笑，见高命傻在原地，拍了高命一下，"开玩笑的，注意安全。"

高命抓着手机，转身走了。

进入电梯后，有个陌生号码给高命打来电话，他等电梯停在一楼后才接通："喂？"

"高命，好久不见啊！"

"你是谁？"手机那边的女声让高命觉得有点熟悉。

"咱俩坐过同桌的！我高中还借你数学作业抄过，你忘了？"

"抄我作业的人多了，你是谁？"高命皱起眉，说话语气变冷。

"我是宋雪啊！"手机那边的女人笑了起来，"你是不是以为遇到电信诈骗了？"

在客车里死去的女同学，现在给自己打来了电话，这感觉比电信诈骗稍微刺激一点儿。

"哦！我想起来了。"高命眉头舒展，眼睛眯起，"你怎么有我的电话号码？"

"跟其他同学要的，大家准备等雨停后在瀚海聚一下，重回学校，找找以前的感觉。"宋雪听起来很阳光开朗，"我听说你还没有对象，咱们同学们里也有人正单着，你们到时候正好可以叙叙旧。"

"你们定好地点了吗？"

"具体情况要等卓君通知，老卓现在混得特别好，人家在瀚海东区已经当上什么领导了。"宋雪似乎也不太清楚，"你们可以先在群里聊聊，好多人想要见你呢。"

挂断电话，高命打开同学群，开始往上翻聊天记录。

在一大堆闲聊里，他看到了佐伯的发言，是一个可爱的兔子表情包。

"佐伯也去？"佐伯跟高命读的是同一所大学，但因为各种事情，他的心理出现了严重的问题，后来两人在诊室里见过一面。

那时候高命已经成了医生，而佐伯以患者的身份来就诊。

他曾掀开佐伯的衣袖，袖子下面全是疤痕，身高一米七五的佐伯，当时瘦得跟干柴一样。

熟人接诊会出一些问题，加上当时高命还很年轻，所以佐伯的父母后来更换了医生。但好像没过多久，高命就听说佐伯被送进了急救室。

高命也曾给佐伯打过电话，可这么长时间以来，他从未打通过。

"来的是佐伯吗？这些同学里有几个是活着的？"

高命盯着同学列表，格外留意了一下卓君："如果宋雪所说属实，卓君现在应该在司徒安手下工作，难道是因为我干掉了禄医生和清歌，让他有了出头的机会？接下来宿命又准备做什么呢？"

高命乘车回家，在经过民笼街的时候，意外发现整条街道都被封锁了。

司机骂骂咧咧地掉头，高命感觉有些不妙，付了车钱，直接下车。

他装作给晚湫买吃的，扭头却发现了调查局的车辆。

白枭带队，一群人拿着各种仪器在民笼街住宅区进进出出。

"不太对劲啊。"

盲人异化成的大狗和魏大友就在阴影世界的民笼街里，跟他们一起的还有大量村民和调查员。

高命很认可白枭的能力，他有点好奇白枭发现了什么。

高命进入封锁区域，走了好一会儿才看清楚。

民笼街中央的一家超市爆发了异常事件，值夜班的员工全部消失不见，超市老板的女儿正在跟调查员哭诉。

"不是魏大友他们住的四号楼出了问题，但两栋建筑距离很近。"

高命有些担忧魏大友，他偷偷溜进四号楼，找了个角落的房间，在门口拿出了一张黑白遗照。

黑白遗照中的人像看向照片外面，高命给"爸妈"拨打了电话。

没过多久，敲门声响起，高命将房门打开，门的那边就是阴影世界。

不等"妈妈"开口，他就进入了阴影中，临走时还不忘关上房门。

借助黑白遗照，高命顺利来到阴影世界中的民笼街四号楼。

他毫无征兆地出现，把看守楼道的两位村民吓得半死，他们都以为是怪物入侵了。

其中一人反应极快，抓起墙壁上的一根绳子拼命晃动，楼内铃铛声响个不停。

嘈杂的脚步声从楼上传来，阴影在楼道里蔓延，拿着武器的魏大友带领村民们急匆匆地赶到。

"别慌，是我，自己人。"

看见高命之后，魏大友也没有放松，他连续问了高命好几个问题，确定高命没有被替换后，才敢靠近。

"你吓死我们了！"魏大友给了高命肩膀一拳，"这鬼地方真是超乎想象地恐怖和怪异，你可真是为我们选了一个好家啊！"

"盲人大哥呢？"高命发现村民对魏大友很是尊敬，知道大友已经获得了他们的信任。

"他在休息。"魏大友让那两位村民继续看守，他带着高命和提着蛋糕的"爸爸妈妈"来到四楼，"来就来吧，还带什么蛋糕？不过我们现在确实很缺食物和水。"

安安家被魏大友布置成了指挥室，墙壁上张贴着他们手绘的地图，上面标注了各种信息，距离四号楼很近的超市被重点圈了起来。

他们关上房门，等屋内只有高命和魏大友两人的时候，大友才表现出害怕和担忧："兄弟，现在的情况不太乐观。"

魏大友从抽屉里拿出一份名单递给高命："四号楼里现在共有六十七位幸存者，其中有三十二个跛湾村村民，五个安置所流民，二十个学生，还有十位调查员。这六十七人里有一大半都被阴影侵入，再也无法离开阴影世界。"

"被阴影侵入？"

"在阴影世界里待的时间长了，或者被'鬼'触碰过后，就会出现这种情况。"魏大友卷起袖子，他手臂上有一块不太明显的鬼纹，像是一只巨狗，"就像这样，这是盲人大哥给我种在体内的，算是他给我的一种庇护。"

"你继续说。"高命盯着屋内的地图。

"人在这里死亡就会化为阴影，和这世界融合。我们为了在这里求生，只能想办法去找吃的和喝的。"魏大友指了指地图上的超市，"活人数量太多了，所以昨晚我们把那个超市当作目标，想搬运出一些食物。"

"超市里隐藏着'鬼'吗？"

"是的。"魏大友眼中的惊恐几乎要溢出来，"那超市本身就是一个吃人的大怪物！昨天进去搬东西的人全都没出来！"

魏大友站在窗口，过了好久才平静下来："这里的每一栋建筑都不安全，看着很平静，一旦进入其中，就会触发某些未知事件。我们现在被困在了四号楼里，根本不敢出去。这么多幸存者，吃饭喝水都是问题，如果搞不来食物，会死人的。"

魏大友说了楼内的困境，这些被当作祭品的村民和学生已经被阴影侵入，无法回到现实当中，却又很难在阴影世界存活，他们的结局似乎已经注定。

等灾难爆发，像这样的市民会越来越多。

阴冷潮湿的黑暗在屋内蔓延，一只巨大的黑狗悄然从阴影中钻出，它漆黑的眼眸中映出高命的身影，肚子里发出沉闷的声音："这片区域比我原本居住的地方还要危险，仅昨晚就有七个幸存者融入了阴影世界。"

"超市的问题我来想办法解决。"高命坐在椅子上，"我有个问题：阴影世界里的一切都和现实对应吗？我在现实里改变货架上的东西，阴影世界里的货架也会跟着改变吗？"

"不会，阴影世界好像被定格在了中元节那天晚上，我也不明白为什么会发生这样的事情，那个夜晚似乎对阴影世界和现实都产生了某种影响。"大狗观察这个世界用的是心，它能发现一切别人注意不到的东西，"除非两个世界的部分建筑深度融合，否则无法通过你说的那种方法改变。"

"循环，重复，定格？"高命暗自记住大狗的话，没在这个问题上继续深究，"我这里有些蛋糕，你们先吃着，超市……"

高命这边话音未落，民笼街中央的超市里就传出了一声惨叫。

他和魏大友看向彼此，都从对方眼中看到了惊讶。

"有其他人进入了阴影世界？"

"应该是荔山调查署的调查员，我进来的时候看见他们在超市附近。"高命抓住了大狗身上的长毛，"要不我们两个进去看看？"

"跟我有什么关系？"大狗蹲在地上，摇了摇头。

"不需要你动手，你只要在外面接应我，等我出来后带我逃走就行。"高命靠着大狗，"大家坐在一条船上，有福同享，有难同当，谁也逃不掉的。"

在高命的软磨硬泡之下，大狗总算同意了。

"我再叫几个头脑灵活的人跟你一起进去。"魏大友跑出房间，带着东区分局的两位新人和两位被阴影缠绕的老队员走了过来，"清歌被杀之后，他们愿意戴罪立功，我也想给他们一个机会。"

"行。"

众人全副武装，走出了四号楼。

民笼超市就开在十几米外，隔着一条马路。

从外表来看，那超市跟大街上的普通超市没任何区别。

"我先进去看看。"高命将黑白遗照放入口袋，慢慢走到超市正门。

他能清楚地听到惨叫声，可是站在外面，却看不到超市里有任何异常。

"这超市不算大，如果调查员没有被限制自由，我应该能看到在超市里奔跑逃命的人影才对。"

高命深吸一口气，给大狗比画了一个手势，进入了超市。

他看着头顶好像出现了故障的卷帘门，视野突然变暗了许多，仿佛天完全黑了下来。

时钟的嘀嗒声传入耳中，高命打量周围的环境，超市里所有光亮都来自天花板上的几根白色灯管和一块25寸的显示屏。

那沾满血污的显示屏上此时正滚动着一行红色字体："请在一分钟内进入员工休息室。"

"先按照它说的做吧。"高命快速在超市内跑动，所有商品都摆放得整整齐齐，地面上没有血污和尸体，也没有打斗过的痕迹，那些调查员去了哪里？

高命花费十几秒的时间找到了员工休息室，他晃动门把手，却发现房门被人从里面锁住了。

时间快速流逝，高命敲击房门："谁在里面？"

高命握着遗照，回头看了一眼显示屏，他没时间犹豫，猛踹门锁。

房门晃动，眼看支撑不住的时候，几位荔山调查署的新人终于打开了房门。

他们看着门外的高命，一个个如临大敌，高命脸上的表情却缓和了下来。

这些连黑环都没有的新人，曾跟他一起进入过恐惧症的异常事件，现在他们又在另一起异常事件中相遇了。

"是你？你怎么会在这里？"

藏在门后的祝淼淼举着消防斧走了出来，她认出了高命，他们本来是准备打埋伏的。

高命卡着最后几秒躲进了休息室，将休息室的门牢牢关闭。

荔山调查署的新人全部靠墙站立，十分警惕地看着他。

"我居住的荔井公寓最近突然被警方封锁，没有任何缘由，整栋二号楼都禁止入内。刚才我去民笼街买东西吃的时候，又意外看见这超市也被封了，所以我就有点好奇，想过来看看。"高命仿佛还没有意识到问题的严重性，"我印象中自己好像没有进入超市，可等我缓过神的时候，人就已经在这里面了。"

"真是好奇害死猫啊。"祝淼淼十分严肃，"你现在已经被卷入了异常事件，这里是阴影世界！"

高命看着祝淼淼，对方的脸似乎和秦天重合在了一起，祝淼淼后面说的话和当初秦天在公寓楼内说的几乎一样。

她就像是宿命专门为高命安排的向导，告诉高命和异常事件有关的信息。

"普通人确实很难接受这些事情。"祝淼淼看高命好像被吓傻了，安慰了一句，"害怕是正常的，但我们还有活着离开的希望。"

"对，不要放弃。"另外一位戴着眼镜的新人很友善，"经历了数次异常事件的白枭组长也和我们一起进来了，他是一个非常厉害的调查员。"

"既然他那么厉害，为什么要抛弃你们？"高命比在场任何人都要了解白枭，上一次还是他杀掉了吃肉的白枭。

"组长不会抛弃任何人，他只是去为我们探路了。"个子最矮的调查员很不满高命说的话，"新人调查员学习规则，老调查员遵守规则，只有最优秀的调查员才会去发现规则，我们组长就是荔山调查署最厉害的调查员。"

"那他现在人呢？"高命更好奇的是这一点。

"有位新人被点名，白组长和几位前辈陪他出去了。"

"点名是什么意思？"高命从祝淼淼嘴里听到了一个奇怪的名词。

"别问那么多，按照规则去做就可以了。"祝淼淼没有黑环，拿出纸和笔，快速为高命写下超市类怪谈中需要遵守的规则，"收起你的好奇心，千万别尝试挑战规则……"

祝淼淼的规则只写到一半，员工休息室内的对讲机突然发出了沙沙的电流声，屋内所有新人全部屏气凝神，盯着木桌上的对讲机。

几秒过后，对讲机里传出一个断断续续的声音，它就像刚学会说话似的："打开你们面前的衣柜，换上里面的衣服，你们有一分钟的时间。"

调查局新人们立刻开始行动起来，规则是活命的保证，这是他们进入调查局第一天就被灌输的思想。

拉开柜门，一股刺鼻的霉味涌入鼻腔，高命发现自己面前这柜子里竟然没有挂衣服，只摆着两个小孩的照片。

"没有衣服？"

他看向其他人，那些调查员都在用最快的速度更换超市员工的衣服，衣服上还写有编号。

大部分制服都是深绿色的，有两套制服是蓝色的，还有一套制服是红色的。

"快穿啊！"祝淼淼见高命还在发呆，十分着急，"你不想活了？！"

"我面前的衣柜里没有衣服。"高命默默将照片收起，有些无奈。

"你穿我的！"祝淼淼直接把自己的衣服脱了下来，"快！没时间了！"

"规则要求我们从自己面前的衣柜里拿出衣服，我穿你的衣服应该也没有用。"高命来不及阻止，祝淼淼已经把衣服塞给了他，"我之前怎么没发现你脾气这么火爆？"

时间很快过去，高命和祝淼淼穿的都是其他衣柜里的衣服，祝淼淼更是选择了没人要的红色员工制服套在了身上。

电流声再次响起，那个声音说话越来越流畅了："星期一至星期三工作的员工请在一分钟内离开员工休息室。"

声音消失，高命看向自己的制服，他从口袋里摸出了一张工作表，上面密密麻麻画满了叉号，只有星期一那里被圈了起来。"你们看下自己的口袋，是不是都有工作表？"

在高命的提醒下，新人们陆续看到了自己的表格，七个人正好对应一个星期的七天。

祝淼淼的红色制服里的工作表上写的时间是星期三，高命的是星期一，另外那个戴着眼镜、斯斯文文的新人穿着蓝色制服，他被排到了星期二。

"糟了，我把你给害了。"祝淼淼看到了高命的日期，有些内疚，"等会儿出去，你一定要保持冷静！跟着提示去做，再荒诞奇怪的要求，也得想办法去完成。"

三人穿着不同颜色的工作服，走出了休息室。

超市就这么大的地方，白枭他们却不见了踪影。

"我有种被注视的感觉，那些监控像眼睛。反正都出来了，我们要不要去监控室看一看？"高命发现超市里的光线好像变得更暗了一些，他的心跳不自觉地加快，刑屋中的血肉鬼神不安地挥动刑具，它察觉到了危险。

"不要乱动，不要做多余的事情。"祝淼淼的声音很低，冷汗顺着她的额头滑落。

"好的。"高命缓缓挪动脚步，来到了收银台。

"你怎么一边答应，一边还到处跑啊！我没跟你开玩笑！"祝淼淼穿着红色制服，她拿着消防斧在货架中间移动的时候，还真有点吓人。

"你俩等等我。"一起出来的新人抓住了祝淼淼的肩膀，指了一下超市里的显示屏，"那上面为什么会有一个十五分钟的倒计时？"

屏幕上没有任何提示，只有不断流逝的时间。

"我们穿上了超市员工的制服，又走出了员工休息室，接下来我们应该要在超市里工作才对。"高命已经来到了收银台，打开电脑，阅读着各种信息，"不对啊！这上面的工作表和我们口袋里的工作表完全不一样。"

黑白两色的工作日志上标注着超市员工需要去完成的事情，高命对照着电脑上的时间，轻声念了出来："这电脑显示的时间是晚上十点四十五分，我们需要在晚上十一点之前处理掉过期的熟食、不新鲜的蔬菜瓜果，还要进入库房清查库存，补全货架上的商品，然后还要……找到两具小孩的尸体，并将其处理掉。"

高命确定自己没有看错，这工作日志堂而皇之地把"处理尸体"写在了最后一栏。

祝淼淼和眼镜新人也都蒙了，调查局让他们严格按照规则去做，可电脑上显示的"规则"有点特殊。

"超市里藏了尸体？"

高命略微思索了一下，推开两位新人，直接跑向了超市冰鲜区。

"工作日志要求我们处理两具孩子的尸体，员工衣柜中又正好摆着两个孩子的照片。"

照片不是平放在衣柜里的，而是斜靠着柜子内壁，像是有人在祭拜照片里的人。

高命跑到超市冰鲜区，打开一个个巨大的冰柜。

"你觉得尸体会藏在冰柜里？"眼镜新人和祝淼淼也跟了过来。

"我们没有看到血迹，也没闻到臭味，所以尸体有可能是被冷藏了。"高命将一筐酸奶搬开，他本来也没在意，可眼睛扫向生产日期的时候，他愣了一下，"生产日期在十年前？"

"十年前？"祝淼淼接过饮料，将瓶盖打开，闻了闻，"没有异味，会不会是印刷错误？"

高命随手拿起其他商品，发现超市里所有东西的生产日期都在十年前。

"为什么全都是十年前的东西？"

超市门口挂的铃铛发出声响，电子屏幕上的倒计时停止了，一个光着上身、手里拿着汗衫的老人走进超市，他浑身被大雨淋湿，皮肤泡得发白。

"小高！我来送钱了！"大爷理着寸头，声音洪亮，他这一声叫喊，把超市内的压抑气氛冲淡了许多。

高命三人面面相觑，他们都不知道小高是谁。

"我先过去看看，你俩继续找。"祝淼淼将消防斧藏在身后，她走到货架一侧，探出半边身体，五根手指死死抓着消防斧。

"静静，今天小高没上班吗？"大爷很是自来熟，直接走了过来，但好像把祝淼淼当成了其他人。

"静静？"祝淼淼以前是消防员，还真没遇到过这种情况，她眼看着老人一步步靠近，本来就笨的嘴巴更说不出一句话。

老人皮肤浮肿，根本不像是淋了雨，更像是在水池里泡了很久。

"大爷,有什么需要吗？"高命从祝淼淼身后走出,按住了祝淼淼发抖的肩膀。

"你也喝飘了？叔都不叫了，叫我大爷？"老人朝高命走来，祝淼淼无比紧张,这是她第一次面对异常事件里的"鬼"。

"叔,我这正上班呢,赶明儿我陪你喝点儿。"高命反应极快,"我是没想到,这下着大雨,你还专门跑过来送钱。"

"你李叔我可不是赖账的人。"老人哈哈笑了起来,很是豪爽,他从裤子口袋里摸出一把硬币塞给高命,"数一数,这可是我好不容易才攒下来的,老婆子管得越来越严了。"

"您的小金库?"高命没想到,老爷子看起来七十多了,还藏私房钱。

"你少废话,去给我打一提子酒,让我过会儿瘾。"老人好像被戳穿了秘密,老脸多少有点挂不住,他比高命还着急,直接守在了超市酒缸旁边,"你们这超市一定要开下去,我就好这口散酒。"

民笼超市面积不大,来这里的顾客大多是民笼街的老街坊,店里还保持着多年以前的风格。

高命收了钱,很自然地走到酒缸旁边,找到酒提子,给老人打了一杯:"需要装起来吗?"

"你说得跟我敢带回家一样。"老人迫不及待地跟高命招手,"我就在这儿喝,下雨天喝着小酒,真是一件美事。"

"不带回去的话,这太多了。"高命考虑到健康问题,又倒回去半提子,老人眼巴巴地在旁边看着,跟被抢走了猫粮的发财一样。

高命递给老人半杯白酒,又随手从货架上拿了一包花生米:"李叔,我请你的。"

"我退休金那么高,需要你请吗?"老人抿了一口酒,脸上的皱纹看上去都舒展了,"真舒服,活着不开心,等于白活着,我下次把花生米钱给你。"

"您高兴就行。"高命也笑了起来。

"话说你跟静静咋样了?"老人很是八卦地凑到高命旁边,"今天明明是你值班,人家姑娘还专门来陪你,这已经表现得很清楚了,你赶紧抓住机会。另外你可别让静静说漏嘴了,要是老婆子知道我来喝酒,你到时候也要挨吵。"

高命看了一下墙上的排班表,这老爷子为了喝酒,还专门记下了每天谁上班。

"行了,我自己在这儿喝,你该忙忙去吧。"李叔很洒脱地哼着小曲,看着窗外的暴雨,抿着杯里的酒。

铃铛声很快又响了起来,一个戴着口罩的女人走进超市,她长得有些胖,不怎么喜欢说话,打着一把雨伞,给人的感觉很内向。

在食品区挑选了一大堆吃的之后,女人低着头来到收银台:"能帮我把这个热一下吗?"

"好的。"高命去给女人加热盒饭,那女人收起雨伞,为防止雨水滴在地板上,她还专门把伞放进了一个塑料袋里。

虽然女人打了伞,但她的衣服还是湿透了,她脸色很差,皮肤肿胀惨白。

女人在超市角落里吃饭的地方找了一个位置坐下,熟练地拿出手机支架,固定好手机,开始直播。

镜头打开的那一刻,她脸上看不出任何疲惫,用很搞笑的表情,绘声绘色地介绍今晚要吃的东西。

刚才的"社恐人士",现在正拼命跟每一条弹幕互动,她大口大口地吃着,看起来很是满足,吃得也很香。

女人自始至终都面带笑容,吃了很多之后,她的身体很不自然地倾斜,一只手轻轻按住小腹。

"还要继续吃吗?"高命端着加热好的盒饭问,他看出女人身体不舒服。

"谢谢,谢谢。"女人连声道谢,接过盒饭又吃了起来,看起来吃得很开心。

高命朝女人的手机看了一眼,屏幕上的弹幕让人窒息,有人说她是猪,有人骂她假吃,有人说她是"美颜怪",脸和碗忽大忽小,还有人想看她被淋湿后的身材如何。

女人卖力地吃着盒饭,脸上依旧挂着笑容,她穿着职业装,硬是吃完了最后一口饭。

"今天的挑战结束了,比昨天提前了三十秒!宝宝们还有什么想让我吃的,可以私信我哦,拜拜。"

关掉直播,女人脸上的笑容变得僵硬,她干呕了一下,捂住自己的小腹,靠在桌子上。

"辛苦了。"

耳边突然响起了三个字,女人抬起头,看见高命拿着一条刚拆开的干毛巾:"擦擦头发上的水吧。"

女人无意识地接过毛巾,咬着嘴唇,她的眼眶有点湿润,刚才好不容易压下去的委屈好像又要涌上来。

她拿起毛巾捂住了脸,没有去擦被雨水打湿的头发。

"你在做兼职吗?"

"嗯,白天上班,下班来这里做吃播挑战。"女人的声音恢复了平静,"我的特长是胃口大,但比我还能吃、还好看的人太多了。"

"确实,干什么都不容易。"高命坐在女人旁边,"如果你着急用钱的话,我可以帮你……"

"我不着急用钱。"女人看着高命,脸上露出了和之前不一样的笑容,有点羞涩和内向,"我从小就很害怕跟人说话。因为肥胖,我有点自卑,所以我想改变自己,尝试去做一个努力、负责、自信、帅气的人。"

"那你这训练方式有点儿极端了。"

高命和女吃播有说有笑,相谈甚欢。

店里的顾客没有离开,铃铛第三次响起,一个化着小丑妆容的男人提着一个袋子进入屋内。

雨水把他脸上的颜料冲掉了大半,能大概看出他的五官。

"都不许动!"

小丑把手伸进袋子,他还没说出下一句话,李叔就端着酒,乐呵呵地走到了他身边:"张鼎,你这又在自己店里搞什么名堂?脸跟被张飞揍过的曹操一样。"

"啊,你认出我了?我这可是花钱找人给我化的妆。"张鼎提着袋子,踮起脚,"我还穿了内增高。"

"多大个人了,天天比我还不让人省心。"李叔端着酒,朝高命喊道,"小高,快把你们老板拉走。"

"老板？"高命看着颇有些狼狈的男人，又扫视周围的顾客，他计算着人数，忽然想起一件事。

民笼街中央的超市重建过一次，以前的老板据说人很好，还上过报纸。

张鼎抹了一把脸，看着手上的颜料，他倒不怕出丑，直接走到了那个胖胖的女吃播旁边："你直播结束了？"

"对，刚结束。"

"我本来是想给你制造点节目效果的。"张鼎拍着桌子，觉得很可惜，"你来这儿吃好几天了，我看你天天苦着一张脸，就想给你一个惊喜，让你开心点，帮你拉拉人气，顺便也给我的超市打个广告，双赢！"

"你这惊喜可真够潦草的。"高命真的是没忍住，吐槽了一句。

这起异常事件到现在为止，还没有出现任何异常，至少在他看来是这样的。

"我真的很用心准备了。"张鼎一点儿也没有老板的架子，他好像把每一位来超市的顾客都当成家人来对待，想让所有人都开心。

"您的好意我收到了。"女吃播面带苦笑，"上次您深夜扮鬼，躲在货架后面扔东西，我为数不多的粉丝都觉得你是我请的托，然后开始讨厌我了。"

"难道我演得不像吗？"张鼎一下从座位上站了起来，"你再给我一次机会。"

"张哥，要不你换个人帮吧。"女吃播连连摆手。

"都是街坊邻居，你别见外。"张鼎拿出一张被淋湿的计划表，他还没开口，超市的铃铛又响了起来。

听见外面的脚步声，正在喝酒的李叔和超市老板张鼎如临大敌，俩人对视一眼，表情严肃到了极点。

"坏了！"

屋内空气凝固，无比压抑，高命的心跳开始加速，全身肌肉紧绷："危险要来了吗？"

李叔拿着酒杯，转身就朝超市里面跑，张鼎拿出纸巾，赶紧去擦脸上的颜料，也想往里面躲。

高命的心脏跳得越来越快，死死盯着超市门口。

片刻后，一位瘦弱的老太太出现在那里，她戴着老花镜，穿着碎花外衣，看起来弱不禁风。

老太太拿着两把伞，走到卖散酒的地方，看了一眼酒提子，闻了闻空气中的酒味，立马就明白了。

"别藏了！回家吃饭！"

见没人回答，老太太朝高命走来。

高命放在心脏上的手慢慢放下，一时间有点不知所措。

我该怎么办？

他扭头看向超市里面，张鼎和李叔不知道藏到哪儿去了。

眼看着老太太越来越近，高命悄悄把货架上的梳子藏在身后，然后主动朝老太太走去。

"婶儿，李叔刚才确实来喝了一点点。"不等老太太发火，高命赶紧补充道，"但您想啊，下这么大雨，李叔伞都没拿，就是为了过来喝个酒吗？"

高命没给老太太说话的机会，把木梳放到了她面前："李叔知道错了，还给您买了一个木梳，这是我们新到的，用它梳头可以按摩头皮，对头发可好了。"

老太太原本想说的话几次被高命打断，她看着那把梳子，虽然还绷着脸，但语气稍微缓和了一点儿："你们是不是串通好了？"

"哪儿能啊！"高命真的冤枉，他刚换上这套衣服还没半个小时。

民笼街超市的异常事件没有让高命感到任何异常，他凭借自己多年做心理疏导师积攒下来的经验，总算是让李叔的老伴儿平静了下来。

"我也不是完全反对老李喝酒，只是他那身体不能再这么喝了。"老太太拿起木梳，看了几眼，"七十多岁的人了，还活得跟个小孩一样，你赶紧把他叫出来，让他回家换身干衣服，别再着凉了。"

"李叔跟张老板躲到里面去了。"高命毫不犹豫地为老太太指了路。

"还躲我？我是什么洪水猛兽吗？"老太太一手抓着一把伞，气呼呼地朝里面走去。

悬着的心终于慢慢落下，高命坐在女吃播旁边，对方捂嘴偷笑，朝高命竖大拇指："你这小连招挺丝滑的，平时跟女朋友相处很和谐吧？"

看着女吃播肿胀惨白的脸，高命有些恍惚。这超市里的所有人都表现得太正常了，这不像是异常事件，好像就是普通人十分平凡的一天。

门口的铃铛再次晃动，三个脏兮兮的小孩跑了进来，他们被雨水淋湿，脸上却洋溢着笑容，仿佛刚刚完成了世界上最伟大的冒险。

高命移动目光，慢慢起身，新进来的这三个孩子里，为首的孩子脸部被泡得皱皱巴巴，另外两个小孩却和高命一样，一切正常。

这还不是最关键的，高命看过员工柜子里的照片，后面进来的两个小孩就是照片里的孩子。

"工作日志上说要找孩子的尸体，可这两个孩子却好端端地出现在超市中。尸体代表的是真正的尸体吗？"高命记住了每一个关键点，不敢有任何遗漏，他感觉自己快要接触到超市的真相了。

"为了庆祝我们成功穿越了荔山大海峡，今天我来请客！"被泡白的小胖子举起自己的手，完全不在意正在滴水的脏衣服。

"我也想当船长。"

"你之前都当过了，这次轮到我了……"

通过孩子们之间的对话，高命弄清楚了几人的名字。

小胖子船长叫张奋斗，是超市老板张鼎的儿子，另外两个小孩，一个叫乐家，一个叫乐仁，是楼内街坊家的小孩。

他们仨买了辣条和饮料，还把汽水倒在瓶盖里，喝得很有仪式感。

"他们正是无忧无虑的年纪。"高命朝收银台走去，"我突然有种想给他们辅导功课、布置作业的冲动。"

高命算了一下三个小孩的账，刚想和孩子们搭话，超市里面就传来了张鼎的声音。

"哎哟！您轻点儿！我真没让李叔喝酒，都是小高干的，他一人做事一人当！别连累无辜啊！"张鼎被老太太揪着耳朵，一点儿都不敢反抗，还弯下腰，让老太太揪得不那么累,"李叔!你倒是说句话啊!"

李叔端着空酒杯,咂了咂嘴,咳嗽了一声,看向老太太:"阿梅……"

他刚开口,老太太就狠狠瞪了他一眼,然后李叔就不说话了。

"叔,你不是跟我吹,你在家嘎嘎猛吗?"张鼎歪着头,睁大眼睛看向李叔。

"那现在这不是在外面吗?"

三人走到货架内侧,老太太本来是要跟张鼎好好说一说的,但她看见张鼎的儿子小小张在门口,为了照顾张鼎的面子,她直接松开了手:"以后老李自己过来,你们谁也不能卖给他酒,只有我跟他一起来的时候,才能卖给他。这不是我不让他喝,是医生不让他喝!"

"明白、明白。"张鼎答应下来后,又看向门口的三个小朋友,"你们去哪儿玩了?怎么跟掉进粪坑里一样?"

"我们冒着大雨,从民笼街东面跑到了西面,帮赵奶奶把所有花盆都搬进了屋子里。"张奋斗挥舞着小拳头,述说着在他看来足以被记入人生史册的光辉事迹。

"好家伙!这么厉害啊!"张鼎蹲在儿子面前,"真棒!"

"孩子年龄不小了,也要重视学习,同龄孩子都开始请家教了,他们仨还天天疯跑。"老太太一开口,三个小朋友都不敢大声说话了。

"啥时代了,比起成为大人物,我更想他能快乐过好每一天。"张鼎摸了摸自己儿子的头,"现在都流行素质教育了。"

张奋斗躲在爸爸后面,怯生生地看着老太太。

"素质教育都是骗人的。"老太太看向张奋斗,"上次考了多少分?"

"五十九。"张奋斗低下了头。

"差一分就及格了,还行!"张鼎鼓励道,"你要对自己有信心!爸知道你很聪明的!我刚去化妆的时候,听说你们又测试了,这回考了多少?"

张奋斗一点点往后挪,拉开距离后才不好意思地说道:"二十七……"

"张奋斗!"张鼎直接抽出了自己的腰带,抓着裤子,开始在超市里追儿子。

"素质教育!老板,你不是说素质教育吗?"高命赶紧去拦,那孩子可能是解决异常事件的关键人物。

"让开！我看着像有素质的人吗？！"

超市这边乱了套，穿着店员制服的祝淼淼和新人还在另一边十万火急地完成任务，人与人的悲欢果然并不相通。

"他们那边好热闹。"

"别分心，抓紧时间清点货物，完成规则要求的事情！"

高命好不容易才把张鼎拦下，三个小孩已经跑得没影了。

店里陆陆续续进来一些客人，高命一直待在收银台，跟每一位顾客交流。

除了照片里的两个小孩，其他顾客全都浑身浮肿，似乎被浸泡了很久。

祝淼淼和新人清点完了库存，却依旧没找到孩子尸体，正当三人都不知道下一步该做什么的时候，外面的积水开始漫入超市。

民笼街超市在街道中央，地势不高不低，水漫进这里，说明下面的情况可能更严重。

"这雨下个没完没了，是天漏了吗？"张鼎根本不像是超市老板，比任何一个员工都更热心，知道每一位街坊的购物习惯，有时候还会专门去为邻居们进货。

"我把水弄出去。"高命拿着拖把走到门口，暴雨打湿了他的工作服，这雨比现实里的雨还要大，雨珠砸在身上竟然有点痛，"我有种不好的预感。"

超市外面黑漆漆一片，其他建筑都已经看不清楚，四面八方好像都被雨水包裹住了。

在连接天地的黑色雨幕里，忽然有一道车灯撕破了黑暗，刺耳的鸣笛声打碎了民笼街的安静。

那辆车子飞速驶过街道，车上的人伸着脖子，朝两边的居民楼大喊：

"紧急撤离！溃坝了！荔水溃坝了！"

高命脑子里"嗡"的一下，想起了十年前的新闻，他站在雨中，仿佛看到黑暗里的洪峰正在飞速靠近。

电子屏幕上的倒计时开始走动，高命瞳孔缩小，立刻冲进超市，大声喊道："快走，荔水溃坝了！紧急撤离！洪水要来了！"

高命盯着那块电子显示屏，不断减少的时间像千斤重担，压在每一个人身上。

"别待在这里！快走！"

关于荔水溃坝的新闻浮现在高命脑海中，十年前的一场暴雨，导致旧城区荔山和大寨被淹，溃坝发生在半夜，所以伤亡和失踪人数众多。

十年前的雨现如今落到了高命身上，惨剧重现，他也不管超市里那些顾客到底是人还是鬼，高声呼喊提醒他们！

高命没有逃，听到声音的超市老板张鼎也没有，两人都冲进了超市里面，让顾客们赶紧离开。

旧城区的排水系统已经瘫痪，极短时间内，水就开始倒灌，漫入超市内部。

浑浊发臭、漂浮着各种垃圾的水淹没了干净的地面，顾客们放下手里的东西，急急忙忙朝外面跑。

时间一秒一秒地流逝，高命跑到祝淼淼和新人那里："荔水溃坝！这是十年前发生的洪灾，超市里的人应该都是十年前的人。"

"十年前的人怎么会重新出现？"新人想不明白。

"倒计时马上结束，你俩找到孩子尸体了吗？"高命有些着急，"我们等会儿要面临的可能是十年前的洪灾！"

"那俩小孩跑来跑去的，他俩没死，我们怎么可能找到尸体？"

"工作日志上说的尸体不一定就是指我们印象中的尸体，也有可能是其他东西，毕竟在这阴影世界里，任何荒诞诡异的事情都有可能发生。"高命语气严肃，也顾不上隐瞒身份了，"你俩就没发现什么奇怪的东西？"

异化心脏不断发出预警，这是高命之前从未遇到过的，如果这次异常事件处理不好，他也可能会死。

"超市里找遍了，一切正常，不过我们发现库房里面还有几个房间，刚才那三个小孩好像朝里面跑了。"祝淼淼依旧抓着自己的消防斧，斧子是异常事件里唯一能带给她安全感的东西。

"库房？"高命见张鼎还在帮顾客，赶紧提醒道，"张哥！孩子们好像进库房了！"

"你们先把老人送出去！然后保护好自己！"张鼎说完之后，独自冲向库房。

眼看着电子屏幕上的倒计时要结束，高命也不敢耽搁："淼淼，你去帮助顾客！新人，你去通知休息室里的其他调查员，我跟着张鼎去救小孩！"

"可他们是'鬼'啊，万一我们打开门违反了规则，把其他人害死了怎么办？我听白组长说过，有些异常事件中，'鬼'会用各种方式诱导我们触犯规则。"新人真的很害怕，大半夜的，超市里进来一群身体浮肿发白、浑身湿透的顾客，普通人肯定会不安。

高命没有听完，抓着祝淼淼的消防斧就跑向库房，他看见张鼎正在库房里大声呼喊儿子的名字。

"他们可能在里屋！砸门！"

之前的悲剧是什么不重要，重要的是，高命想要改变悲剧，就像他一次次死亡，然后一次次重来一样。

高命用力踹门，踹不开，于是挥起消防斧砸门。

现在每一秒钟都十分关键，绝对不能因为顾虑而耽误时间。

"张奋斗！"水已经漫进了库房，张鼎拿出一串钥匙。

砰！

木门被劈砍开，碎屑纷飞，高命破门而入，用最短的时间找到了那三个被吓傻的小孩。

"找到了！"高命将斧头一放，拉起三个孩子就往外跑，"洪水来了！快去高处！"

没等他和张鼎走出库房，超市外面又传来惊呼，刚才跑出去的顾客，有一部分又回到了超市里。

电子屏幕上的倒计时在这一刻归零，满是泥沙和垃圾的浑浊洪水汹涌而至，仿佛是吞没一切、势不可挡的野兽！

货架瞬间被冲倒，门口的两位顾客躲闪不及，直接被卷走，连惨叫声都没发出来。

屋内水位开始迅速上涨，已经可以淹没小孩的胸口。

浊浪奔涌，那恐怖的记忆太过真实，这可怕的雨夜带给人深深的绝望。

"冲不出去！洪水灌进来了！"

所有人都慌了，现在出去就是死，但留在超市里可能也活不了。

"小高！你把超市门放下！静静，你去关窗，让水慢一点儿进来！"张鼎从库房扛出了一个梯子，"其他人全部过来！我们从通风口先爬到超市屋顶，能高一点儿是一点儿！"

张鼎爬上梯子，砸开了通风口，他没出去，又重新跳进水里，把小孩们往上推："老人和小孩先上去！年轻人来帮忙！"

"我来扶梯子，你快去帮小高！"李叔光着膀子，抓紧梯子，"水太大，门关不上！"

水位疯涨，张鼎和高命逆着水流向前，他俩想要关门，可洪水滚滚涌入，别说关门，连靠近都非常困难。

高命咬紧牙关，已经拼尽全力，但他在洪流面前依旧显得那么渺小。

这一切就仿佛是他和宿命的翻版，无论怎么挣扎，都会被宿命裹挟，他触碰不到门，更无法逃出去。

梯子被水流冲击得不断晃动，连瘦弱的老太太都在用力为孩子们抓住梯子。

商品掉落，大家的注意力都放在固定梯子上了，根本没发现货架在晃动。

"小心！"

双手满是伤口的张鼎突然高喊，那摆满酱油和醋瓶的货架被洪水撞倒，沉重的铁架子马上就要砸到孩子们的头。

张奋斗此时正爬在梯子上，看到货架倾倒，被吓愣了。

"恭喜！"

八条粗壮的血肉手臂抓住了货架，高命喘着粗气，五指按住胸口，血肉鬼神爬出！

包括祝淼淼和新人在内，所有人都被突然出现的鬼神吓到了。

"鬼神听到了我的声音，所以答应让我一命换一命。"

高命救下了张奋斗，他头也没回，和血肉鬼神一起来到超市门口。

八条手臂抓住了卷帘门，恭喜将门放下，用血肉之躯阻挡洪流！

"别被困在超市里！全部上去！"

高命回头大喊，他知道这噩梦应该没那么容易结束。

玻璃发出脆响，一条条裂痕在蔓延，洪水从缝隙流入，超市里的水位依旧在上升，只是速度减缓了一些。

和十年前相比，高命为所有人多争取到了十几分钟。

孩子、老人，还有进超市避难的人全部通过梯子爬到了超市顶部。

张鼎朝着新人和祝淼淼招手："快！我帮你们扶着梯子，你们先上去！"

张鼎脸上的小丑妆容被冲掉，双臂满是细小的伤口，他竭力在洪水中维持平衡，固定住梯子。

"快上去！"

"快啊！"

两位调查员爬出通风口，此时窗户玻璃突然破碎，超市卷帘门被冲垮，汹涌而来的洪水重重地将高命拍在货架上。

浑浊的水从四面八方灌入超市，人被水流裹挟，若不是有血肉鬼神在，高命早就被洪水吞没了。

"小高！抓住我的手！"张鼎想往高命那边移动，可他刚转身，梯子就被洪水冲倒，砸在了他肩膀上。

张鼎咬着牙，朝高命伸手。

"你不用管我了，自己先出去！"高命抓紧了背包，如果遗照丢失，那他就真的没机会活过噩梦了。

高命驱使着血肉鬼神，让恭喜扶好梯子，他把张鼎推到梯子上，两人一前一后朝着通风口爬去。

黑漆漆的通风口很近，却又好像很远，张鼎从高命视野中消失后，他隐约感觉有点奇怪。

通风口外面没有风声和雨声，这通风口真的通向超市顶部吗？

血肉鬼神也无法支撑太长时间，高命没有犹豫，跟着张鼎爬了出去。

在高命离开超市的瞬间，某种东西好像被打碎了。

雨声和洪水冲刷的声音全都消失不见，通风管道好像从未出现过，高命脚下是坚实的地面。

他朝四周看去，发现祝淼淼和新人也茫然地站在一旁，好像刚刚从噩梦中惊醒，浑身都是冷汗。

"这里是？"

看着面前的监控屏幕、摆在桌上的对讲机以及超市电子显示屏的操控装置，高命试着整理思绪。

"刚才经历的一切是噩梦？我们现在顺利逃脱，进入了监控室？"高命刚进入超市的时候就留意过，这超市里安装了很多监控探头，却没有监控室，"超市主人就是在这里操控着一切？"

三人还没想明白，这时，他们看到监控里的画面：休息室内剩下的四位新人调查员好像收到了命令，走出休息室。

"你刚才没叫他们一起跑？"高命揪住了戴眼镜的新人的衣服，对方也被吓了一跳。

"我去休息室了，但里面是空的。"新人很善良，他只是基于自己的判断做出了选择。

"空的？"

高命扭头看向监控屏幕，剩下的四位新人在严格按照调查局的守则去做，他们过了三分钟还没发现收银台里的工作日志，直到门口的铃铛发出声响。

李叔光着膀子进入超市，说着相同的话语，身上被泡得浮肿发白，从监控里看更加恐怖了。

"他们被困在了噩梦里，一遍遍经历灾难？还是说，他们在等待真正的救赎？"

在监控里观看一切有种特别的感觉，高命的目光在几个屏幕之间徘徊，他有一个问题没有想明白——"处理孩子的尸体"到底是什么意思？

四位新人调查员根本没有处理异常事件的经验，他们看到全身浮肿的李叔朝自己走来，最先想到的是躲藏。

进入异常事件之前，白枭告诉他们的也是"遇到危险先躲避，别擅自行动，要听从老调查员的指挥"。

没有高命充当主心骨，新人们直接慌了，他们在超市里跟李叔玩起了躲猫猫，这监控画面看着确实很有恐怖片的味道。

"一个被淹死的人，在超市里寻找活人……"祝淼淼看着监控，才真正意识到高命的厉害，刚才就是因为高命在，本该发生的恐怖故事硬生生被改变了画风。

李叔的钱还没收，女吃播又走了进来，四位新人的活动范围再次缩小，他们被逼到了角落，光是用监控看着都替他们捏一把汗。

随着超市里的顾客越来越多，四位新人被发现，时间就这么被浪费掉了。

后面张鼎去找孩子，洪水到来。水涨起来后，四人仍不知道该怎么去做。

这是他们第一次遭遇异常事件，他们熟记的守则里找不到对应的规则。

超市里一片混乱，张鼎过了很久才找到三个孩子。

货架倾倒，老人被水冲走，尖叫和哭喊声在超市里回荡。

倒计时结束，洪峰到来，刚逃出去的顾客和一些逃命的人被迫重新进入超市。

浑浊的洪水如同一条残暴的泥龙，将一切裹挟向未知的地方。

没有鬼神和能提前感知到危险的人，此时监控里显示的景象和十年前的惨剧很像。

货架砸倒了顾客，后门被堵住，张鼎拼了命地将梯子从库房扛出，无比焦急地呼喊着，现在只有从通风口爬出才能离开超市。

人群渐渐朝张鼎这边会聚，他们一次次尝试把梯子立起来，可人在水中都站不稳，更别说梯子了。

张鼎费了好大劲才砸开通风口，大水彻底灌入超市，街坊邻居都在害怕，但他们还是一起将小孩先托举了起来。

众人护住了梯子，张鼎先把乐家和乐仁抱到了梯子上，等那两个孩子爬上通风口后，张鼎想把张奋斗也抱起来，可有人在洪水中摔倒，梯子被冲翻了。

两位邻居站都没站起来就被水淹没了，张鼎抓着张奋斗的衣服，把身体卡在货架中央，手臂血管外凸，用全力把孩子托了起来。

旁边的李叔用头顶着倾倒的货架，一只手还死死抓着梯子，想要把它扶正。

监控没有声音，但已经足够让人揪心了。

没有奇迹发生，大水淹没了张鼎的身体，他托举孩子的手逐渐无力。

他想用最后的力气，尽可能地让张奋斗靠近通风口，可在挪动身体的时候，他和孩子一起被冲倒了。

监控视频里满是泥泞和水花，这应该是当时真实发生的事情。

超市里最后只有两个小孩活了下来，其他人被找到的时候，身体都已经被泡白了。

啪！

一个监控探头被砸碎，高命听到屋外传来激烈的打斗声，他走到监控室唯一的房门后面。

"刚才我们的经历应该是噩梦，可能是某个'鬼'的特殊能力，将我们拉入了它痛苦的记忆里，接下来我们看到的可能才是真的。"

十年前的雨已经过去，不过十年后的此刻，大雨依旧。

高命将监控室的门打开，超市里货架东倒西歪，各种商品散落一地，墙壁上满是血污。

第二十章

邻居

激烈的打斗声在高命走出监控室的时候停止了，超市里静悄悄的。

这种安静让高命觉得毛骨悚然，可能是因为死过太多次，他有种对死亡的特殊直觉。

汗毛竖立，他也说不清楚哪里不对劲。

他慢慢弯下腰，双眼适应了黑暗，示意祝淼淼和新人先别出来。

高命听到了异响，耳朵微动，调整身体角度，顺着微弱的光亮看去。

收银台里站着一个女人，湿漉漉的黑发贴在脸上，遮住了眼睛和鼻子，只露出了发紫的嘴唇。

她注视着电脑屏幕，两只手不时按一下电脑。

这个女人穿着超市里的工作制服，身体因为寒冷而颤抖，她的皮肤白得不正常，好像一戳就会烂掉。

淡淡的酒味飘入高命的鼻腔，他半蹲的身体缓缓挪动，然后慢慢抬起了头。

货架上方，一位老人的头颅压在酒瓶上，他的身体和梯子卡在了一起。

高命主动关上监控室的门，他知道祝淼淼和另外一个新人帮不上什么忙，不如别让他们出来添乱了。

酒瓶在地上滚动，一位打着黑伞的老太太从货架中间走过，她对面是一个拿着盒饭和饮料的女吃播。

哗啦——

架子上的零食散落在地,一个小胖孩的脑袋钻了出来,他戴着船长帽,脖颈上挂着玩具望远镜。这孩子也不嫌弃地上脏,自顾自地玩着游戏,他好像没有朋友。

高命站在原地没动,却感觉周围所有东西都在朝自己靠近,他听到了水流声,洪峰似乎随时会到来。

砰!

靠近超市出口的一位顾客被重重地撞向货架,他肩膀上还刺入了一把尖刀。

用一根根铁丝固定的货架摇晃了几下,所有在高命这边的顾客一点点扭动头颅,他们看向超市入口,被水浸泡的眼眸快速翻动,肿胀的眼白直直地盯着某个方向。

越来越多的污水从他们身上滴落,溺死在超市里的顾客们"涌"向出口。

锋利的刀子砍在卷帘门上,超市里外两扇门都紧紧关闭,似乎谁也无法将其打开,所有人都要被困死在这里。

激烈的冲突再次爆发,高命抓着黑白遗照,透过货架缝隙观察情况。

身穿调查局制服的白枭用身体为后面的人开路,两位老队员护着一个连黑环都没有的新人,四人配合,想破开超市的门。

他们弄出动静就会被周围的顾客盯上,但这些顾客也没有伤害他们,只是阻止他们开门。

普通的刀具没办法伤到顾客,反而是从顾客身上溅落的脏水会带给调查员巨大的痛苦。

"你应该知道我不开门的理由吧?"一个声音突然在高命脑后响起,吓得他差点把遗照甩到对方脸上!

高命转过身,看见一张被泡花的小丑的脸。

"张鼎?!"高命根本没想到对方会在自己身后,更不知道对方是什么时候靠近的,连血肉仙都没有察觉到。

"过去发生的一切你们都看到了,你应该知道我为什么不开门吧?"张鼎站在原地。他的眼神清澈，没有任何杂质，他一直都是个很纯粹的人。

"洪灾已经过去了十年！大水消退，你们也不要永远把自己困在噩梦里！"高命经历了张鼎记忆中的事件，知道这些街坊邻居都是好人，所以他尝试和对方交流。

"十年了，可是雨一直在下，从来没有停过。"张鼎这句话里好像有更深层的含义，他淡淡地瞟了白枭一眼，"没有人愿意把自己困在噩梦里，但有些事情，不是你想走出去就可以走出去的，这世界上根本没有那么多的路。"

"什么意思？"

"我们有不能离开的理由。"张鼎朝高命招了招手，"我以前最喜欢的员工也姓高，他乐于助人、乐观开朗，是除我之外，最受街坊邻居欢迎的人，当时他有了想要追求的女孩，整条街的叔叔婶婶们都成了他的后援团。"

张鼎的双眼凝视着高命，语气放缓："你是唯一一个把大家都救出来的人，小高应该也很想成为和你一样的人。"

"我能救你们一次，也可以救你们第二次，洪灾已经过去，你们不能离开的理由到底是什么？"高命觉得张鼎不像是恶鬼，没道理囚禁、折磨调查员们，那些街坊邻居被白枭攻击也没有还手，只是单纯地阻止他们靠近超市大门。

"洪灾退去，可洪灾留下的创伤需要很久才能愈合，十年恐怕还不够……"张鼎蹲下，掀开了被泡烂的超市地板，散发恶臭的污水开始上涌，"你看，小高、静静都还在里面呢。"

张鼎的这句话有点恐怖，高命探头朝超市地下看去，一具具肿胀的尸体漂浮在水中，挤在一起，他们满身怨气和痛苦，身上不断溢出满是泥沙的污水！

"十年前荔水溃坝，民笼街失踪和死亡的人都在这里，他们痛苦的记忆只要还存在一天，从他们身上流出的黑水就不会消失。"张鼎把手伸进了超市地下，那些浮肿的尸体直接咬向他的手，没有任何理智可言，"十年前我如果能关上门，大家应该都可以逃到屋顶上去；十年后，如果我打开了门，洪灾将再次席卷民笼街。"

张鼎默默注视着超市地下，他感知不到痛，因为他也是他们的一分子。

不同于被阴影塑造出的怪物，张鼎就是盲人所说的真正的怪物，他身上没有阴影世界的气息，却隐藏着一种让人毛骨悚然的感觉。

看着超市里的恐怖场景，高命总算知道阴影世界里的民笼街为何如此安静了。

人们沉浮在他们过去的痛苦记忆里，高命还在里面看到了白桥和其他调查局新人。

没有逃离那个噩梦的调查员们全都被困在了地下，他们的身体被阴影缠绕，被死亡的记忆淹没，已经很难离开阴影世界了。

"这世界在吃人，我们尽力为你们留下了一个通风口，但我们只能做到这一步了。"张鼎站起身，露出了一个并不好看的笑容，"毕竟我们已经死去十年了。"

张鼎记得一切，他比任何人都要痛苦，也比任何人都要清醒。

"从我们进入超市开始，你就在帮我们？"高命的目光仍旧望着超市地下，无数死者当中夹杂着几个活人。

张鼎指着他拆开的那块地板："这口子就是噩梦中的通风口，整个超市被怨恨包裹，所有进入的人都会坠入洪灾噩梦，被淹没在洪水里。如果无法在短时间内逃出，就会慢慢成为洪灾的一部分。"

"所以才有了倒计时？"高命理清楚了一切，民笼街超市下面藏着荔水溃坝被淹死的人们，张鼎和几位心中没有怨恨的街坊邻居合力维持着一个平衡，一点点消磨着那些洪灾的受害者们的怨气。

外来者进入超市就会被受害者们拖入他们曾经的噩梦，张鼎则会进入噩梦，尝试救人。

刚才高命他们看到的洪灾，其实都是怨气变化而成的，而张鼎之所以对高命另眼相看，愿意跟他聊这么多，完全是因为高命在噩梦里弥补了他十年前的遗憾。

"我还有一个疑惑。"高命把自己从员工衣柜里找到的照片拿了出来，"这两个孩子应该是洪灾的幸存者，为什么他们的照片会在柜子里？为什么收银台的工作日志上还写着要处理他们的尸体？"

"乐家和乐仁是一位老街坊的孩子，洪灾暴发得非常突然，超市里的顾客合力才把他们两个送到了屋顶。"张鼎有些不愿意去看那张照片，"他们是超市里仅有的幸存者，但他们活得非常痛苦。"

"你怎么知道的？"

"因为他们把最重要的东西留在了洪灾中。"张鼎示意高命看向超市地下，那里漂浮着两个小孩的尸体，一个满脸自责，一个满脸惊恐。

"被吓坏的孩子是乐仁，年长一点儿的孩子是乐家，我把他俩送到超市屋顶后，乐家就一直趴在通风口附近，朝着我儿子伸手。

"我竭力将张奋斗递过去，但乐家还是没有抓住我儿子，他眼睁睁地看着最好的朋友掉进了水里，看着平时最爱他们的街坊邻居们一个个被洪水吞没。"

张鼎稍微停顿了一下："那两个孩子的爸爸和妈妈也死在了洪灾中，不过他们不在荔山，夫妻俩在大寨抢险，遇到了意外。"

无数尸体当中，那两个孩子显得很正常。

"十年过去了，乐家和乐仁依旧经常会梦到洪灾，重新回到这场噩梦中，那浮在噩梦里的尸体分别代表着他们的愧疚和惊恐。只要这两具尸体还沉在噩梦里，他们就没办法过上正常的生活，永远会被童年的洪灾困扰。"张鼎告诉了高命真相，"谢谢你能看到工作日志，不过，想把他们从噩梦里带出去太难了。"

张鼎的解释让高命对阴影世界和现实之间的联系有了一个新的认识，他拿出父母给自己过生日的遗照，对照着黑白照片背后的文字："两个世界之间存在某种无法割断的联系，如果我把那两个孩子的尸体带回现实中，会发生什么事情？"

高命脑中冒出一个大胆的想法，他盯着超市地下浸泡在噩梦里的孩子尸体："老板，我想把孩子的尸体带出去，毁掉他们的愧疚和惊恐。"

"怎么带？"张鼎想听听高命的高见。

"你把口开大点儿，我跳下去。"

"嗯？"

张鼎没想好怎么回答，只是摇了摇头。

门口激烈的打斗声终于停止，白枭和三名调查局成员被送到张鼎面前。

那些老顾客全身被泡肿，他们长相恐怖，但并未伤害白枭他们，只是限制了几人的自由。

一直在找机会的白枭看到了张鼎和高命，眼神瞬间变了："活人？一个活人却和死人站在一起？"

"你好，白组长。"高命很想说一句"又见面了"，"这起异常事件和其他事件不太一样，我希望你能冷静下来，好好听我说完。"

白枭经历过很多异常事件，是荔山调查署最优秀的调查员，可眼前发生的事情却颠覆了他的认知。

高命从十年前的荔水溃坝说起，一直讲到了现在，他很欣赏白枭，想让白枭成为自己人。

几位调查员听完后受到了极大的冲击，他们看向超市地下，无数尸体在游动，怨恨已经化为新的"洪灾"。

如果没有张鼎守护着超市，一旦超市失控，民笼街恐怕会被异常事件席卷。

一想到这后果，白枭和其他调查员都感到后怕。

"原来是一个'鬼'一直在保护民笼街？"

事实比想象荒诞，但事实就是事实。

原本对立的双方，发现原来大家的目标是一致的。

白枭和其他几名调查员看着彼此，高命则和张鼎站在一起。

在高命过往的经历中，他曾经有一次成为荔山调查署的署长，那次他应该和张鼎达成了协议，所以整个荔山区域都没发生过三级异常事件，可惜后来他被某股力量杀死了。

瀚海没有表面上那么简单，多方在博弈，一旦那些未知力量发现高命拥有打破平衡的能力，那他必将被围攻。

"我们商量了一下。"白枭挣脱了顾客的束缚，从地上爬起，"如果我们离开会导致洪灾暴发，那我们不如留在这里。调查局存在的意义本就是保护民众，我们不会为了自己独活而做不理智的事情。"

高命并未感到惊讶，白枭就是这样的人。

"我还想请你们行个方便。"白枭走向那通往地下的缺口，"我想再进入一次噩梦，把我的妹妹和其他调查局新人救出来。他们是因为我的决策失误被困在噩梦中，我有责任带他们出来。"

张鼎的目光在白枭和高命之间移动，张老板今天遇见了两个莽夫，他自己都不敢随便下去的地方，两个活人争着要下去。

"活着不好吗？哪怕苟活着，也比送命强啊。"张鼎想给两人讲解一下里面的危险，可高命打断了他的话。

"还是我下去吧。"高命撸起袖子，将夏阳的那张遗照捆绑在手臂上，实在不行，他就要使用那张特殊遗照了。

高命站在白枭前面，靠近缺口："我会先尝试把两个小孩的尸体带出来，然后再想办法救出其他的调查局新人。"

高命需要白枭以后为他做一些事情，所以他不希望白枭被阴影世界侵入，无法回归现实。

"确定要这么做吗？"张鼎再三问过高命之后，将缺口又打开了一些。

怨气翻涌，对死亡的恨和不甘几乎要掀翻屋顶。

暗流涌动，那些受害者惨白的脸注视着高命，看起来非常恐怖。

"超市地下有多少尸体？"

"不知道，没数过。"张鼎微微摇头，"怨念会吸引更多怨念，所以噩梦里尸体的数量一直在增加。"

听到高命和张鼎的对话，白枭深吸了一口气，他虽经历过那么多异常事件，但还没看到过如此恐怖的场景。

虽然他拥有远超常人的意志和勇气，但真让他下去，他也会无比害怕和不安。

反观高命，这个人似乎只是有些紧张。

"不如我先下去试一试。"白枭拦住了高命，"你就算拥有底牌，应该也无法阻拦这么大的怨气。我先下去探路，你再决定是否要为了我们搭上自己的命。"

白枭的言语表明，他不认为高命可以成功，所以希望高命可以考虑清楚。毕竟高命和那些调查局新人没有任何关系，只是一个被卷入异常事件的"路人"。

"你如果下去，我等会儿可能还要救你。"高命将白枭推开，他的手轻轻抚摸心口，直接跳进了超市地下。

痛苦的记忆如水花般溅起，一双双手抓着高命的身体，想把他拖入幽深的黑暗当中。

高命低估了这些死者的可怕，他们被困在不见天日的黑暗中，重复着当初的噩梦，走不出去，面目变得愈发狰狞恐怖。渐渐地，他们想把所有人都拖拽进水中。

扑通！

头顶传来了什么声音，超市里那几位老街坊也跳进了污水中，李叔、梅婶、女吃播帮高命挡住了部分攻击。

高命好不容易控制住身体，继续下沉。

越靠近底部，怨恨就越强烈，这也是张鼎他们无法潜入水底，将孩子尸体背出的原因。他们本就很难维持理智，一旦靠近这里，恐怕会立刻失控，变成只知道杀戮的魔鬼。

"那些老街坊应该是张鼎在这十年里慢慢救上去的……"

死者的记忆开始侵入高命脑海，一条条泡烂的手臂撕扯着他的身体。

"你们也是无辜的人，我以后会把你们都带出去的。"高命这可不是在"画饼"，他心里有一杆秤，无辜者获得救赎本就是天经地义的事情。

五指握紧，血水飘散，八条手臂将高命包裹在内。

他拥有比"鬼"更强悍的血肉保护，经历过无数次的死亡，他的意志更是被打磨得如同钻石般坚硬。

死者的怨恨无法将他的意志拽入噩梦，他们的手指也无法穿透血肉鬼神的躯体。

高命脑中闪过洪灾到来的画面，可街坊邻居们死亡的画面加在一起，也没高命心里埋藏的死亡记忆多。

他看过满隧道的自己，所以在凝视超市下方时，他不仅没有害怕，还有些同情，仿佛看到了某一刻的自己。

很多人都凝视过深渊，只有高命把深渊当成了一面镜子。

超市上方的张鼎也在默默注视着高命，他在高命身上看到了过去十年都不曾见到的某种东西。

白枭此时也为高命担忧，站在旁观者的角度可以看得更加全面，地下所有的怨念都在朝着高命那里汇聚，如果刚才是他下去，现在可能已经被撕成碎片了。

超市里一片死寂，监控室的门被轻轻推开，丢了斧头的祝淼淼和眼镜新人探出头，他们没看到高命，只看见了白枭。

"组长……"两人好像找到了主心骨，没有听从高命的话，直接跑了出来。

见还有队员活着，白枭感到庆幸，同时又觉得对不住高命："是那个背着包的年轻人保护了你们吗？"

"对，他叫高命，住在荔井公寓，我和师父曾经见过他。"祝淼淼朝四周看了看，"他人呢？"

"在下面。"

两位新人跑到白枭身边，他俩朝下方看的时候，感觉头皮都要炸开了。

洪流一层层包裹着高命，怨恨化为实质，血肉鬼神都被撕咬出了大量伤口。

"快到了。"窒息感愈发强烈，高命苦苦坚持，终于抓住了那两个孩子。

"这下他们可以走出洪灾带来的心理阴影，放下过去，开始新的生活了。"

其实最让高命没想到的是，那些死在洪灾中的街坊邻居，在变成"鬼"之后，想的却是让活着的人好好活下去，不要因为自责而痛苦。

高命抱住孩子，手臂上传来不同的感觉，"自责"是一团灼烧心窝的火，"惊恐"是一块无法融化的冰。

他向上游去，血肉鬼神身上的伤口越来越多，高命只能先将离得近的调查局成员抓住。

"恭喜快撑不下去了。"

血肉鬼神带给高命的安全感被打碎，恭喜看向高命，他被缝住的嘴巴努力张开，似乎想要告诉高命什么事情。

高命还没看明白，八条血肉手臂忽然张开，恭喜抓着高命和那几位调查局成员，用力将他们朝出口扔去。

水下的死者疯了一样地抓取着恭喜身上的肉，等高命逃出包围之后，恭喜的身体化为一条条血丝，紧随高命，钻入了他的身体。

失去血肉鬼神的保护，高命无法同时拖拽着那么多人离开，出口很近，但又好像很远。

"必须放弃一些人。"

张鼎看出了高命面临的困境，跳入了水中。

他的身体上开始出现各种各样的伤口，每个伤口里都藏满了痛苦的记忆，有些属于他自己，但更多属于街坊邻居。

脸上的小丑妆容变得无比恐怖狰狞，张鼎化为一道洪流，为高命争取了关键的时间。

淡淡的肉香飘散，血液在污水中漫延，高命抱着两个孩子，拽着被阴影缠绕的白桥，浮出了水面。

幸存的调查员立刻赶来帮忙，高命将人一个个推出，他一点儿力气都没有了，最后被李叔提出了水面。

地下的洪水已经暴怒，张鼎出来后赶紧封住了地面缺口，可整个超市却在这时摇晃了起来，好像地震了一样。

所有货架都在晃动，无数尖叫和哀号从地下传出，过了许久才恢复正常。超市地面上出现了一条小小的缝隙。

高命躺倒在地，他现在什么都管不了了，连动一下都很难。

血肉鬼神受损，连带着他也受到了影响，他有种随时都会猝死的感觉。

以白枭为首的调查署成员和张鼎带领的街坊邻居全都围在高命旁边，这个突然出现的"路人"救出了被困的调查员，还把孩子的尸体从灾难深处带了出来，他同时获得了双方的敬意。

高命蜷缩着身体，洪水中的怨恨像一根根毒刺扎在他身上，就算逃了出来，恨意也没有消散。

看到高命如此痛苦，张鼎默默地走到他身前，伸手按住了高命的头。

残留在高命身上的痛苦和怨恨，像水一样慢慢朝着张鼎掌心涌去，很快，张鼎的手背上又出现了一条新的伤口。

与此同时，高命感觉轻松了很多。

他睁开眼睛，大口大口地喘着气，捂着心口慢慢坐起，朝白枭说道："人没有全救出来，我尽力了。"

白枭是一个不善言辞的人，他不知道自己应该怎么回应高命，过了一会儿才开口："谢谢你救了我的组员，还有我的妹妹。"

这可能是白枭人生中第一次道谢，他说得很慢，也很认真。

"道谢就不用了，我救你也有其他的目的，并不单纯。"高命的坦诚让在场的人和"鬼"都很惊讶。

高命背靠货架，艰难地抬起手臂，抓住了白枭的胳膊："超市里的这些街坊邻居是不是'鬼'？他们是不是救了你们？"

白枭不明白高命到底要说什么，思考片刻后，点了点头："是这些顾客救了我们，但我们也是因为他们才被困在超市里的。"

"是超市地下积攒怨气的死者困住了你们。再说了，洪灾到来，他们被淹没在水中，这些人有什么错吗？"高命没有松手，要想白枭跟随自己，得让他打心底认同自己。

见白枭没有说话，高命又问道："难道他们愿意变成这副样子？他们有选择的权力吗？"

沉默的白枭心里已经有了答案，他只是觉得不解："你为什么要帮'鬼'说话呢？"

"人分好坏，'鬼'也如此，我只帮对的，不帮错的。"高命看着白枭的制服，"你以为调查局里就都是好人吗？"

见白枭的表情出现变化，高命放慢了语速："秦天这次去东区必死无疑，他死后就会轮到你。你们以为自己不顾生死，就可以保护全城居民，但在司徒安看来，你们只是献给阴影世界的祭品，连灵魂都被标注了价码。"

"司徒安？我想你好像对调查局有所误解。"白枭并不知道司徒安已经成为东区的代理局长。

"你是荔山最厉害的调查员，等你离开超市之后，可以联系秦天去调查，你会发现东区分局的另外一面。"高命盯着白枭的眼睛，"我曾经做过调查署的署长，有些东西比你要更清楚。"

"调查署有你这么年轻的署长？"白枭不太相信，可如果高命曾经做过调查署的署长，那他对异常事件如此了解就能解释得通了。

"还有比我更年轻的，不过他已经死了。"高命试了几下，还是没能爬起来，干脆放弃了，"等秦天给你消息之后，你可以联系我一起行动。"

高命想把清歌的黑刀送给白枭，那把黑刀是禄医生从阴影世界里找到的，能够对"鬼"造成伤害，极为罕见。

不过那黑刀也是一口黑锅，拿了刀可能就会背上杀死清歌的债。

白枭觉得高命没有撒谎，刚才高命明明可以冷眼旁观，却为了救人和帮"鬼"付出了极大的代价。

这样的人应该不会骗人，白枭现在只是没办法一下子接受高命说的那些话。

"人也好，'鬼'也罢，我只希望你明白一件事。"高命松开了白枭，"想要钱的人会为了钱去做各种事情，想要权的人会为了权力斗个你死我活，你好好想一想自己想要什么，再想一想谁和你站在同一个立场。"

白桥和其他新人在这时缓缓醒来，他们的身体已经被阴影浸透，皮肤呈现出不正常的白色，比起人，他们更像是"鬼"。

"哥……"白桥有些虚弱，她醒来的第一件事就是呼喊哥哥，接着取下了黑环，"我记录下来了，一定要把新的超市规则带出去。"

白枭抓着妹妹的黑环，轻轻将妹妹抱住，他经历过很多异常事件，所以知道，一旦调查员的身体被阴影侵入，那这个调查员就会在阴影世界里迷失，再也回不到现实中了。

"你的妹妹和其他成员依旧是荔山调查员，他们将负责这里的日常安保工作。"高命可没有把白桥当人质的打算，只是对方刚好要被留在阴影世界里，"你们还会再见面的，我会把荔山打造成一个超大型的庇护所，灾难到来之后，人和'鬼'都可以在此躲避危险。我会救下一切该救的，弥补所有可以弥补的遗憾，这就是我的立场。"

高命用无数次死亡甄别出了一些可靠的队友，这次他不会再单打独斗了。

与白枭交谈过后，高命又看向了张鼎，他所有的死亡记忆里没有出现过张鼎的身影，再结合他曾经做过荔山调查署的署长，由此可以大胆进行推测，他之前就和张鼎在荔山有过合作。

"超市下面关了太多受害者，不消除他们的怨恨，灾难随时会发生，你们也无法获得自由。"高命盯着张鼎手背上的伤口，"堵不如疏，他们已经化为了新的洪流，你将他们封锁在此，只会吸引更多'鬼'到来，等到你承受不住的时候，'溃坝'会再次发生。"

过去恐怖的记忆折磨着超市里的每一个人，他们知道高命的话没错。

"或许我们可以将他们一个个带出，一个个度化。"

"你这度化指的不会是让他们魂飞魄散吧？"张鼎以前开超市的时候，街坊邻居格外照顾他的生意，生怕他的超市倒闭，所以现在他也想照顾街坊邻居。

"怎么可能？他们每一个人都是善良的，他们是这里最好的居民。"高命还记得自己在噩梦中看到的场景，大家在洪灾面前合力固定好梯子，先让小孩们逃了出去。

"阴影世界正在和现实融合，以前走不通的路，现在说不定会出现转机。"高命抱住两个孩子，继续说道，"我先将他们带出阴影世界，让现实世界里的那两个孩子回归正常的生活，然后再回来帮助其他顾客。"

话都说到这个地步了，张鼎也不能拒绝高命的好意，他嘱托了高命一些事情后，走到了超市门口："每次开门都会引起地下怨念的冲击，你们排好队，争取在五秒内全部离开。"

调查员们扛着自己的同伴，高命抓着两个孩子，祝淼淼搀扶着他。

随着张鼎将门打开，超市地面慢慢向下塌陷，所有缝隙都开始冒出污水，洪水疯狂撞击超市。

"快走！"

调查员们顺着空隙匆忙跑出，冲到大雨中。

在他们离开超市后，阴影开始消退，他们活着度过了这起异常事件，重返现实。

"哥……"

随着阴影一起消散的，还有高命从地下救出的调查员，他们的身体被阴影缠绕，表情无比痛苦。

"张鼎打开的不仅仅是超市的大门，还是逃离阴影世界的门，这个超市老板的能力有些特殊。"高命本想离开超市和魏大友会合，顺便再让魏大友告诉白枭东区分局有多么邪恶，可谁知道张鼎直接把他们给送出来了。

离开阴影世界后，那两具孩子的尸体不见了，化作了一张黑白照片。

照片中，洪灾到来，街坊邻居们一起护住梯子，将两个面部空白的孩子托起。

照片背面没有标注信息，只是写了荔水溃坝的时间。

与高命不同，白枭的表情十分复杂，原本满编的调查一组，现在包括新人在内，只剩下六个组员了。

白枭找了个避雨的地方，没有使用调查局的黑环，而是用手机联系了秦天。

简单交流几句后，白枭的脸色变得更加阴沉。

"秦天见过司徒安了吗？"高命凑了过来。

白枭微微点头："他明早将被派往瀚德私立学院，据说之前已经有四批调查员过去了，但至今还没有一个人活着出来。"

"秦天要被派往瀚德私立学院？"高命从白枭这里获得了一个很重要的信息。

在他过往的经历当中，调查员秦天是一个关键人物，他的死亡会让高命做出第一次关乎命运的选择。

上次秦天死在了泗水公寓里，血肉仙被成功祭拜，四级异常事件被司徒安提前触发。

这次，在血肉仙被高命夺走之后，秦天在冥冥中被某种力量指引，又前往了东区的瀚德私立学院。巧的是，这学院也是司徒安修建的，学院里的孩子大部分都是他收养的孤儿和弃婴。

"看来因为血肉仙祭拜失败，司徒安把重点转移到了瀚德私立学院。"

秦天的死亡会引起连锁反应，高命这次想救下秦天，再一次改变宿命的安排。

"白组长，你最好立刻动身，当面告诉秦天别进入瀚德私立学院。"高命拿出手机看了一眼时间，"那所学校很快会变成一台绞肉机，如果你实在说服不了秦天，哪怕使用暴力也要将他带走。"

"只要他还没有脱离调查局，就必须服从上级调令。"白枭摇了摇头，"调查局的规则是无数人的共识，就连死亡也无法撼动这些规则。"

"迂腐啊，异常事件肯定有解决的办法，他这么进去就是白白送死。"高命花了很长时间才跟白枭说清楚，在白枭带队出发后，他又让祝淼淼帮忙，借助调查局的搜查权限，找到了当年洪灾里幸存的两个孩子。

高命已经十分疲惫，但还是叫了一辆车，朝旧城区殡仪馆赶去。

翻动着祝淼淼发送来的资料，高命对那两个孩子有了一个大致的了解。

十年前，乐家和乐仁被救援队找到，年幼的他们失去了邻居、最好的朋友，还有父母。

他们最开始被送到姑姑家里，可他俩十分怕水，连喝水的时候都感到恐惧。

姑姑为他俩办理了入学手续，学校的小孩们十分调皮，用水吓唬他们，乐家为了保护弟弟，经常在学校里打架斗殴。

初中念完后，两人就辍学了，后来他们被送到了旧城区殡仪馆当学徒，做焚尸工，日夜与火相伴。

"这两个孩子不怕死人，怕水。"

旧城区殡仪馆规模很大，这里有最新的一体化全自动火化炉，也有很多老式火化炉。

南北两边是不同的火化区域，墙壁上贴着收费标准，分为豪华、普通、简易等多个等级。

"居然还有套餐？"

高命给门卫塞了一盒烟，顺利进入殡仪馆内部，他在空闲的简易火化炉旁边找到了兄弟二人。

十年过去了，哥哥乐家又高又壮，弟弟乐仁阴柔消瘦，他俩很少说话，眼中也没有光亮，脸上的表情似乎只有那几种，根本没有年轻人的朝气。

"我受人之托，来给你们送一件东西。"高命拿出了那张兄弟俩的尸体化作的黑白遗照。

　　看到照片上的人们，兄弟俩的眼神逐渐从茫然转变为难以置信，他们接过照片，手指触碰着照片里那些人脸。

　　许久之后，哥哥乐家才抬起头："我们经常梦见他们，他们好像在另外一个世界活着，一次又一次把我们救出洪灾。"

　　"我见过他们了，大家希望你们能够放下过去，开始新的生活。"

　　"放不下的……"乐家看着自己的手，"当初老板的儿子就在我眼前，我要是不那么害怕，把手臂往更远的地方伸一点儿，就可以抓到他，是我没有救下他。"

　　善良的人总是不轻易放过自己，乐家慢慢握紧手指："我一直疯狂锻炼，可越锻炼就越痛苦。当时老板先把我们推了出去，然后才举起自己的儿子。"

　　"没错，大家合力把生还的希望留给了你们，他们可不想看到你们现在这副样子。你们应该替他们好好活下去，开心地生活，不要让他们的牺牲白费。"高命也抓住了那张黑白照，阴影从照片里逸散而出，水流声突然在火化室内响起。

　　乐家和乐仁身体开始颤抖，他们发自内心地感到害怕，高命却搂住了两人的肩膀："不要再让他们担心了。"

　　黑白照上那两个小孩的脸逐渐变得清晰，水流冲击着黑暗，一道道浮肿发白的身影在阴影中出现。

　　李叔端着酒杯，咳嗽了两声，笑眯眯地看着兄弟两个："你俩好好吃饭了没？交女朋友了吗？可千万别偷偷学喝酒！"

　　"净说些不好的！"似有似无的声音从阴影里传出，梅婶一脸严肃地瞪着李叔，然后又看向乐家和乐仁，目光柔和了许多，"好好读书，好好写作业，不管多大都不要忘记学习！"

　　听见梅婶的话，兄弟俩骨子里的害怕被唤醒，下意识地连连点头，就像回到了小时候。

　　小孩欢快的笑声响起，张鼎牵着张奋斗的手从阴影里走出来。张奋斗笑着冲向兄弟两个，他跳起来也只能碰到乐家胸口："你俩都长这么高了？！"

　　三人原本个子差不多，现在乐家和乐仁都要低头看着张奋斗，这让张奋斗很不开心。

乐家拽了拽弟弟，兄弟俩蹲在了张奋斗面前，三人就像小时候那样聚在一起。

"没关系，你们先慢慢长，我会追上去的！"张奋斗取下头顶的船长帽，把它递给了乐家，"不要怕水，现在轮到你来当船长了！"

乐家没有察觉到自己的眼泪已经流了下来，他抓着那顶帽子，低着头："对不起，我应该抓住你的。"

"你没做错什么，你很努力了，不要再想这些乱七八糟的事情了。"张奋斗给了乐家一拳，然后像小时候那样，打完就跑。

兄弟两个站起身，最后看向了张鼎。

"开始新的生活吧。"张鼎拍了拍两人的肩膀，从两人手中拿过那张黑白遗照，很是洒脱地将其丢进了火化炉里，"不要让过往绊住自己。"

张鼎按下火化炉旁边的开关，见火化炉没有反应，他略有些尴尬地回过头："这玩意儿要怎么用？"

兄弟两个被街坊邻居簇拥着，就像回到了以前。

没有人责怪他们，没有人怨恨他们，大家只是希望他们可以好好生活。

兄弟俩合上炉门，按下开关，火焰焚烧了过去的记忆，代表惊恐和自责的两具尸体从此消失。

等炉门再打开时，一张遗照完好无损地在阴影里飘飞，只是那两个没有脸的孩子消失不见了。

再次见到那些街坊邻居后，困扰乐家和乐仁的童年阴影消散，一些肉眼看不到的黑色物质缓缓破碎了。

高命将黑白照片收起来，邻居们朝两个孩子挥手，水流声逐渐远去。

兄弟两个留在阴影世界的尸体被毁掉，高命也从中明白了一些事情。

现实里各种精神痛苦都对应着阴影世界里的某种东西，真正的解决办法不是忽略那些痛苦，把它们堆积在阴影中，而是要将它们重新带回现实，在现实里毁掉它们，这样才能不给两个世界造成负担。

"我的任务已经完成了，你俩以后好好生活。"

高命现在才算是真正获得了洪灾遗照的使用权，一切付出都是值得的。

"谢谢您，能告诉我们您的联系方式吗？"乐家拿出自己的手机，"以后有任何用得着我们的地方，尽管开口。"

说完后，他可能觉得自己的职业比较特殊，又赶紧说："平时需要我们做什么事情都可以说，我俩力气很大。"

"邻居们对你们的希望，就是我想要你们做的事情。"高命和兄弟俩互换联系方式后就快步离开了。

火化室内，兄弟俩看着手中那个小小的船长帽，那是张奋斗留给他们的，以后他们就是新的船长了。

高命走出殡仪馆，感到一阵头晕，坐在了台阶上。

他的胸口微微塌陷，一条条血丝好像生锈的铁丝般钩住皮肤，他脑中控制不住地闪过那些死亡记忆。

以前刑屋内有血肉鬼神坐镇，在恭喜受伤后，这些死亡记忆的冲击就要由高命自己来承受了。

"好饿……"

高命扶着墙壁，走进旁边一家店里，吃了一碗面和一盘肉之后依旧觉得饿，这种饥饿无法靠食物来喂饱，需要精神上的献祭来填补。

"要制作新的游戏吗？"

背包里的遗照有很多，足够高命制作出新的怪谈游戏。

高命坐在饭馆里，开始构思新的游戏剧情，手机却在这时响起。

看到来电人，高命有些惊讶，他忍着饥饿感，接通了电话："有事吗，刘依？"

"你没看同学群吗？卓君租了辆大巴，准备明早带同学们去度假村聚会，一切花销他都包了。"刘依清冷的声音从手机里传出，她觉得卓君有些反常。

"卓君现在的身份和我们不同，想炫耀也能理解。"

"你不觉得很巧吗？我们刚从一辆大巴里逃出来，卓君就又准备了一辆大巴。"刘依给高命发来一张照片，"下这么大雨，他就像被什么催着似的，非要组织同学聚会。"

高命点开刘依发来的图片，眼睛眯起，卓君安排的线路正好经过瀚德私立学院："这家伙不会是想把同学们献祭了吧？以前上学的时候也没人欺负他啊。"

"我也不太清楚，你看看同学群就知道了，我总感觉大家都不太正常。"刘依给高命发了几张截图，"现在下这么大的雨，他们居然都同意明天聚会，这事有问题。"

同学群里很热闹，已经两天了，大家还聊得热火朝天，好像谁的话掉地上没人接住就要世界末日一样。

"或许他们都有不得不来的理由吧。"正常的同学聚会肯定会安排在风和日丽的休息日，大家一起喝喝酒、聊聊过去，但高命他们的同学聚会却被安排在了下着暴雨的日子。

"你还是没有想起来，合照里那个被划掉的男同学是谁吗？"刘依随口问道。

"没有，咱们班应该没那个人。"高命决定更改一下计划，明早去参加"同学聚会"。

高命挂断电话，揉了揉太阳穴，心道："时间很紧迫，我要尽快让血肉鬼神恢复。"

他的眼神变得有些危险，宿命让高命再次在某个时间点前往东区，这次他想直接把司徒安关进刑屋里。

"有点矛盾，司徒安虽然十恶不赦，但从某种程度上来说，他也是一个不相信宿命的人。他所做的一切，根本目标是改命。

"我和他必定会死一个，不管是他杀死我，还是我杀死他，好像都是宿命的安排。"

高命穿好雨衣，走入暴雨中。

图书在版编目（CIP）数据

怪谈游戏设计师. 泗水公寓 / 我会修空调著.
北京：中信出版社, 2025.1.（2025.3重印）
-- ISBN 978-7-5217-7204-3

Ⅰ. I247.5
中国国家版本馆CIP数据核字第2024HR9685号

怪谈游戏设计师：泗水公寓

著者： 我会修空调
出版发行：中信出版集团股份有限公司
（北京市朝阳区东三环北路27号嘉铭中心　邮编　100020）
承印者： 嘉业印刷（天津）有限公司

开本：787mm×1092mm　1/16　　印张：25.5　　字数：400千字
版次：2025年1月第1版　　　　　　印次：2025年3月第2次印刷
书号：ISBN 978-7-5217-7204-3
定价：52.80元

版权所有·侵权必究
如有印刷、装订问题，本公司负责调换。
服务热线：400-600-8099
投稿邮箱：author@citicpub.com